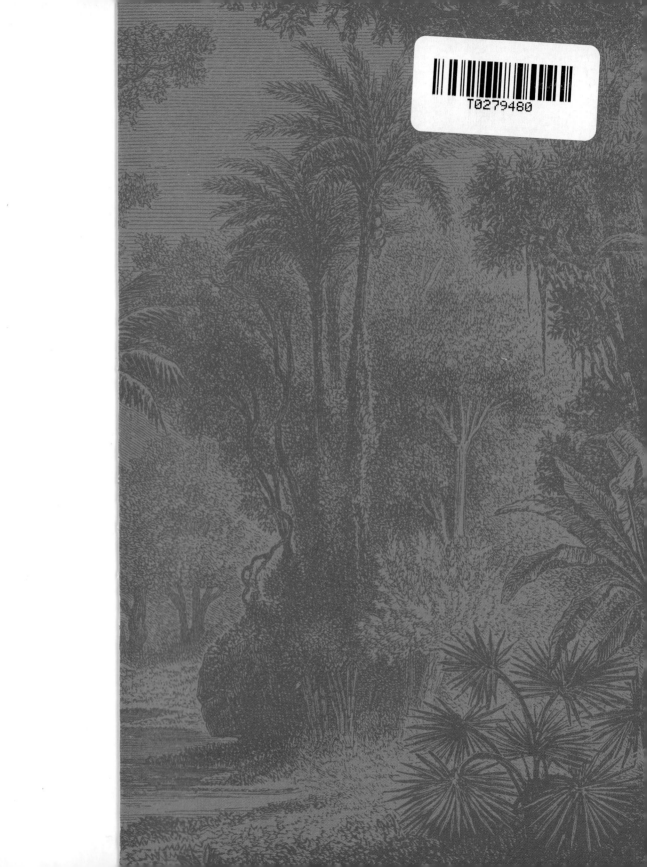

DONDE NACE
EL CIELO

DONDE NACE EL CIELO

Miguel Ruiz Montañez

Papel certificado por el Forest Stewardship Council®

Primera edición: mayo de 2024

© 2024, Miguel Ruiz Montañez
En colaboración con la Agencia Literaria Antonia Kerrigan
© 2024, Miguel Ruiz Montañez y Pepe Medina, por el mapa

© 2024, Penguin Random House Grupo Editorial, S. A. U.
Travessera de Gràcia, 47-49. 08021 Barcelona

Printed in Spain – Impreso en España

ISBN: 978-84-666-7796-7
Depósito legal: B-4.532-2024

Compuesto en Llibresimes

Impreso en Rotoprint By Domingo, S.L.
Castellar del Vallès (Barcelona)

BS 7 7 9 6 7

A mi madre,
que también ha iniciado un largo viaje hacia lo desconocido

Santo Domingo es el microcosmos de toda la historia americana.

PIERRE CHAUNU

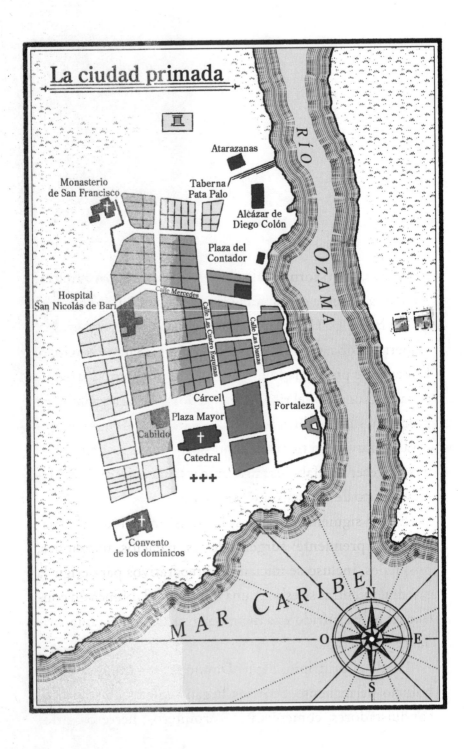

La ciudad primada

Atarazanas

Monasterio
de San Francisco

Taberna
Pata Palo

Alcázar de
Diego Colón

Plaza del
Contador

Calle Mercedes

Hospital
San Nicolás de Bari

Calle Las Cuatro Esquinas

Calle Las Damas

Cárcel

Fortaleza

Plaza Mayor

Cabildo

Catedral

+++

Convento
de los dominicos

RÍO

OZAMA

MAR CARIBE

N
O   E
S

Año 1498. Algo formidable ocurre cuando comienzan a cimentar la primera gran ciudad europea en el Nuevo Mundo.

En la isla La Hispaniola, Cristóbal Colón ha ordenado a su hermano Bartolomé la construcción de Santo Domingo. Ese enclave privilegiado ofrece no solo un puerto fluvial de aguas profundas —el río Ozama—, donde atracan barcos sin descanso, sino también una amplia extensión de terreno que verá en muy poco tiempo —para sorpresa de los indios taínos— crecer una fabulosa urbe que intenta dejar atrás el Medievo, fruto de un incipiente Renacimiento.

En las siguientes décadas, la transformación del espacio es sorprendente: surgen iglesias, palacios, mansiones, hospitales, incluso se inician los preparativos para erigir la catedral mientras se esboza una universidad. Nunca un continente había sufrido una metamorfosis tan impactante, brillante y acelerada.

Desde el principio, Santo Domingo está inmersa en un bullicio permanente, las naos llegan repletas de soldados, conquistadores, comerciantes, carpinteros, herreros, orfebres, hombres dispuestos a hacer fortuna, y también frailes cargados de fe.

Unos años más tarde, los monarcas entienden que la verdadera consolidación de los territorios descubiertos solo será posible si se reproducen allí las condiciones de vida europeas. Con ese objetivo, promulgan leyes con una estrategia concreta: los aventureros que hayan dejado atrás a sus esposas deben regresar a por ellas, o bien enviar a buscarlas. Al mismo tiempo, son muchas las solteras a las que se les ofrece empezar una nueva vida.

Pronto llegan a los territorios de Indias las primeras mujeres, con planes ambiciosos, que harán irreversible entender la Historia tal y como se conocía antes del descubrimiento.

Este es un relato sobre el primer viaje que realizan a Santo Domingo, tal vez el momento en que —de verdad— todo cambió para siempre.

El devenir del Nuevo Mundo también se forjó gracias a ellas, que tuvieron la valentía de embarcarse en viajes oceánicos inciertos y peligrosos. Con su presencia, dieron lugar a la transformación de la sociedad y las costumbres.

Prólogo

Cuentan historias seductoras para describir esas tierras. Dicen que el oro y las piedras preciosas ruedan allí como los guijarros por los ríos castellanos, y que un mar de aguas turquesas y arenas doradas conforman un edén de ensueño.

En el mundo que dejan atrás, la gente se refiere con hermosas palabras a la ciudad que están construyendo en las Indias, con casas señoriales como en la mismísima Sevilla, iglesias que rivalizan con las de Toledo, incluso ya se vaticina una futura catedral, la primera de esos territorios; y por si eso no fuera suficiente, aseguran que ya están pergeñando la creación de una universidad, que también será la primera, por supuesto. La isla a la que se dirigen es un mundo por descubrir, de una inmensidad que asusta, pero que atrae a los aventureros.

Acodada en la proa, Jimena sueña con todo eso mientras escucha crujir la nao con las embestidas de las olas. Lleva soportando ese ruido tanto tiempo que ha olvidado que son muchos los días de navegación, y solo su maltrecho y dolorido cuerpo le recuerda que ya son demasiadas las noches sin dormir en una cama, y demasiadas las tropelías que se ha visto obligada a resistir.

Es un alivio escuchar de labios del capitán que han atravesado lo peor, que al abandonar las Canarias la mar Océana solo ofrece tranquilidad, y así deberían llamar a esa parte del globo terráqueo, mar de la Tranquilidad, o incluso mar de las Damas, pues él ya ha realizado esa travesía en varias ocasiones y siempre encuentra la misma calma. El tornaviaje es otra cosa, pero eso no debe preocupar, nadie en su sano juicio regresa del paraíso.

A Jimena no le gusta el capitán. Es un tipo gordinflón, locuaz, que se las da de sabio, y ella, que algo conoce de las artes de marear, cree que miente, de hecho le ha pillado en varios embustes.

En esa nao viajan mujeres, va repleta de damas y doncellas. Apenas hay una docena de hombres como tripulación, y de ellos, algunos son campesinos que se han prestado a surcar las aguas como ayudantes del tripudo a cambio del pasaje.

Jimena abordó ese barco como muchas otras y, salvo por la compañía de tres amigas, se encuentra sola.

No son las primeras en viajar a La Hispaniola, hay constancia de matrimonios que hicieron esa travesía en el segundo viaje colombino, y ya han surcado ese mismo mar muchas desde entonces. También hay allá enlaces con indias, un incipiente mestizaje tal vez provocado por la necesidad procaz de los hombres de yacer con cualquiera. Pero es la primera expedición destinada a mujeres, por expreso deseo de la Corona.

En esas semanas de travesía, Jimena ha contemplado toda clase de escenas variopintas. Sus acompañantes, la mayoría, apenas pronuncian palabra, son reservadas, cautelosas, comedidas, están tan asustadas que el miedo no les permite abrir la boca, y ninguna había navegado antes.

Casi todas duermen en la cubierta. Solo unas pocas elegidas, las más pudientes o aquellas a las que sus maridos les han enviado fondos suficientes, han podido instalarse en la cubierta inferior, en la bodega en realidad, sobre unas estrechas tablas a modo de lecho, y debajo, sus pertenencias. Solo ellas pueden cambiarse de ropa interior, solo ellas pueden estar escoltadas por sus sirvientas y solo ellas atesoran manjares comprados en la península.

Jimena ha establecido al menos cuatro categorías.

La primera la conforman las ricachonas, casi todas sevillanas, de familias ilustres, acompañadas de mujeres serviciales, a veces maldicientes. A pesar de tener las comodidades que otras añoran, estas damas se quejan por todo, no entienden por qué deben abandonar su plácida vida, y si están metidas en ese cascarón flotante es porque sus maridos han urgido su presencia so pena de ser encadenados allá si ellas no aparecen en las tierras otorgadas, donde crecen los cultivos con un vigor indescriptible, y donde cuentan con caballos, vacas, toros, cabras, cerdos y gallinas, y con suerte, con derechos de explotación de alguna de las minas de oro que se descubren por doquier.

Toda esa ventura solo se disfrutará si las esposas están al lado de los afortunados, si la juventud comienza a corretear por esos vergeles, si Castilla se inserta en los territorios descubiertos.

Algunas han recibido misivas de sus maridos para que se

reúnan con ellos junto a una remesa de dinero para los preparativos y el viaje. Esas cartas han sido convincentes, emotivas, a veces duras, incluso repetitivas, lo suficiente como para convencerlas de cruzar un océano casi desconocido. Pero eran tantas las palabras, tan bien hilvanadas, tan cargadas de razón, que cuando hablaban de una vida holgada, de riquezas, de una posición social inigualable y comparable a la de los nobles —promesas irrefutables—, esas mujeres abandonaron todas las dudas y se embarcaron.

Tal vez las más indecisas solo aceptaron cuando sus maridos manifestaron que podrían ser expulsados, perder todos esos bienes por no estar sus esposas junto a ellos; incluso ser prendidos y encadenados antes de un deshonroso tornaviaje.

Hay otra clase de pasajeras, casi tan irritantes como las anteriores: aquellas que han comprado el pasaje con la firme intención de desposarse con cualquiera que haya logrado fortuna. Son las más despiadadas, han tenido que sortear un viaje infernal hasta el puerto fluvial sevillano, meses de peregrinaje por caminos infectados de criminales, durmiendo en bosques y comiendo raíces. Algunas provienen de pueblos castellanos, pero la mayoría son andaluzas, hay una vasca, dos gallegas, y todas, absolutamente todas, se han visto obligadas a malvivir para conseguir dinero y pagar al capitán. Han sufrido tanto para estar ahí que quizá eso les haya cambiado el carácter, pero un conquistador soltero bien merece la pena.

En esa travesía llena de peligros, Jimena identifica otra clase más de féminas, una difícil de reseñar, compuesta por mujeres que tienen mucho que ocultar.

Judías, gitanas, convictas, son las más calladas, no quieren pronunciar ni una palabra que las descubra. Sueñan con algo distinto a maridos y riquezas, solo desean una tierra con más libertad, un mundo nuevo menos agobiante, un incentivo lo bastante potente como para emprender un viaje que las aleje de las restrictivas normas de la vieja sociedad católica que dejan atrás.

Y, por último, están las criadas sin señora, jovencitas que dicen ir allí para servir, para ejercer de costureras, planchadoras, lavanderas, limpiadoras, cocineras, cualquier oficio para atender a las nobles.

Pero Jimena sospecha que alguna va a prestar otra clase de servicios a los exploradores, los conquistadores, los capitanes, los hombres con oro en los bolsillos. Todos tienen sus necesidades. Son prostitutas y lo esconden, pero cuando rasca un poco lo entiende.

Ella no se identifica con ninguna mujer del pasaje.

En eso es única.

Jimena viaja con unos propósitos muy distintos.

PRIMERA PARTE

1

Año 1510
En algún lugar del océano

Cuando la mar permanece en relativa calma, Jimena aprovecha para leer alguno de los libros que lleva consigo. La brisa le alborota el pelo rubio, la obliga a alisárselo con las manos sin descanso, y nota que sus ojos claros están bañados en salitre cada vez que pasa una página, pero aun así merece la pena disfrutar de la lectura. A ratos no tiene la necesidad de aplacar sus cabellos, y entonces se toca la cicatriz mal cosida que muestra en la frente. Está convencida de que el agua marina logrará hacerla desaparecer.

Tiene reflejada en su rostro la efervescencia de la juventud, aunque su mirada reflexiva y penetrante es la de una mujer de más edad.

Levanta la vista y comprueba que un pájaro sobrevuela la nao. No puede remediarlo, salta de alegría como si tuviera un resorte dentro y no ahorra en gritos y aplausos. De inmediato varias pasajeras se acercan y la imitan.

Petra, Isabel y Carmencita son las únicas con quienes ha congeniado en el trayecto. Son jóvenes como ella y han trabado amistad a bordo. Incluso se han aliado en contra de las señoronas y sus lacayas; tal vez han sido las peleas, las trifulcas, la necesidad de pertenecer a un bando u otro lo que las ha acercado. Pero esa es la realidad, todas han respondido igual ante las vicisitudes de un viaje tan duro y eso ha acabado uniéndolas.

Comienzan a abrazarse, a besarse, a pensar que no van a morir en medio de ese océano asesino.

Parece una gaviota, signo inequívoco de tierra cercana.

La algarabía alerta al capitán, que confirma:

—Nos acercamos a una de las primeras islitas que encontraremos en la ruta.

Eso las anima, y de nuevo se desgañitan, porque son tantas las ganas de pisar tierra que ninguna puede contenerse.

Es Isabel la primera que logra recomponerse, y bromea:

—Vamos a cumplir nuestros sueños —asegura—. Y puesto que hemos pasado lo peor, a partir de hoy todas somos nobles, o como nobles, porque hemos llegado a nuestro ansiado destino. Y si alguien dice lo contrario, pues no le haremos caso, porque ahora somos nobles de La Hispaniola.

Hace una aparatosa reverencia con su cuerpo y todas ríen.

—Yo tengo mis propios planes para ganarme la vida —dice Petra—, nadie va a regalarnos nada, creedme. No hagáis caso de las tonterías que dicen por ahí, tendremos que encontrar nuestro lugar.

Jimena presume que Petra se lanzará a la aventura de cazar a un hombre rico, como otras muchas mujeres embarcadas.

No puede afirmarlo, pero lo intuye. Es alta y bella, de pelo negro y sinuosa silueta. Se arregla constantemente, siempre anda preocupada de su apariencia. Esa chica de Cádiz atrae a los hombres, de eso no hay duda.

En cambio Isabel es más reservada y piensa cada palabra antes de decirla. A Jimena le cae bien, no teme a otras que son más inteligentes o ambiciosas que ella, con habilidades distintas.

—Las oportunidades habrá que buscarlas, pero yo las voy a encontrar. Me veo rica en menos de un año —afirma Isabel.

Al terminar su discursito mira al cielo. Siempre va con la cabeza alta, tiene nombre de reina y la vanidad la pierde un poco, pero... ¿no se espera algo así de alguien que se enrola en una misión tan peligrosa como es cruzar el mar Tenebroso?

—Creo que a mí me irá bien —interviene Carmencita—. En mi pueblo lo pasaba muy mal, mi padre es violento y mi madre siempre lo ha consentido, ya sabéis. Me avergüenzo.

Ninguna sabe exactamente a qué se refiere, han evitado preguntarle.

—Todo va a ir mejor, eso es evidente, nuevas tierras y amigas —añade.

Jimena está convencida de que Carmencita es un ser de alma limpia, crédula, sencilla, honrada y bondadosa. Si tuviera que elegir una sola amiga se quedaría con ella; aunque no es necesario elegir, todas han compuesto un grupo sólido y nada va a separarlas.

Petra, Isabel, Carmencita y Jimena se dan entonces las manos y realizan una especie de juramento.

Prometen que se ayudarán unas a otras, y que la suerte de cada una de ellas será la suerte de todas.

—Damas... —Gonzalo, uno de los grumetes, entra en el corrillo haciendo una reverencia, como si todas fuesen grandes de Castilla—, me pongo a vuestra disposición para acompañaros y serviros en vuestros propósitos, para ser vuestro más fiel escudero.

Gonzalo no sabe nada de marinería, jamás había navegado, pero por fortuna ha soportado bien las duras condiciones oceánicas. Consiguió el pasaje gracias a un acuerdo con el capitán, necesitado de ayudantes para la travesía. Al igual que las jovencitas, él también es joven y atesora sus propias ideas para progresar.

Jimena calla, pero se percata de que Petra se ruboriza.

Si pudiera contestar, lo haría. Está convencida de que la gaditana suspira por ese muchacho. Lleva todo el viaje observando los ojitos que se le ponen cuando el zagal abre la boca, cómo mira su torso desnudo, sus brazos musculados y sus ojos negros.

Jimena intervendría, aunque decide no hacerlo porque Gonzalo siempre la mira a ella, es algo perceptible, cualquiera se daría cuenta, pero como Petra está enamorada prefiere no entrometerse, nada le va en ello, así que se mantiene al margen cada vez que se reúnen. A ratos, Jimena ejerce de preceptora de latín y enseña al joven con la ayuda de uno de sus libros, y ambos se divierten.

Gonzalo ha explicado una y otra vez que su profesión es

una de las más respetadas. Es un cantero de renombre, y ha llegado a afirmar que, a pesar de su juventud, es maestro cantero. En las tediosas jornadas de navegación ha deleitado a su audiencia con anécdotas sobre las construcciones en las que ha colaborado, las magníficas edificaciones que ha erigido, y otras veces, no pocas, ha aburrido a sus amigas con largas descripciones de las rocas más utilizadas: caliza, granito, mármol, esquisto, y las técnicas adecuadas para extraer, cortar y pulir cada una de ellas.

Todos duermen en la cubierta del barco, han compartido el mismo reducido espacio durante semanas junto a muchas otras mujeres. Solo las señoras que han pagado un precio especial cuentan con una cama de dos metros de largo y menos de un metro de ancho en la bodega. Allá abajo las cosas son distintas, hay más alimentos, más intimidad y más protección ante las inclemencias del tiempo.

El mundo al revés: arriba los pobres y abajo los ricos.

Jimena ha sufrido mucho durante la travesía porque en la cubierta hay una sola letrina, a la vista de todos. En ella hacen sus necesidades hombres y mujeres, algo que la irrita pero que no parece molestar a nadie. Quisiera guardar su honor, levantar un tabique de madera que la ocultara de ojos extraños, pero eso no es posible, como tantas otras cosas.

Lo peor es la ropa interior. No ha podido lavarla en semanas y se encuentra incómoda. Abajo sí que es factible. Allí hay toneles de agua para ese propósito, y las sirvientas suben todos los días a tender los ropajes de sus señoras: sayas, tocas y, sobre todo, ropa interior, telas blancas secándose al sol.

—¡Atención! —anuncia Gonzalo—. Se acerca doña Mencía con aires de guerra.

A esas alturas todo el pasaje sabe que esa mujer es la más adinerada, la que ha reservado el mejor lugar en la nave, y siempre anda escoltada por dos sirvientas. Es la esposa de don Jácome, un comerciante que ha hecho fortuna en la isla.

—Mandaré que os corten las manos, niña —se dirige a Carmencita, que agacha la cabeza, y comienza a golpearla violentamente.

El capitán acude sosteniendo su barriga. Ha dejado una jarra de vino en el puente de mando y le resbalan unas gotitas por la comisura de los labios, que acaban por manchar su maltrecho uniforme.

—Señoras, no vayamos a chafar el momento. Estamos cerca de tierra.

—La ladrona ha vuelto a robarme. —Doña Mencía señala a Carmencita—. Tomó de mis pertenencias varios trozos de pan. ¡Os ordeno que la detengáis!

Antes de zarpar, cada pasajera tuvo que comprar en la ciudad su propio matalotaje: pan negro y bizcocho de harina de trigo. Solo las ricas pudieron añadir a su despensa personal pan blanco, carne salada, pescado seco, aceite, vino y vinagre.

Ante la impasibilidad del capitán, doña Mencía reanuda los golpes a la joven, que se defiende con los brazos. La señora es alta, fuerte y entrada en carnes, le saca al menos dos cabezas. Cuando los porrazos son insoportables, decide tirarse a la cubierta y hacerse un ovillo. Entonces comienza a recibir patadas, y las dos lacayas que acompañan a doña Mencía se suman al escarmiento público con abundantes escupitajos.

Carmencita subió al barco portando una talega pequeña. Ha estado robando a diestro y siniestro, y la han visto rondando por la cubierta inferior, territorio vedado para ella.

Se ve superada, llora y grita que paren, pero el capitán no hace nada, ha regresado al puente de mando a por su jarra de vino. Incluso ovillada sobre la cubierta, le cuesta protegerse, le sangra la nariz porque le han pateado la cabeza. Luego la agarran del pelo y la arrastran. Gime como un animal.

Es entonces cuando Jimena entra en acción. Golpea en el estómago a una de las sirvientas, que se retuerce del dolor, y luego arrolla a la otra, lanzándola contra las tablas del suelo.

Con el puño en alto, reta a doña Mencía y le grita en presencia de todos.

—¡Si volvéis a tocarla, tendréis que véroslas conmigo! —anuncia.

La señora la mira de arriba abajo lentamente, con aires despreciativos.

—No sabéis dónde os habéis metido. Mi esposo es un hombre poderoso. Acabará con vos en cuanto pongáis un pie en la isla.

No es la primera vez que se enfrentan por cuenta de Carmencita, pero Jimena no se amilana; al contrario, se va hacia ella y va a soltarle algo, pero no tiene la oportunidad de replicar nada.

—¡¡Tierra!! —grita el vigía.

Tocan con fuerza la campanilla: ¡tilín, tilín, tilín!

El capitán sube al timón y ordena que todos se presenten ante él, bajo el puente de mando.

Jimena, Petra e Isabel ayudan a Carmencita a incorporarse.

Gonzalo rebufa, ahora la cubierta está sucia. Todos duermen allí, y él tendrá que limpiarla. En esa nao de apenas veinte metros de eslora, él eligió un reducido espacio bajo el puente, pegado al camarote, el único habitáculo del barco con una pared de madera que lo protege de los vientos marinos.

—Señoras, estamos llegando a una de las islas menores —anuncia el capitán—. Vamos a atracar en busca de agua y algunas frutas. Os aconsejo que no os alejéis del barco, incluso que no desembarquéis. Es peligroso. Repito, es peligroso.

Espera que las mujeres asuman sus palabras, pero el murmullo no cesa.

—En estas islas habitan unos indios llamados caribes. No podemos asegurar que anden por aquí, porque se mueven como moscas por las Antillas Menores. Esos indios son violentos, y habéis de saber que... que... que comen personas.

Algunas no pueden contener un grito, otras se tapan los ojos, y Jimena tienta con su mano derecha el puñal que lleva escondido entre sus ropajes desde que partió.

—Sois libres de elegir permanecer a bordo o, por el contrario, dar un paseíto.

2

Isabel propone desembarcar. Convence a sus amigas al oír que el capitán apostará a uno de sus hombres armados a pie de barco, mientras los demás se adentran en la isla en busca de provisiones. Petra y Jimena asienten, Carmencita tirita.

La aproximación de la nao hace que todos a bordo, incluso la tripulación, batan palmas.

La silueta de la isla es imponente: unas altísimas montañas negras cubiertas en parte por el verde de la vegetación, con palmeras por todos lados, y también hay árboles que nunca han visto, de flores exóticas y grandes hojas. No se divisan cabañas o chozas, aquello parece deshabitado.

El capitán dirige la nave a golpes de timón hacia un río caudaloso que desagua en una playa de arena gris oscuro. Nada de eso se corresponde con la descripción que les habían dado. Como esperaban ver aguas turquesas y tierra blanca, hay caras de decepción. El barco cambia de rumbo bruscamente y navega aguas arriba. Cuando lo considera oportuno, al ver un improvisado embarcadero de troncos atados con cuerdas, ordena echar el ancla y recoger velas. A continuación, distribuye el trabajo. Dos hombres se dedicarán a reparar el velamen, otros dos permanecerán a bordo y uno se quedará en tierra vigilando mientras los demás se adentran en busca de alimentos frescos, tal y como ha anunciado.

Las amigas observan la operación de desembarco: todos los hombres van armados. Ellas desconocen si esos indios caribes son tan crueles como el mar que han dejado atrás, pero consideran que se merecen un rato de solaz, así que deciden estirar las piernas y olvidar el mareo.

Cuando los encargados de buscar provisiones desaparecen de la vista, las cuatro anuncian su deseo de descender. A pesar de los murmullos generalizados, los marineros obedecen y las ayudan a meterse en la barca, que se balancea cuando la abordan. Reman hacia la orilla y allí las sujetan por las manos una a una hasta que las dejan a salvo en un promontorio desde donde contemplan una vista muy bonita del río, el mar y las montañas.

Un marinero permanece próximo, pero ellas no quieren eso, desean cierto aislamiento, es la primera vez que pueden hablar de sus cosas sin que nadie las oiga, sin nadie cerca, sin reservas.

Sin adentrarse demasiado en la selva, eligen unas rocas y se sientan. Las cuatro se quejan de los mosquitos, que las hostigan sin descanso, y de la humedad sofocante. Se oyen cantos de pájaros que ninguna ha escuchado jamás. Dos grandes árboles proveen sombra, y más allá solo se divisa un sombrío e impenetrable bosque.

Saben que van a pronunciar las palabras que no han podido salir de sus bocas durante la travesía, al estar obligadas a permanecer en esa cubierta repleta de oídos cotillas. Son conscientes de que para rematar una unión fraternal es necesario que se conozcan mejor, porque cada una tiene un pasado, y hasta que no vuelquen los sentimientos más profundos que encierran sus entrañas no podrán alcanzar el estado que desean: ser como hermanas, sustituir a los parientes que han dejado atrás, constituir la nueva familia que a partir de ahora compondrá sus vidas, porque ninguna de ellas tiene propósito alguno de regresar.

Para sorpresa de todas, Isabel, de común reservada, comienza a narrar su relato sin dilación.

—Estoy casada —confiesa—. Bueno, lo estuve. Mi esposo era un soldado de cierto rango, un oficial que partió hacia la isla hace cinco años. No ha escrito desde entonces, y todo el mundo se compadece de mí, de mi mala suerte.

Hace amago de rebuscar en su interior.

—Marchó en busca de fortuna, me prometió que me traería la luna, que me cubriría todo este cuerpo de oro macizo —se señala desde los senos hasta las caderas—, y era un hombre luchador que siempre persiguió sus sueños, nuestros sueños. Ansiábamos convertirnos en personas respetables en nuestra ciudad, Córdoba. Allí queríamos ser como los califas de antaño, tener nuestro propio palacio. Pero bueno, lo importante es que nos queríamos, de eso no hay duda.

Deja pasar unos segundos, y luego añade:

—Y cuando ya pensaba que había muerto, un vecino de nuestro barrio afirmó que lo habían visto con vida.

La sorpresa en las otras es mayúscula.

—Me niego a ser una viuda de Indias más, esa nueva clase

social que ha comenzado a proliferar en la península tras la muerte de aquellos hombres que partieron como militares, porque han sido muchas las bajas, muchos los caídos, pero no creo que sea mi caso, eso quiero pensar. Dos clases de hombres se embarcaron, soldados y comerciantes; mi marido era de los primeros.

Todas entienden la dificultad de Isabel. A diferencia de ellas, que van en pos de una nueva existencia, un territorio prometedor, un mundo distinto, su compañera pretende recuperar su antigua vida, y esa es una empresa de futuro incierto, porque no podrá casarse si existe un marido pululando por ahí. De alguna manera, esa situación lastra las posibilidades de prosperar que las demás sí tienen.

Aun así, Isabel no baja la cabeza, no llora, no se compadece, sencillamente ha emprendido el viaje con ánimo de resolver el entuerto, con resuello y determinación.

Es el turno de Carmencita. Está tan impactada que cree que lo mejor para proseguir con la ronda de confesiones es contar su historia sin paliativos.

—Estoy aquí porque huyo, escapo de las garras de mi padre. —Se le quiebra la voz y no puede contener las lágrimas—. Es el ogro más cruel que jamás hayáis visto. Me ha mancillado sin piedad, sin pudor, sin contemplaciones. Lo diré sin rodeos: me ha violado cientos de veces. No exagero, no hablo de una vez sino de muchas, de toda mi vida en realidad. Desde muy pequeña, mis primeros recuerdos son esos: un padre que hiede a podredumbre y a alcohol arrancándome de la cama y llevándome donde los caballos para hacerme cosas muy feas. Es un hombre violento, que le pega a mi madre. Ella siempre está amoratada, ha tenido brazos rotos, piernas torcidas, por las palizas que recibe desde antes de que yo naciera. Soy la única hija, y tengo tres hermanos.

Carmencita dice todo eso llorando, tanto que las demás se arremolinan en torno a ella y comienzan a besarla, a acariciarle el pelo. Esa chica tiene aspecto de ángel: es la más bajita de todas, piel muy blanca, cabellos rubios rizados, labios rojo cereza y ojos azul claro.

Como no deja de sollozar, presumen que no ha terminado de volcar la pesada carga que acarrea dentro de su alma.

Lo que añade es aún más aterrador:

—Mis hermanos también me han violado. Jamás detuvieron a mi padre, jamás le recriminaron lo que hacía conmigo, nunca sabré si por miedo o por otras razones, pero esa es la verdad. Un día, sencillamente, decidieron imitarle y me forzaron los tres. No podéis imaginar lo que digo, lo que eso supone, y me cuesta trabajo describir esos episodios en los que mis hermanos, tres varones con los que había convivido toda mi vida, incluso a alguno lo había criado yo desde pequeño, empezaron a utilizarme como a una cabra, o cualquier otra hembra de las que todos sabemos que les hacen esas cosas en el campo, salvo que yo no soy un animal, soy una mujer.

Llora y llora, apenas puede hablar, se aturrulla y pide disculpas, su alegato es un conjunto de disparatados y dislocados datos sobre cómo la mancillaron, las sucias cosas que le hicieron, las aberraciones a las que la sometieron los de su misma sangre.

Atrocidad, monstruosidad, ignominia, brutalidad, crueldad, truculencia, barbarie, repugnancia, espanto, las mentes de sus amigas divagan pensando cuál es el calificativo más apropiado para definir lo que Carmencita ha vivido.

—Desde entonces, mi mundo es horroroso, un infierno en vida.

Por eso se ha embarcado, busca esa tierra donde le han dicho que a todos les esperan grandes oportunidades.

—Me escapé de mi casa sin dinero. Durante semanas anduve comiendo raíces del bosque y perdí mucho peso, y para colmo cogí unas fiebres terribles, pero no paré de caminar en ningún momento, y cuando creí morir, tuve la suerte de encontrarme con un pastor que cuidó de mí. Le conté mi historia, se compadeció, me ofreció su ayuda y terminó vendiendo un cerdo para que yo pudiera llegar a Sevilla y pagar el pasaje. Ese hombre hizo que recuperara la ilusión por vivir. Ahora sé que hay algunas personas buenas en este mundo.

Consigue detener el llanto, pero lo que ha narrado es tan impactante que se queda grabado en la memoria de sus amigas. No les será fácil olvidar esas palabras.

Pero la vida debe seguir, son jóvenes, y si están allí abriendo sus corazones es porque quieren conocerse bien para ayudarse y crear vínculos sólidos para protegerse unas a otras.

Petra encuentra entonces la señal que esperaba para relatar su caso. Las palabras de su amiga la han conmovido, y piensa que lo que se dispone a soltar a continuación no generará el impacto que *a priori* creía adivinar.

—Nací en Cádiz, la ciudad más bella del mundo. En mi infancia pregunté muchas veces por qué no tenía padre, todas las niñas lo tenían. Mi madre goza de cierta posición social, es...

bueno, es diferente. Es hermosa, viste muy bien, y posee una casa grande con muchas habitaciones en una calle céntrica.

A diferencia de Carmencita, Petra no desvía la mirada, a ella no le cuesta decir lo que se propone explicar.

—Creo que ya lo habéis adivinado. Mi madre es la propietaria del burdel más afamado de la ciudad, siempre se ha dedicado a eso. Me crie sin padre, ella no supo decirme quién me engendró. Tuvo tantos amantes, tantos admiradores, tantos pretendientes y, por qué no decirlo, tantos clientes que alguno tuvo que ser.

Petra observa las caras de sus amigas. No parecen tan impresionadas como con las historias anteriores. Suspira. Esa es la vida que siempre ha conocido, y tiene tan asumido su rol en la sociedad que no le molesta que otros sepan que su madre es una proxeneta; eso sí, una proxeneta refinada y elegante. Si sale a pasear por lugares públicos, nadie la señala, pues ha conseguido a base de esfuerzo y dedicación que su profesión se vea como un próspero y saneado negocio.

—Esa es la razón que me ha traído hasta aquí, de alguna manera. Sueño con un hombre que me quite de ese camino, no quiero ser como mi madre. Sé que puedo confiar en mis amigas, y os pido que mantengáis esto en secreto. Algún día me veréis bien posicionada. Deseo ser una dama de altura, a eso aspiro.

Carmencita, con los ojos aún llorosos, se levanta y se arrodilla frente a ella.

—Ya eres alta —le dice—, eres la más alta de nosotras.

Todas ríen, se toman de las manos y se besan. Luego se miran con ternura, se funden en un abrazo sincero.

Prometen que siempre estarán unidas, que contarán con la ayuda de las otras, que nadie podrá atacar a una sin que las demás actúen al unísono. El pacto es ahora más fuerte que nunca.

Incluso le ponen un nombre a ese acto que están llevando a cabo, a ese intercambio de confidencias sin límites.

Lo llaman «cónclave».

Cada vez que alguna necesite bien apoyo bien consejo, se convocará un cónclave donde todas pondrán sus mentes a trabajar en beneficio del grupo.

Sonríen porque la idea es reconfortante, incluso antes de llegar a puerto ya están construyendo estructuras sociales que harán más factible la vida que les espera.

Es entonces cuando escuchan un estruendo.

¡Bum!

El marinero vigía ha disparado su arma.

Y ha fallado.

A todas les pitan los oídos por la fuerte detonación de la pólvora.

Pero pueden ver cómo un indio se acerca a ellas.

No tiene prisa, camina sigiloso, ligeramente encorvado. Viste solo una prenda de algodón tapándole las vergüenzas, va descalzo y porta una lanza de madera donde ha insertado una punta de piedra pulida. Su piel es cobriza, el pelo lacio, y luce unas marcas realizadas con pigmentos blancos y negros sobre su cara y su torso.

Se escuchan gritos desde el barco: están observando la escena.

Las jóvenes permanecen petrificadas.

El caribe continúa su avance, se planta frente a ellas, las mira con determinación y luego no duda en atrapar a una en concreto.

Carmencita.

Esa mujer es bien distinta a cualquier otra que haya visto, le llaman la atención su pelo rubio, su tez tan blanca y sus ojos. Sin dudarlo, la sujeta por la cintura y la carga sobre su hombro, como si fuese producto de la caza.

Se oyen nuevos gritos que provienen del barco. El capitán ha ordenado al marinero que vuelva a disparar, pero rearmar y cargar un arcabuz lleva su tiempo. Además, ese hombre antes se dedicaba a labrar el campo, y con su poca pericia en armas presume que si dispara sobre el indio va a matar a la dama.

Cuando el captor ya se retira con su presa, Jimena decide entrar en acción.

Lo primero que hace es sacar un cuchillo del interior de su ropaje.

Petra e Isabel no dan crédito.

Luego profiere un grito enorme, tan enérgico como para frenar al indio en su carrera antes de alcanzar la frondosidad de la selva.

Ella aprovecha ese receso y corre en su busca. El salvaje se ve tan sorprendido que detiene la huida.

Jimena le da alcance y lo amenaza con su daga, un arma un poco más larga que un puñal, con una preciosa empuñadura de marfil y unas letras doradas incrustadas. La eleva al aire y se la muestra al indio en tono desafiante. Él está desconcertado por dos razones. La primera y más evidente, que esa mujer que viste extraños ropajes le rete.

Pero mucho más llamativo es el resplandor metálico del objeto con que lo amenaza.

Arroja a Carmencita al suelo como si fuera un saco de yucas. Ha perdido todo interés por esa criatura, ahora solo desea hacerse con esa arma.

Mueve los brazos para intentar agarrar a Jimena y someterla, pero ella lo esquiva, da un salto atrás y se posiciona con la daga apuntando a la cara del nativo.

Ambos comienzan a dar vueltas en torno a un punto fijo, como si estuviesen midiendo sus fuerzas, pensando la mejor manera de acabar con el otro, pero en realidad ella solo está rezando para que su oponente salga corriendo y la deje en paz.

Cuando ve que eso no ocurre, que ese bruto está decidido a llegar hasta el final, le lanza un ataque que el hombre logra eludir. A cambio, él la agarra del brazo con una fuerza que le impide zafarse. No ve otra solución más que morderle la mano, algo que el caribe no espera. Retira la tenaza y ella queda libre.

El nativo se queda mirando la sangre que comienza a salir de la tremenda mordedura, ensimismado por la sorpresa, y entonces ella aprovecha y describe un arco con la daga, con la fortuna de alcanzar el pecho de su contrincante.

Ahora sí que brota un reguero de sangre: ha conseguido rozarle con la punta del metal, una raja que sería decisiva para mucha gente, aunque eso tampoco disuade al caribe para dar por concluido el asalto.

El hombre toma su lanza, levanta el brazo y se dispone a arrojarla sobre el cuerpo de Jimena.

Todos gritan. Desde el barco llegan estruendos ensordecedores: están disparando al aire para espantar al indio, cosa que no sucede. Es un guerrero curtido que no se amilana por el ruido de armas de fuego que, además, desconoce.

Jimena es consciente de que va a morir por el impacto de la lanza si no lo remedia.

Actúa con rapidez y se lo juega todo a una carta.

Se separa unos metros para tomar distancia.

Agarra su daga por la punta de la hoja y señala al indio.

La arroja entonces con todas sus fuerzas.

Dibuja una trayectoria perfecta hacia su objetivo: el corazón del atacante.

La entrada es limpia, se clava en el cuerpo y el caribe se ve sobrepasado. Con los ojos muy abiertos, cae de rodillas y luego se desploma.

Incluso los pájaros dejan de cantar: ahora ni graznan, ni grajean, ni ululan, tampoco llegan sonidos desde la nao. Tienen que pasar unos segundos, tal vez minutos, para que alguien diga algo.

Desde el barco han podido ver cómo Jimena ha fulminado al indio.

¿Qué tipo de doncella hace esas cosas?

Petra decide recomponer la situación. Toma del brazo a Isabel y van en busca de Carmencita. Las tres se acercan a Jimena; es evidente que incluso ellas están impactadas por lo ocurrido.

Se abrazan y se besan.

Antes de dirigirse al barco, Jimena va hacia el indio y le

extrae su daga. La limpia con el mismo trapo que viste el cadáver y se la guarda.

Luego todas caminan ante las miradas atónitas del resto del pasaje.

Sus amigas cuchichean sobre lo sucedido, la buena suerte que han tenido al contar con la pericia de una de ellas, pues ya lo daban todo por perdido.

Pero Jimena piensa en otra cosa.

Se siente liberada.

Porque la conversación que mantenían acabó de forma abrupta.

Su pasado, los motivos para emprender ese peligroso viaje, su procedencia, su familia, sus objetivos, todo eso seguirá a buen recaudo.

Ya no tiene por qué revelar sus propósitos.

Ni tan siquiera a sus amigas.

3

Transcurren los últimos días de navegación. Nadie ha hecho mención alguna a lo ocurrido, aunque Jimena es consciente de que es la comidilla del barco y, lo peor, que se sabrá en la ciudad; será sin duda el suceso más sorprendente que reflejará el capitán en su diario de a bordo.

Pero la ilusión por culminar el viaje es tanta que nadie le presta atención a la misteriosa heroína, todos están ocupados pensando en el desembarco.

Suena de nuevo la campana.

—¡Tierra! —grita el vigía.

Y esta vez es la definitiva: han alcanzado La Hispaniola.

Lo primero que vislumbran al acercarse a la isla les deja sin aliento: una preciosa playa de arena blanca repleta de palmeras.

—El almirante Colón bautizó este pequeño paraíso como Saona. Se trata de una islita que está unida al resto por unos manglares, os ruego que observéis —pide el capitán.

Se suceden las exclamaciones de admiración.

Nadie había contemplado algo tan maravilloso antes, ahora comprenden las palabras que llegaron a sus oídos en la península sobre la existencia de un lugar celestial. Todas permanecen en la cubierta, cientos de ojos pendientes de ese vergel al que se dirigen y que a partir de ahora será su nuevo hábitat. No dejan de ver arena clara y aguas turquesas según avanzan, y las escenas de esbeltas palmeras sobre la línea de costa son sencillamente cautivadoras.

Un par de horas después, el capitán anuncia desde el puente de mando que se acercan al río Ozama, el puerto natural donde desembarcarán. Pocas lo notan, pero se ha aseado con el agua que aún quedaba en el tonel de su camarote, y se ha puesto una casaca casi limpia.

Con palabras solemnes, anuncia que han llegado a la fabulosa ciudad de Santo Domingo, la primera de ese lado del océano.

La nao se introduce en el río a golpes de timón. Hay mucha gente en ambas orillas aguardando con gran expectación la llegada del barco.

Todos son hombres.

Un cuarteto de músicos hace sonar sus laúdes, apenas perceptibles por el griterío existente dentro y fuera del barco.

Hay una comitiva esperando el desembarco en el lado oeste del río, donde el muelle parece más sólido. Ya se ven las construcciones, una torre vigía, y las banderas ondean por doquier, han preparado con esmero la llegada.

El capitán mete la barriga, pasa las palmas de sus manos por las solapas del uniforme para intentar aplanarlas y espera paciente la llegada de las autoridades. Tiene claro que le recibirá el alcalde, como mínimo. No es previsible que el mismísimo virrey acuda, eso sería excesivo.

Cuando el barco roza el embarcadero y el balanceo del navío se detiene, el silencio se apodera de la nave. La mayoría de las pasajeras soñaban con ese momento, y ahora ya no es una quimera sino una absoluta realidad: van a comenzar una nueva vida y les cuesta interiorizarlo.

Suena entonces un fuerte estallido, seguido de otros dos más.

¡Bum! ¡Bum! ¡Bum!

Tres cañonazos lanzados desde una bombarda situada en la Fortaleza.

Las balas alcanzan el mar Caribe y se pierden entre las olas.

El alcalde no aparece, ni ninguna otra autoridad.

Decepcionado, el capitán ordena el desembarco.

Las damas van cruzando la pasarela con la ayuda de los marineros y el personal de tierra. La primera en desembarcar es doña Mencía. Allí es recibida por su esposo, don Jácome, junto a una cohorte de sirvientes, la mayoría indios taínos vestidos a disgusto con uniforme negro y camisa blanca almidonada que atosiga sus cuellos.

La noble sevillana está emparentada con la Casa de Alba. Sus apellidos abrumaron a Jácome cuando años atrás osó poner sus ojos en ella por primera vez. Mientras que él proviene de una familia de mercaderes gallegos con cierta fortuna, doña

Mencía atesora una larga lista de títulos nobiliarios, de esos que suelen asustar a cualquiera poco habituado a la corte.

Se conocieron en el transcurso de una velada organizada por los reyes, y aunque ella no era su tipo de mujer ansiada, quiso desde el primer momento que sus hijos contaran con esos apellidos. Pronto tuvieron tres, todos varones, y la fortuna de Jácome experimentó un rápido crecimiento gracias a las relaciones que su esposa le proporcionaba. Y cuando el comerciante anunció que se marchaba a organizar nuevos negocios en los territorios descubiertos, nadie en la ciudad dio crédito a sus palabras. Partió solo, ignorado y en parte repudiado por la familia de ella. A pesar de eso, él se empeñó en enviar cartas y más cartas contando lo bien que le iba, las bondades de esas latitudes, el número de indios que le habían correspondido en el repartimiento y la impresionante cantidad de negocios que emprendía. Todo se multiplicaba, pues sin cesar llegaban noticias de nuevas conquistas y ricos parajes repletos de oro.

Nada de eso convencía a su mujer, que seguía sin ver la necesidad de subirse a un barco, cruzar el océano y abandonar la próspera Sevilla. El palacio de la familia, el séquito de sirvientas, las comodidades de una vida resuelta, tuvo que pasar mucho tiempo para que aceptase una resolución tan trascendental.

En realidad no fue una decisión de doña Mencía, sino de su prima, María Álvarez de Toledo, casada con el virrey de las Indias, Diego Colón, segundo almirante de la mar Océana.

Un buen día, su prima María de Toledo le hizo llegar una carta lacrada con un precioso sello a Sevilla. Cuando la leyó, doña Mencía tuvo dos sentimientos encontrados. Por un lado, que la Casa de Alba requiriera de manera formal sus servicios para acompañar a la noble en su desplazamiento para cumplir con su papel de consorte de un virrey la llenó de alegría. De inmediato fue consciente de que su prima, con la que siempre congenió, haría de ella la primera dama de la nueva corte de Indias. Ahora no tendría que competir con estúpidas cortesanas, mujeres poco preparadas, de familias mediocres, que luchaban por un puesto en las cercanías del poder.

Pero apenas se dio cuenta de lo que eso suponía, comenzó a temblar. Cruzar el mar era algo espantoso, llegaban testimonios de barcos hundidos por un fenómeno natural al que llamaban huracán. Solo en los últimos años, decenas de naves habían sido tragadas por el traicionero mar Caribe. Además, ella jamás había navegado, desconocía cómo sería la travesía.

Al final tuvo que decir que sí cuando recibió otra carta de Jácome: si no acudía a su llamada, el virrey tendría que retirarle todos los privilegios concedidos, y él se vería obligado a regresar a Sevilla con las manos vacías después de tanto tiempo y esfuerzos.

Doña Mencía viene por tanto a acompañar a su prima, a ser la más distinguida noble de Santo Domingo. Pero cuando desembarca, salvo los laúdes y la gentuza que aguarda para ver bajar a las mujeres, el virrey no la está esperando, tampoco su prima.

Ve una comitiva de carrozas, bellos caballos negros engalanados, pero nada de trompetas, ni de militares con las espadas en alto.

—Decidme al menos que los tres cañonazos han sido en mi nombre y honor —espeta a Jácome.

Su marido no responde.

La agarra de la mano y la invita a subir a la primera carroza.

Ella lo mira con aire desafiante. Hay una conversación pendiente que acometerán en cuanto lleguen al palacio que él le ha prometido.

Esa será la siguiente decepción: Jácome no ha tenido tiempo de comenzar a construir mansión alguna. Ha estado realmente ocupado con sus nuevas amistades.

Unas que ahora tendrá que ver cómo simultanear.

Las cuatro amigas desembarcan en último lugar. Es Gonzalo quien las acompaña a tierra. Un escribano sentado junto a una mesita a pie del embarcadero toma el nombre de cada una de ellas. Para las mujeres han dispuesto un acomodo provisional en un convento mientras encuentran su propio destino.

Gonzalo tendrá que arreglárselas por sí mismo, no hay nada previsto para los hombres que llegan desde la península.

Los cinco se miran detenidamente. Deben separarse, aunque saben que solo es temporal. Esa travesía infernal los ha unido, y ahora que comienzan su nueva vida se tienen unos a otros, al menos cuentan con eso.

Las jovencitas se marchan tras un fraile junto a otras muchas, forman una fila inédita en esos lugares.

Gonzalo se queda solo, le cuesta unos segundos asumirlo, pensaba que ese momento nunca llegaría y no está preparado para afrontar la soledad, pero no le queda otra.

Camina hacia el interior de Santo Domingo con su talega al hombro.

Sus zapatos están rotos y no le permiten andar con naturalidad. Los únicos pantalones que posee muestran varios desgarros mal cosidos, y la camisa huele a diablos. En el bolsillo lleva unos pocos maravedís, apenas alcanzarán para comprar un trozo de pan para la cena.

Suspira, hace balance de su vida y se recuerda a sí mismo el propósito de ese viaje. Agarra la taleguilla con determinación y se introduce en ese trozo de Europa incrustado en una isla del mar Caribe.

4

Gonzalo aprovecha la oportunidad para dar un paseo. Es la primera vez en muchas semanas que se encuentra en tierra firme y, aunque su prioridad es hallar un lugar donde dormir, no quiere dejar pasar ni un minuto para tener ese primer contacto con la ciudad que sueña con ayudar a construir.

Contempla un conjunto de edificaciones que sobrepasan sus expectativas. Pensaba que podría sobresalir ofreciendo sus servicios, pero ante él se erige un conjunto sorprendente: casas, iglesias, monasterios y palacios de impecable factura.

Tarda unos momentos en reaccionar, pero como es un joven valiente, nada de eso le amilana.

Lo primero que le llama la atención es el trazado de la ciudad. Las cuadrículas son impecables, las calles paralelas parecen alineadas con escuadra y cartabón, es evidente que han sido diseñadas a cordel, con esquinas a noventa grados.

Concluye que esa urbe es un damero perfecto.

La han llamado Santo Domingo porque Bartolomé Colón la fundó por orden de su hermano un domingo de agosto, esa al menos es la teoría que circula por allí. Aunque hay otra.

Como el padre de los Colón se llamaba Doménico, también afirman que eso fue lo que los llevó a elegir ese nombre.

El capitán le puso al tanto durante la travesía de los avances que ha experimentado ese primer enclave de ultramar. Al principio Santo Domingo fue ubicada en la margen oriental del río, pero misteriosas y desconocidas razones provocaron su traslado al poco tiempo. Unos hablan de un huracán, que acabó con casi todo, otros aluden a motivos mucho más ocultos e incluso enigmáticos. Nadie sabe en realidad qué ocurrió. Allá quedan algunas edificaciones de piedra destruidas, vestigios de otra época, y apenas unas pocas chozas y unos cuantos asentamientos de indios taínos. A esa zona la han llamado Pajarito, tampoco sabe nadie por qué, y lo único que Gonzalo tiene claro es que piensa cruzar en cuanto pueda.

Ahora la ciudad por donde pasea está al occidente del Ozama, una gran planicie bien situada que tiene al sur el mar Caribe, al este el río, y al norte un farallón no muy elevado donde están construyendo un monasterio de imponente fachada de piedra. La ciudad crecerá hacia el oeste, donde se pueden ver casas de madera con techo de paja, esa es la zona menos consolidada, la que alberga a la gente más humilde.

Gonzalo se encuentra pronto con una gran plaza, a la que llaman plaza Mayor, que tiene plantada una cruz enorme en el centro. Cuando pregunta, le dicen que ahí se levantará la catedral. Se le hace la boca agua pensando en ello.

En la plaza hay mucho ruido, un fragor incesante, gente que va y viene, que parlotea, vendedores que ofertan sus mercancías y pregoneros que anuncian los comunicados reales. Pero no puede detenerse, son muchas las cosas que le quedan por ver.

El diseño de la urbe ha partido de una calle, la paralela al río, que da paso a una torre militar. Es la calle del Rey, aunque también la llaman calle de la Fortaleza.

Más tarde todos se reirán de esos nombres, porque en poco tiempo recibirá su denominación definitiva: calle Las Damas, cuando las féminas comiencen a pasear al atardecer. Es la avenida que lleva hacia la Fortaleza, siguiendo la ribera del río. Gonzalo comprende que esa ronda sirvió para trazar todas las demás, que son, por tanto, o bien paralelas o bien perpendiculares al río.

Allí todos los palacios son de piedra, la mayoría de dos alturas, muchos de bella factura. Comprueba entonces algo que ansiaba descubrir: la roca caliza impera por todos lados, es la base que sustenta esas edificaciones, fácil de cortar y pulir, aunque a veces de menor solidez y sostén que otras cuando se quieren elevar las construcciones. La caliza pura es blanca, pero su contenido en impurezas, como arcilla y hierro, hace que pueda tener color crema, rojizo o gris. Allí predomina el color crema, o más bien marrón claro, o algo parecido, aunque también hay gris. Ya arde en deseos de ver la cantera.

A la calle paralela la han llamado Isabel la Católica, y es tan bonita como la anterior, tal vez más, con mansiones que él califica de espectaculares. Los nobles, cortesanos, altos cargos de la administración y demás pudientes que llegaron años atrás recibieron de manos del comendador mayor los mejores lotes de parcelas. Se ha informado y sabe qué familias nobles las habitan: Rodrigo de Bastidas, conquistador y alarife, Francisco de Garay, alcalde mayor, y una de las mejor situadas es la mansión de Nicolás de Ovando, anterior gobernador, no en vano fue él quien repartió esos lotes de terrenos valiosos.

Caminando hacia arriba descubre la única calle que no es recta y encuentra la razón: sigue la línea del farallón, y es la salida natural hacia el norte de la ciudad, donde se eleva el monasterio. Pregunta entonces a unos monjes enredados en sus discusiones, sentados a la sombra de un árbol. Son cuatro, llevan hábito de sayal marrón oscuro y cíngulo de tres nudos en la cintura. Sus sandalias humildes, abiertas y desgastadas le hacen comprender que son franciscanos, siguen el voto de pobreza. Esa calle se llama Las Mercedes, y el monasterio, de San Francisco.

Se pregunta cómo han podido edificar todas esas construcciones en tan poco tiempo, es absolutamente imposible; él conoce la profesión y sabe las dificultades de ese duro trabajo. Como no encuentra explicación, en su mente comienza a formarse una idea que lo perseguirá en los meses siguientes: esa villa tiene algo mágico, no sabe qué es, pero está convencido de ello, no parará hasta descubrirlo.

Gonzalo busca un lugar donde sentarse, aún le tiemblan las piernas del viaje y ha caminado un buen trecho. Se acomoda en una murallita algo elevada y observa la grandeza que tiene a sus pies.

En esa ciudad residen —y en un momento u otro partirán hacia sus destinos— todos los conquistadores que escribirán la Historia: Diego Velázquez a Cuba, Ponce de León a Puerto Rico, Esquivel a Jamaica, Alonso de Ojeda hacia tierra firme, Rodrigo de Bastidas a Colombia, Núñez de Balboa hacia Panamá, Cabeza de Vaca a Florida y el Misisipí, y Hernán Cortés a México.

Gonzalo piensa en Jimena y reflexiona sobre sus prioridades. Quiere enamorarla, quiere construir las mejores mansiones en esa isla para colmarla de placeres y, sobre todo, quiere pasar el resto de sus días junto a ella.

Pero ahora toca poner los pies en el suelo, se considera un joven sensato. Desde su posición, tendría que ir hacia el oeste de la ciudad para encontrar cobijo, es realista y entiende que debe dejar atrás todas esas lujosas construcciones de piedra y ladrillo. Pero su olfato le dicta la dirección norte. Con ese propósito, comienza a internase en un área de casas de madera muy distinta a ese Santo Domingo que tanto le ha impresionado.

Sigue caminando y encuentra chozas levantadas con troncos y techos de hojas de palma que no se parecen en nada a las cabañas que pueblan los campos de Castilla.

Es un poblado taíno, un asentamiento de los nativos.

Las casas están dispuestas formando un círculo, en torno a una gran plaza de tierra donde juegan los niños. Continúa su avance con la taleguilla al hombro y se cruza con los primeros indios. La mayoría van casi desnudos, visten ligeros trapos de algodón, aunque algunos usan ropas europeas, pantalón y camisa que a todos parecen quedarles excesivamente grandes.

Hay gente cociendo vasijas de barro, otros despellejan animales para echarlos a las cazuelas y varios ancianos tallan madera. Deambula entre ellos, se detiene y comienza a hablar con un joven de su misma edad.

—Gonzalo —se presenta, y le ofrece la mano como haría en su tierra.

El taíno no entiende, no le devuelve el saludo y se da la vuelta alejándose. Él no se desanima, sonríe y continúa buscando, aunque el tiempo acucia, está oscureciendo y aún debe hallar un lugar donde dormir.

Entonces se percata de algo que despierta su interés: una cantera. Se acerca corriendo y se sorprende al ver piedras ya extraídas y preparadas para enviar a la ciudad, y también otras que se han quebrado y servirán para tallar complementos. Toca con sus manos un bloque de caliza pulida. Dictamina que no está mal, pero él sabría sacar los ángulos de una forma más precisa a esos sillares.

Se le acerca un indio un poco mayor que él, sorprendido al verlo palpar una y otra vez las rocas.

Vuelve a ofrecer su mano:

—Mi nombre es Gonzalo.

—Arturo.

El tipo viste más o menos al modo europeo, su pelo es lacio, negro como el azabache, cortado a la altura de los hombros, y sonríe por el interés mostrado por ese joven en una piedra grande. Nadie en su sano juicio se interesa en esas cosas.

—Soy maestro cantero —afirma Gonzalo.

El indio se asombra. Aunque no entiende el idioma a la perfección, sabe que esas palabras están destinadas al máximo escalafón en la profesión que han traído esos seres extraños a sus tierras.

Arturo es el encargado de la cantera, y piensa que ese joven le está queriendo engañar. Primero por su edad; pero, además, otros maestros a los que ha conocido no visten de esa forma, ni caminan con zapatos destrozados, perdidos con una talega sucia a la espalda.

Le invita a acercarse al poblado.

—Eres bienvenido a nuestro *yucayeque*, nuestra aldea —le dice—. Puedes quedarte aquí, ya es noche, y mi bohío ahora es tu bohío.

Le explica que los taínos viven en comunidades pequeñas llamadas *yucayeques*, ese podría contener más de cincuenta viviendas de diferentes tamaños.

—Aquella es la morada del cacique, es un caney.

Arturo señala a un indio, un taíno de aspecto altivo que no despega la vista del cielo. En su cuello luce una especie de medallón de oro de gran tamaño, símbolo de distinción y autoridad.

Se percata de que Gonzalo está impresionado al ver ese círculo dorado.

—Guanín. Esa pieza es sagrada, tú como otros aprecias ese metal.

Asiente repetidas veces. En Castilla nadie va por ahí luciendo en el pecho un colgante del tamaño de la corona de una Virgen.

La casa del cacique es la más grande, y la única con forma geométrica; todas las demás chozas adoptan formas circulares. Le señala con la mano una de ellas y se acercan. En el entorno hay más personas cuchicheando: la presencia del joven europeo es toda una novedad.

Gonzalo entra y observa que hay varias camas hechas de tiras de algodón y fibras atadas a pilares de madera. Imagina que su propósito es que las alimañas no les ataquen mientras duermen.

Pero algo le impide prestar atención a esos detalles, porque sufre un repentino impulso de salir de allí, no ha visto nada así en toda su vida, el hecho más sorprendente de su existencia.

Una india yace en una de las hamacas.

Está completamente desnuda.

Él se ruboriza y echa a correr. Arturo lo detiene, extrañado, incluso ofendido.

—¿Por qué abandonas mi casa? También tuya —le dice.

Gonzalo se muestra turbado, esa imagen le ha impactado. Hace un esfuerzo por volver dentro, le cuesta, y al final acaba entrando.

Es la primera vez que observa el cuerpo de una mujer de esa forma: los senos al aire y el vello púbico sinuoso, una poderosa imagen.

Como su estómago ruge, acepta una especie de torta que le ofrece su amigo. La prueba y le resulta deliciosa, lleva semanas sin comer algo tan exquisito.

—Casabe —dice Arturo—. Se hace con yuca.

Le muestra el tubérculo y Gonzalo asiente mientras mastica sin parar.

Aun así, no puede dejar de mirar a la taína. Es bonita, bellísima en realidad, y con la luz que proporcionan los últimos rayos de sol cree estar contemplando un cuadro de esos que ha visto en el interior de alguna catedral, una figura mitológica muy femenina.

Cuando termina de masticar la torta, Arturo lo invita a sentarse junto a su hermana y otras indias, todas desnudas. En el centro hay una roca que les sirve como mesa. Han depositado carne asada y abundante fruta.

—Se llama Ana, y ahora también tu amiga.

La joven se levanta y se acerca a darle dos besos. Como permanece sentado, ella le roza con sus senos el rostro cuando se inclina.

—¿Esto hacéis vosotros?

Gonzalo le devuelve los amistosos besos y asiente repetidas veces.

Arturo le explica a su hermana que él es una gran personalidad, un experto en las soberbias construcciones que esa gente llegada del mar está levantando por todos los rincones de la isla.

—Todo lo que aquí hay es tuyo —afirma Arturo—. Puedes tomar lo que desees.

Y entonces señala a Ana.

Gonzalo no da crédito.

Algo así no puede estar ocurriéndole.

Agarra un muslo del plato y se lo lleva a la boca. Le encandila, tiene un sabor sencillamente excepcional, no sabe si es porque lleva semanas sin probar carne tierna o porque eso que parece la pata de un ave grande es lo más delicioso que ha masticado en su vida.

Agradece con mil gestos la generosidad de su nuevo amigo, lo que está viviendo le resulta irreal, y aunque los aborígenes hablan entre ellos en un idioma que no conoce, percibe que están contentos con su compañía.

Cuando terminan la cena, Ana se acerca y le toca de forma delicada la barba. Se muestra extrañada por esos pelos que nacen de su rostro. Luego le lanza una mirada amable y le ofrece un pote de cerámica que desprende humo y huele como los ungüentos balsámicos de los médicos castellanos.

Como él no sabe qué es eso, ella traga para que la imite.

—Así.

La india aspira a través de una caña. Gonzalo no se atreve, pero acaba aceptando, no quiere parecer grosero ante esa gente tan desinteresada y amable.

Mira el interior de la vasija y ve que hay hierbas prendidas, traga y tose de manera compulsiva. Los demás ríen, especialmente las mujeres.

—Los otros como tú ya aman esto.

Él lo duda. Nunca ha visto mayor aberración, lo ve antinatural, una planta ardiendo cuyo humo se introduce en los pulmones. Jamás.

Cuando terminan de fumar, Arturo le ofrece una hamaca dentro del bohío, que Gonzalo acepta con alegría: podrá dormir como no lo ha hecho en mucho tiempo. Da gracias a Dios por su suerte, sigue con vida después de una peligrosa travesía y ahora, además, tiene un lugar donde comer y dormir.

Esa noche, tendido plácidamente, sueña con encontrarse de nuevo con sus amigas.

Pero evitará decir una sola palabra con relación al hecho de que ha dormido junto a una mujer desnuda.

Cuando cierra los ojos, su cerebro lucha entre dos imágenes a cuál más perturbadora: la fabulosa ciudad que ha conocido, por un lado, y el cuerpo desnudo de Ana, por otro.

Pero tarda poco en decantarse, porque no logra contener una vigorosa y pertinaz erección.

5

Don Jácome cierra la ventana de su alcoba de forma violenta. Su esposa solo lleva allí un par de jornadas y ya está haciendo temblar los cimientos de su existencia. Está enfadada por todo: la casa que han puesto a su disposición, el calor, la humedad y la falta de experiencia del servicio, especialmente de las nativas.

Él había hallado consuelo en dos hermosas indias, pasaba ratos deliciosos enseñándoles su idioma, y cada noche se debatía con cuál de las dos encamarse.

Solo de vez en cuando se dirigía a la plaza del Contador, a la taberna más animada, el Pata Palo, el burdel donde todo es posible, uno de los negocios de su propiedad, y allí encontraba distintos tipos de placer y diversión, que elegía dependiendo de los tratos que hubiera realizado esa jornada.

Y ahora, con Mencía junto a él, todo eso ha acabado de un plumazo.

A las indias las ha enviado al interior de la isla, y es consciente de que no pisará el Pata Palo por un tiempo.

Maldiciendo su suerte, deja a su mujer enfrascada en una

discusión absurda: esa casa en la que habitan no está a la altura de su alcurnia, le recuerda que ella es prima de María Álvarez de Toledo, virreina que pertenece a la Casa de Alba y está emparentada con el rey, jamás nadie ha pisado las Indias con una sangre tan azul como la suya. Y cuando su marido la recibe en esa isla, ¿en qué clase de casucha la ha metido? Si su prima está construyendo un palacio, ella no puede quedarse atrás, así que ordena a Jácome que se ponga a ello de inmediato.

En cuanto pierde interés en Jácome, se lía a regañar a las sirvientas. Él aprovecha y se marcha rumbo a su negocio. Esa mañana, que califica de aciaga, espera encontrar algo positivo en su vida. También valora huir de la isla con el pretexto de buscar nuevas oportunidades en el vasto mar Caribe, convertirse en un descubridor más.

Caminando por la calle Isabel la Católica en dirección al puerto, recuerda su pasado, su vida en Sevilla. Es un hombre decidido, sabe comerciar, sacar partido a negocios rentables que otros ni siquiera huelen.

Pero ¿cuánto resistirá atrapado en un matrimonio con una persona a la que no ama? Tiene algo muy claro, ella es la noble, la que tiene fortuna desde la cuna, y su familia jamás permitirá una ofensa de esas dimensiones. Si cometiese ese ultraje, lo perseguirían y lo encontrarían, incluso escondido en la selva más recóndita.

Sumido en ese océano de pensamientos turbios, avanza hacia las atarazanas y se cruza en la calle con cuatro doncellas. Las ve desenvueltas, joviales, y mientras cuchichean entre ellas, piensa que ha tenido la mala fortuna de casarse con alguien que no dispone de la más mínima frescura para hacerle feliz.

Sus ojos se van inmediatamente hacia una de ellas: Petra.

A continuación, ocurre algo que, para él, carece de explicación.

Todo sucede en un instante, un puro y nítido destello de claridad.

Está convencido de que jamás ha visto una mujer más atractiva, parece flotar al caminar, mueve sus brazos con la misma suavidad que el viento impulsa las ramas de las palmeras, el pelo negro sobre esa piel blanca es lo más delicado que ha encontrado en el género femenino, incluso cree percibir un sutil perfume que le enerva cuando pasa cerca de ella.

Jácome reconoce que no es un hombre fácil de encasillar en lo que se refiere a mujeres y, aun así, algo en su interior le asegura que esa joven es la solución a todos sus males. Lo intenta, pero no puede hallar razones y, sin saber muy bien por qué, se jura a sí mismo que luchará hasta conseguirla.

Se detiene y las observa alejarse. Sabe que no le costará encontrar el rastro de cuatro jóvenes recién llegadas en el mismo barco que trajo a su mujer.

Maldito barco.

Ahora sonríe y camina raudo hacia el puerto. Es consciente del nuevo cariz que ha tomado el día.

Ya no lo ve todo negro.

Jimena, Isabel, Petra y Carmencita caminan de regreso al convento de San Francisco. Las cuatro conviven en la misma estancia, una celda monacal. No les han puesto límite de tiempo, pero todas entienden que aquello es provisional.

La situación de cada una es bien distinta.

A Carmencita le urge encontrar algún trabajo en el que emplear sus días y ganar dinero. No tiene ninguna prisa por enamorarse de un soldado o un conquistador, esperará hasta hallar a un hombre que la quiera de verdad, a eso dedicará su vida, pero sus bolsillos están vacíos.

Isabel no anda mal de fondos. Vendió su casa de Córdoba junto con los animales y las tierras de cultivo. No es mucho, pero le dará para vivir y comer mientras busca y rebusca. Está convencida de que va a reencontrarse con su esposo, y que los últimos años habrán sido solo un mal sueño.

Petra también dispone de maravedís, en realidad es la que más monedas trae de todas ellas, muchas, tantas que sus amigas piensan que tal vez no debería haber dejado su casa atrás y haberse arreglado de otra forma en lugar de cruzar el océano.

Y Jimena tampoco anda mal de dinero. Aun así, es la primera en anunciar sus planes:

—He visto que la fruta que se vende en la ciudad está en malas condiciones y apenas hay surtido. Sin embargo, los indios andan por ahí con unos productos con una pinta extraordinaria; son piezas raras, desconocidas para nosotros, y por ahora las comen solo ellos.

Sus amigas se quedan expectantes.

—Voy a pedirle a Gonzalo que me construya un carrito de madera, le pagaré, por supuesto, y luego negociaré con los indios para que me vendan fruta fresca. La ofreceré por las calles. En la plaza Mayor hay puestos de venta. ¿Qué os parece?

Isabel piensa que no ha navegado miles de millas para eso, y algo similar es lo que rumia Petra, o incluso peor, pero no dicen nada.

Carmencita sí:

—Un plan perfecto. Si tú quieres, seré tu socia o tu acompañante. Trabajaré para ti.

Jimena le da un abrazo, y sellan con múltiples besos en las mejillas el pacto para comenzar el negocio.

Luego Carmencita hace una pregunta simple que las deja a todas perplejas.

—Jimena, ¿tú a qué has venido a este lado del mundo? ¿A vender fruta?

Isabel se dirige al cabildo, uno de los palacetes recién construidos de sobria piedra gris con letras bien grandes talladas sobre la puerta de entrada. Allí la atienden con amabilidad. Los funcionarios están sentados a sus mesas, con uniforme negro y camisa blanca, pluma en mano, y todos detienen su tarea para observar a la dama que ha entrado en las dependencias.

Pregunta por su marido, el soldado Juan Pastrana, adjuntando detalles de la ciudad en que nació y el cargo que ocupaba cuando se enroló.

No tardan mucho en encontrar los papeles con respuestas sobre él.

La noticia que le dan casi le corta la respiración: está vivo, ahora goza de ciertos galones, ha subido en el escalafón militar y reside en el destacamento de Haina, donde se ha encontrado oro. El funcionario añade que ha recibido una extensión de terreno y una dotación de indios, y aunque continúa ligado a la Corona, pertenece a esa clase de hombres que poco a poco han ido cambiando las armas por los útiles de labranza, el cuidado de animales y la búsqueda de metales preciosos por mutuo acuerdo con las autoridades.

—¿Dónde queda Haina? —pregunta Isabel.

—A un día de camino, dos como mucho —le responde el funcionario.

Isabel agradece la información y se marcha del cabildo.

Las dudas la asaltan incluso antes de alcanzar la calle, una nube tormentosa se apodera de ella, no entiende nada.

Juan es un hombre de palabra, de una familia humilde pero honesta, y entre ambos hubo una complicidad absoluta cuando se casaron. Fueron muy felices los años que vivieron en las afueras de Córdoba, se querían, eso es innegable, porque él siempre mostró signos evidentes de cariño y amor hacia ella.

Cuando se marchó a Sevilla para embarcarse con las tropas, Juan lloraba como un niño. Solo la firma previa mediante la cual había aceptado enrolarse le disuadió de romper el acuerdo y quedarse en casa, porque lo pensó mucho, pero aquello hubiera supuesto enfrentarse a un juicio militar.

Isabel sabe que la quiere, no existe el más mínimo resquicio en esa certeza, y eso la llena de ilusión y esperanza.

Debe contárselo a sus amigas y preparar la partida cuanto antes.

Jácome llega al barracón donde tiene la sede de sus negocios portuarios. Desde que puso un pie en la isla se volcó en comprar tierras, fundar empresas y hacerse con el favor de los apellidos más nobles, hasta alcanzar una posición de prestigio. En cuanto a tráficos marítimos, su empresa es la primera, nadie le hace sombra, y ya puede considerarse que casi posee el monopolio de envíos hacia la península.

Es de esos hombres que confían en sí mismos, de los que siempre tienen claro cómo rematar los tratos y sacar partido a cualquier asunto. Está convencido de que en un par de años habrá amasado una fortuna deslumbrante, y en eso cifraba sus expectativas: regresar a Sevilla con las sacas llenas y el prestigio por las nubes, algo que su apellido jamás le proporcionó.

Pero ahora su futuro inmediato ha cambiado bruscamente.

Por culpa de los virreyes, de las malditas casas Colón y de Alba, se verá obligado a permanecer allí hasta que su mujer lo decida, y tiene serias sospechas de que serán muchos años.

Sin terminar de aceptarlo, Jácome recibe a su brazo derecho, el encargado de sus negocios, el único hombre en el que confía y que le resuelve los asuntos delicados.

Es tuerto y luce un parche en el ojo derecho.

Su nombre: Barragán.

—Don Jácome, hay un asunto urgente. Un empleado ha estado robando.

No se sorprende. Tiene otras preocupaciones en la cabeza, pero algo así ha de atajarse de inmediato.

—Traédmelo.

Dos secuaces atenazan al trabajador. Jácome hace un gesto. Los hombres lo atan a una columna de madera y le despojan de la camisa.

Barragán toma un látigo y se dirige hacia él.

—¿Cuánto me has robado? —pregunta Jácome.

El empleado no responde.

Jácome no lo duda y da la orden.

El lacayo lanza el primer latigazo a la espalda desnuda.

—¡Juro por Dios que solo ha sido para dar de comer a mi familia! Apenas me ha llegado para alimentarlos una semana. Tengo dos hijos y pasan hambre, mi mujer está enferma, y debo...

El siguiente latigazo le alcanza la cara y le abre una brecha por la que comienza a brotar sangre.

—¿Cuántas veces me has robado?

—Solo esta vez, ¡lo juro por Dios!

Jácome mira a Barragán, que continúa con los latigazos.

Como el ladrón no confiesa, la tanda se alarga y hace sangrar al hombre de forma abundante.

Pero el patrón no manda parar, piensa que el escarmiento no es suficiente y deja que prosiga el castigo. Su lacayo levanta el látigo y vuelve a golpear una y otra vez. La espalda del hombre es un amasijo de carne ensangrentada, hay surcos muy marcados en la piel, y ya ni grita de dolor, se ha desmayado.

No contento, Jácome le grita que va a echarlo a los tiburones. Allí todo el mundo sabe que no miente, se rumorea que lo ha hecho otras veces.

Cuando Barragán va a emprender otra oleada de embestidas con el látigo, Jácome se acerca y le sujeta el brazo al vuelo.

—Este hombre tiene más valor vivo. Si muere, vamos a tener un problema.

El otro entiende y baja la mano. El castigo ha concluido.

—Acércate —le dice Jácome—, tienes que hacerme dos encargos.

El tuerto asiente y ambos se separan del ajusticiado. Varios hombres le sueltan las manos y se lo llevan fuera.

—Dos asuntos urgentes —le explica—. Voy a construir una mansión. Busca a alguien que se ponga a mi disposición para iniciar las obras. Imagino que no será fácil, hay decenas de construcciones en marcha, esta ciudad es una locura permanente. Pero sé que tú darás con el mejor maestro cantero, uno que pueda comenzar de inmediato.

Asiente.

—Y al otro asunto, aún más importante, dedícale todo tu tiempo, no pares hasta que lo consigas.

Jácome se da un respiro. Le cuesta incluso hablar, esa joven le ha impactado de tal manera que ansía verla cuanto antes, la necesita para respirar.

—Encuentra a una de las señoritas que ha llegado en el barco de las mujeres. Alta, de piel muy blanca, pelo negro y buena silueta. Cuando la veas sabrás de quién te hablo. Conoces bien mis gustos.

Jimena y Carmencita comparten con Gonzalo sus impresiones acerca de cómo han percibido la ciudad, las oportunidades, los días que presumen que les quedan por delante. Le anuncian sus planes y le proponen un primer trabajo: construir un carro de madera que pueda transportar fruta y cambiar de ubicación en función de las necesidades.

Al principio el joven no entiende muy bien la propuesta. Esas dos doncellas podrían hacer lo que quisieran en esa ciudad, solo tendrían que elegir marido, ¿por qué meterse en ese lío?

—De acuerdo, pero no te cobraré nada.

—Entonces le haré el encargo a otro —asegura Jimena, muy seria.

Gonzalo se lo piensa, necesita el dinero, apenas posee unos pocos maravedís. Si no fuera por los taínos estaría pasando hambre.

—Tengo unos amigos indios que pueden servirte la fruta a diario. Tienen mucha, no creo que se nieguen a vendértela.

Jimena se anima con esa noticia y no puede resistirse. Se acerca y le da un abrazo de afecto.

Gonzalo se ruboriza, y en ese instante le viene a la cabeza la imagen del cuerpo de Ana. La figura de esa mujer desnuda se ha estampado en su mente.

Ahora solo tiene una cosa clara.

Ni de lejos va a consentir que Jimena se acerque a los indios.

Petra camina desorientada. Esa ciudad es demasiado cuadriculada, jamás sabe si va o viene, si ha tomado una dirección o la contraria. En Cádiz es muy distinto. Cada calle tiene su propia personalidad, y cuando te pierdes entre callejones desconocidos siempre hay alguien asomado a un balcón que te dice dónde te encuentras.

Esa reflexión la lleva a darse cuenta de que echa de menos su entorno. Lo echa mucho de menos, y aunque acaba de llegar, ya comienza a formarse en su cabeza la idea de que se ha equivocado. Y sería una equivocación mayúscula, una gran equivocación.

Presume que va a costarle muy caro, aún no ha visto por ningún lado un príncipe azul que le prometa la luna, y ninguno de los hombres con los que se ha cruzado tiene el porte que ella reclama.

Le gusta Gonzalo, eso no puede negarlo, le atrae físicamente y ha tenido sueños con él, pero ese zagal no es un hombre como el que anda buscando, de buena posición y con futuro, así que piensa que no le importaría yacer con él en alguna ocasión, cumplir ese deseo y olvidarlo.

Debe apartar esos pensamientos lúdicos y dejarlos para otro momento.

Ahora debe ocuparse de encontrar un príncipe.

6

Hace años que la noche de los sábados se ha consolidado como la velada de diversión para nobles y caballeros. Como la mayoría de las esposas han tardado años en realizar la travesía y alcanzar las Indias, hasta ahora ellos han residido en la isla como lo hacen los solteros.

El paso del tiempo los ha unido, hablan de sus aventuras personales, comen, beben y ríen. Y pese a que han llegado sus consortes, no piensan cambiar de hábitos, aunque ya no dispongan de la libertad de antaño.

Uno de los palacios más afamados de la ciudad ha sido elegido punto de encuentro, tal vez porque ocupa una parcela entera y no ha de soportar molestos vecinos. La estancia es enorme, un gran comedor palaciego, con las paredes de roca pulida cubiertas por tapices con escenas cortesanas y cuadros. En los huecos libres se exhiben armas, han colgado espadas de diversos tamaños, mazos, cascos y armaduras, y también algún que otro blasón. Las lámparas de aceite iluminan por doquier.

En la mesa central hay platos con piezas de cerdo asado, lonchas de tocino frito, pescado enharinado, frutas y jarras de vino, muchas, porque en realidad vienen a emborracharse más que a degustar viandas.

El anfitrión no ha escatimado, quiere que sus invitados se sientan a gusto en esa tertulia tan especial. Ningún criado los atiende, ese encuentro es solo para ellos, así se sienten libres para decir lo que les venga en gana y criticar a quienes deseen.

A medianoche el alcohol ya circula en grandes cantidades por sus venas, y aunque acompañan la bebida con esporádicos y sabrosos mordiscos de carne, eso no logra contrarrestar la ingesta de los caldos traídos desde lejanos viñedos.

Nada les impide soltar las ocurrencias más variopintas, incluso sandeces o bromas impertinentes, son momentos en los que no se cumplen los estrictos protocolos entre caballeros.

Solo de vez en cuando tratan algún asunto serio.

—Se acerca el día, ya no podemos conceder más tiempo para que se produzca el nuevo repartimiento. Necesitamos esos indios.

—He perdido una docena esta semana. Se nos mueren.

Tras unas horas de distensión, alguien ha decidido traer a colación algo que interesa a todos. Detienen la farra unos instantes y reflexionan; de hecho, piensan que es el asunto que más les preocupa, es un problema de envergadura en realidad, porque sin la fuerza nativa no podrán extraer oro, ni cultivar los campos ni cuidar el ganado.

—¡El virrey debe posicionarse cuanto antes! —grita uno.

Levantan sus copas y proponen un brindis.

—¡Por el repartimiento!

Las chocan y beben su contenido de un trago, a todos les mueve la ambición.

El mismo caballero que ha decidido plantear esa cuestión ofrece información. Ha estado en el despacho virreinal y no le importa compartir sus averiguaciones.

—Don Diego me ha asegurado que el monarca ya le ha contestado. La decisión se tomará en breve. Su certeza es absoluta, al parecer no le pone reparos, le dejará hacer, manos libres para entregarnos los indios que necesitamos.

—Es una buena noticia. Si no contamos con esos nativos, pronto dejaremos de trabajar en las minas y de producir yuca, ni tan siquiera conseguiremos que se reproduzcan las plantas que hemos traído en barco y que nuestros buenos pesos nos han costado. Lograr que cuajen aquí y resarcir los dineros empleados no va a ser tarea fácil.

—Estas veladas me aburren —dice otro abriéndose la camisa y dejando su pecho al descubierto, el vino se le ha derramado—. ¿Qué me decís de las doncellas que han arribado a puerto?

Todos sonríen, algunos vuelven a levantar sus copas. Llevaban demasiado tiempo sin contemplar jóvenes lozanas, ataviadas como Dios manda. Ahora es un placer pasear por las calles, ver esos vestidos verdes, azules, rojos, damas bien peinadas y perfumadas que han traído consigo alegría y un futuro para las Indias.

Ese asunto les divierte más que pensar en los negocios, ya disponen de un patrimonio bien engordado.

—Me sentía cansado de las taínas. Son bonitas, claro que sí, pero no tienen gracia alguna, apenas hablan y ninguna ríe en la cama.

Casi todos asienten.

—Yacer con una doncella castellana es más distraído que con una nativa.

Las risas son generalizadas y la complicidad, manifiesta.

—Para eso están a vuestra disposición las putas del Pata Palo.

—Esas fulanas ya me hartan. ¿No os ocurre lo mismo?

El debate se acalora. Hay quienes están de acuerdo, las mujeres de mala vida que pueblan las tabernas solo trabajan para sacar maravedís a los hombres, ríen y beben, algunas recitan poemas, y despliegan con pericia sus artes para emborrachar al más pintado para que duerma toda la noche.

Otros disienten, si no fuera por ese lupanar, la vida no tendría sentido. Las Indias no están hechas para el desahogo, apenas hay otras ocupaciones a las que dedicar el tiempo libre, aunque todos reconocen que la moral imperante en la vieja Castilla es mucho más estricta que en estos lares.

Cuando el asunto parece agotado, uno de ellos se pone en pie, levanta la copa y propone:

—Si vamos a distribuir los indios... ¿por qué no hacemos igualmente otro tipo de repartimiento?

Hay caballeros que no entienden del todo cuál es la sugerencia.

—¿Qué queréis decir?

El otro se lo piensa unos segundos, pero acaba formulando su idea, esta vez de una forma mucho más concisa.

—Que repartamos también las doncellas.

Asumir esa manifestación lleva su tiempo. Nadie es capaz de adivinar si va en serio o tal vez demasiado borracho. Hasta que alguien se atreve a preguntar:

—¿Acaso os habéis vuelto loco?

—El virrey está en nuestras manos, dominamos la isla, las autoridades tienen que cumplir nuestros deseos.

Todos callan, muchos están rumiando esas palabras. El consejo no es malo, piensan algunos, pero deben sopesarlo, y tras unos minutos son varios los que se deciden a gritar sus pensamientos.

—¡Controlemos también a las doncellas!

—¿A qué han venido si no?

—Son nuestras.

—¡Pues no las dejemos escapar!

La propuesta no cunde entre todos los asistentes. Algunos optan por dar por terminada la tertulia y se marchan, y otros se enfrascan de nuevo en el problema de los indios.

Pero cuatro de ellos se separan del resto para trazar un plan.

Se sienten impunes, fuertes, son dragones en ese mundo recién descubierto, donde no puede haber peores bestias que ellos.

—He visto a una doncella rubia con una cicatriz en la frente. A esa no la toquéis, es mía —exige uno de los nobles, malcarado y prepotente.

—Siempre que vos me concedáis a la otra rubia, la más bajita. Ya sueño con hacerla sufrir con mis caricias.

Las profundas risotadas no evitan que se escuche a un tercero:

—La morena alta ya está en proceso. Será mía pronto. No soy noble de cuna, pero entenderéis que los comerciantes también tenemos derecho a yacer con doncellas.

Le dan palmadas en la espalda.

La dama en cuestión ha quedado apartada de la cacería, el esposo de la sevillana ilustre puede estar tranquilo.

Don Jácome respira. No tiene ni idea de qué le está ocurriendo.

Un hombre como él, pausado en sus acciones, juicioso y con experiencia, no debería mostrarse consumido por la imperiosa necesidad de poseer a esa joven, hacerla suya cuanto antes.

Pero lo cierto es que no logra quitarse de la cabeza la imagen de esa mujer.

7

Es el primer domingo que las cuatro amigas pasan en La Hispaniola. Han oído que las actividades lúdicas son numerosas: juegos de azar, festejos taurinos, competiciones de cañas, carreras de caballos, tiro a diana con flechas, y también con arcabuces y ballestas; incluso les han hablado de una yegua bailarina que hace las delicias de los asistentes después de las misas dominicales.

Han acordado reunirse en la plaza Mayor, donde al caer la tarde actúa uno de los personajes con más renombre de cuantos han llegado desde la península: Francisco Chocarrero.

Su fama es de tal calibre que a sus palabras, casi siempre incisivas y procaces, ya las llaman chocarrerías.

En la zona donde va a comenzar la construcción de la catedral han dispuesto sillas y una plataforma de madera de no más de un metro, suficiente para ver al personaje, pero no demasiado elevada del suelo, no vaya a parecer un patíbulo donde ahorcar a los condenados.

El insolente bufón es un hombre de baja estatura, no un

enano, que apenas alcanza el pecho de la mayoría de la gente y despierta las sonrisas de cualquiera nada más verlo. Hoy viste un disfraz muy aparatoso: camisa blanca de amplios bordados, pantalón negro y un sombrero bizarro, grotesco y desproporcionado.

—¡Dicen que han arribado a puerto decenas y decenas de señoritas en busca de marido! —Chocarrero pronuncia esas palabras con voz aflautada—. Tal vez debáis saber que yo no soy el mejor partido, pero si me elegís prometo ser el más divertido.

Se quita el sombrero y de inmediato lo convierte en un gran ramo de flores. Las carcajadas y los aplausos son generalizados, salvo por parte de los nobles, que nunca aplauden.

—¿Conocen vuestras mercedes quién es la señora de más alta alcurnia entre todas las que han desembarcado?

La gente asiente con la cabeza, pero nadie responde, nadie suelta una palabra.

—¡Solo tenéis que observar el rostro de don Jácome!

Los presentes no pueden contener las risas. Todo el mundo ha visto cómo ha cambiado el gesto de ese hombre, no ha aparecido por las tabernas en las últimas noches, y ya cuentan que en su casa ha pasado de ser el amo a ser un súbdito más, obediente de doña Mencía. Las criadas intercambian información en sus pocas horas libres, ningún caballero y ninguna señora escapa a los chismorreos difundidos por el personal de servicio.

El comerciante toma a su esposa de la mano, se levantan y se marchan, no sin antes enviar un recado a Chocarrero a través de la mirada de ambos: habrá consecuencias.

El bufón no se da por aludido, no es la primera vez que eso ocurre, y lo tiene asumido como un mal menor de su profesión, así que continúa con el espectáculo.

Arremete contra otras personas conocidas de la isla, evitando siempre —por norma propia y para salvar su cuello— criticar a las autoridades.

Jimena también se divierte. Sabe que el verdadero apellido de ese bufón, payaso o bromista no puede ser Chocarrero. Esa palabra que procede del latín *iocarius* ya comienza a utilizarse en algunos lugares de la península como «socarro», con el aumentativo «socarrón». Él ha palatalizado la ese y se hace llamar Chocarro.

No cree que sea un farsante. Tal vez sea un poeta sin suficientes arrestos para cantar al mundo su producción artística, como tantos otros trovadores, y sencillamente ha impostado un nombre que funciona en Castilla.

Aparca esos pensamientos, ya habrá tiempo de conocer a ese personaje del que toda la isla habla, más tarde o temprano sus caminos acabarán cruzándose.

Se dirige entonces hacia la zona ocupada por los nobles y las autoridades. Hay medio centenar de personas allí sentadas: hombres y mujeres con vestimentas de seda y encajes, niños pendientes de los juguetes que sus cuidadoras les han traído y numerosos criados y sirvientas siempre atentos a las indicaciones de sus señores.

Jimena observa detenidamente el conjunto. No puede identificar quién es quién, pero adivina que entre todas esas personalidades estarán el contador de la Corona, el factor, el tesorero, el veedor, el escribano mayor y el alcalde.

Ni rastro del virrey ni de la virreina, pero presume que hay al menos una docena de altos cargos allí sentados.

Uno a uno, memoriza sus caras.

Cuando acaba, propone a sus amigas dar un paseo juntas.

Las cuatro caminan por la calle Las Damas. No se ven tan arregladas como las señoronas, pero son mucho más atractivas y lo saben, porque sus maridos las observan de soslayo.

Solo a Petra le interesan esas miradas. Escruta uno a uno a esos hombres que las miran, y uno a uno los va desechando, todos van acompañados de sus señoras y seguidos por sus criados. Ninguno es el que busca. A cada minuto que pasa, más se convence de que su príncipe aún no ha viajado hasta las Indias, tal vez aún no ha tomado el barco pertinente, tal vez aún esté al otro lado del mundo, y eso la corroe.

Gonzalo aparece cuando ya casi han alcanzado la desembocadura del río. Viene con paso acelerado, el rostro perlado de sudor por el calor y la humedad del trópico. Parece contento, trae buenas noticias.

Anuncia que ha terminado el carrito, y además ya ha pactado con los indios para que traigan la fruta a la ciudad a diario. Jimena le agradece su apoyo y le dedica una mirada impagable. Se acerca a él y le da dos besos y un abrazo.

—El carro está en vuestro convento. —Gonzalo apenas puede articular palabra—. Lo he dejado allí. Si queréis, vamos a verlo, por si debo hacerle alguna modificación, no sé si es lo que necesitas.

Ellas aceptan. Los cinco caminan entre risas, rumbo al convento.

Encuentran un vistoso carro de madera clara, con dos grandes ruedas en un tono más oscuro, una barra lateral para empujarlo, zona expositiva y un tablón superior sujetado por los listones, a modo de cartel para poner nombre al negocio.

—Ahí pintaré el rótulo que tú me digas. No sé si es lo que esperabas.

—Es justo lo que esperaba, incluso mejor —responde Jimena, impactada por lo que tiene delante.

Se convence entonces de que Gonzalo posee talento, de que era cierto todo lo que les contó en el barco. No puede evitarlo, le propina otros dos besos.

Cuando aún está asimilando el gran regalo que le ha hecho, reciben la visita de los indios. Son tres, y vienen cargados de cestitas de mimbre. Portan un muestrario amplio, piezas de fruta que ninguna de ellas ha visto nunca: mamey, caimito, mamón y otras. Las prueban y piensan que son exquisitas, el bocado más delicioso que se han llevado jamás al paladar, un auténtico manjar, alimentos muy refrescantes para el clima tropical.

—Será un éxito —afirma Jimena—. Carmencita, ya tenemos nuestro futuro asegurado.

La joven da saltitos y toca palmas.

Jimena vuelve a besar a Gonzalo, bajo la atenta mirada de Petra.

Barragán ha presenciado la escena sin perder detalle. Cuando quiere, a pesar de su cuerpo robusto y ancho, puede ser una sombra, sabe ocultarse en las esquinas, detrás de los árboles, cualquier cosa le vale para pasar inadvertido, porque tiene la habilidad de mimetizarse con el ambiente. Desde luego, juega con un elemento a su favor: nadie conoce la ciudad como él, la ha visto nacer y crecer desde el comienzo mismo de su fundación.

Con esos recursos para pasar desapercibido, ha estado dando vueltas y más vueltas durante días, ha preguntado a sus confidentes de siempre y ha inspeccionado las calles palmo a palmo.

Ahora cree haber encontrado lo que busca.

Al principio, el encargo de su jefe le pareció difuso, como tantos otros en estos años que lleva a su servicio. Pero cuando lo pensó mejor, entendió que estaba confiando en él, porque siempre ha confiado en él. Y por eso ha permanecido junto al patrón, en las noches de borrachera, de juerga, de fulanas, le ha llevado inconsciente a su cama, le ha rescatado de peleas en el puerto, y por supuesto ha hecho cosas peores, esas que nadie quería hacer, esas en las que es un auténtico experto.

Barragán fue uno de los primeros europeos que embarcaron y cruzaron el océano. Antes estuvo en prisión un buen número de años, juzgado y condenado por terribles delitos, pero consiguió escapar con argucias. Su vida transcurrió entre robos y agresiones. Y cuando cometió el primer asesinato, fruto de una pelea en la cual perdió el ojo derecho, ya le estaban persiguiendo por otros quebrantamientos de las leyes de Castilla. Luego, con el paso del tiempo, tuvo que buscarse la vida para sobrevivir, y eso a veces incluía matar y huir de ciudad en ciudad, de norte a sur, de este a oeste, sin detenerse demasiado.

Acabó encerrado en la cárcel de Toledo y evitó la pena máxima. Ningún verdugo le seccionó el cuello ni lo colgó en la horca, le debían favores.

Tuvo mucha suerte cuando logró huir a Sevilla, y luego a Palos, en Huelva. Allí se encontró con el reputado navegante Martín Alonso Pinzón, que reclutaba hombres que quisieran participar en un proyecto incierto pero que garantizaba la gloria. Nadie había creído a Cristóbal Colón, mientras que mucha gente confió en Pinzón.

Aceptó al instante y ese día se salvó de una ejecución segura, porque andaban tras su rastro y era cuestión de horas que lo encontrasen. La noche que embarcaron fue un gran respiro para él. El alguacil le venía pisando los talones, estaba sobre la pista del asesino y el patíbulo le esperaba, era consciente de ello.

Por fortuna o por desgracia, se enroló en La Pinta en el primer viaje del almirante.

Más tarde, durante la navegación, fue uno de los marineros que le amenazó con lanzarlo al agua cuando los ánimos se caldearon, pues se había cumplido la fecha prometida y seguían sin ver tierra.

Y luego tuvo otra gran suerte, más grande incluso que la anterior.

Cuando la Santa María naufragó frente a la costa norte de la isla y construyeron el fuerte Navidad, Barragán fue unos de los treinta y nueve hombres que aceptaron quedarse allí mientras Colón realizaba el tornaviaje.

De ninguna manera podía regresar.

En aquella fatídica historia, era bien sabido que todos los miembros de la tripulación que permanecieron en tierra murieron masacrados por los indios cuando atacaron el asentamiento. Él estuvo a punto de morir también.

Logró huir hacia el sur, se adentró en La Hispaniola y llegó herido de gravedad hasta la comarca de Jaragua. Allí lo recogieron unos taínos, ya casi muerto, y anduvo con un pie en el otro mundo unos meses, rodeado de chamanes que aplicaban sobre él hierbas y lo rociaban con humo de plantas en el transcurso de extraños rituales. Y salvó la vida.

Al regreso de la expedición colombina en el segundo viaje le dieron por muerto, el almirante solo encontró cadáveres en el fuerte, algunos quemados, otros descuartizados, una carnicería que provocó la primera guerra entre los europeos y los indios.

Barragán volvió a cambiar su nombre y limpió su pasado. Anduvo perdido otra serie de interminables años. Durante un tiempo residió en el centro de la isla y trabajó como capataz en una mina de oro, y luego, cuando la gente hablaba de que el hermano de Colón había partido hacia la desembocadura del río Ozama para fundar una gran ciudad con puerto, no se lo pensó dos veces.

Desde entonces, ha visto cómo la villa de Santo Domingo pasó de una orilla a la otra, cómo clérigos, artesanos, nobles y pudientes comenzaron a llegar desde la península, y cómo casas, mansiones, palacios e iglesias han ido conformando una ciudad espectacular, para sorpresa de los nativos y también la suya propia.

Nadie conoce mejor esas calles, sus pasadizos secretos, las cosas que ocurren en cada uno de sus rincones.

Ahora ha encontrado la fe, se ha encomendado a seres superiores, es un hombre arrepentido de sus pecados.

Y porta un secreto que no ha confesado a nadie.

No cree en casi nada, ni tan siquiera en el Dios cristiano. Pero se ha encomendado a los dioses taínos, unos seres llamados *cemíes*, cuyos poderes le salvaron de la muerte.

¿Qué ocurrió? Esos años en la capital de las Indias le hicieron pensar. Cuando se pusieron a construir una iglesia tras otra, piedra a piedra, Barragán no perdía de vista su evolución: quería tener fe, creer que Jesucristo era la única opción espiritual de los hombres, eso le habían contado desde que era niño, desde que tenía uso de razón.

Pero la realidad era otra. Él había visto el rostro de la muerte, sus terribles fauces, de eso no tuvo duda alguna, y, aun así, revivió gracias a los indios. Aunque él lo achaca a sus dioses, porque ocurrieron hechos mágicos que no puede explicar. Cree que esa tribu de salvajes atesora poderes especiales, terrenales, mucho más cercanos a las personas, más inmediatos y efectivos que aquellos que predica la Iglesia católica.

Algún día se encontrará de nuevo con esos misteriosos dioses, tal vez los vuelva a necesitar, y mientras tanto, como sabe que esas ideas le convierten en un hereje, prefiere guardarlas para sí mismo.

Y también porque, desde que conoció a don Jácome, su existencia ha dado un giro monumental. Ese hombre lo trata bien, confía en él, le deja hacer y deshacer. Y lo más importante, le paga un sueldo por sus habilidades, por lo que siempre ha hecho, y por eso se siente útil, por fin tiene un trabajo que le ocupa todo el día e incluso la noche, que no le deja tiempo para pensar en otros asuntos.

Ahora el patrón le ha encomendado un trabajo sencillo.

Hay decenas de doncellas caminando por las calles, algunas coinciden con la descripción que le dio. A todas las ha estado observando con paciencia, aunque ninguna le ha parecido tan especial como le expresó.

Hasta este momento.

Mientras sigue apostado a la puerta del convento, piensa que él también merece una mujer de esas que acaban de llegar, cuatro mujeres limpias y aseadas, con ganas de atrapar a un marido con los bolsillos repletos de plata.

Una de ellas es alta y morena.

Comprueba que su jefe estaba en lo cierto: es una mujer excepcional.

Hoy es feliz, ha cumplido uno de los dos encargos que le hizo don Jácome.

Incluso ya sabe que a esa doncella la llaman Petra.

8

Al amanecer, Gonzalo abandona el bohío y se dirige a la ciudad con la firme intención de conseguir trabajo. Ese día una espesa bruma inunda Santo Domingo y crea una atmósfera rara que atrapa y engulle todas las casas, apenas distingue las paredes. Considera que nunca ha visto nada igual, porque en realidad aquello no se parece a la niebla que recuerda de los campos de Castilla.

Es tan extraño ese paisaje urbano que piensa que aún está inmerso en un sueño en el que camina por calles ubicadas en el interior de las nubes. Paso a paso, mira a un lado y a otro, se pellizca y le duele, no está dormido. Algo anómalo está ocurriendo, aunque no se detiene, sigue avanzando mientras trata de encontrar alguna explicación.

Por momentos se nota contrariado a causa de esa sensación, tal vez el largo viaje le ha trastornado y necesita tiempo para recuperar la normalidad, olvidar la gran masa de agua que durante meses ha atravesado.

Poco a poco le sobreviene con fuerza otra idea. Esa urbe tiene vida propia, es una especie de ser vivo y ahora le está observando. Conforme se adentra, las fachadas van cambiando de apariencia a capricho, como les viene en gana.

Alcanza la calle Isabel la Católica y descubre con estupor que el tono de los sillares no es el que vio a su llegada. Ahora no parece caliza, es roca gris, todo es gris, una ciudad granítica sin visos de que la piedra del día anterior aparezca por ningún lado.

Entonces logra tranquilizarse y llega a una conclusión: la ciudad se está riendo de él. Hay algo extraño en Santo Domingo, muy extraño, pero como no tiene tiempo para descubrirlo, decide no darle más importancia y proseguir su camino.

Su primer destino es el palacio que los Colón han comenzado a construir al inicio de la calle Las Damas, sobre las atarazanas y a continuación de la plaza del Contador. Desde esa privilegiada plataforma disfrutarán de una vista excepcional de la orilla oriental y la desembocadura del río, y también del mar Caribe, incluso dominarán buena parte de la ciudad.

Se acerca hasta una docena de hombres que andan atareados ordenando bloques de piedra. Más allá están acumulando otros materiales: tierra, tablones de madera, ladrillos, arena y cal.

—Con vuestro permiso, ¿puedo hablar con el maestro cantero? —solicita a uno de los albañiles.

Le atiende un señor mayor, al menos a él se lo parece. Le da la mano y pasa rápido a la acción, no hay tiempo que perder, quiere comenzar a trabajar cuanto antes.

—Mi nombre es Gonzalo. Acabo de llegar y me pongo a vuestra disposición para colaborar en este importante palacio.

Aunque soy maestro cantero, puedo acompañaros en cualquier puesto, ser vuestro mejor apoyo si así lo deseáis.

El hombre lo mira de arriba abajo y responde:

—Yo no soy el maestro, no está aquí, pero habéis tenido suerte. Si le hubieseis dicho eso mismo a él, os hubiera pegado dos patadas. Posee un mal genio muy conocido en estas tierras.

—¿Y no tenéis un trabajo de otro tipo?

—Si queréis cargar sillares o preparar argamasa, sois bienvenido. Otro asunto que os ronde la cabeza aquí no va a ser.

—¿Podéis al menos mostrarme el proyecto?

El tipo suspira, eso le ha sonado bien. Ese zagal impertinente le ha entrado fuerte, tal vez pretenda engañarlo, pero ahora, al interesarse por los planos, piensa que quizá solo tenga la intención de aprender.

—Acompañadme.

Ambos entran en una cabaña aneja a la construcción. Allí hay unas mesas con los dibujos, varias sillas y muchas herramientas, todo muy desordenado.

Le pide que se acerque y le muestra unos bocetos.

—En realidad, esto que estamos levantando es más que un palacio —asegura—. Llevará otro nombre, y os aseguro que será la joya de esta isla, incluso de las Indias.

—¿Y cómo se llamará? —Gonzalo está impactado por los planos que tiene delante, no esperaba ver algo así, un soberbio edificio de preciosa fachada.

—El alcázar de Colón.

Sabe que el virrey, Diego Colón, ha llegado a La Hispaniola acompañado de su esposa, María de Toledo, junto a una amplia comitiva de nobles y cortesanos. Y también sabe que se están hospedando en la casa del cordón, propiedad de Francisco de Garay, amigo personal de Cristóbal Colón, a escasos metros de allí, cosa que no le extraña porque es la morada más bonita y original de todas las que ha visto.

En cuanto al alcázar de Colón, como el solar está situado sobre un promontorio, esa construcción de planta rectangular de dos niveles y varios cuerpos será sin duda la referencia de la ciudad, y Gonzalo graba en su mente lo que ve.

La perspectiva de la fachada principal es muy original, presenta dos volúmenes de forma cúbica y maciza en los extremos, que se unen por una gran logia abierta en los dos pisos, con cinco grandes arcos en la planta a pie de calle y otros cinco en la superior, rítmicamente diseñados.

¿A quién se le habría ocurrido esa genial idea?

En los planos visualiza escaleras interiores, dependencias, incluso una capilla.

—Impresionante —acierta a pronunciar—. ¿Quién ha compuesto este diseño?

El hombre se vuelve a sorprender de las agallas del joven, pero no tiene más tiempo que perder y le echa de allí con buenos modos.

Gonzalo deambula cabizbajo, sin levantar la vista de los adoquines, aunque ya no se acuerda de los pensamientos de esa misma mañana, la calima ha desaparecido; ahora está sumido en los dibujos que ha contemplado, y camina sin parar, solo se detiene a ratos en las construcciones que se va encontrando, y nada menoscaba su interés por participar en alguna de esas soberbias edificaciones.

A mediodía ha visitado una docena de obras y nadie le ha dado trabajo, ningún encargado ha creído en sus palabras.

Como la neblina se ha disipado, la ciudad vuelve a ser la misma que él conoce. Nada extraño le sucede, caliza por todos lados, así que decide olvidar las sensaciones que tuvo esa misma mañana.

Sigue recorriendo una calle tras otra, apenas le quedan lugares donde pedir trabajo cuando un tipo fornido le pone la mano en el hombro y le obliga a girarse.

—¿Sois tal vez maestro cantero?

Es un hombre de aspecto rudo, con un parche negro en un ojo.

Gonzalo asiente, algo asustado.

—Relatadme qué grandes obras habéis realizado.

El joven le suelta una sarta de mentiras: casas señoriales, palacios e incluso catedrales, ningún proyecto se le resiste. Aunque su edad no es mucha, eso no debe engañarle, porque su experiencia es inmensa.

—Venid conmigo entonces.

Le sigue, no sin cierto temor. Caminan hacia el puerto, y en ese trayecto el bruto no le dice una sola palabra a pesar de sus intentos por obtener respuestas. ¿Qué necesita? ¿Qué quiere de él? ¿Adónde le lleva?

Cuando alcanzan un barracón, le hace un ruego.

—Decidme al menos vuestro nombre.

—Barragán. Trabajo a las órdenes de don Jácome.

Le invita a entrar y allí encuentra a un hombre sentado tras un escritorio. Ante él tiene una montaña de planos desplegados.

—Sentaos. —Le hace señas con la mano para que ocupe una de las sillas frente a su escritorio—. Revisad esto.

Le muestra unos dibujos comprados en la península. Es el proyecto para un palacete, planta baja más una primera, con fachada principal a dos calles haciendo esquina.

—Recuerda en algunos aspectos al palacio que están construyendo los Colón —afirma el joven.

—Así es. A mi mujer le gusta este diseño porque dice que se parece al de su prima María de Toledo.

Gonzalo se interesa por el proyecto, pasa de un plano a otro, señala con el índice de la mano derecha algún que otro detalle, como si fuese un erudito en las artes de la arquitectura.

—Barragán me ha dicho que aseguráis poseer un extraordinario talento para las edificaciones. ¿Podéis erigir esto para mí? —le pregunta Jácome, observándolo fijamente.

Gonzalo no contesta de inmediato. Se permite repasar los planos uno a uno antes de pronunciarse. Hay cosas que no entiende, anotaciones extrañas. El arquitecto tal vez esté acostumbrado a las palabras, números, signos y vírgulas que ha reflejado en esos documentos, pero él nunca ha visto algo así.

Intuye que todas las edificaciones son iguales, una piedra sobre otra, con algunos principios básicos, eso sí; materiales sólidos y bien tallados, eso lo recuerda de los consejos que le dio su padre.

—Os prometo que levantaré la mansión más bella e imponente de esta ciudad —responde mirándolo a la cara, con convicción.

Don Jácome se pone en pie y adopta una postura seria, bajo la atenta mirada de Barragán.

—De acuerdo, estáis contratado —le dice—. Solo tenéis que entender una cosa.

—Decidme.

—Si falláis, si por alguna razón no cumplís vuestra palabra, os mataré.

Gonzalo traga saliva, pero no pierde la compostura.

—¿Me habéis entendido? —le repite.

Él le tiende la mano con firmeza y cierran el trato.

9

El viaje a Haina es más fastidioso de lo que Isabel esperaba. Cuando se desplazaba desde Córdoba para ir a cualquier pueblo a esa misma distancia, no existía ninguno de los muchos impedimentos que ahora se le presentan. Aquellas rutas habían sido transitadas durante miles de años, las civilizaciones y las culturas de las que ella procede se encargaron de allanar y construir caminos. Aquí queda todo por hacer. Entre Santo Domingo y Haina apenas están comenzando a transitar personas y carruajes, que avanzan con extrema dificultad.

A lomos de una mula, con las dos piernas de un lado, Isabel maldice el calor, el sudor y los mosquitos.

La acompañan dos porteadores a los que ha contratado, y lleva agua y comida para los días que presume que va a estar en ese enclave próximo.

La vegetación en ese tramo la componen arbustos bajos y plantas vulgares. No tiene, por tanto, oportunidad de recrearse con un paisaje de espectaculares vistas como las que observó desde el barco cuando alcanzaron la isla, que aún retiene en su memoria.

El trayecto es tan horroroso que desea por todos los medios llegar cuanto antes, y no para de darle patadas a la bestia para que avance a más velocidad, hasta que uno de los porteadores le recuerda que ese animal no es un caballo.

Pero sus desventuras solo acaban de empezar.

Luego de ese viaje infernal, con las piernas repletas de picaduras de insectos, Isabel se encuentra en la entrada a Haina con una revuelta de indios. Nadie la había informado de que esos tranquilos taínos podían rebelarse, al parecer no son tan pacíficos como decían.

—¿Qué les ocurre?

—Se resisten a trabajar —le contesta uno de sus acompañantes—. Muchos no se adaptan a las condiciones de las minas, ni tampoco quieren labrar los campos.

—Mueren como chinches —asegura el otro—. Algo les pasa.

Llegan al campamento militar de la desembocadura del río Haina, de donde toma nombre esa población indígena. Allí la detienen unos soldados y la interrogan. A lomos de la mula, ella contesta:

—Busco a Juan Pastrana, mi esposo.

Los hombres no entienden.

Ella repite, esta vez más alto, casi chillando, pues cree que no la han oído.

—¡Vengo desde muy lejos a visitar a mi marido! El señor Juan Pastrana. ¿Me comprendéis?

Llega a pensar que esos hombres hablan otro idioma.

Hasta que un soldado se decide y le responde:

—Señora, Juan Pastrana está casado. Vive aquí con su esposa. ¿Quién sois vos?

Isabel se desmaya y se cae de la mula, con tan mala suerte que aterriza sobre un charco de agua estancada. La sacan de allí y la tienden sobre un prado de hierba baja. Para atenuar el calor y la humedad imperantes, buscan una lona y la colocan con dos palos sobre ella.

Al cabo de un rato recupera el conocimiento, abre los ojos y no logra identificar dónde está. ¿Qué hace allí? ¿Qué es ese sofocante lugar? ¿A qué huelen sus ropajes?

Le explican lo sucedido.

Su marido está casado con otra mujer. Esas palabras vuelven a herirla como una bofetada, pero esta vez añaden una frase aún más lacerante:

—Y tiene tres hijos.

Esta nueva realidad la hunde aún más si cabe. Que Juan estuviese con otra mujer podría tener arreglo, podría aclararse el malentendido porque está legítimamente casado con ella ante la Iglesia, y eso es sagrado.

Pero que tenga tres hijos con otra esposa es un asunto de distinta naturaleza.

A duras penas logra incorporarse y sentarse en el suelo.

Desde esa posición, sobre la hierba verde y algo fresca, mirando hacia el cielo, hace una sola pregunta:

—¿Podéis llevarme ante él?

La hacienda es inmensa. Al descender una colina puede verse el río Haina al fondo, y tal vez sea eso lo que provoca el verdor que ven sus ojos. Hay una valla perimetral de postes de madera y hojas de palmas entrelazadas que encierra a los animales pastando. Ve caballos, asnos y cabras. También una pocilga repleta de cerdos. Son muchos, la vista se pierde al fondo de una vasta extensión.

Y más allá distingue una casa de madera con algunas partes de ladrillo. No es fea, ni mucho menos; es mejor que la que poseían en Córdoba.

Eso la irrita. Pide a sus acompañantes que aceleren la marcha.

Cuando llegan a la vivienda, se apea de la mula, se peina los cabellos y recuerda entonces que ha caído en un charco. Sus ropas están manchadas de barro y hieden. Presume que se encuentra en un estado lamentable para el reencuentro con su esposo.

Aun así, toca a la puerta.

Le abre una india.

Es muy bonita, de una belleza excepcional, más joven que ella, con el largo pelo negro hacia un lado. Se cubre con un sencillo vestido de algodón blanco que deja a la vista unas piernas bien torneadas. Va descalza.

Reza a Dios para que no sea esa su competidora.

Pregunta entonces por su marido.

—Soy Isabel, la esposa de Juan Pastrana. ¿Está él aquí?

La taína no responde, se limita a dejarla pasar y la invita a sentarse en un cómodo sillón de madera oscura. La estancia está decorada de forma rústica, pero con gusto. Piensa que a su marido le van bien las cosas, hay un par de cuadros colgados en las paredes, y al fondo se ve que están ampliando la casa con buenos materiales.

—¿Eres la criada? —le pregunta a la india, que se acerca con un cuenco de barro con agua y se lo ofrece.

Espera a que Isabel trague el líquido y luego responde:

—Soy mujer, y la madre de hijos.

No va a hundirse, en ningún caso va a hundirse, eso lo tiene muy claro.

Ella es una luchadora y hará lo que siempre ha hecho: perseguir sus sueños, y está dispuesta a aclarar la situación con esa nativa, y con el mismísimo pontífice de Roma si fuese necesario.

Trata de tranquilizarse antes de entablar una discusión razonable.

—Juan y yo nos casamos ante la imagen de la Virgen de la Fuensanta. No hay nada más milagroso en el mundo entero. Unos años antes de nuestra boda, un ermitaño taladró la higuera que se encontraba junto a una fuente, intrigado por las curaciones milagrosas que allí se producían. En el interior apareció una escultura que fue escondida en tiempos de los musulmanes. Edificaron un santuario y dentro nos casaron. ¿Entiendes lo que digo?

La india no responde, pero la mira sin parpadear.

—¿Dónde está Juan? —insiste.

La conversación se ve interrumpida por un griterío de niños. Vienen corriendo desde la parte trasera de la propiedad.

Irrumpen en el salón y lo que ve no le cuadra.

El mayor, un varón de unos cinco años, es la viva imagen de su marido. Le persigue una mocosa que debe de tener la misma edad. Mellizos. Son tan parecidos que Isabel ni pregunta. Pero le dijeron que hay un tercero. Por algún lado estará.

Le sobreviene entonces una idea punzante: tras llegar a la isla, Juan apenas tardó unos meses en dejarla preñada, calcula.

—¿Son tus hijos?

No era necesario hacer esa pregunta, es tan evidente y estúpida que Isabel se levanta del sillón, se arregla los maltrechos ropajes y decide marcharse de allí.

Antes de alcanzar la puerta, la bella taína le dice:

—Mi marido es tu marido. Los tres vivir juntos.

Ella la mira horrorizada y sale en busca de la mula.

Gonzalo se sitúa frente a la parcela de tierra donde va a construir la mansión de don Jácome y doña Mencía. Se halla en una esquina importante, en la pujante calle Las Cuatro Esquinas, en el extremo opuesto a donde están levantando el palacio de Colón. Desde la segunda planta ofrecerá unas vistas del mar Caribe muy atractivas.

Está muy preocupado, jamás ha acometido una obra de esa envergadura, pero vio a su padre trabajar en caserones, no tan grandes, eso sí, pero casas a fin de cuentas. Se pasó su infancia jugando entre bloques de piedra y montañas de arena mientras él vociferaba a los obreros.

Y ahora no piensa perder la oportunidad de comenzar una carrera que le ilusiona, de eso nada.

Con los planos en la mano, recorre el lugar una y otra vez. Mira la perspectiva, y de pronto se le ocurre una gran idea. El proyecto del arquitecto es bonito, claro que sí, pero si él añadiera unos torreones sobre la parte superior conseguiría dos efectos: proporcionaría una estancia a modo de mirador y, al mismo tiempo, haría de esa construcción la más impresionante y elevada de la zona.

Ninguna otra sería rival, ni tan siquiera el palacio de Colón.

No tiene ni idea de cómo hacerlo, de cómo se comportará el edificio, si la estructura resistirá con tantos bloques de piedra unos sobre otros, pero el resultado se le antoja tan motivador que por el momento omite esos detalles.

Jimena y Carmencita ya están vendiendo sus frutas en la plaza Mayor. El fragor es incesante, la gente camina de un lado para otro y parlotea, hay perros peleando entre sí que ladran sin parar, animales de corral vivos que ofrecen los vendedores ambulantes, boticarios prometiendo ungüentos milagrosos, y todos tratan de alzar la voz mientras los pregoneros oficiales anuncian los comunicados del virrey.

Entre esa algarabía, la mayor atracción es el carro de madera. Es una preciosidad, algo inédito en aquellas calles, y cuando el público ve las frutas tan diversas, algunas desconocidas, pero exóticas y frescas, muchos se detienen a comprar.

Jimena da gracias a Dios por haber llegado a un mundo donde las cosas son distintas. En el lugar de donde proceden, es harto complicado para una mujer valerse por sí misma, todo está organizado para los hombres, una injusta situación que ninguna ha elegido, y si quieren trabajar para simplemente sobrevivir, es imposible encontrar un oficio, ningún gremio lo permitiría. Por eso solo se dedican a limpiar, planchar, cocinar y servir.

Pero en la isla no hay gremios, las féminas pueden actuar con libertad.

—Ayer vendimos todas, hoy vamos por el mismo camino —dice Carmencita, que se ha colocado un delantal con dos bolsillos, y en ellos va echando las monedas.

Le encanta moverlas y verlas bailar.

—A este paso tendremos que montar un segundo puesto de venta —propone Jimena—. Otro carrito. ¿Qué te parece si instalamos una mesita delante de la Fortaleza y tú te sitúas allí? Los soldados también tienen hambre.

Carmencita toca de nuevo los maravedís, no esperaba nada parecido, ya no pasará más calamidades.

—Lo que tú me digas, Jimena.

Instalan el segundo puesto esa misma tarde. Piden prestada a los monjes una discreta mesita de madera sobre la que extienden un mantel. Allí amontonan las frutas. Ese puesto es menos ostentoso que el carrito, pero cumplirá el mismo fin.

Al atardecer, Carmencita ya ha vendido casi toda la mercancía. Apenas le quedan unas pocas piezas de caimito y mamey, dos frutas que son la sensación de los que vienen del otro lado del océano.

Ve aparecer a doña Mencía acompañada de sus dos lacayas.

Se detienen frente al pequeño puesto de venta, miran a la muchacha con desdén y la noble pregunta:

—¿Qué hacéis vendiendo esto aquí?

Carmencita responde con ciertas ínfulas:

—Mi amiga Jimena y yo vamos a hacernos ricas con estos productos. Nadie vende algo tan delicioso como nosotras.

Ella está en la plaza Mayor con un carro lleno, y yo atiendo aquí.

—¿Y sacáis dinero de esto?

—Pronto abriremos más puestos. Nuestra fruta no tiene competencia. Guste a vos, o no os guste, vamos a hacer grandes cosas en esta ciudad.

Doña Mencía le lanza una mirada de desprecio y luego le da una bofetada a una de sus criadas por osar tocar una de las piezas.

Ordena avanzar a paso rápido.

Debe llegar a su casa cuanto antes.

Tiene instrucciones urgentes que darle a Jácome.

10

La noticia de la desaparición de una doncella corre por la ciudad. Al parecer, ha sido raptada, alguien vio cómo la introducían dentro de un carro mientras gritaba y se resistía. Isabel convoca el primer cónclave. Necesita hablar con sus amigas, deben protegerse, ver qué ha podido ocurrir con esa joven que viajó junto a ellas.

Pero, sobre todo, quiere obtener consejos sinceros que aporten algo de racionalidad al hecho de que su marido se haya encamado con una india y viva en pecado con una mujer distinta a la que desposó tiempo atrás. Debe tomar con urgencia una decisión respecto a lo que ha presenciado.

Han quedado en verse fuera del convento, lejos de las cotillas que aún las acompañan, aunque algunas de las que vinieron en el barco ya se han marchado al encontrar pareja.

Las cuatro abandonan la celda y cuando abordan la calle se encuentran con el desastre. Ven listones de madera por el suelo, muchas astillas y clavos sueltos.

Han destrozado el carrito de las frutas.

Alguien se ha entretenido en darle martillazos. Las ruedas

están hechas añicos, y de la bonita estructura solo quedan restos desperdigados por doquier.

—Carmencita, ¿pasó algo ayer? —pregunta Jimena.

La otra niega, y evita decirle que doña Mencía se detuvo en su puesto de venta, pero comienza a llorar. Entonces se abrazan y a continuación recogen las maderas y las amontonan.

—Tiene solución —asegura Jimena—. Pero ahora hay algo más urgente que tratar.

En cuanto terminen de hablar, mandará a buscar a Gonzalo.

Se sientan en el parquecito frente al monasterio de San Francisco, allí están lejos de oídos indiscretos.

—Mi marido vive amancebado con una india y tienen tres hijos —lanza Isabel sin ningún tipo de subterfugios, prefiere presentar la verdad tal y como es.

Carmencita abre mucho los ojos y la boca, le cuesta asumirlo, Petra no se sorprende en absoluto y Jimena hace la primera pregunta:

—¿Sabes si la quiere?

Isabel deja pasar unos segundos, no tiene muy claro por dónde empezar.

Cuenta entonces todo lo que ha ocurrido en Haina, pero evita describir la extraordinaria belleza de la india, un asunto que le quema el alma.

—¡Tienen tres hijos!, Dios mío, y los mayores rondan los cinco años. El cabrón no esperó nada para dejar preñada a esa puta —afirma Isabel.

—¿Y qué te dijo esa mujer? —pregunta Petra.

—Insinuó que podíamos vivir los tres juntos.

Carmencita vuelve a escandalizarse.

Jimena impone cordura:

—Como no has podido hablar con Juan, envíale una carta. Hazle venir a la ciudad. Dile que es urgente, que tienes algo importante que decirle.

La voz de Jimena es tan firme que ninguna duda de que es la mejor acción que Isabel puede llevar a cabo, dadas las circunstancias.

Antes de despedirse, todas se abrazan, forman una piña como hicieron en aquella isla cuando el caribe intentó llevarse a Carmencita. Hablan del rapto de la doncella y se animan unas a otras a prestar toda la atención posible.

Gonzalo acude raudo a la llamada de Jimena. Llega acompañado de varios indios a los que ha contratado como parte del equipo para iniciar la construcción del palacio.

Ve el carro destrozado y se lleva las manos a la cabeza. ¿Quién ha podido hacer algo así? Sin mediar palabra, le dice a uno de los taínos que vaya a buscar la fruta mientras él se dispone a repararlo. Para eso pide un martillo y algunos clavos a los monjes.

—Antes de mediodía estará listo —afirma.

Espera otro beso o abrazo de Jimena, pero ella se lo agradece solo con la mirada. Tiene los engranajes de su mente ocupados en otro asunto, rodando a pleno rendimiento.

Martillazo a martillazo, el carro está listo incluso antes de lo previsto. Ha costado un poco recomponer las ruedas de madera, pero casi no se notan los daños.

Justo cuando ha terminado, llegan los indios con las frutas. Jimena les paga el importe acordado. Su rostro muestra signos de preocupación, aún no sabe cómo reaccionar ante la ofensa de doña Mencía, porque tiene claro que esa mujer es quien ha enviado a sus lacayos a destrozarlo, para arruinar su negocio.

Pero sus desgracias no han hecho más que comenzar.

Jimena desconoce que su contrincante no ha parado ahí, va un paso por delante.

Ahora los nobles de la ciudad, salvo los enemigos de doña Mencía, han dado instrucciones precisas a sus sirvientes de no comprar fruta en la calle.

Petra recibe una primera carta. Está escrita con una fina caligrafía en un delicado papel de lujo.

Un misterioso hombre le confiesa estar enamorado de ella.

Expone que la ha visto pasear, que jamás se ha encontrado con nadie de tal naturaleza, y la describe con tan hermosas palabras que se emociona.

Esas son las razones para solicitarle un encuentro discreto, fuera de la plaza Mayor, y añade que, a su debido tiempo, le dará las explicaciones pertinentes.

A continuación, le manifiesta que ella no debe habitar más tiempo en ese convento, eso es impropio de una mujer con su belleza, que ha nacido para grandes cosas, pudo verlo en su rostro cuando se cruzó en su camino.

Y él quiere arreglarlo cuanto antes.

Le anuncia que hay una casa a su disposición, de robustos materiales, una casa de las buenas.

Aporta la dirección exacta.

Termina la carta rogándole algo simple: que vaya a verla.

Gonzalo empieza a reclutar una cuadrilla de profesionales para iniciar las obras. No le cuesta mucho encontrar especialistas, pululan por allí como los mosquitos, y además ha pedido a don Jácome que ofrezca empleo a los hombres que desembarcan casi todos los días.

El comienzo es prometedor. Ha contratado en una tarde a buenos albañiles, carpinteros, aserradores y herreros; incluso ha reservado a un vidriero de prestigio para que fabrique los complejos y amplios ventanales, algunos policromados.

En la cantera de Santa Bárbara, donde duerme todas las noches junto a Ana, su amigo Arturo ya ha cortado los primeros bloques de caliza coralina, con instrucciones precisas de Gonzalo sobre cómo rematar los ángulos, una técnica que al parecer ha impresionado al taíno.

La primera fase consiste en compactar la tierra de la parcela, y para eso ha traído a decenas de indios. No trabajan de forma frenética como a él le gustaría, remueven la arena con poco entusiasmo, pero reconoce que el calor del trópico no es lo más apropiado para una tarea de esas penosas características. Otros trasladan los pesados bloques de piedra, y algunos mezclan argamasa cantando mientras arrojan paletadas de arena en una pileta.

Al cabo de dos días, muere el primer nativo en la obra.

Gonzalo trata de reanimarlo, hace llamar a un galeno, grita intentando encontrar una solución, pero ese pobre aborigen, más joven que él, ha caído fulminado y nada puede hacerse ya.

Cuando llega el médico, lo aturde a preguntas:

—¿Qué explicación le dais a esto? ¿Por qué alguien tan joven y que días atrás mostraba vigor ha fallecido de esa manera? ¿Por qué estas criaturas se ven tan afectadas cuando se las pone a trabajar?

—Somos muy diferentes, esta raza presenta una especie de desgana vital —afirma el médico—. Tenéis que saber que es objeto de estudio, algo grave les está ocurriendo.

Ese mismo día, al finalizar la jornada, descubre que hay más bajas.

Gonzalo se siente culpable, impotente.

Pero ha comprometido su propia vida ante don Jácome.

Sea como sea, el palacio tiene que estar terminado en la fecha prevista.

11

Petra se viste de forma discreta y deja atrás el convento. Es una mañana muy calurosa y la humedad la sofoca; además está inquieta, tal vez se deba a que no ha dormido en toda la noche, no ha logrado detener la mente ni un minuto.

La propiedad que le han ofrecido no está lejos, en realidad se halla en la mismísima calle Las Damas.

Camina apenas unos cientos de metros y se encuentra con la mansión, que es mucho más que eso, es un palacete majestuoso y prominente, de una sola planta, con una soberbia portada, una de las casas que el anterior gobernador, Ovando, construyó en la zona más selecta de cuantas compusieron las primeras parcelas en el ordenamiento de la urbe.

Petra mira hacia la puerta de entrada, eleva la mirada y se deleita contemplando un frontón triangular soportado por dos preciosas columnas de piedra. En sus largos paseos junto a sus amigas, siempre se han detenido a observar el conjunto, las bonitas ventanas y los vanos rematados por arcos de medio punto.

Aunque mil dudas la asaltan, las repuestas son inmediatas.

¿Podría estar mejor situado?

No.

¿Podría ser más lujoso?

Imposible.

¿Hay algún palacio más señorial en esa avenida donde la nobleza pasea al atardecer?

Sin duda destaca sobre los demás.

Todo eso la enerva y la predispone. Esa apuesta va en serio. No sabe si se encontrará al perfecto príncipe azul con el que sueña. Pero algo tiene claro.

El hombre que le ha escrito la carta, seguro que príncipe es.

Jimena no logra vender una sola pieza de fruta en toda la mañana. Eso es una novedad, hasta días atrás agotaba siempre el surtido al final de la jornada. Ahora, apenas se acerca gente a mirar.

Se desespera, la mercancía es perecedera, tendrá que tirarla cuando comiencen a pulular las moscas. Hace cálculos y concluye que, si eso ocurre, pronto habrá perdido casi todas las ganancias de días anteriores.

Cuando por fin una criada se detiene a comprar, le pregunta:

—¿Para qué mansión es la fruta?

La mujer señala con el dedo un palacio no lejano, de unos nobles que llegaron dos años atrás.

—¿Sabéis si vuestros señores son amigos de doña Mencía?

—La meterían en un barco y la devolverían a Sevilla si pudieran.

Jimena descubre que la poderosa prima de la virreina tiene enemigos, tal vez eso pueda ayudarla a revertir la situación.

Por el momento, desconoce qué intereses hay en juego.

Gonzalo dispone de un centenar de indios trabajando a su servicio, aunque sufre por las bajas, sus empleados caen fulminados por esa extraña enfermedad que los aniquila. Los sillares ya han sido cortados y pulidos en las canteras como él ha determinado, Arturo se ha encargado de ello.

En sus ratos libres va a observar el estado de las obras del palacio de Colón. No le cabe ninguna duda de que avanza muy lento, y no entiende por qué el maestro cantero se detiene en detalles absurdos que ralentizan la construcción. A ese ritmo, presume que él acabará mucho antes.

Pero algo más sucede.

María de Toledo anuncia a su prima Mencía que el edificio no va a ser en realidad un palacio, sino un alcázar, el primero de todos los territorios descubiertos, rivalizará con otras construcciones hispanas y será tan hermoso que a partir de su terminación está llamado a convertirse en el símbolo de la ciudad. Ni tan siquiera la futura catedral podrá hacerle sombra.

Doña Mencía arde por dentro cuando su vanidosa pariente le suelta a la cara esas barbaridades.

Abandona la casa del cordón, donde se aloja su prima, y hace llamar a su esposo con urgencia. Le exige que se presente ante ella de la mano del maestro cantero.

Tardan en acudir más de lo que esperaba, y todo son insultos y descalificaciones a uno y a otro.

—Quiero ver el proyecto de mi nuevo palacio. ¿Dónde vais a meterme, Jácome? Mi prima María va a vivir en un alcázar, ni se os ocurra construirme a mí un corralito.

Su esposo permite que se exprese el maestro cantero. Está tan irritado por la actitud de su mujer que no quiere contestarle en presencia de otras personas.

—Doña Mencía —dice Gonzalo adoptando un tono de voz grave—, aunque lo llamen así, no es más que un palacio, os lo aseguro.

No se fía de ese muchacho que ha realizado el viaje en el mismo barco que ella, pero durmiendo en la cubierta, y que consiguió el pasaje gracias a su compromiso de fregarlo a diario.

—Mirad estos dibujos, os lo ruego.

Al proyecto original ha sumado dos torreones en la planta superior, uno en cada extremo del palacio, con unos bellos arcos en los costados. Él mismo se ha encargado de realizar el diseño, dibujando el conjunto con una atractiva y sugerente perspectiva.

—¿Os dais cuenta de dónde vais a vivir?

Niega con la cabeza.

—Será el edificio más alto de la ciudad. Superará incluso al palacio de Colón, que solo tiene la planta baja más una arriba. Además, me han asegurado que tardarán años en terminar la superior.

Deja que la noble procese esas palabras.

—Sin embargo —prosigue el maestro—, la casa que os está construyendo don Jácome tendrá tres alturas en total.

Doña Mencía comienza a entender.

—Desde cualquiera de estos torreones podréis otear la ciudad en su conjunto, todo el mundo estará a vuestros pies.

Asiente, ahora lo comprende.

Sobre todo, porque los demás también la verán a ella cuando esté allá arriba.

Cuando Jácome y Gonzalo abandonan la reunión para dedicarse a sus tareas, doña Mencía se queda ideando un gran plan para los torreones, pergeñando el tipo de fiesta que dará el día de la inauguración.

Petra recibe la segunda carta. Es evidente que ese hombre la ha seguido, la ha observado mientras contemplaba la mansión por fuera.

Su príncipe se preocupa por ella.

Esa misiva es aún más cautivadora, más romántica que la anterior. Le dice que suspira pensando en el momento en que se encuentren, la necesita para seguir siendo el mismo hombre emprendedor y aventurero que ha sido siempre.

Si Petra no responde a su amor, nada en su vida tendrá sentido. Le pide encarecidamente que vuelva a visitar el palacio al atardecer. Esta vez las puertas estarán abiertas.

Ella apenas duda: acudirá al encuentro.

Ese día se lo reserva para bañarse, lavarse el pelo y acicalarse. Elige el mejor vestido que ha traído, uno que le robó a su madre, rojo, de seda pura, con un sugestivo escote y piedrecitas brillantes cosidas en los hombros y la cintura. Por último, vierte en su cuello unas gotas del perfume que también hurtó del baúl de la mujer que la trajo al mundo, la misma que la advirtió de los peligros de irse tan lejos.

Al anochecer, deja atrás el convento y no da explicaciones a nadie. Camina sin precipitación, aunque le palpita el pecho, desconoce si se dirige hacia un monumental desastre o, más bien, hacia la culminación del anhelo que siempre la ha perseguido.

Desde lejos, ya ve las puertas del palacio abiertas, tenuemente iluminadas con antorchas, una junto a cada columna.

Cree estar soñando. Entra y se encuentra con un patio interior muy amplio, ajardinado con exquisito gusto y atino. Flores y más flores, un estanque con peces de colores y nenúfares y grandes macetas al fondo. A ambos lados se ven sendos pasillos de habitaciones; hay muchas, piensa que al menos una docena. Y en el tercer flanco, una galería con arcadas de medio punto en ladrillo, todo cubierto con techo de tejas a una sola agua.

En el centro del jardín hay una mesa decorada con un mantel bordado, lujosa vajilla y cubiertos de plata.

Un hombre está sentado en una de las dos sillas.

Junto a la mesa, permanecen de pie dos camareros uniformados, con vendas en los ojos. No se les permite observar quién es la doncella invitada a cenar.

Cuando Petra se acerca, él se levanta, la toma de la mano y se la besa. Es alto, delgado, de pelo negro y buena presencia, mayor que ella, sin duda le dobla la edad, pero es un varón que conserva cierta hermosura, elegante y de ojos sabios.

Sí, podría ser el príncipe que ella necesita.

—Me ha costado entrenarlos —afirma Jácome—, pero os

merecéis lo mejor. Jamás os haría daño, nadie puede saber que estamos juntos. No quiero mancillar vuestro honor.

Ella siente una oleada de autoestima.

Con unas palmadas, él ordena traer las viandas.

—Habladme de vos —le pide con tono amable, pues esa noche está decidido a tratarla como a una reina.

Petra le cuenta su origen, su adolescencia, su deseo de progresar, de encontrar a alguien que le robe el corazón, pero no menciona nada de la vida que ha dejado atrás, de su madre y el negocio que regenta.

Él habla de su pasado en Sevilla, de su esposa, de su horrorosa existencia, de su error al casarse con una noble, circunstancia que no evita en ningún momento.

Sí, no lo oculta. Es un hombre casado, quiere que ella conozca esa situación, porque piensa explicarle y dejarle claro que es un asunto que va a solucionar.

Jácome le promete con palabras rotundas que va a dejar a su mujer.

—¿Cómo es eso posible?

—Dejadlo de mi mano. Si confiáis en mí, jamás os fallaré. Lo juro.

Cierra los ojos y vuelve a oler el perfume de la doncella. Eso le cautiva aún más si cabe.

Petra termina de masticar un bocado de la deliciosa carne que le han servido, bebe un sorbo de vino y pasa a la acción.

—No soy una necia. Hasta ahora me habéis visto solo por fuera, pero ya me conoceréis.

Como no sabe muy bien cómo afrontar el hecho de que ese hombre esté casado, y pensando que debe atar la relación, pide más cosas, quiere más señales, un inequívoco rayo de luz que alumbre su camino.

Le explica que ella no es una mujer para estar encerrada entre cuatro paredes.

—¿Qué deseáis?

—Mientras resolvéis la separación de vuestra esposa, quiero algo a lo que dedicarme, negocios que pueda dirigir, una ocupación en toda regla.

Petra piensa que si Jimena puede vender fruta, ella puede hacer mejores cosas. Desea sorprender a sus amigas, ni tan siquiera descarta traerlas a su mansión.

—Poseo una taberna muy popular —dice Jácome, casi sin reflexionar—. Se llama Pata Palo. Nadie sabe que es mía. Como prueba de mi amor por vos, mañana os entregaré las escrituras.

Petra sabe que las mujeres no pueden adquirir propiedades, ni ponerlas a su nombre, pero sí tener los documentos que demuestren que disponen del bien. Eso será suficiente. Con esos ingresos empezará a tener la suficiencia económica que tanto desea.

Lo que aún no sabe es que la taberna en cuestión es también un prostíbulo.

Esa misma noche, Petra, la virgen doncella, se entrega a don Jácome.

12

A Gonzalo le sonríe la vida. Sopesa dejar la aldea indígena, pero le cuesta separarse de Ana. Lleva varias semanas queriendo conocerla más a fondo, duerme todas las noches junto a ella, aunque apenas hablan, así que la ha convencido para realizar una excursión juntos.

La taína le conduce hacia el norte por senderos casi impenetrables hasta alcanzar una cascada preciosa de aguas frías y transparentes, como el zagal no ha visto en su vida. Ese día de solaz lo pasan comiendo frutas del bosque que recogen por el camino, y un poco de casabe, queso y vino que él lleva en una cesta.

Ya se ha deshecho de la talega, porque ha podido comprar algunos bienes personales. Ahora cuenta con más de cien indios trabajando para él y la obra está bien organizada. No sabe muy bien cómo ha ocurrido, pero presume que don Jácome tiene mucho que ver. Además de los nativos que él mismo había contratado, otros han aparecido de repente.

Está cumpliendo sus sueños, los bolsillos llenos de monedas, y cuando termine el encargo percibirá una cantidad de pesos de oro que le permitirán comprar su propia casa, o construir una, aunque ese es solo uno de los planes que le rondan por la cabeza.

¿Cómo no romper con la aldea de los indios de la cantera? ¿Por qué no alquilar una habitación en una morada digna en pleno centro?

Esas preguntas se las hace él, y sabe que también otros.

Tendidos en un prado a la sombra de un guayacán, se están comiendo esas delicias. Es la primera vez que Ana prueba el queso. Al principio no le gusta, pues los nativos no toman leche de animales, pero acaba cogiéndole el gusto cuando lo mastica junto con pequeños sorbitos de vino.

—¿Cuál es tu verdadero nombre? —le pregunta Gonzalo.

—Anaravinex.

Cierra los ojos y lo repite tres veces seguidas. Esa palabra continúa resonando en su mente durante unos segundos más, como un eco sutil y placentero.

Luego bebe un trago y unas gotitas le resbalan de la boca y ruedan por la barbilla. La taína se da cuenta y se decide a limpiarlo con el pulgar, pasa el dedo delicadamente por sus labios un par de veces.

Gonzalo siente un aleteo de mariposas dentro del estómago, y a continuación sufre una extraña reacción, un calor sofocante que le sube por el torso y se instala en sus mejillas. Decide darse un chapuzón. No importa lo fría que esté el agua.

Se desprende de la ropa y se lanza de cabeza a la poza, allá donde cae la cascada.

Ella le imita.

Nadan juntos y se colocan bajo el chorro. Por momentos

él cree estar viviendo en el paraíso, contempla un paisaje idílico y escucha sonidos de pájaros como de otro mundo, son relajantes, y el baño resulta deleitoso. Piensa que ha acertado viajando hasta las Indias, ya no le cabe ninguna duda de que su vida está encarrilada y que por fin se cumplirán todos sus anhelos.

Mientras rumia todo eso, observa cómo Ana sale lentamente, camina de forma sinuosa y se tiende en la pradera.

Él la sigue, deja atrás la pequeña catarata y se tumba junto a ella, los dos mirando al sol, secando sus cuerpos desnudos.

En un momento dado, ambos se giran y observan sus rostros.

Gonzalo ya no puede resistir más, lo ha intentado, pero su cuerpo le obliga.

Besa los labios de Ana y le pone una mano sobre los senos. La reacción es inmediata, está tan excitado que no puede contenerse.

Le viene a la mente la imagen de Jimena, pero no con la suficiente fuerza como para detenerse.

Cuando se sitúa sobre la mujer y la penetra, olvida que está enamorado de otra, que tiene un proyecto de vida, que las cosas le van bien en esa incipiente comunidad, que va a construir su primera gran obra, y luego su propia casa, y que para todo eso necesita cumplir con los principios de una sociedad muy religiosa.

En realidad, en esos momentos, Gonzalo se ha olvidado de todo.

Isabel recibe una carta en la celda del convento. Es la comunicación que lleva días esperando: su marido le anuncia que irá a la ciudad para aclarar los términos del matrimonio.

Se pone aún más nerviosa, porque no sabe a qué matrimonio se refiere, si al suyo o tal vez al que ha podido llevar a cabo con la india, cosa que duda, pues eso está penado con la cárcel, tal vez con la muerte. Debe seguir apostando por la idea de que esos dos viven amancebados, es la teoría más simple.

No atina a encontrar los zapatos. Cierra la puerta y va en busca de Jimena. Nadie como ella puede darle consejo.

Su amiga está detrás de su carrito en la plaza Mayor. Se fija y comprueba que está lleno de fruta. Presume que no ha vendido nada en todo el día, pero evita preguntar. Jimena es tan fuerte que seguro que encontrará una solución.

—Háblale claro, es lo más importante —es el primer consejo que le brinda.

—¿Y si no desea regresar conmigo? ¿Qué pasa si ya no me quiere? ¿Qué hago?

—En la guerra —dice muy seria Jimena—, antes de atacar, primero hay que conocer bien las posiciones del enemigo.

Isabel se sorprende por esas palabras, aunque se sorprende aún más cuando su amiga saca la daga del interior de sus ropajes y comienza a pelar una pieza de fruta amoratada, un caimito.

Se la ofrece y ella la prueba. Está deliciosa.

Cuando termina, deja la daga sobre el carro.

Isabel se percata de que es un arma preciosa, con empuñadura de nácar y dos letras doradas incrustadas, tal vez de oro puro: «A.C.».

No se atreve a indagar, pero Jimena ha visto cómo la miraba.

—Era de mi padre, lo único que me queda de él —aclara.

Frente a la Fortaleza, Carmencita se esfuerza por hacer amigos con el objetivo de incrementar las exiguas ventas de frutas. Entonces decide hacer lo que mejor sabe: mostrarse como ella realmente es y hablar con la gente. Detiene a cada persona que pasa por delante de su puestecito y le suelta alguna novedad, muchas se las inventa.

Habla y habla sin parar, y como se queda sin argumentos, llega un momento en que tiene la necesidad de abrir su vida personal, relatar cómo lo están pasando ella y sus amigas, las cosas que ocurren en las relaciones entre las cuatro, cualquier asunto es válido para que se detengan y compren.

Incluso ha vendido unas piezas de mamey a un sirviente de un noble, un éxito que le provoca una enorme sonrisa.

Esa circunstancia —esparcir al viento las confidencias de las cuatro rebeldes—, llega pronto a oídos de doña Mencía, que apenas tarda unos segundos en comprender el cambio de estrategia.

¿Acaso no son más valiosos esos detalles?

Mucho más que el hecho de no poder vender fruta callejera.

Ese mismo día ordena a sus criados que vuelvan a comprar y diseña un sistema para depurar y procesar la nutrida información que le llega.

Gonzalo y Ana regresan a la aldea cogidos de la mano. Ha sido un día que jamás olvidarán, al menos él. En el camino apenas han hablado, pero se han besado, se han observado con complicidad, y él no se ha cansado de mirar los senos de ella, que ha preferido realizar desnuda el trayecto de vuelta.

Arturo los ve llegar y sonríe. Ese muchacho le ha sorprendido. Cuando nadie creía en sus habilidades, cuando todo el mundo pensaba que era un charlatán, va y se convierte en uno de esos reputados maestros. Ha acometido una de las obras importantes de la isla, y, no contento con ello, dicta sus propios métodos y cambia la forma en que se hacen las cosas.

—Maestro ahora hermano —afirma Arturo—. Siempre será este tu poblado, si así lo deseas.

—Sois una tribu maravillosa —dice Gonzalo—. Me alegro mucho de haber encontrado este bohío, vuestro hogar.

—Hay un asunto que nos preocupa —confiesa Arturo—. Las autoridades quieren hacer un repartimiento de los indios de toda la isla. Si eso prospera, nos separarán y nos tratarán como a esclavos.

—Ojalá eso no ocurra, sois un pueblo noble.

Arturo asiente, cabizbajo.

Esa noche cenan juntos, como siempre, fuman y hablan de asuntos graciosos para tratar de olvidar la amenaza que supone el repartimiento.

Un indio ha estado corriendo todo el día perseguido por un perro pequeñito, y era tal el miedo que no ha podido parar. Arturo cuenta que los taínos no conocían esos animales y que sus ladridos los asustan. Aunque todos ríen, a ningún indio le gustan los perros.

Cuando Gonzalo cierra los ojos, recostado en su hamaca, la decisión está tomada.

La tentación por Ana es tan grande, tan fuerte, que duda de si podrá resistirlo, pero sabe que, en el fondo, sus planes son otros.

Se marchará de la aldea de los indios de la cantera con la primera luz del alba.

13

Petra no logra encontrar las palabras adecuadas cuando trata de elegir argumentos para convencer a sus amigas de la trascendental decisión que ha tomado.

Sigue enamorada de Gonzalo, pero solo siente por él una especie de pulsión animal o algo parecido, nada de lo que ese joven puede ofrecerle le ha interesado, no ha conseguido colmar sus expectativas, y ella no ha realizado un viaje tan largo para acabar unida a un hombre tan pobre, casi un zagal.

Tarda varios días en decidirse. Sabe que es urgente informar del cambio brusco que ha dado su vida, pues no ha dormido en el convento en muchas noches, y andarán preocupadas buscándola, de eso no le cabe duda, y más cuando circulan rumores relacionados con la misteriosa desaparición de una doncella.

Se presenta en San Francisco muy temprano. Abre la puerta de la celda y ellas se levantan con lágrimas en los ojos. Han estado llorando.

—¡¿Qué te ha ocurrido?!

Gritan al unísono.

—No os inquietéis por mí, me encuentro bien —responde Petra.

—¿Cómo no vamos a inquietarnos si sabes que raptaron a una de las doncellas que viajó con nosotras? —pregunta Jimena.

Las cuatro se sientan juntas, intercambian información, tiemblan, la ausencia de una joven a la que vieron cómo se la llevaba una carroza es ciertamente extraña y debe mantenerlas alerta.

—Claro que es para asustarse —afirma Petra—, pero no es mi caso, sino todo lo contrario. Os ruego que me disculpéis, no he podido venir antes. Tal vez nunca me he sentido tan bien como ahora. He conocido a un hombre, me he comprometido y voy a casarme.

Petra se levanta y da una vuelta completa sobre sí misma de forma serpenteante, moviendo las caderas con voluptuosidad. Todas comienzan a saltar, a darle besos, a lanzar preguntas atropelladas.

—Es un hombre reservado. Por razones que no puedo explicar, me ha pedido que mantenga su identidad en secreto durante un tiempo. ¿Me permitiréis que haga eso incluso con vosotras?

Todas asienten.

—Yo también tengo novedades —anuncia Isabel—. Mi marido vendrá a la ciudad.

Petra se alegra y le manifiesta su deseo de que logren arreglar la situación entre ambos.

La gran sorpresa la da Carmencita:

—Yo también he tenido propuestas de matrimonio.

Todas se muestran asombradas y le ruegan que brinde explicaciones.

¿Cómo que propuestas? ¿Acaso más de un caballero desea desposarla?

—Son tres.

Al parecer, su desparpajo y su poder de convicción en su puesto de frutas ha atraído a tanta gente que, entre otros, incluso hay pretendientes.

Cuenta cómo es cada uno, las palabras de amor que le han dedicado y las promesas que le han realizado.

Las amigas hablan y hablan sin parar, es una mañana encantadora, será la última vez que se reúnan en el convento.

Acompañan a Petra hasta la entrada para despedirla, Jimena observa que hay dos criados esperándola. Jácome les ha dejado claro que les cortará la lengua si hablan de su relación, si por cualquier causa desvelan que esa mujer es su amante.

A Jimena no le gusta lo que ha visto y oído, pero opta por no entrometerse en el caso de Petra.

En cuanto a Carmencita, tiene que hablar con ella de inmediato.

Gonzalo abandona la aldea con enorme pesar. Es un hombre de ideas, ambicioso, quiere superar a su padre y ser uno de los maestros canteros de mayor reputación, el mejor de ese lado del mundo, así que avanza sin mirar atrás ni una sola vez.

Se adentra en la ciudad y se topa con la misma bruma mágica. A esas alturas ya no tiene dudas de que hay algo muy especial en Santo Domingo, cree que no es una ciudad sino un ser vivo, que tiene personalidad propia, que te observa a través de las ventanas de las casas, que son como ojos, miles de ojos; y hay algo más, esa ciudad lo ve a él con buenos ojos, porque está haciendo grandes cosas, está contribuyendo a hacerla más grande, más viva si cabe. Pero claro, todo eso son suposiciones.

Entre sus firmes propósitos se halla el deseo de descubrir el secreto de esa metrópoli, porque está convencido de que encierra un gran enigma.

La construcción del palacete de doña Mencía avanza a un ritmo vertiginoso. Gonzalo le dedica todo el día a la obra, apenas tiene tiempo de nada, pero no tarda en encontrar una pequeña casa de dos habitaciones, salón y patio, la renta es razonable, paga y deja allí sus exiguas pertenencias.

Luego va al sastre y encarga siete camisas y varios pantalones. Sabe que es imprescindible incrementar el contenido de su armario. Ahora vestirá con ropa sin remiendos y dispondrá de una camisa limpia para cada día de la semana. Además, suma una prenda más formal para las ocasiones que lo merezcan: un jubón de terciopelo.

Se dirige entonces a la faena, aún le inunda el pecho una sensación de pérdida, echa de menos a Ana, sabe que le va a costar mantenerse lejos de ella y de esos sociables indios de la cantera que han sido como una familia para él.

Se sitúa en la calzada y observa la primera pared de sillería que han logrado alzar. Luego se acerca, toca la piedra pulida, la palpa y la golpea.

Es sólida. Es roca.

A Gonzalo le queman las incógnitas.

No está completamente seguro de que la altura que va a darle a la edificación resista, y la duda es grande.

Tan grande como la duda de que Jimena le quiera a su lado cuando sepa que yació con Ana.

Juan Pastrana alcanza el monasterio de San Francisco cabalgando bajo una copiosa lluvia cuando ya casi ha anochecido. En la puerta, pregunta por Isabel, su mujer, y a ella, que lo está esperando en el fondo de la galería, le da un vuelco el corazón.

Aborda apresuradamente la entrada del convento y lo ve allí, empapado, sujetando las riendas de un caballo marrón.

—Apenas he podido galopar —se disculpa él mientras observa el suelo—. Esta tormenta es de las gordas. Aquí llueve mucho más que en Córdoba.

—¿Vas a mirarme a los ojos?

A su marido le cuesta sostener su mirada, pero termina haciéndolo.

Ha engordado una barbaridad; debe de pesar el doble, por lo menos. Se ha dejado barba y no se ha quitado un sombrero de ala ancha que tal vez eligió para protegerse del intenso chaparrón.

—Destápate. Estás en la casa de Dios —le espeta Isabel.

Apenas pueblan su cabeza unos pocos pelos.

—Has cambiado —le dice.

—Tú en cambio estás más delgada.

—El viaje ha sido duro.

El hombre ata el caballo y ambos se introducen en el convento. Caminan por el claustro sin decir palabra. Así permanecen unos interminables minutos, hasta que es Isabel quien comienza a poner las cosas claras.

—¿Qué ha ocurrido? Tienes que decirme la verdad.

Juan empieza a balbucear, esgrime un alegato absurdo cargado de incoherencias. Culpa de sus decisiones a todo lo que se le viene a la cabeza: la difícil vida que lleva allí, el deslumbramiento al encontrar oro, la soledad, incluso recrimina a las autoridades, ya que están llevando a cabo una política para incrementar la población isleña, porque el rey quiere que esos nuevos territorios se pueblen de castellanos cuanto antes.

Vuelve el silencio.

Isabel calla, hay respuestas tan evidentes a esas sandeces que sabe que, si las dice, terminará arruinando el encuentro. Ahora le conviene ser cauta, y recuerda entonces su conversación con Jimena.

—¿Me quieres aún?

El hombre se arrodilla y le sujeta la mano derecha.

—Juro por mi honor que siempre serás mi mujer.

No le cree, pero no le importa porque ha oído las palabras que desea. Eso la vuelve a colocar en la partida, y ahora podrá imponer sus condiciones.

—Compraremos una casa aquí en la ciudad.

El hombre asiente.

—Y contrataremos dos criados y dos sirvientas.

Vuelve a dar su conformidad.

—Pero no puedo descuidar las minas ni la finca. Allí hay cientos de animales, mi patrimonio está en Haina —añade él.

«Y tres hijos», piensa Isabel.

Daba por descontado esa circunstancia.

De la india no hablan, pero es consciente de que su esposo va a seguir viéndola.

Aún no sabe cómo, pero tiene que idear un plan para librarse de ella.

Al anochecer, Jimena acude a una cita con Francisco Chocarrero. Han estado en contacto, han mantenido varios encuentros como ese, y en cada uno de ellos cruzan información que interesa a ambos.

Se reúnen en la plaza Mayor, allí nadie se extraña de que dos personas, un hombre y una mujer, hablen mientras caminan, aunque él sea tan bajito.

—El contador es uno de los mejores amigos del virrey, llegó junto a él, y cenan juntos con frecuencia.

Le ofrece el nombre de su esposa, fecha de llegada, número de hijos, lugar exacto de residencia, y también información sobre su pasado anterior, a qué se dedicaba antes de la partida.

Jimena escucha con enorme atención, sabe que el cómico se reúne con altos cargos, tanto eclesiásticos como civiles, poderosos nobles, ricos mercaderes, aprendices de conquistadores, hidalgos, artesanos, todos le cuentan de primera mano los enredos más dispares.

Chocarrero ha hecho un pacto con las autoridades de la isla: jamás son el blanco de sus críticas, jamás son el centro de sus chistes, jamás sufren sus ataques. A cambio, lo invitan a sus fiestas, le pagan y a veces, solo a veces, le encargan que difunda algún chisme con malas intenciones, para dañar a algún competidor que opte a un ambicionado cargo público.

Las cosas le van bien, se ha asentado en la isla y es harto conocido, está en boca de todos, tal vez sea el personaje más relevante después del virrey, aunque por razones distintas.

Le habla entonces de los nobles que ocupan las grandes mansiones y que ofrecen galas de renombre: Rodrigo de Bastidas, Francisco de Garay, Bernardo de Quiñones y otros.

Cuando se despiden, Jimena le entrega una pequeña bolsa de tela con un puñado de maravedís en su interior.

El chismoso agarra la recompensa, y a modo de excusa le asegura:

—Siento que tengáis que pagarme.

Ella afirma que no tiene de qué preocuparse, sabe que esas gestiones le han llevado su tiempo. A fin de cuentas, él es un profesional.

—¿Sabéis por qué acepto estas monedas?

Jimena se encoge de hombros.

—Supongo que necesitáis el dinero.

—No es eso.

—¿Entonces?

—Dejadme que os dé un consejo. Sed siempre la dueña de vuestra vida, si no, lo será otro.

14

Transcurren unos meses y las cosas cambian de forma sustancial. Las cuatro amigas se han dedicado a sus ocupaciones, han perseguido sus propios sueños, y poco a poco los objetivos que se han propuesto se van cumpliendo. Ha sido un periodo de cierta felicidad, porque cada una de ellas, a su manera, viajó para mejorar, y eso exige esfuerzo. Desde luego, todas han estado ese tiempo luchando por disponer de una morada digna.

Jimena y Carmencita van a trasladarse a una modesta pero primorosa casita de madera al oeste de la ciudad, Petra vive en su lujoso palacio y se empeña en modelar y reverdecer el jardín, e Isabel ya ha comprado una casa de gruesos muros y se propone ampliarla.

Ahora ya no se verán tan a menudo, pero siempre les quedará la posibilidad de convocar un cónclave cuando alguna de ellas lo requiera.

Como la venta de fruta ha recuperado el ritmo y sigue viento en popa, Jimena y Carmencita piensan que podrán pagar la renta que el casero les exige. A decir verdad, es la última quien más productos distribuye a diario, y ha tenido que buscar un segundo carrito mejor preparado que la simple mesita en la que comenzó a vender, y ahora la posición de la Fortaleza es mucho más rentable que la mismísima plaza Mayor.

Dejan atrás el convento sin ningún tipo de nostalgia y empujan el carrito, donde han colocado sus enseres para realizar la mudanza hasta su nueva morada.

Muchas de las mujeres que viajaron con ellas están ya ubicadas en otras dependencias: las casadas, con sus maridos; algunas de las que buscaban pareja han contraído matrimonio, y las que venían a prostituirse han encontrado trabajo en alguno de los dos burdeles de la ciudad: el Pata Palo o el Pie de Hierro. Aun así, la cantidad de doncellas que permanece pululando por la ciudad es notable.

Jimena y Carmencita constituyen un caso excepcional, todo el mundo lo comenta, y lo achacan a la fuerte personalidad de la primera. Según la creencia popular, la dulce Carmencita solo se deja llevar.

Ese chascarrillo circula por doquier, es imparable, por una razón de peso: Carmencita ha tenido hasta tres propuestas de matrimonio y las ha rechazado todas.

Y se lo ha contado a todos sus clientes, por supuesto.

A diario ofrece detalles suculentos, que va alimentando con el paso del tiempo; a veces los endulza con frases admirables y otras los amarga con el resultado final.

El primero fue un joven que desembarcó al que le precedía su mala fama. Según los rumores, se trataba de un prófugo de la justicia de esos que la Corona saca de la cárcel y envía al Nuevo Mundo con la condición de enrolarse en aventuras descubridoras de territorios inhóspitos. Esa gente nunca acaba bien, no son las personas adecuadas para constituir una familia. A pesar de todo eso a ella le gustaba, pero Jimena...

El segundo era un aprovechado, un hombre de unos treinta años, conocido en la isla porque acompañó al almirante en su cuarto viaje; lleva allí años y no tiene casa propia, ni oficio reconocido ni tan siquiera amigos que avalen su condición. Aunque es muy simpático, gracioso, y a Carmencita le hacía reír, pero a Jimena...

El tercero, un hombre de aspecto rudo con un parche en el ojo, trabaja para un rico empresario haciéndole sus recados. Tenía plata en los bolsillos, se la mostró en varias ocasiones, le prometió que la haría muy feliz, y se definió como un tipo fiel, que jamás la engañaría, que cuidaría de ella para siempre. Pero Jimena...

Ninguno superó el examen de su amiga.

Y ella nunca tomará una decisión tan trascendental sin contar con su aprobación.

Conviene, por tanto, esperar al hombre adecuado.

Gonzalo se ha cerciorado de que todos los sillares que ha encargado a la cantera sean robustos, nada de piedras quebradizas. Está convencido de que su amigo Arturo no le va a fallar, aunque en su profesión no hay que dejar nada al azar. No se ha acercado a la aldea en un tiempo, lleva muchos meses sin ver a su hermana Ana, y aún le quema el hecho de que se marchó sin decir una sola palabra, sin tan siquiera despedirse.

El palacio ha avanzado sin descanso. Ya ha concluido la

construcción de la planta superior y solo queda completarla según se especifica en los planos, pero hay cosas en esos dibujos que no comprende, le ha dado muchas vueltas y al final ha decidido que son anotaciones superfluas del arquitecto, nada que tenga que ver con la solidez del edificio.

Antes de poner la primera piedra de los torreones, hace venir a la obra a don Jácome. Le muestra los pequeños pilares que van a soportar el techo de las estructuras sobre la cubierta y las bonitas tejas que ha elegido para darle un aire sevillano, un gesto a la procedencia de la ilustre propietaria que va a albergar el palacio.

El comerciante le agradece el esfuerzo, es innegable que ha mejorado los plazos del compromiso que adquirió para acabar la obra.

—Deseo pediros algo, don Jácome. Si no podéis atender mi petición, lo entenderé.

Mira al joven de arriba abajo, ignora qué clase de favor va a demandarle.

—Adelante, si está en mi mano os complaceré.

Gonzalo piensa que es una osadía, pero es tan grande el sueño que persigue que no se detiene.

—Va a comenzar la construcción de la catedral. Me gustaría ser el maestro cantero de esa magna obra.

Sorprendido, le responde:

—¿Acaso va a ser de mi propiedad?

—Tenéis poder en esta ciudad. Vuestra esposa también lo tiene, es la prima de la virreina. Una sola referencia al virrey bastaría para que me otorguen el encargo.

Jácome se queda pensando.

—Terminad este trabajo. Si mi mujer queda satisfecha, si todo es correcto, entonces se verá.

Petra lleva meses regentando el Pata Palo, pero no lo ha visitado ni en una sola ocasión. Se limita a recibir todas las mañanas al encargado de la taberna, que le entrega la recaudación de la noche anterior, una talega colmada de maravedís. Un día, con las primeras luces del alba, se cubre de los pies a la cabeza, incluso oculta su rostro, y a esas horas tempranas, cuando los gallos lanzan cantos desafiantes, recorre la calle Las Damas y alcanza la plaza de la Contratación.

La propiedad que le ha regalado Jácome es una casa de piedra de anchos muros, una de las primeras construcciones europeas, con ventanas rectangulares y un pequeño balcón en la planta superior.

Nada más entrar, se lleva una decepción. Aquello huele a infiernos, una mezcla de alcohol, orín y vómitos. Se interna sin pedir permiso a nadie. Abajo solo encuentra mesas sucias y sillas volcadas, y una barra llena de vasos usados y jarras de vino vacías, signos de una velada agitada.

Sube los empinados escalones y arriba descubre que hay media docena de pequeñas habitaciones. Eso le trae a la memoria el negocio de su madre, muy distinto a este; aquel era un establecimiento señero, tal vez el mejor burdel de la península ibérica, o al menos de Toledo hacia abajo.

Aun así, Petra se alegra de conocer su primer negocio, sobre todo porque le proporciona muchos ingresos. Ya guarda en su palacete un baúl con miles de maravedís, que no para de llenarse. Si sigue a ese ritmo, deberá pergeñar un segundo escondite.

La vida le sonríe con esos avances, pero hay pequeños asuntos que la amargan, la desazón le recorre el cuerpo cuando lo piensa: no puede salir a gastar ese dinero, no puede exhibir los vestidos de seda que su amante le ha regalado, los bellos zapatos importados, las joyas y perlas que ahora rodean su estiloso cuello.

Jácome es cariñoso con ella, la trata bien, la colma de atenciones, y a menudo le promete que llegará el día en que caminarán por esas calles uniendo sus manos y mostrando al mundo su amor sincero.

Cree que sus palabras no encierran una mentira, que su príncipe resolverá la situación.

Porque ella no quiere ser como su madre, algo que jamás le ha mencionado a Jácome. Ella huye de cualquier atisbo de prostitución, y aunque ahora sea la única propietaria del mayor y más afamado prostíbulo del Nuevo Mundo, se promete a sí misma, todos y cada uno de los días que yace junto a su amante, que eso es solo temporal.

Tres nobles han observado cómo Jimena y Carmencita realizaban la mudanza de sus enseres desde el convento de San Francisco hasta una casita de madera en el oeste de la ciudad.

Ahora lo tendrán más fácil.

Han estado vigilándolas, siguiendo sus pasos cuando venden fruta, cuando se sientan a contemplar el río o cuando las cuatro amigas charlan en el parque.

—La rubia de la cicatriz es mía, ya lo sabéis.

—Desde la misma noche que acordamos este juego. No os preocupéis, somos hombres de palabra.

—Así es, y también prometimos no tocar a la más alta, la linda doncella de pelo negro. Jácome nos ganó la partida. Tal vez no tuvimos que sacarla del juego tan pronto.

Hablan de la relación que Jácome mantiene con esa joven, se han comprometido como si fueran novios.

—Nuestra palabra es sagrada, somos caballeros.

Ríen mientras observan a las jóvenes.

El tercero ha estado callado. Como sus compañeros ya han realizado el reparto, él se siente discriminado, no está de acuerdo con algunos principios, con las reglas que han marcado, y tal vez por eso se ve obligado a reaccionar.

—Pues yo tengo mi propia elección. Me permitiréis mantenerlo en secreto. Se trata de una doncella menos bonita que estas, pero eso no me importa, ya sabéis qué busco en ellas. Mis métodos en la cama son rudos, nunca lo he negado. La zorra que he elegido me complacerá, no tengo duda. Os enteraréis por los hechos.

15

Doña Mencía ha pasado meses difíciles, se muestra convencida de que nadie la comprende, pero la realidad es que con su actitud solo se granjea enemigos, incluso su prima la ningunea. Afortunadamente, las cosas van a cambiar. El joven maestro que contrató su marido para llevar a cabo el sueño de darle un palacio a la altura de sus apellidos ha cumplido su palabra, y no solo lo ha construido, sino que la entrega se produce antes de la fecha comprometida.

Es mediodía, y ahora está plantada frente a la puerta principal de su nueva propiedad, interrumpiendo el paso de carruajes. Lleva así un buen rato, y la fila es tan larga que hay un griterío ensordecedor a lo largo y ancho de la calle Cuatro Esquinas. La gente protesta, hay mercancías que tienen que llegar al puerto antes de que zarpen los barcos, sirvientes que transportan a sus señores en las carrozas, ocupaciones que no pueden demorarse en una ciudad cada día más bulliciosa.

Pero lo que está contemplando le gusta tanto que no le apetece moverse: dos preciosas hojas de madera bellamente barnizadas bajo un pórtico de piedra tallada. Y cuando mira hacia arriba, se sorprende aún más al ver una estructura bien alta, dos plantas con generosas ventanas enrejadas, un balcón prominente y macetas que ya contienen bonitas flores blancas y rojas.

Sin duda, piensa, lo más destacado es lo que ese maestro cantero ha construido sobre la estructura: los torreones.

No se divisa a lo lejos nada tan elevado, de hecho ya es la comidilla de Santo Domingo. Majestuosa, esa vivienda se ha convertido en el punto más alto de la ciudad primada.

Soberbia.

Jácome no habla durante la visita, aunque también parece deslumbrado. ¿Acaso no confiaba en ese joven cuando le hizo el encargo?

Por fin, la noble decide visitar el interior.

Al adentrarse en su nueva morada, doña Mencía ignora el grandioso jardín interior, floreciente y hermoso, desde donde se distribuyen las múltiples estancias, las cocinas y las escaleras. Ese vergel ha costado una fortuna, han trasplantado arbustos ornamentales de buen formato y traído preciosos macetones con plantas exóticas, incluso en los estanques nadan pececitos tropicales y flotan los nenúfares.

Pero nada de eso la impresiona.

Asciende y hace lo mismo en la primera planta, esa zona también la desprecia, desdeña la lujosa terminación del piso, la cerámica sevillana, las elegantes macetas que se han colocado en los pasillos.

Va directamente hacia donde quiere, a la parte superior, a los torreones.

Y todo porque sabe que desde allí podrá comprobar que el alcázar de Colón continúa inacabado. Es consciente de que las obras se han complicado y los virreyes ya han anunciado que se consolarán trasladándose a la planta inferior, al parecer, la única que estará disponible durante mucho tiempo. Por tanto, habitarán en un edificio destartalado e incómodo.

Un fiasco en toda regla.

Una vez arriba, doña Mencía se encuentra con una estancia amplia, rectangular y abierta, un mirador impresionante desde donde divisa cualquier cosa construida en las cuatro direcciones. Mire a donde mire, nadie ni nada va a escapar a su control y, por supuesto, podrá vigilar cómo evoluciona el descalabro de su prima.

En ambos extremos, el cantero ha situado los bonitos torreones cubiertos con tejas, por eso llaman así a esa parte del palacio.

Por tanto, la fiesta de inauguración va a ser jubilosa, ella quedará como la única noble triunfante en esa carrera. Ahora su prima tendrá que venir a visitarla junto con su cohorte de chismosas amigas, y también sus adversarios, esos que siempre la miran llenos de resentimiento. Todos tendrán que rendirse, porque su mansión será a partir de ahora el verdadero punto central de la nobleza de Indias.

Piensa en Rodrigo de Bastidas, ese adelantado y descubridor que pretende no solo hacerse rico con los indios, sino que además aspira a que el virrey le otorgue las lejanas expediciones del sur.

Y no se olvida de Francisco de Garay, también emparentado con su prima, que pronto encontró oro y se hizo con las mejores propiedades de la ciudad, un listo, que incluso le prestó la famosa casa del cordón al virrey cuando arribó.

Ahora está realizando una peligrosa apuesta, quiere que le adjudiquen una isla entera: Jamaica.

Qué decir del resto: no puede soportar a Bernardo de Quiñones, ni a Carvajal, tal vez a Dávila, a ese sí, pues su mujer se ha plegado a ella, es la única que la entiende.

Todos ellos aspiran a repartirse un pastel enorme, y mientras tanto su marido no hace más que pensar en pequeños negocios, importar bienes de la península y exportar cosas raras hacia allá, bagatelas en comparación con las minas de oro que aún quedan por descubrir.

—Jácome, prepararéis la mejor fiesta que jamás haya tenido esta ciudad —ordena doña Mencía—. Asistirán los virreyes con la corte al completo. La cena aquí arriba supondrá un antes y un después en Santo Domingo.

Apunta con su dedo índice hacia el suelo de la estancia.

Su marido asiente.

—A mi prima María la situaremos en este lugar, con buenas vistas hacia el alcázar.

Señala la posición exacta, y su esposo vuelve a asentir; cualquier cosa con tal de no escucharla protestar.

—Redactaré la lista de invitados. No quiero que falte nadie, todo el mundo que cuente debe estar aquí arriba. ¿Me entendéis?

Gonzalo se preocupa.

Esa parte de la mansión no estaba en los planos, ha surgido del interior de su cabeza y, aunque la ha dotado de los materiales más resistentes, no tiene la certeza de que el cálculo de la estructura sea el correcto.

De hecho, desconoce cómo calcular estructuras.

Pero ha de ser valiente, y pasa a otro asunto.

Se atreve a interrumpir.

—Mi señora, permitidme la intromisión —dice Gonzalo—. También es usual hacer extensiva la invitación a las personas que han trabajado en las edificaciones, a modo de agradecimiento por los servicios prestados.

La noble se lo piensa y no tarda en contestar. Es un fastidio, sin duda, pero no se puede negar a algo así.

—Hum, estoy tan contenta que no me opondré. De acuerdo, pero hay una condición: que sea en la planta de abajo, junto a las cocinas, en el patio trasero. ¿Me habéis escuchado?

Dice eso mientras mueve la mano derecha de forma despectiva y repetitiva, no deben incomodar.

—Por supuesto, yo mismo enviaré las invitaciones y me haré responsable, prometo que no molestaremos a vuestras mercedes.

Jácome mira horrorizado al joven.

Espera que su maestro cantero no ose invitar a sus amigas.

Un frío temblor le recorre la espalda y acaba carcomiéndole por dentro. No esperaba que algo así pudiera suceder.

Su relación con Petra va por buen camino, cada día que pasa está más enamorado de ella. Esa mujer es el sueño de su vida.

Y esa circunstancia podría ser catastrófica, tiembla al pensar en la reacción que puedan tener una u otra en caso de producirse un encuentro fortuito.

Porque la ciudad habla de ese asunto, de eso no le cabe duda.

Y enemigos tienen muchos.

Demasiados.

16

Las cuatro amigas han pasado una semana vertiginosa. Aunque viven separadas, se han reunido a diario para trabajar en un asunto concreto, con una intensa actividad que ha dado resultados muy positivos, y eso que disponían de poco tiempo para llevarla a cabo.

Desde hace dos semanas, doña Mencía está esparciendo una sugerente semilla a los cuatro vientos: va a celebrar el acontecimiento del siglo. Ha pedido a todos sus criados y lacayos que lancen ese mensaje: todos los habitantes de Santo Domingo deben conocer que, desde ese día, desde esa noche precisa, esa ciudad será el centro del mundo. Ni Toledo, ni Sevilla ni tan siquiera Roma pueden afirmar algo tan relevante.

Para ellas, la gran noticia llegó cuando supieron que están invitadas.

Tuvieron conocimiento de que Gonzalo las había incluido en la lista una mañana en que un emisario —un indio de aspecto enfermizo— le entregó a cada una de ellas una carta escrita por un copista, en un buen papel y con fina caligrafía.

Comenzaron a gritar, a saltar, a darse besos, porque la

suerte las acompañaba. Meses atrás habían hecho un viaje peligroso, se habían jugado la vida buscando una existencia mejor, y ahora se encontraban con una invitación a la fiesta del siglo, junto a nobles y virreyes.

¿Se podía pedir más?

Desde entonces han estado buscando telas, cada una dentro de sus posibilidades y gustos, y han compartido ideas sobre cómo mostrarse elegantes.

Jimena y Carmencita compraron unos tejidos preciosos y han confeccionado ellas mismas sendos trajes para la ocasión. El resultado es deslumbrante, ninguna reconoce a la otra de esa guisa.

Tal vez por eso, ante ese acontecimiento tan especial, Carmencita se siente inspirada para hacer la pregunta que lleva meses rumiando.

Ya no puede aguantar más.

Antes de partir para la fiesta, se la lanza a bocajarro a su amiga.

—Jimena, ¿qué hacemos en esta isla? Nunca me has dicho por qué cruzaste la mar Océana. A veces pienso que tú deberías estar con esos nobles, sabes más que ellos, eres más inteligente, lees y escribes en latín y en castellano, sabes interpretar mapas, te desenvuelves muy bien con los números. Tú podrías conseguir cualquier cosa que te propusieses.

Jimena se queda impactada, no esperaba tener que abordar ese asunto, y menos en un día tan señalado.

—Incluso has diseñado estos trajes —añade señalándose a sí misma, desde los senos hasta las rodillas—. Me he dado cuenta de que así es como vestías en tu tierra.

Esa tarde, Carmencita se siente una princesa.

Su amiga la mira con ojos tristes, pero no contesta.

—¿Quién eres en realidad? —insiste mirándola a los ojos—. Creo merecerlo, me tienes que decir quién eres y qué has venido a hacer a este lado del mundo.

Jimena no ha visto nunca esa determinación en su amiga.

—Y quiero que esta vez no me mientas —sentencia.

Hasta ahora Carmencita no le había dirigido unas palabras como esas, tan directas al corazón. Las dos se sienten como hermanas desde el mismo instante en que subieron al barco en el puerto de Sevilla; son tantos los momentos que han pasado juntas, tantas las confidencias que una y otra han intercambiado, que tal vez ya no le quedan más excusas.

Ha llegado la hora de contarle la verdad.

—No sabría por dónde comenzar, mi vida es realmente complicada. Sé que puedo confiar en ti, y espero que comprendas lo que voy a relatarte —empieza Jimena.

Es consciente de que le debe una explicación, y tiene que ser muy buena, porque hay cosas muy relevantes que ha estado ocultando.

Carmencita se prepara para recibir las palabras de su amiga, pero antes le hace un ruego:

—¿Crees que podrás mantener esto en secreto?

En cierta forma, Jimena se siente liberada, hace ya muchos meses que sufría la urgencia de abrirse a sus amigas, de relatarles con la misma franqueza que ellas lo hicieron quién es y a qué ha venido.

Comienza con una disculpa, lamenta haber escondido asuntos tan importantes. Añade que, a continuación, va a revelarle algunos aspectos de su vida que van a sorprenderla. Piensa que, aunque son íntimas amigas, le va a costar entender cómo ha podido hacer eso, y teme que, tal vez, hacerla partícipe de su pasado cercene a partir de ahora la confianza que ha depositado en ella.

Es el trago más difícil desde que puso un pie en la isla, pero logra arrancar.

Jimena es de Toledo, y sí, tal y como ha adivinado antes Carmencita, proviene de una familia noble, ha recibido una educación acorde, ha estudiado con buenos preceptores de latín y ha leído decenas de libros, y no, jamás le faltó el dinero.

—Yo tenía un padre culto, que me quería con pasión. También dos hermanos maravillosos.

Se derrumba, no puede soportarlo más y arranca a llorar.

Es la primera vez que Carmencita la ve así. Una mujer tan fuerte como Jimena no puede derrumbarse, eso es imposible, piensa, y como no entiende qué está sucediendo, también se echa a llorar, las dos se sumergen en un baño de lágrimas.

—En un solo día perdí a toda mi familia.

—¿Quién pudo hacer eso?

—He venido hasta las Indias para descubrirlo, necesito encontrar respuestas.

—¿Aquí?

—Sí, porque tengo más que sospechas de que la familia Colón estuvo involucrada, creo que fue culpa de ellos.

—¿Te refieres al virrey, Diego Colón?

Asiente.

—Todo comienza con el padre, el mismísimo Cristóbal Colón, el primer almirante. Ese hombre no era quien creemos, sino un farsante en toda regla.

Carmencita abre mucho los ojos y la boca. Luego se coloca las manos en las caderas, con los brazos abiertos, como si fuera un jarrón con asas. No puede creer lo que su amiga está afirmando. Ese navegante fue uno de los personajes más reputados de Castilla y Aragón, o más bien, de Europa entera.

—¿Cómo puede ser eso cierto?

—La historia es más larga de lo que puedas pensar —añade Jimena.

Ambas hacen una pausa.

—¿Y cómo puedes estar segura? —retoma Carmencita.

Jimena traga saliva, luego lanza algo que tiene almacenado en el alma, la verdadera razón por la que ha realizado un viaje tan peligroso.

—Tengo un hijo, un pequeño varón de casi cinco años.

Su amiga no da crédito.

No es capaz de cerrar los ojos ni la boca, y se lleva las manos a la cabeza.

—¿Por eso no quieres casarte?

A pesar del mal momento que está pasando, Jimena se ve obligada a sonreír.

La inocencia de su amiga siempre la sorprende.

—No, no es por eso. Estuve casada, y también perdí a mi marido.

—¡Dios mío! ¿Entonces?

—¿No lo comprendes? He cruzado el océano para encontrar a mi hijo. ¡Me lo robaron!

Las dos comienzan a llorar de nuevo, esta vez con más intensidad.

—Sé que está aquí, en algún lugar de la corte del virrey. Tal vez se encuentre enganchado a las faldas de la virreina, o de una de sus damas de compañía. Puede ser que cualquier noble lo tenga acogido en su palacio. He de descubrir dónde.

Cuando logran serenarse, Jimena añade una pregunta antes de abordar la calle rumbo a la celebración.

—Carmencita, ¿me entiendes ahora?

Afirma moviendo la cabeza sin parar. Le cuesta asumir la barbarie por la que ha pasado Jimena, pero al menos comprende muchas de las cosas que ha hecho desde que alcanzaron la isla.

17

El día señalado para la inauguración es domingo, se ha elegido así en honor al nombre de la ciudad. Al amanecer, un cielo encapotado presagia un día lluvioso, incluso se ven algunos rayos y truenos pasajeros, por suerte lejanos.

No se ha hablado de otro asunto en varias semanas, ese nuevo palacio es un punto de atracción en toda regla: la gente camina y se agolpa frente a la fachada, todo el mundo quiere ver ese prodigio, especialmente los indios, que jamás han contemplado algo tan elevado, un enorme gigante de piedra, ladrillo, cal y argamasa.

A primera hora de la madrugada comenzaron los preparativos. Magníficas viandas traídas desde los lugares más remotos de la isla, tonelitos de refinado vino, dulces elaborados durante la noche por el único maestro pastelero que ha llegado hasta la fecha, nada escapa a la metódica planificación. Doña Mencía ha pergeñado hasta el más mínimo detalle, empeñada en celebrar un acontecimiento excepcional.

A mediodía la lluvia es más intensa, pero nadie se preocupa porque eso ocurre a menudo, piensan que se trata del usual chubasco antes del atardecer, ese al que les tiene acostumbrados el clima tropical.

Comienzan a llegar los invitados, la aristocracia de Indias al completo va a estar presente: carrozas engalanadas tiradas por preciosos caballos, señoras con trajes de seda y hermosas joyas y hombres con refinados ropajes. Como todos vienen acompañados de sus sirvientes, la aglomeración y el gentío es notable.

La anfitriona ha dejado claro que la fiesta paralela, la de los pobres, no debe interferir en la principal, ni mucho menos. Ha dado instrucciones para que esa gente acceda al palacio por la puerta de servicio, una entrada lateral que no interrumpe el tránsito de personalidades.

Pero ha olvidado algo importante: tanto para subir a los torreones como para llegar hasta las cocinas y el patio anexo, es necesario pasar por el precioso jardín interior del palacio, punto de encuentro de todo el conjunto, habitaciones, escaleras y dependencias auxiliares.

Por derecho propio, Gonzalo es el único autorizado a estar en las dos celebraciones: la de arriba y la de abajo. Se ha vestido para la ocasión con su nuevo jubón de terciopelo rojo; se siente extraño, pero sabe que don Jácome va a presentarle al virrey, hablarán de la catedral, que se llamará Nuestra Señora de la Encarnación, y él quiere ser quien la construya. Porque hay buenas noticias, algo que la ciudad de Santo Domingo ya celebra. Se acaba de producir el hito más difícil: el papa Julio II ha enviado su mandato y aprobación para que comiencen las obras de ese santo templo catedralicio, el más alejado de Roma de cuantos se han construido en toda la cristiandad.

Aunque hay asuntos que ahora mismo le preocupan más. No sabe cómo tiene que dirigirse al virrey, desconoce las reglas de cortesía, ni tan siquiera vislumbra cuál es el tratamiento que debe dar a cada una de las autoridades que va a conocer.

Hasta entonces prefiere estar abajo con sus amigos. Ha invitado a todos aquellos que le han ayudado en la construcción del palacio: carpinteros, vidrieros, herreros, albañiles, y también a algunos indios. Ha hecho llamar a Arturo, al que no ve desde hace muchos meses, y ruega a Dios para que acuda solo, teme que venga acompañado de su hermana Ana.

Porque esa noche tiene algo que decirle a Jimena.

Ahora que ha culminado su sueño, una vez que tiene la consideración de maestro cantero y ha demostrado su valía, está convencido de que ha llegado el momento.

No va a desperdiciar ni un día más.

Ha estado cortejando a Jimena durante una eternidad, demasiado tiempo tal vez, y piensa hacerle una proposición en el transcurso de la celebración.

La ama, la sigue amando y, con sus propias expectativas cumplidas y tras haberse convertido en una personalidad, no va a dejar pasar la oportunidad.

Y no solo eso, hay mucho más para estar tan feliz, también quiere que en esa velada sus amigas se sientan orgullosas de aquel muchacho que les explicaba a bordo del barco cómo era su profesión, sus anhelos, su ambición por contribuir a levantar esa primera y magnífica ciudad al otro lado del océano que estaban surcando.

Ahora sabrán que no era un farsante.

Lo ha cumplido, ha demostrado todo lo que dijo y prometió, se ha asentado en la sociedad de Indias como un destacado y notable miembro. Ya solo le falta una cosa, la más importante.

Pedirle matrimonio a Jimena.

18

A la celebración asisten algunos conquistadores: Hernán Cortés, Juan Ponce de León, Vasco Núñez de Balboa y otros muchos a los que Gonzalo no conoce. A todos ellos, aventureros descollantes en la empresa de Indias, hay que proveerlos de una morada singular. Esa noche Gonzalo intentará abordarlos para ofrecerles sus servicios.

Apostado en la puerta principal del palacio, da la mano en nombre de los propietarios a todo el que entra. Se presenta como el maestro cantero, al servicio de esa ciudad monumental, mientras el viento y la llovizna se empeñan en afear el acto. Cuando bajan de sus carrozas, los nobles solo desean ponerse a cubierto, y muchos no ocultan su enfado por tener que pisar la calle en un día tan tormentoso.

Dos antorchas iluminan la entrada, una de las zonas más elegantes de la obra de Gonzalo, que está convencido de que esa parte del edificio será aclamada con el paso del tiempo, cuando la gente afine sus gustos y sepa comprender la belleza de las construcciones excepcionales. Y a modo de gustosa bienvenida, los músicos hacen sonar sus instrumentos de cuerda, laúdes, violines y violas, y también de viento de bronce, flautas y flautines.

En la acera de enfrente cientos de personas permanecen de pie, nadie quiere perderse el acontecimiento.

Siguen llegando distinguidos invitados, algunos muy aclamados, pero la lista es tan larga que el apoderado que doña Mencía ha colocado en la puerta aún no se decide a avisar a los sirvientes de los virreyes: tiene instrucciones precisas de que cuando hayan llegado los nobles y la corte al completo, solo entonces, les enviará un emisario.

A Gonzalo le parecen demasiadas las personas que ya han entrado, tantas que sufre al pensar el peso que va a tener que soportar la estancia de los torreones. Además está el viento, que comienza a golpear con fuerza, se escuchan truenos sobre las cabezas de los presentes y la gente de la calle comienza a marcharse.

Ni tan siquiera el acto del siglo merece empaparse de agua, y mucho menos sufrir el impacto de un rayo.

En la calle lateral sucede algo distinto. Por la puerta de servicio van accediendo los invitados de Gonzalo sin ningún tipo de atropello. Entran directamente a una pequeña estancia que sirve de punto de recepción de mercaderías para el palacio. De allí hay que pasar al jardín interior y cruzarlo para alcanzar las cocinas y el pequeño patio anexo, donde el maestro cantero ha organizado el acto paralelo.

Francisco Chocarrero es uno de los primeros en llegar. Su atuendo es sobrio, esa noche no actúa, aunque ha prometido contar alguna que otra historia divertida. Parece una persona diferente, juicioso, maduro, de ojos vivos y pelo lacio aceitado. Toma una copa de vino de las que se han dispuesto en una de las mesas preparadas para recibir a los visitantes, y comienza a darle pequeños sorbitos mientras observa a los que van llegando.

Cuando Jimena y Carmencita atraviesan el jardín entre macizos de flores y bonitos estanques, el viento húmedo ya azota sus rostros. Aceleran el paso y se introducen en la cocina.

Como Carmencita ya conoce los propósitos de Jimena, a esta no le importa que oiga la información que Chocarrero le proporciona. Ella le ha encargado que en sus visitas a las mansiones de los nobles y las autoridades vigile y reporte qué niños corren por allí, las edades, el color del pelo, de sus ojos, cualquier detalle que pueda valorar. A cambio, le ha estado entregando una cantidad elevada de maravedís. No es dinero lo que Jimena ha venido a buscar a las Indias, así que no tiene objeción en remunerar bien a ese personaje al que permiten entrar en el interior de las casas y los palacios, siempre que eso la conduzca hacia el objetivo de encontrar a su hijo.

Isabel acude acompañada de su esposo, no quiere perder la oportunidad de que la vean junto a Juan, bastante ha sufrido. Ella ha podido pagar a una modista y luce un pomposo traje de seda verde. Jamás se había visto tan elegante. En estos momentos le gustaría que sus padres y la ciudad de Córdoba al completo la viesen tan arreglada, brillando en una inauguración como esa, a la que asistirán los virreyes. El viaje ha merecido la pena.

Petra ha elegido un vestido discreto, nada provocador, elegante y sencillo, pero aun sin ser el mejor confeccionado de entre todos los de su armario, su belleza es tan evidente que los invitados la miran al pasar. Está contenta con la invitación, y sabe que por ahora su lugar está ahí abajo, aún no ha llegado el momento de ser la esposa de Jácome, pero sueña con el día en que ella será una más junto a los nobles de Indias.

Doña Mencía no estará tranquila y sosegada hasta que no lleguen los virreyes. Sube y baja las escaleras, inquieta. Como sus sirvientes son unos inútiles, no puede confiar en ellos.

Arriba ya se han situado buena parte de los poderosos de la ciudad, especialmente sus enemigos, esos han llegado todos: los Garay, los Villoria, los Bastidas, los Quiñones, los Carvajal, familias que atesoran el poder y los intereses comerciales de La Hispaniola, y que, desde allí, siguen extendiendo sus dominios hacia los nuevos territorios que se van descubriendo.

Están bebiendo vino, comiendo deliciosas viandas y criticando la celebración. Porque todo vale para hundirla, piensa ella, para acabar con esa aristócrata que desde que ha llegado no ha parado de recordarles cuáles son sus apellidos y la alta estirpe de la que procede, la Casa de Alba y Tormes, lo mismo que la virreina, y que su padre está emparentado con el rey Fernando el Católico, exactamente igual que su prima.

Es ya de noche, una noche desapacible.

Y cada vez que la propietaria de ese impresionante palacio cruza el obligado jardín interior se moja un poco más. Cuando sube o baja las escaleras, un criado la acompaña iluminando el camino con un candil en las manos, y al pasar frente a los espejos se percata de que su peinado es deplorable, la lluvia y la humedad le han encrespado los cabellos, y no tiene tiempo para que se los arreglen.

Maldice por cualquier motivo: la culpa es de su marido por no haber elegido otro diseño de la casa, tal vez debió evitar el enorme jardín interior, aunque esa sea la arquitectura imperante, tal vez las escaleras no tenían que ser tan empinadas, aunque sea un asunto sin solución, tal vez debía haberle alertado de que esa inauguración del todo desproporcionada nunca debió celebrarse, aunque no le dejara hablar ni opinar en ningún momento.

Lo único cierto es que las cosas no están saliendo como esperaba, como ella merece. Entre el viento amenazante y los ensordecedores truenos, doña Mencía cree que el infierno se está abriendo para tragársela.

Pero, afortunadamente, al final se le abre un rayito de luz.

Por fin anuncian la llegada de los virreyes.

Acude de nuevo rauda hacia la entrada, baja las escaleras y atraviesa una vez más el enorme jardín, quejándose de las dimensiones del palacio.

Atiende a don Diego y doña María, que llegan acompañados de su comitiva de damas y caballeros.

Jimena tiene los ojos vidriosos, algo ha debido de ocurrirle, piensa Gonzalo mientras se acerca a ella. Como quiere decirle algo importante, no se contiene.

El maestro cantero le explica a su amada que esa es una noche muy especial para él, para todos ellos, para la ciudad. Y, además, desea proponerle algo, cree que ha llegado el día. Ella contesta que no es el momento adecuado, está muy atareado y debe atender a cientos de invitados, pero él insiste.

Y se precipita.

—¿Quieres casarte conmigo?

Jimena tarda en responder, no esperaba algo así, tan directo y en presencia de otras personas. Gonzalo ha demostrado ser un gran maestro cantero, poseer todas las habilidades que relató durante el viaje, pero en las materias del corazón naufraga.

—Gonzalo, te aprecio mucho, pero...

—¿No soy un hombre digno para ti?

Jimena no puede contener las lágrimas.

—Hay muchas cosas que no sabes de mí, no he sido todo lo clara que debería, y hay razones poderosas...

—No te creo.

—Tienes que creerme, esto no tiene nada que ver contigo. Mi vida no ha sido fácil, por eso me vi obligada a cruzar el océano. Aún no he podido explicarte la verdadera razón por la que estoy aquí.

Se miran, los ojos de ambos son tristes, cuesta trabajo decir una palabra más.

Pero ella toma aire y se decide:

—Gonzalo, quiero que sepas que la razón por la que vine es...

El maestro cantero nota que una mano se apoya en su hombro por detrás. Se gira y se queda sorprendido.

Es un hombre delgado, ataviado con finos ropajes y un estiloso sombrero, incluso las palabras que salen de su boca son elegantes.

—Permitidme presentarme. Soy el ayuda de cámara del virrey, y vengo a solicitaros que me acompañéis —le pide, con una dicción perfecta, pareciera como si tuviese en la garganta instrumentos musicales en lugar de cuerdas vocales—. Tengo el privilegio de anunciaros que don Diego os va a recibir.

Gonzalo mira a Jimena, desearía continuar la conversación, o tal vez algo radicalmente distinto, huir, mandarlo todo a paseo, pero una marea lo está impulsando y llevando en volandas, sería una osadía dejarla escapar.

No puede dejar plantado al virrey.

—Regresaré pronto —le dice a Jimena—. ¿Podrás esperarme?

Ella asiente, tiene los ojos rojos, en cuanto él se marche va a arrancar a llorar.

En pleno ascenso de las escaleras, Gonzalo nota cómo un remolino de pensamientos bulle dentro de su mente, sabe que tardará mucho en olvidar lo ocurrido.

Ha construido el palacio más impactante del Nuevo Mundo, pero no es capaz de penetrar en el templo que Jimena encierra en su cabeza.

Asciende hacia los torreones con el alma extraviada. El deber le llama, y él es un hombre cumplidor, no puede fallar a los nobles de la ciudad que tanto admira.

Cuando llega a la estancia, descubre que han transformado el espacio, la servidumbre ha instalado mesas con lujosos manteles y sillas, y donde han podido, han colgado tapices con temas cortesanos. Le cuesta reconocer el lugar en el que apenas unos días atrás, junto a albañiles, cristaleros, carpinteros y un centenar de indios, terminaban de argamasar los últimos ladrillos y luego todos aplaudían al unísono.

Fue uno de los mejores momentos de su vida.

Ojalá su padre hubiese visto aquella escena.

Ahora es un auténtico comedor palaciego, hay viandas sobre las mesas, y el capellán mayor las bendice y con su vara de mando autoriza a que los sirvientes procedan a llenar los platos.

Diego Colón es muy alto, de rostro alargado, dicen que se parece a su difunto padre, presenta el aspecto de un hombre gentil y viste hermosos ropajes. En su conjunto, emana autoridad.

—Excelencia —pronuncia Gonzalo mientras realiza la preceptiva reverencia—, me presento a vos como el maestro cantero más servicial y fiable de cuantos pueden hacer de estos nuevos territorios una parte magistral de nuestro reino.

El virrey recibe esas palabras con agrado.

—Soy un hombre devoto y temeroso de Dios —prosigue—, y le suplico todos los días que me alumbre para hacer lo que es obligado. Y ya veis, me han dado la oportunidad de levantar piedra a piedra este palacio. Vos mismo podéis comprobar los resultados.

Le acercan una copa de vino, que bebe con avidez. Está tan nervioso que se le escapan unas gotas por la comisura de los labios y van a parar al jubón de terciopelo.

Don Diego percibe el nerviosismo del cantero y sonríe.

—Me han puesto al corriente de vuestro interés por la construcción de la catedral. ¿Es así?

—Excelencia, ese ha sido siempre mi verdadero sueño. Mi padre fue uno de los mejores maestros canteros de Castilla, él me instruyó en esta profesión, y yo quiero contribuir a hacer de estos territorios un nuevo espacio donde la Corona se fortalezca, donde comience el nacimiento de un imperio, y para eso es necesario levantar una seo acorde, que inspire y presida la gran gesta que estáis iniciando.

El virrey se impresiona con las palabras de ese joven, y eso que los músicos y los trovadores hacen todo lo posible por elevar el tono de sus instrumentos y sus voces. El viento es tan ensordecedor que casi no permite oír los bellos versos que pronuncian sus gargantas, ni tampoco disfrutar de las delicadas notas.

A pesar de las inclemencias del tiempo y el ruido que hacen los poetas al elevar sus cánticos, está tan concentrado en la conversación con ese experto en cantería que se esfuerza y le responde:

—Su Majestad el rey Fernando quiere comenzar la construcción cuanto antes. Hace unos días que hemos recibido una carta suya, pareciera como si vos hubieseis leído ese escrito. Me dice exactamente eso, la catedral debe iniciarse de inmediato para afianzar el imperio. Si Dios apoya la misión de nuestro reino en las Indias, es imprescindible ofrecerle un templo a la altura de la proeza que realizó mi padre descubriendo estas tierras.

—Vuestra excelencia puede contar conmigo, seré vuestro más fiel siervo. Juro por Dios que no os fallaré.

—Quienes han fallado han sido el arquitecto y los maestros canteros que la Corona había contratado.

Gonzalo no da crédito. Comprende al instante la gran oportunidad que se abre delante de sus narices, una oportunidad que no esperaba, puesto que pensaba que la gran catedral contaría ya con una organización estructurada y reservada a los mejores genios de la profesión, apalabrada y resuelta desde años atrás.

—Existe un proyecto de Alonso Rodríguez, un arquitecto de Sevilla —continúa el virrey—. Tanto él como los tres maestros canteros contratados deberían haber arribado a nuestro puerto hace ya un año.

Diego Colón suspira y se bebe de un trago su copa. Con un gesto de su mano derecha, pide que se la rellenen.

—Iban a partir en la fecha pactada —prosigue—, todo estaba organizado para el inicio de las obras, pero ocurrió un inesperado desastre. Nadie contaba con que se produjese el derrumbamiento del ciborio de la catedral de Sevilla.

Gonzalo se estremece al escuchar esas palabras.

—Se desconoce qué ha ocurrido exactamente, cómo ha podido suceder algo así, pero el caso es que Sevilla está consternada, y la consecuencia, que nosotros echamos en falta a esos expertos canteros. Y eso no es todo, tampoco vendrá el arquitecto. A todos los requieren allí. Solo tenemos el proyecto, un cajón lleno de planos inútiles.

—Yo estoy a vuestra entera disposición, excelencia, y puedo comenzar con los preparativos en cuanto vos me lo ordenéis. Este palacio en el que nos encontramos es la mejor prueba de que mis conocimientos están a la altura.

Solicitan la presencia del virrey, su esposa se impacienta.

Gonzalo no ha recibido ningún tipo de respuesta cuando Diego Colón se aleja sin despedirse, se ha quedado con la miel en los labios, pero al menos cree haber sembrado la duda en la única persona que puede tomar una decisión tan trascendental.

Con la mente ocupada en ese asunto —pura música celestial—, esa noche tormentosa se olvida de todo, de los amigos y los empleados a los que ha invitado y mantiene en las cocinas, de su deber de atender a otras autoridades, así como de cualquier otra cuestión que no sea soñar con las palabras que acaba de escuchar.

Está tan animado que se envalentona y decide iniciar más contactos.

Se acerca a Hernán Cortés, que mantiene una discusión con Juan Ponce de León.

—Señores —les dice, interrumpiendo la charla—, soy el maestro cantero que ha construido este soberbio palacio. Y deseo comunicaros que me encuentro al servicio de vuestras mercedes para proveeros de las mejores mansiones en esta isla.

Los tres, cada uno a su manera, son ambiciosos, piensan que queda mucho mundo por descubrir. Cuando Gonzalo se ofrece para construirles una casa digna de las aspiraciones que atesoran, los otros dos le contestan de forma parecida:

—Yo parto hacia Cuba en unos días, y luego iré aún más hacia el oeste, a Tierra Firme —anuncia Hernán Cortés—. Tengo planes, mis propias ideas, y aunque no renuncio a regresar a La Hispaniola, creo que lo que tenemos ante nosotros es tan grande, tan inmenso, que van a hacer falta cientos de maestros canteros para construir tantas catedrales y palacios como nuestro imperio va a demandar.

Esas reflexiones se cuelan en la mente de Gonzalo, la escala de su mundo acaba de ensancharse, pero está tan obsesionado con Santo Domingo que cree que ese extremeño exagera.

—En mi caso —toma la palabra Juan Ponce de León—, partiré en la dirección contraria, hacia la isla vecina, al este, pero no me quedaré allí porque tengo previsto explorar los territorios más al norte.

El joven maestro cantero se complace de haber conocido a dos personas con su misma ambición, capaces de cambiar el rumbo de las cosas, carentes de la poca inercia con que otros muchos se contentan, y se alegra de haber sido tan impulsivo como para ofrecerse al virrey con el objetivo de construir él solo la catedral. Un brillo permanente inunda sus pupilas. Al verse rodeado de ese lujo, de esas personalidades, de lo más nutrido de la sociedad de Indias, ha olvidado que aún tiene pendiente una conversación con su amada.

Y mientras tanto, el tiempo no hace más que empeorar. El viento es tan fuerte allá arriba que algunos cristales estallan, se siente vibrar la estructura, y unos tapices acaban volando por los aires.

Es entonces cuando está tentado de pedirle a todo el mundo que abandone el lugar, algo en su interior le dice que aquello no es seguro, tal vez la estructura no aguante el peso de tantas personas, tal vez ese fenómeno de la naturaleza que está azotando la ciudad sea un monstruo desconocido que quiere tragarse su obra. Muchos de ellos jamás han visto un huracán pasando sobre sus cabezas y desconocen su fuerza aniquiladora.

Pero a Gonzalo no le hace falta sugerir el desalojo.

Se escuchan gritos.

Son tan potentes, tan insistentes, que los invitados dejan sus copas y sus platos y se dirigen abajo, de donde procede el alboroto.

La primera planta.

Gonzalo acude raudo, tiene que apartar a la gente para descender los peldaños y ver qué provoca ese griterío. Los criados encienden más lámparas de aceite.

Y pueden ver entonces la causa de ese espanto.

Doña Mencía está tendida en el suelo.

No se mueve, permanece al pie de las escaleras que conducen a los torreones.

Yace con los ojos muy abiertos, inertes, perdidos, algo la ha sorprendido sin remedio.

La hallan en una posición extraña: las piernas torcidas, los brazos extendidos con los dedos curvados, como si arañar a su atacante hubiese sido su voluntad.

Una daga clavada en su corazón se presume mortal.

El terror se propaga por los rostros de los nobles, incluso los poderosos de la ciudad se hunden, las mujeres buscan consuelo en sus esposos, todos están desolados.

Escoltan a los virreyes, un séquito de hombres armados los blinda hasta el exterior del palacio.

Entonces irrumpe en escena un caballero vestido de riguroso negro, espada al cinto y una banda blanca cruzándole el pecho.

—¡Disculpad! —grita—. Apartaos y dejad trabajar a la autoridad.

Es el alguacil mayor.

Un silencio sepulcral recorre el palacio, como un pájaro de mal agüero.

—¡Ruego que no os mováis de vuestra posición! —grita a diestro y siniestro.

Se acerca e inspecciona el cadáver.

No tarda mucho en dar una orden concreta. Pide a sus hombres que se acerquen y les susurra algo. Dos de ellos descienden con diligencia las escaleras y cruzan el jardín interior.

En las cocinas, buscan a una mujer en particular.

La detienen.

Es Jimena.

Los rumores ya circulan con rapidez. Son tantas las evidencias que algunos lanzan improperios y otros tratan de agredir a la joven apresada cuando los dos ayudantes del alguacil pasan por delante con ella bien sujeta por los brazos.

Todos saben del enfrentamiento y el desafío permanente de esa joven, las amenazas que lanzó a la noble en el barco, nada de eso pasó inadvertido.

Y hay otro dato aún más esclarecedor: el diario de a bordo del capitán lo constata, describe con lujo de detalle cómo es el arma que ocultaba entre sus ropajes.

Una daga con empuñadura de nácar y las iniciales «A.C.» incrustadas en letras de oro puro.

Es de conocimiento público que esa joven que ahora vende en la plaza Mayor amenazó a la prima de la virreina en el transcurso de la navegación, y no solo eso, fulminó a un indio con la pericia propia de un guerrero. Y más aún, de vez en cuando utiliza esa misma arma para limpiar fruta y ofrecerla a sus clientes.

Gonzalo corre y va a reunirse con Carmencita, Petra e Isabel.

Los cuatro se abrazan y se consuelan.

Están consternados cuando Jimena, sujetada con firmeza por los ayudantes del alguacil, pasa frente a ellos. Al maestro cantero le sorprende su mirada, está como absorta, perdida en algún pensamiento, y eso es extraño, porque lo normal, lo que todos esperarían, es que negara con la cabeza, que gritara ante los presentes que ella no es la culpable.

La comitiva se aleja.

Todas rompen a llorar.

Porque saben que ese delito está penado con la horca.

SEGUNDA PARTE

19

Toledo, 1505

El jardín se cubría de flores al inicio de la primavera. Los días algo calurosos y las noches suaves comenzaban siempre pronto, antes de que pudiese darse cuenta ya tenía encima su estación favorita. Las rosas presentaban tonos hermosos, los narcisos ofrecían radiantes florecitas amarillas, incluso los geranios explotaban en coloridos círculos.

Pero eran las lilas, con su tonalidad púrpura y ese aroma delicioso, las que embelesaban a Jimena, porque perfumaban las calles empedradas y las grandes murallas de la ciudad. Y en los parterres del pequeño castillo donde residía no podían faltar. Allí las lilas siempre triunfaban, por encima de las rosas, los narcisos e incluso los jacintos.

Su familia, de origen noble, no era ni mucho menos de las más adineradas del lugar, pero disponían de tierras de cultivo, algunas de ellas arrendadas, y animales en granjas, que proveían suficientes fondos como para mantener la hacienda familiar. Su padre había sido capitán de galeaza al servicio del rey Juan II de Aragón, y su madre, hija de un noble castellano.

A su padre, la persona a la que más quería en este mundo, le debía la esmerada educación que recibió, para ella la mejor herencia posible, porque Jimena jamás se interesó por el dinero que pudiera atesorar para garantizar su futuro.

Desde el mismo momento en que comenzó a tener uso de razón, rogó dos cosas a su progenitor. La primera, que contratase a un preceptor de latín; aprender era su sueño, amaba los libros que componían la pequeña biblioteca familiar, anhelaba poder entender esos textos, porque imaginaba que allí encontraría el saber en estado puro, las mejores enseñanzas de autores clásicos, ya que nadie en su sano juicio transcribiría libros escritos en otras lenguas siglos atrás si eran malos.

Y más que eso, Jimena rogaba una y otra vez a su padre que la instruyese en las artes que dominaba como militar: la lucha cuerpo a cuerpo —algo que nunca entendió el capitán—, el uso de armas, la disciplina y, sobre todo, las grandes estrategias en el campo de batalla, especialmente en la mar.

Esas historias la entusiasmaban, percibía que todas y cada una de las palabras que pronunciaba su padre eran sinceras, porque se le encendían los ojos cuando relataba aquellos terribles encuentros de naves disparando cañones y lombardas sobre el enemigo.

En aquel entonces el Mediterráneo era un hervidero de guerras entre vecinos. Las rivalidades políticas y las luchas por el poder eran cada vez más frecuentes. Aragoneses, venecianos, florentinos, genoveses y franceses pugnaban por mantener y ampliar posiciones de privilegio, hacerse con el control del comercio, siempre a costa del rival.

Jimena era la menor de tres hermanos, y la única niña. Los dos varones jamás mostraron interés por la profesión del padre, jamás rebuscaron en su pasado bélico y no tuvieron la más mínima motivación por seguir sus pasos. Pero para ella era algo parecido a un pasatiempo, disfrutaba escuchando cómo se lograba someter a las naves de bandera enemiga y se cumplía con el deber real.

No conoció a su madre. Murió cuando ella nació, algo que asoló a su padre, que no solo tuvo que cuidar de la familia, sino que se vio obligado a dejar el servicio activo, colgar el uniforme y dedicarse a velar por los intereses de su hacienda para poder mantener a sus hijos.

Además, ese hecho le cambió la vida, porque se involucró aún más en los enredos de los nobles, participó en algunos eventos de la corte y vivió los fascinantes momentos previos a la toma de Granada dentro de los entresijos de la realeza.

Al nacer Jimena, vio en ella el mismo rostro de su madre, y en cuanto tuvo unos pocos añitos, todas las noches la acostaba no sin antes contarle cuentos. Tal vez fue ahí donde ella adquirió el amor por las palabras, por las historias, por los libros, era el instante más feliz del día. Cuando su padre, al caer el sol, no llegaba a casa a tiempo para darle su beso y narrarle una aventura, se dormía sobre las sábanas añorando no haber encontrado esa noche la fantasía anhelada.

Por supuesto, los relatos que más le gustaban eran aquellos que ella adivinaba que provenían de la memoria de su padre, hechos reales, escaramuzas navales, y en ocasiones auténticas batallitas.

Odiaba los enredos diplomáticos, los escuchaba con atención pero no la atraían nada. Curiosamente, detrás de toda trifulca bélica siempre había un conflicto de esos. Ella dejaba que su padre se explicara, a veces se detenía, como si de pronto se diese cuenta de un detalle que en su momento le pasó inadvertido, y ahora, a la luz de una reflexión pausada, se le revelaba con toda su crudeza.

Con el paso del tiempo, aprendió castellano y latín con buenos preceptores, así como a dominar los números, y cuando todo eso ya era poco para ella, su padre sacó las cartas de marear y le mostró el camino para interpretar esos mapas marinos, las señales que contenían y los instrumentos usados en la navegación.

Fue en esos años cuando comenzó a escuchar el apellido Colón. Por supuesto, como todo el mundo, sabía de las hazañas del gran almirante, era un asunto que había provocado un enorme revuelo en toda Europa: ese marino extranjero había logrado convencer a los reyes para abrir una nueva ruta hacia Oriente y ampliar los horizontes castellano-aragoneses, y había cumplido su palabra.

Cristóbal Colón era un personaje muy conocido, los nobles no hablaban de otra cosa.

Salvo su padre.

En esas historias náuticas que le narraba, en esos mapas que le mostraba, siempre añadía un adjetivo cuando se refería a ese hombre: farsante.

Y él sabía por qué.

Pero ella aún no lo entendía, corría todos los días por los caminos, jugaba con otros niños, lanzaba piedras con gran pericia, usaba el arco con maestría y luchaba en el cuerpo a cuerpo como si fuera uno más. Siempre portaba su espada de madera y la cruzaba sin miedo.

Sus hermanos, que jamás tuvieron sus inquietudes, pronto se dedicaron al cuidado del patrimonio familiar: las granjas de animales, los cultivos y el cobro de los arrendamientos.

El tiempo pasó rápido, su familia siempre andaba volcada en ella, los años de infancia fueron días de enorme felicidad y la adolescencia le llegó sin avisar. Cuando quiso darse cuenta, había cosas que no le pasaban a ningún otro miembro del castillo más que a ella. Y no tenía a nadie a quien preguntar. Le decían que era bella, una joven afortunada, de atractivos rasgos y excelente personalidad, con capacidad para empatizar con la comunidad, para mediar en pleitos y resolverlos. Pero a ella lo que de verdad le interesaba era conocer qué estaba ocurriendo con su pecho y ese vello púbico que comenzaba a aparecer.

Se hizo famosa en su círculo, incluso entre la nobleza, no había muchas jovencitas capaces de hablar de textos clásicos y libros perdidos, ni que mostraran tanta fascinación por fabulosas civilizaciones antiguas.

Su padre la acercó más y más a la corte, en realidad así se lo solicitaban, esa doncella no callaba nunca, discutía sobre cualquier asunto y a menudo presentaba puntos de vista muy originales.

Años atrás, en la corte de la reina Isabel, el joven Diego Colón se encontró de maravilla desde que entró en contacto con la realeza. Todo había sido muy rápido. Al regresar el almirante de manera triunfal de su primer viaje, el hijo del descubridor fue nombrado paje del príncipe don Juan. A partir de ahí, quedó agregado a la Casa Real durante años, mientras su padre seguía sumando lugares exóticos para la Corona.

Al morir el príncipe, pasó al servicio directo de la reina, y siguió adscrito a la corte durante un periodo bastante largo.

En un momento dado, el almirante le declaró heredero del mayorazgo, y en su testamento, en primer término, de todos los cargos, honores y privilegios concedidos al descubridor. Luego, al partir para su cuarto y último viaje, le dejó encomendada la defensa de sus intereses y la gestión de las reclamaciones por la suspensión de sus privilegios.

Diego había sido nombrado contino de la Casa Real, con treinta mil maravedís de sueldo, prolongando así su carrera de cortesano.

Para Jimena, coincidió con los años en los cuales su padre y sus hermanos estuvieron más involucrados en los bailes de gala, celebraciones y eventos convocados por los nobles en presencia de la corte y a veces de los propios monarcas. Fue la época en la cual comenzó a elegir vestidos, a abandonar para siempre la espada de madera y a mirar a los hombres desde un punto de vista muy diferente.

Por fin, el almirante regresó de su cuarto y último viaje, y sostuvo con su hijo una persistente correspondencia, encargándole defender los intereses familiares ante los Reyes Católicos. A Cristóbal Colón le acuciaba el deseo de recobrar sus privilegios para transmitírselos a sus herederos.

Hubo muchas discusiones en aquellos años, los compromisos firmados en Santa Fe —las famosas Capitulaciones— eran excesivos, y las concesiones hechas a ese hombre y sus descendientes no podrían cumplirse dada la dimensión de los territorios que se estaban descubriendo, que ensanchaban el reino de una forma que nadie sospechaba aquellos días en que ambas partes firmaron el documento a las afueras de Granada.

Y en medio de ese enredo, el padre de Jimena había ido dejando crecer una larva muy peligrosa desde tiempo atrás: la teoría del Colón farsante.

Cierto era que ella lo había escuchado de sus labios cientos de veces, pero lo entendía como una batalla más en la historia náutica de su progenitor, desconocía las implicaciones que suponía sembrar esa semilla tan peligrosa.

Porque a esas alturas ya eran muchos los nobles que habían comprometido grandes sumas de dinero para la aventura transoceánica, algunos incluso se habían embarcado ellos mismos en naos que los llevarían al otro lado del mundo. Y las expectativas de beneficios eran enormes.

Unos meses antes de morir el gran almirante de la mar Océana, Jimena pudo escuchar, una vez más, cómo su padre relataba a un noble esas teorías.

Tiempo después, recordaría esas palabras con una nitidez inusitada, quedarían grabadas a fuego en su memoria, porque tenía claro que ahí se escondía el germen de lo que aconteció más tarde, de los hechos que le desgraciaron a ella la vida.

De nuevo, era el inicio de la primavera, época propicia para la celebración de bailes y festejos. Su padre le había comprado un vestido para la ocasión, ese no sería un acto cualquiera: allí se cerraría el acuerdo por el cual Jimena se casaría con un joven de la ciudad, hijo de una familia de clase social similar a la suya.

Nadie le preguntó, pero no estaba enfadada, ni mucho menos. Se conocían desde niños. El joven era solo unos años mayor que ella, habían jugado juntos decenas de veces y pensaba que era un buen hombre, sencillo en sus costumbres, y además compartían la afición por montar a caballo, aunque él no tenía la misma pasión por la lectura.

Los padres de ambos acordaron la boda y la dote. Asunto cerrado. Y como la habían educado para eso, Jimena estaba encantada con los desposorios.

El mismo día que se encontró con la familia de su flamante novio, luciendo un hermoso vestido de seda que la hacía sentir como una princesa, escuchó la conversación que habría de cambiarle la vida:

—Ese falso almirante tiene mucho que esconder —afirmó el padre de Jimena—. Cuando yo navegaba junto al capitán de la galeaza Fernandina, nave como sabéis del rey Juan II de Aragón, padre de nuestro rey Fernando, fuimos atacados por un barco corsario que servía a los intereses de Renato de Anjou, enemigo de la Corona. Al mando estaba Colón, ese que dice provenir de familia noble.

—Poned cuidado al difundir esos comentarios. Hay muchos intereses por ahí, en esta misma sala hallaréis amigos vuestros que están apostando sus cuartos en las Indias y, claro, esperan recibir su recompensa. El reparto de tierras, minas, concesiones son privilegios que dependen de cómo se decante la balanza en el pleito colombino.

—Ya, ya. Pero la historia es la historia. Es inaudito que nuestro reino se pliegue a un corsario, que le otorgue el título de almirante de la mar Océana y le conceda esos privilegios tanto a él como a sus herederos. Es una barbaridad. Y este es el momento de decirlo alto y claro.

—Tal vez fuera un pecado de juventud de ese marino extranjero.

—Nuestros rumbos volvieron a cruzarse años más tarde. Me ascendieron a capitán y me encontré una vez más con ese corsario. Recuerdo esos hechos con toda nitidez. Son difíciles de olvidar, porque hundieron su barco. Entonces Colón trabajaba a las órdenes de otro corsario, el francés Guillaume de Cazenove, también enemigo de nuestra Corona. Después de una terrible batalla, la nao naufragó y ese farsante se sumergió en el océano, aunque logró salvar su vida agarrándose a unos remos. Luego pudo alcanzar a nado el cabo San Vicente. Allí comenzó una nueva existencia en Portugal, mintiendo a diestro y siniestro. Se rehízo vendiendo mapas náuticos y cosas así, y tuvo la suerte de casarse con la hija del gobernador de la isla de Porto Santo, con la que tuvo a su hijo Diego. Pero no consiguió timar al rey portugués. Sin embargo, bien que lo ha hecho con los nuestros.

—¿Y qué vais a hacer, tal vez hablar con el rey?

—Si me fuera posible, no dudéis que lo haría.

En cuanto se alejó el noble, Jimena se acercó a su padre.

Le hizo jurar que jamás volvería a referir esos hechos, y le rogó que se olvidara de la absurda idea de hablar con el rey.

Su padre se lo prometió.

Pero ella sabía que su afán por desvelar el verdadero rostro del almirante era más fuerte que cualquier promesa.

20

Los meses siguientes fueron excepcionales. La boda se celebró según lo previsto, y los flamantes esposos se trasladaron al castillo que por herencia le correspondía al marido, como mandaba la tradición, salvo en casos excepcionales como ocurrió con la madre de Jimena.

Allí fue feliz, disfrutaba de un jardín incluso más grande, y la relación entre ellos fue mejor de lo esperado. Pronto los cónyuges descubrieron que podían llevar una vida plena, que compartían muchos valores e ilusiones, y ella poco a poco le fue introduciendo en el amor por la lectura.

El embarazo llegó de inmediato, y para festejarlo, lo celebraron matando un cerdo. Hicieron traer un tonel de vino riojano, un dispendio a la altura de la ocasión, en un día de risas y bailes.

En ese mismo acto acordaron que, de cara al parto, se trasladarían al castillo de su padre, allí había nacido Jimena. Las criadas que tuvo desde pequeña la conocían bien, ellas la asistirían en ese delicado trance.

Desde entonces, vio crecer su barriga a pasos agigantados,

en pocos meses se encontró con un bulto que acariciaba sin parar. La gestación fue un periodo apacible, un invierno poco frío que pasó recluida en el castillo de su marido, momentos que aprovechó para devorar un libro tras otro.

En esos días veía poco a la familia. Apenas sabía si acudían a los eventos convocados por la corte, o si cualquiera de sus hermanos por fin se habría comprometido. Tampoco se relacionaba con su padre, y eso era lo que más echaba en falta.

Cuando el gran almirante de la mar Océana murió en Valladolid, su hijo Diego estaba a su lado. La noticia no fue difundida con la intensidad que se hubiera podido esperar, no eran buenos tiempos para la relación entre la familia Colón y la monarquía.

La reina Isabel había fallecido dos años antes, y el descubridor había dedicado sus últimos meses, enfermo y aquejado de diversos males, a ir tras los pasos del rey viudo sin lograr que lo recibiera.

Ese extranjero que había cumplido con su parte de lo acordado en las Capitulaciones de Santa Fe ahora exigía por escrito que se respetase el trato, y como no conseguía su legítimo objetivo, enviaba una carta tras otra solicitando a Fernando el Católico que le concediera audiencia.

Falleció sin que el rey le prestase la más mínima atención, y eso le quemó mientras aún le quedaba un hálito de vida. Después del alto desempeño que había alcanzado y de los evidentes resultados que había conseguido para la Corona, fue despreciado, como si de un apestado se tratara.

Tras su muerte, correspondía a Diego Colón, heredero de sus derechos, iniciar la batalla, una muy distinta ahora, la que se llevaría a cabo en los tribunales.

Ahí comenzaron los interminables pleitos colombinos.

En ese contexto, el hijo del almirante pasó años tratando de alcanzar una posición de prestigio social, moviendo sus cartas sin cejar.

Primero trató de desposar a la hija del duque de Medina Sidonia, pero los recelos del rey Fernando impidieron esa boda, pues hubiera sido un matrimonio demasiado peligroso dado el poder que habría conseguido el noble.

Luego dejó embarazada a una dama vizcaína, con la que tuvo un hijo, pero Diego nunca lo reconoció, sus miras eran mucho más altas.

Fue entonces cuando contrajo nupcias con María de Toledo, hija de Fernando Álvarez de Toledo, comendador mayor de León y hermano del duque de Alba. Interesaba a Diego emparentar con una familia aristocrática capaz de defender sus derechos. Se trataba de una unión perfecta, porque a los Alba les atraían los jugosos privilegios y los honores otorgados al descubridor, aunque en ese momento estuviesen en suspenso y litigio.

Y funcionó. Las gestiones del duque de Alba hicieron que Diego heredara los derechos de su padre a pesar de la oposición del rey, una jugada maestra.

Finalmente, la diplomacia hizo su trabajo y Diego consiguió ser almirante y virrey de las Indias por gracia del monarca, no por reconocimiento de sus derechos hereditarios.

Los pleitos colombinos contra la Corona se alargarían muchos años.

Cuando Diego Colón partió hacia las Indias para ejercer como virrey, gobernador y almirante, la disputa con el rey no había hecho más que empezar.

Jimena sufrió fuertes convulsiones en un doloroso y largo parto. Desde meses atrás, ya había sido traumático el lento calvario que vivió tras instalarse en su cabeza la idea de que podía suceder algo parecido a su propio nacimiento. Su madre murió al traerla a ella en ese mismo lugar, y le costaba pensar que nada de eso tenía que ver con este nuevo alumbramiento.

El día que rompió aguas se encontraban presentes su padre y sus hermanos, además de su marido.

Ella tenía claro que el niño se llamaría como su padre: Ambrosio.

Estaban en la estancia principal del castillo, se había negado a pasar ese mal trago en la misma cama donde murió su madre. Allí aguantó muchas horas en un continuo duermevela, el bebé no venía, se resistía, y la matrona se preocupaba. Empujaba todo lo que sus fuerzas le permitían pero no era suficiente. Además de exhausta, se sentía afiebrada, y en esos momentos de tribulación ya había descubierto que parir es más complejo de lo que mucha gente cree.

A ratos dormía, y luego se despertaba envuelta en sudor, en un ciclo que parecía no tener fin. Cuando conseguía abrir los ojos veía a las criadas revoletear por la estancia y cuchichear en el transcurso de un parto complicado.

La matrona le gritaba, le suplicaba que empujase, y como

ella casi no podía hablar, le resultaba imposible decirle que las fuerzas se le habían esfumado horas atrás.

Al final, en un parto más difícil de lo previsto, oyó que había parido un niño de ojos muy claros y con parecido a su padre, pero con un par de rasgos inequívocos de sus hermanos, como la forma de la carita. Sin lugar a duda, decía la matrona, el retoño había sacado los caracteres de la familia materna.

Ella se adormilaba y se despertaba carente de voluntad, incluso deliraba.

Por fin le pusieron al niño sobre su regazo, apenas podía abrir los ojos, no entendía bien lo que estaba ocurriendo, los dolores del parto no habían cesado, se sentía exhausta, incapaz de incorporarse ni tan siquiera un palmo, y todo eso lo achacaba a su estado febril y a las horas que había pasado empujando para que su retoño saliese.

Lo miró y en su carita sí reconoció a sus hermanos, pura herencia materna, y luego vio cómo cogían y depositaban al pequeño Ambrosio en su cuna, pero todo eso lo recordó con imágenes entreveradas, con sus hermanos a un lado, y al otro, su marido. El padre contemplaba la escena desde su sillón.

Ese fue el último difuso recuerdo de Jimena antes de caer en un sueño profundo. La fiebre se había apoderado de ella sin remedio.

Se despertó de repente al oír ruidos desmesurados. Desconocía cuánto tiempo había permanecido en ese estado de inconsciencia. Se notaba aún más cansada, más febril, más débil, mareada, como si se encontrara perdida dentro de una nube.

Se percató de que se estaba produciendo un tumulto en la entrada, habían violentado la puerta y los criados gritaban y huían.

A ratos creía que deliraba, que todo eso no eran más que alucinaciones.

El primero en ver las espadas en alto fue su marido, que comenzó a vociferar, habían irrumpido en el castillo sin permiso.

Jimena se preocupó al ver a su padre desencajado, eso era muy mala señal. Un hombre como él, acostumbrado a mil batallas, supo desde el principio que se avecinaba algo espantoso.

Esos hombres llegaron con yelmos plateados, con la visera abatida, signo que evidenciaba que no querían que nadie viera sus rostros.

Al padre no le temblaron las manos. Extrajo de su bota derecha una daga con sus iniciales incrustadas, la que siempre portaba, la que jamás abandonó.

Su esposo estaba paralizado, no supo cómo reaccionar, mostraba una impronta de terror que no presagiaba nada bueno.

Desde que su padre dejó de ser militar, la familia nunca más se mantuvo cerca de las armas, y pocas había a disposición dentro de la morada. Aun así, los hermanos fueron en su busca, un par de espadas oxidadas, inservibles, pero necesitaban cualquier cosa ante lo que se les venía encima.

En ese estado de semiinconsciencia, Jimena vio cómo su marido presentaba cara a los atacantes. Consiguió tocar a uno, tal vez herirlo, pero con la poca fortuna de que otro forajido le ensartó por la espalda, le penetró los pulmones, provocándole un vómito de sangre.

Su padre no pudo contenerse ante ese abominable asesinato, un hecho sin sentido, fuera de toda lógica, generado por unos desalmados que habían irrumpido en su castillo con tenebrosas intenciones.

Con su daga en la mano, se apoyó con un pie en su butacón y dio un salto. Cayó encima de uno de los atacantes, lo agarró por el cuello con su brazo izquierdo, por detrás, y le clavó el arma en el corazón. El tipo se desplomó al instante, con ojos de sorpresa.

No se detuvo, extrajo la daga y fue a por otro, una mala decisión: la disparidad de las armas que portaba cada bando era evidente, pero, aun así, se atrevió a retar a su contrincante. Fue un acto sin futuro alguno, porque el bruto portaba un afilado estoque, se le echó encima, le golpeó el brazo y la daga acabó en el suelo.

Luego, sin miramientos, le atravesó el estómago y retorció el arma, quería provocar el mayor daño posible, hasta que se derrumbó con una expresión de pavor en la cara.

A continuación, uno de los atacantes se acercó al cadáver y le pegó una patada para comprobar que estaba muerto. Acto seguido clavó en el corazón del padre de Jimena la daga que siempre le había acompañado, algo innecesario y brutal. Después, con un hacha firmemente agarrada con las dos manos, la levantó y trazó un arco para cercenar su cuello, y lo hizo repetidas veces, hasta que seccionó la columna y la cabeza rodó.

Venían con claras intenciones de decapitarlo.

—Merecéis este castigo —añadió su verdugo.

Sus hermanos ya habían conseguido hacerse con espadas cuando ella desvió la mirada hacia donde se encontraban, observó que se batían con unos descerebrados, eran muchos, tal vez cinco o seis, una lucha desigual.

Cerró los ojos, no quería ver más, no deseaba asistir a la muerte de sus hermanos después de lo que había presenciado. Pero oyó cómo uno de ellos gemía y decía algo prácticamente ininteligible, que creyó relacionado con el motivo, la razón para tanto despropósito. Luego también asistió a los gritos del otro.

Cuando se decidió a mirar, vio una escena de absoluto terror.

El mayor yacía en el suelo, le habían rajado el cuello sin miramientos.

Y el menor no tuvo más remedio que presenciar cómo lo ejecutaban. A ratos, levantaba las manos suplicando que lo dejasen vivir.

Los hombres se reían de él.

Uno de ellos se le acercó, levantó su espada y la sostuvo sobre su hombro unos interminables minutos. Luego se la clavó en el cuello, como a su hermano mayor, provocando un chorro de sangre que salpicó los tapices de las paredes.

Jimena permaneció tendida, exhausta, con todas las fuerzas agotadas tras el parto y las fiebres. En esos momentos de congoja, sabiendo la ruina de su estado físico y mental, rezó para que todo fuese un mal sueño, una pesadilla fruto del delirio.

El último recuerdo, entrecortado y difuso, fue igualmente terrible.

Los asaltantes se acercaron al catre y se agolparon a su alrededor.

Todos la miraban y reían.

Hablaban entre ellos, pero ella no conseguía entender nada de lo que decían.

Sabía que la iban a matar, de eso estaba segura.

Pero no iban a utilizar las espadas, no contra una dama.

Uno de ellos levantó una maza.

La sostuvo sobre la cabeza de Jimena unos segundos.

Luego la lanzó sobre su frente, la golpeó una vez, con fuerza, con la intención de partirle el cráneo en dos.

Ella gritó, el dolor fue espantoso, manó tanta sangre que notó la almohada mojada, pero siguió con vida.

Eso hizo que el bruto lanzara de nuevo sobre su cabeza la maza, esta vez con más ímpetu.

Antes de cerrar los ojos, pidió a Dios que al menos dejaran al bebé con vida.

Porque el último golpe tenía la intención de ser mortal.

21

Segovia, 1509

Podrían pasar mil años y Gonzalo se quedaría igual de fascinado cada vez que contemplara esa monumental construcción. Había nacido cerca del acueducto, en una casa humilde, de madera y techo de paja, y desde allí, a través de una ventanita que intentaba dejar siempre abierta, veía desde su catre los arcos, unos sencillos, otros no tanto, algunos apuntados para restaurar la parte destruida por los musulmanes siglos atrás, y los majestuosos pilares, como patas de un gigante de piedra para soportar el peso de quintales de agua.

Nunca entendió cómo su padre, cantero de profesión, no había tenido tiempo de proporcionar a la familia una edificación más sólida que esa casucha de tablones, una morada acorde con el rigor del clima segoviano.

Su madre y sus dos hermanas, más pequeñas que él, vivían hacinadas en ese chamizo en el que entraba el viento en invierno y les calaba los huesos hasta hacerlos tiritar. Incluso como caseta de materiales efímeros era una chapuza.

Un día, mientras se encontraba frente a la antigua catedral de Santa María, soñó con una idea: su ciudad debía tener una seo a la altura del acueducto. No le gustaba esa construcción de estilo románico. Entre el barrio y la fortaleza se extendía una explanada donde habían erigido el templo, con su claustro, un hospital y el palacio del obispo, formando junto al alcázar un núcleo compacto, ya que el puente levadizo de la fortaleza se situaba a pocos metros de la puerta.

Para él, acostumbrado a la majestuosidad del acueducto, la casa de Dios debía ser colosal, y Santa María era un edificio de cortas dimensiones, con tres pequeñas naves, crucero y cabecera con discretos ábsides. Había también una cripta consagrada a San Salvador y un recio campanario a los pies de la nave de la epístola que trataba de competir con la torre del alcázar, pero poco más.

Gonzalo solo había abandonado Segovia una vez en su vida, para acompañar a su padre a un trabajo. Visitó Burgos, y allí fue donde algo germinó dentro de él, fue una especie de epifanía, supo de inmediato a qué quería destinar su existencia, un asunto que le urgía a aprender, a empaparse de los conocimientos necesarios para algún día aventurar una obra de esas dimensiones.

A su regreso a Segovia, aprendió a leer y a escribir por su cuenta, preguntando a unos y otros, y también a comprender cómo se utilizan los números e incluso a realizar algunos cálculos, y todo con tal de interpretar los dibujos técnicos que veía en manos de los maestros canteros.

Cuando se lo manifestó a su padre, de nombre Pelayo,

comenzó a ver el problema real de su familia, fueron muchas las luces que se abrieron a su alrededor.

—Padre, quiero ser maestro cantero —le dijo.

Era de noche, Gonzalo había estado madurando la decisión en su catre, en la misma estancia donde todos dormían, donde él sabía que a veces forzaba a su madre cuando llegaba bebido, en presencia de sus hermanas y de él mismo.

Esperó su reacción, sus primeras palabras.

Y solo recibió un puñetazo en la cara. Lo golpeó con fuerza, y eso a pesar de que ya era más alto y corpulento.

—Eres un inútil, si supieras lo difícil que es la vida estarías picando piedra, eso es lo que hace la gente de tu edad.

Al día siguiente, Gonzalo supo que su padre había aceptado una propuesta para cimentar una casa de sillares y ladrillos de dos alturas, no muy grande, pero con la dificultad que suponía levantar una planta superior.

Olvidó el puñetazo, fruto del alcohol que beben los hombres, se dijo a sí mismo, y comenzó a ver a su padre con otros ojos, con otra perspectiva.

Como tantos otros jóvenes, Gonzalo acudía al campo todos los días y, dependiendo de la época del año y de la cosecha, realizaba una labor u otra. Trabajando de sol a sol, recogía el cereal junto a sus amigos.

Siempre andaba con los Juanes, un par de zagales de su edad, crecieron juntos y nunca se separaron. De pequeños jugaban, corrían por los páramos, se bañaban en las pozas y buscaban tesoros ocultados por los árabes.

Ya un poco más mayores, Gonzalo descubrió que entre esos dos había algo más que amistad, y aunque al principio le costó entender cómo era posible que un hombre amase a otro, aceptó esa situación. A partir de ahí fue partícipe de una relación difícil, prohibida en esos tiempos, y los alertó de que estaban transitando por terrenos peligrosos, porque esa conducta estaba penada con la muerte.

Pero eran sus amigos, y continuaron muy unidos con el paso de los años.

Al terminar la cosecha, recibía unos pocos maravedís que siempre entregaba a su madre, y luego se marchaba a ver cómo avanzaba la obra de Pelayo. De una u otra forma, su padre se había convertido en un maestro que elegía y hacía pulir bloques de piedra y los colocaba uno sobre otro. Eso llenaba de ilusión a Gonzalo, y las expectativas de que el futuro de su madre y sus hermanas iba a mejorar le infundieron nuevas energías.

Todos los días, al acabar, iba a la construcción. Allí veía a los dos obreros contratados por su padre. Colocaban los bloques y argamasaban cuando era necesario, lo hacían sin mucho ánimo, discutían y reñían entre ellos. Pero no había nadie para conciliarlos, para hacer que todo se erigiera como es debido.

—¿Sabéis dónde está mi padre?

Las risas de los empleados le dolieron más que el puñetazo.

En realidad, Gonzalo ese día ardía en deseos de contarle que había encontrado trabajo como ayudante de un reputado maestro cantero, el más antiguo del gremio de Segovia. Aprendería la profesión con él, su pasión por los detalles técnicos sería colmada junto a un hombre que atesoraba gran cantidad de conocimientos, y además llevaría un sueldo extra a casa.

Al anochecer, Gonzalo se dirigió a la taberna. Allí lo vio, pero no era el momento adecuado para ponerle al corriente de su buena suerte, así que se dedicó a observarlo en la distancia.

Le llamaban don Pelayo, mientras gastaba dinero a mansalva. Acompañado de fulanas, vino y diversión, jugaba a las cartas y presumía de los palacios que tenía en proyecto construir, nadie como él podía hacerlo, sus conocimientos desbordaban los de cualquier otro de su profesión.

A sabiendas de que los juegos de naipes estaban prohibidos, cuatro hombres apostaban dinero poniéndolo sobre la mesa. A ratos soltaban la carta con un tremendo golpe, más bien un puñetazo a la madera, y de vez en cuando uno de ellos se llevaba el montón acumulado.

Gonzalo no tenía idea de cómo se desarrollaba ese juego, pero prestó atención al resultado. En un momento dado, uno de los jugadores consiguió el premio. Los demás se dedicaron a vociferar y realizar aspavientos, incluido su padre. Había perdido un buen montante, algo que sorprendió a su hijo. ¿De dónde lo habría sacado?

No contento, el fanfarrón de su padre decidió invitar a vino a todos los presentes, cualquier cosa con tal de aparentar que tenía los bolsillos llenos, un maestro de su experiencia debía estar en lo más alto del escalafón de una de las profesiones de mayor prestigio.

«Ha dejado a mi madre y mis hermanas en la casa con un tarugo de pan para cenar», pensó Gonzalo.

Esa noche regresó sin entender nada, se acostó sin poder dormir y esperó a que llegase su padre dando tumbos. Cuando este se desplomó sobre la cama, le quitó las botas y lo ayudó a acostarse.

—Mañana necesito hablar con vos —le suplicó.

Tal vez no le escuchó, porque roncaba.

Al amanecer, antes de partir hacia la obra, cuando Pelayo se despertaba de la borrachera, Gonzalo le anunció que iba a trabajar con un maestro cantero en la construcción de la nueva iglesia. Su intención era ayudar a la familia.

Su padre no le respondió nada, no emitió sonido alguno, ni un solo gesto de aprobación, se limitó a calzarse y salir a mear.

Fueron los días más felices de Gonzalo en Segovia. En pocas jornadas aprendió a pulir los sillares con pericia, a obtener los mejores resultados de cada tipo de roca y a colocar los ladrillos para formar arcos sin peligro de que se vinieran abajo. A ratos, el maestro cantero le brindaba pistas sobre cómo interpretar los planos, de alguna forma se convirtió en el preceptor que le inició en las difíciles artes de construir edificios de piedra.

Pronto comenzarían la bóveda de la iglesia, y Gonzalo ardía en deseos de saber cómo abordar uno de los elementos más complejos de los grandes templos cristianos, las claves solo conocidas por los más destacados maestros canteros.

Por cada semana que pasaba en la construcción de la iglesia recibía una bolsita con maravedís. La primera se la entregó íntegra a su madre, que pudo saldar algunas deudas familiares y comprar comida para las niñas. Con parte del segundo pago, Gonzalo adquirió una camisa nueva, y con parte del tercero, papel y tinta. El resto del dinero lo custodiaba su madre. Cada noche anotaba las ideas que había aprendido durante el día, y trataba de reproducir los dibujos que había memorizado de los planos de su jefe.

En una ocasión, a altas horas de la noche, en el transcurso de un duermevela, se percató de que Pelayo andaba revisando sus escritos y se detenía con minuciosidad en cada uno de los apuntes. Cerró los ojos y creyó que por fin su padre se sentía orgulloso de su hijo, que no solo seguía su profesión sino que iba camino de superarlo.

Al cabo de un mes, cuando su madre y sus hermanas presentaban una mejor apariencia, cuando comían a diario e incluso llevaban ropa decente, comenzaron los problemas.

Una buena mañana, el maestro cantero impidió el paso de Gonzalo a la obra de la iglesia. No le ofreció muchas explicaciones, apenas le dio pistas sobre el origen de su enfado, las razones para tomar una decisión tan drástica.

Sencillamente estaba fuera del equipo, ya no debía regresar más.

—¿Acaso no he sido un aprendiz aplicado? ¿Podéis decirme al menos el motivo?

—Peguntad a vuestro padre. Por fortuna avisó a tiempo.

Con la mano le indicó el camino de salida.

Cabizbajo, Gonzalo anduvo hasta la casa con el propósito de preguntarle a Pelayo qué diantres le había comunicado al maestro cantero, qué habría podido ocurrir para que le destrozara así la vida.

Noche tras noche, su padre llegaba borracho, era imposible hablar con él, llegó a pensar que le rehuía.

En los días siguientes no encontró trabajo en ninguna otra obra, y ahora ni tan siquiera le permitían recolectar el cereal.

Hasta que un día fue el propio Pelayo quien le solicitó que se acercara a la casa que estaba construyendo. Allí mismo le pidió que tomase un martillo y un cincel, y que picase piedra. De alguna forma, a su manera, le estaba dando el trabajo que todo el mundo en Segovia le negaba.

Sin entender nada, Gonzalo acató la orden y comenzó a levantarse temprano para acudir a la obra a la hora de comienzo, aunque su padre siguiera durmiendo cuando él dejaba la casita de madera.

Tardó poco en descubrir que escatimaba con los materiales, que pagaba mal a los otros dos trabajadores —nada en su caso—, y que el mortero que utilizaba era de pésima calidad. Y lo peor fue la conclusión que extrajo a la semana de estar allí: Pelayo carecía de los conocimientos para realizar las tareas y las instrucciones que daba a los obreros a menudo eran nefastas.

Cada vez que Gonzalo pretendía aconsejarle cómo adoptar una mejor decisión, o cada vez que le sugería hacer las cosas de otra forma, recibía un puñetazo en la cara, y luego le escupía e insultaba, porque no era nadie para corregir a un maestro como él.

Cuando la construcción de ladrillos se encontraba próxima a su culminación, por fin supo qué clase de bulo había lanzado para conseguir que le despidieran de la obra de la iglesia.

El día que Pelayo acudió a su antigua obra para hablar con el maestro cantero, le expresó el temor de que su hijo fuese un invertido, alguien fuera de la moral cristiana, un ser de bajos principios. Dijo haber visto a Gonzalo con otros jóvenes desnudos, los Juanes, en actitud perversa, indigna, lejos de la corrección que la santa Iglesia católica manda. Como padre, no podía más que advertir de su conducta, y le pidió que no contara con él, porque necesitaba tenerlo cerca para llevarlo con mano dura.

Lo más doloroso que descubrió Gonzalo fue que su padre había realizado la maniobra para ahorrar un salario, para que su hijo trabajase sin cobrar en su obra, una sucia argucia que le permitía gastar más dinero en las cartas, el vino y las mujeres.

22

La casa que levantó Pelayo se derrumbó a las pocas semanas de ser ocupada por los propietarios. Tuvieron la fortuna de encontrarse en la huerta. Los ladrillos y las vigas de madera colapsaron al mismo tiempo que la estructura, y cuando el desastre culminó, una nube de polvo y barro se apoderó del entorno.

Al atardecer, cuando la familia pudo contemplar el estropicio en toda su dimensión, llegaron los primeros reproches. Entre el amasijo de materiales hallaron maderas podridas, mortero realizado con carencias de componentes y ladrillos quebradizos.

Pronto se descubrió el fraude: el maestro había escamoteado algunas partidas del presupuesto, y en otros casos compró materiales en mal estado, a sabiendas. Eso había provocado el hundimiento.

Cuando se supo del derroche de fondos de ese farsante, salió a la luz el dispendio en jaranas y prostitutas. Como fue uno de los asuntos más comentados en Segovia, al final mucha gente manifestó que conocía la vida díscola de Pelayo y su pasión desmedida por los juegos de cartas.

El alguacil apareció a los dos días en la casa. El propietario había interpuesto una denuncia y exigía que se le resarciera por los daños. Pelayo debía presentarse en la cárcel a la mañana siguiente.

Gonzalo vio inmediatamente la debacle que se cernía sobre la vida de su madre y sus hermanas. Con su padre en la cárcel, no solo no tendrían nada que llevarse a la boca, sino que además serían señaladas como la mujer y las hijas del delincuente en prisión.

Esa noche reunió a la familia y les propuso un plan.

Iría al alguacil y declararía que todo había sido por su culpa, que fue él quien gastó indebidamente esos fondos, quien adquirió esas maderas para las vigas en mal estado y quien trajo esos ladrillos baratos, de barro mal amasado y peor cocción.

Se celebraría un juicio, por supuesto, y era posible que lo enviasen a la cárcel.

Pero eso nunca iba a ocurrir, porque huiría lejos, muy lejos, tanto que nadie podría encontrarlo.

Pelayo aceptó la artimaña, que calificó de buena idea.

Su madre comenzó a llorar y agarró a las niñas con fuerza, casi sin dejarlas respirar.

Gonzalo se puso a disposición del alguacil un día de intenso frío segoviano.

Cuando se dirigía a las dependencias oficiales, le ayudó a no dar media vuelta y echarse atrás una idea en concreto: pensó que en el trópico siempre hace calor, no demasiado, pero jamás ese clima que cala los huesos. Había oído que todo estaba por hacer, por construir, y eso le animó en esos momentos de zozobra.

Firmó la confesión y regresó junto a sus padres en espera de juicio.

Esa misma noche tomó sus escasas pertenencias y las metió en un hatillo. Antes de partir, dio un beso a cada una de sus hermanas, que se aferraban a él.

Su madre le hizo prometer que jamás sería como su padre, que haría las cosas de otra forma, sin atajos, y Gonzalo le juró que así sería, que siempre seguiría un camino contrario a Pelayo.

Sevilla impactó a Gonzalo sin remedio. Harto de caminar y pedir pan a cualquiera que circulara por los caminos, con las botas destrozadas, suplicando que le permitieran subir a un carromato, sorteando mil peligros, alcanzó la ciudad al amanecer de un día soleado.

Desde lejos, su primera impresión fue la de un valle hermoso, rico y fértil, sembrado con cereales y olivos, y en el horizonte, la ciudad amurallada.

Gonzalo accedió por la Puerta de Carmona, luego contempló una conducción de agua que acababa en un depósito intramuros, en eso Segovia ganaba, pero cuando observó la monumental silueta de la urbe, con la Giralda y la catedral sobresaliendo sobre las demás construcciones, sintió un revoloteo en el estómago.

Con solo poner un pie en las primeras calles, ya supo que allí iba a encontrar edificaciones superiores y métodos constructivos novedosos, porque una cosa tenía clara: esa ciudad nadaba en la abundancia.

Las Atarazanas Reales, el alcázar, decenas de iglesias y palacios se sucedían uno tras otro, avenidas salpicadas de grandes mansiones y enormes caserones, unos acabados y otros en proceso, tantas construcciones al mismo tiempo que llegó a pensar que allí estaba su lugar, que no iba a ser necesario cruzar el océano en busca del idílico paraíso del que todo el mundo hablaba.

Presintió que había trabajo, mucho trabajo.

Cuando llegó al puerto, la sorpresa fue mayúscula. Jamás había visto un río tan caudaloso y animado, con grandiosos barcos que zarpaban cargados de hombres y mercancías.

El oro entraba por ese puerto. Unos años antes, los Reyes Católicos habían situado en la ciudad, mediante real provisión, la Casa de Contratación para las Indias, las islas Canarias y África. El gobierno de la institución estaba a cargo de tres oficiales reales: el factor, el tesorero y el contador-escribano, y por supuesto de cientos de funcionarios y sus familias. Tenían la misión de saber cuántas mercancías y barcos enviar a las Indias, y para ello debían mantener comunicación con otros oficiales reales. Esos mismos fueron obligados a trasladarse a Sevilla para conocer las necesidades del tráfico marítimo, elegir a los capitanes y los escribanos, entregarles instrucciones por escrito y decidir qué mercancías comprar. Todo eso generaba empleo, sueldos y riqueza.

Y luego estaban los nobles, numerosas familias de buen linaje que presumían de estar afincadas en la ciudad más atractiva de Europa en esos momentos.

Gonzalo pasó dos días con sus noches discutiendo cómo embarcar, negociando unas veces con sucios intermediarios que pretendían engañarlo, y otras con capitanes que exigían unos pesos de oro que él ni de lejos poseía. Luego se atuvo a dos posibilidades ciertas: o enrolarse como soldado, o encontrar un navío donde necesitasen tripulación.

Aunque era la primera vez que veía un barco, sus ganas de avanzar podían con todo. Y halló uno apropiado, una nao de tamaño medio con un discreto castillo a proa. Además, tenía una peculiaridad: el pasaje estaba compuesto exclusivamente por mujeres, un inédito viaje femenino a las Indias.

La negociación fue compleja, carecía de experiencia, pero el barco debía zarpar y el capitán no acababa de encontrar grumetes.

El día que Gonzalo se embarcó lo hizo con contradictorias sensaciones. Como todos los pasajeros, dudó si esa era la mejor decisión, se trataba de un viaje de gran incertidumbre y resultado incierto. Pero, por otro lado, la posibilidad de prosperar a pasos agigantados, como mucha gente afirmaba, le hacía soñar y olvidar el miedo a cruzar un océano de dimensiones ciclópeas.

En un atardecer caluroso tomó la decisión, no sin antes jurarse a sí mismo que sería capaz de levantar estructuras como las que había contemplado en esa ciudad.

Porque algo tenía claro: ganaría pesos de oro que enviaría a su madre y sus hermanas, todo con tal de separarlas de ese bruto de Pelayo.

Cuando el barco soltó amarras, Gonzalo mudó por fin el semblante acibarado que solía mostrar en su anterior vida. Adoptó otro alegre y animado, el mismo que más tarde ofrecería a sus nuevas amistades femeninas.

Respiró hondo cuando los primeros vientos marinos impulsaron la nao una vez abandonó el río y afrontó la mar abierta.

Había logrado dejar atrás a su padre.

Para siempre.

El plan parecía perfecto, pero no lo fue por la procaz actitud de Pelayo. Pronto retomó su pasión por las cartas. Bebido era incapaz de contener la lengua, y Segovia era una ciudad pequeña, la gente murmuraba, repetía las cosas que él decía, y no tardó en llegar a oídos del alguacil que el hijo había huido para salvar al padre.

Sin quererlo, Pelayo se vio obligado a seguir los pasos de Gonzalo.

La madre tuvo que abandonar la ciudad y refugiarse en una aldea lejana, acogida por su hermana.

Valiéndose de su astucia, el padre llegó a Sevilla unos días más tarde que el hijo. No le costó dar con él, solo había que estar en el sitio adecuado: ese puerto que atraía a los aventureros como moscas.

De lejos observó cómo negociaba con el capitán de un barco al que solo subían mujeres. Ese hombre discutía con su hijo, podía ver su sucia talega al hombro y su camisa rota; no sabía qué le habría dicho, estaba convencido de que no disponía del importe del pasaje, y por eso la sorpresa al verlo ingresar fue mayúscula.

Estuvo tentado de agarrarse a él, de partir en la misma estela, pero lo pensó mejor, de nada valía mostrarse débil, rogar por viajar, arrastrarse como una culebra.

Tal vez esa ciudad le trajese suerte con las cartas. Con sus habilidades innatas nada podía salir mal, allí no iban a ser más listos que él.

Tarde o temprano conseguiría un buen pasaje, nada de instalarse en la cubierta, él iría en una cama como Dios manda, en la bodega, protegido de las inclemencias del tiempo marino.

La decisión estaba tomada, más adelante iría tras los pasos de su hijo.

Que fuese haciendo progresos allí.

Pelayo llegará más tarde.

Solo necesitará un poco de suerte con las cartas.

Pero llegará.

23

Santo Domingo, 1511

Isabel ha convencido a Juan para comprar una bonita casa de piedra con cuatro habitaciones y patio interior muy cerca de la plaza Mayor. Es más grande de lo que su marido cree que necesitan, pero ella tiene sus propios planes. Pasa los días plantando flores y pensando en Jimena, se pregunta dónde estará.

Al poco se aburre de la jardinería y comienza a ojear los apuntes de ingresos y gastos de los negocios familiares, y comprueba que es capaz de llevar las cuentas.

Su esposo es un hombre descuidado, genera grandes sumas, más de lo que ella jamás hubiese imaginado, pero el estado de sus apuntes contables es desastroso. Se ofrece entonces para llevar las finanzas, propuesta que él acepta sin rechistar. De hecho, acepta cualquier cosa que a ella se le ocurra.

No tarda en descubrir que ha pagado una cantidad excesiva en concepto de diezmo. Como Juan desconoce las leyes de Indias, Isabel ha ido a preguntar a la oficina del contador, se ha pasado días y días interrogando a los funcionarios hasta que ha comprendido las normas. Hay unas reglas para la Iglesia católica y otras para la Corona, todo es complejo, pero tras ordenar los conceptos ya los entiende. Además, hay asuntos relacionados con el cabildo que deben ser satisfechos. En conjunto, son cantidades que deben pagarse en su justa medida, pero sin miedo a escamotear partidas que ni los funcionarios conocen, y que pueden ser invisibles si uno se lo propone, tal y como todos los contribuyentes han hecho desde tiempos inmemoriales.

Solo con la organización y las orientaciones correctas, Juan se sorprende de cómo progresan la mina, la ganadería y la venta de productos agrícolas. Es tanta la luz que su mujer le ha dado a la hacienda que la deja hacer y deshacer a su gusto.

Jamás hablan de la india, y mucho menos de los hijos, pero ambos saben que algún día tocará tratar ese espinoso tema.

Mientras tanto, Isabel ha incrementado su armario, ahora dispone de nuevos sayuelos adornados con picados, cuchilladas y ribetes, preciosas hopalandas de telas livianas muy apropiadas para el trópico, faldas de cintura alta, gonetes, calzas y multitud de zapatos.

Cuando su esposo se ve obligado a pasar unos días en Haina —pues es importante vigilar la producción en origen—, ella se pavonea por la calle Las Damas junto a la nobleza. Ha hecho nuevas amigas en poco tiempo, y ha subido unos peldaños en la escala social porque es una de esas personas que tras hacer fortuna ha sido admitida —no sin ciertas restricciones— en la élite de Indias.

Pasa los días con Carmencita, no paran de hablar de lo

sucedido la noche de la trágica muerte de doña Mencía, y a Petra no la han vuelto a ver.

Se preguntan a menudo dónde estará Jimena, qué habrá sido de ella, en qué parte de las selvas tropicales andará, si algún animal salvaje la habrá atacado, aunque saben que es una mujer con recursos, que se crece ante las adversidades y, sobre todo, son conscientes de que su amiga lucha con gran destreza, la califican de gladiadora romana o algo parecido.

Eso las tranquiliza.

A pesar del cariño recibido de Isabel, del amparo que le ofrece, Carmencita insiste en seguir vendiendo fruta. Ahora utiliza el carro grande, nada debe detenerse, porque para ella todo se va a aclarar y regresará pronto a su antigua vida junto a Jimena.

24

Petra tiene el corazón dividido, miles de dudas la embargan, y eso provoca que dentro de su cabeza haya un océano sacudido por intensas marejadas. Su amiga Jimena ha desaparecido, no hay noticias de ella, y aunque la echa mucho de menos, nada puede hacer ante una situación tan catastrófica.

Gonzalo es ahora un hombre en claro ascenso en la ciudad primada. En los últimos días le ha visto solo en una ocasión y hablaron brevemente, pero no consiguieron estar a solas para intercambiar sus ideas sobre el suceso, tal vez sobre el futuro, y eso la quema.

Una mañana decide ponerse una capa de tela ligera, taparse la cara y, a pesar de la humedad del ambiente, caminar a paso rápido hasta la casa de Gonzalo, una auténtica locura. Da un buen rodeo, sabe qué zonas debe evitar, hay quien la mira, quien la observa desde detrás de esas enormes ventanas a ras de calle, pero cree que así vestida los esbirros de su prometido no podrán identificarla, su paso es tan rápido que no deja lugar a discernimientos.

Toca con su puño en la puerta dos veces.

Le abre Gonzalo, con el torso desnudo.

Está aseándose con una toalla húmeda. Ella observa de nuevo sus músculos, no le veía así desde aquellos días de navegación, cuando arriaba las velas y tomaba el sol en la cubierta, pero ahora hay una gran diferencia: huele a buen jabón.

—Adelante, por favor.

Petra se adentra. Es la primera vez que están a solas, y reza para que no llegue a oídos de Jácome, que jamás se entere de esa arriesgada visita.

Estudia el interior de la elegante morada, no es un palacio pero está construida con buenos materiales, los muebles son refinados, de maderas oscuras, y también hay cuadros e incluso algún tapiz en las paredes, y algo que sorprende en esos territorios: espejos.

Se asombra al percatarse de cómo ha evolucionado su amigo, sobre todo porque lo ha hecho él solo, por sus propios medios, nadie le ha regalado nada a ese grumete que no paraba de hablar de rocas durante la travesía.

—Tenía que venir a verte —le dice—. ¿Sabes algo de Jimena?

—Nada, he intentado recabar información a través de unos amigos indios, pero no se la ha visto en la selva. Es de suponer que ha huido bien lejos.

—O tal vez ha sucumbido al ataque de una bestia.

Gonzalo la mira fijamente. Espera que no haya querido decir eso.

—Jimena estará bien —afirma el joven—. Sabe cuidarse, lo ha demostrado con creces. Seguro que ya habrá ideado un plan para regresar y enfrentarse a la situación.

Petra tarda unos segundos en contestar.

—El asesinato de esa mujer es terrible.

—Jimena jamás habría hecho algo así, no tenía ningún motivo para matarla.

—¿Y la daga? —inquiere Petra.

—No encuentro explicación.

Hablan del extraño suceso, no existe justificación aparente para que su amiga haya querido acabar con la vida de la noble, en eso coinciden, y tampoco es entendible que un arma de su propiedad acabara perforándole el corazón.

—Pero cierto es que se enfrentaron durante el viaje —insiste Petra—, y cierto también que la daga era suya, nunca se separaba de ella, ni cuando mató al caribe ni cuando limpiaba fruta.

Gonzalo calla, es muy duro para él escuchar hablar así de la mujer a quien pretendía desposar.

—¿Y a ti cómo te van las cosas?

Petra se piensa la respuesta.

—Vivo sola, llevo una vida muy aburrida.

Se retuerce en la butaca donde se ha sentado.

De haber sabido que ese zagal del que se enamoró durante la travesía iba a progresar tantas posiciones en la escala social, no hubiera aceptado la propuesta de Jácome.

Ahora la situación es otra.

Ella se ha visto obligada a dar grandes pasos, a tomar decisiones arriesgadas, pero en eso consiste la vida; los sueños no se alcanzan sin esfuerzo, especialmente los suyos.

Como oculta su relación con el viudo, no le cuenta que ese hombre le ha pedido que espere, no es el momento adecuado para que se conozca la relación entre ambos. En esa ciudad el chisme es soberano, los rumores pasan de unos a otros, es una sociedad habitada por entrometidos y cotillas, una de las peores importaciones de la vieja Europa.

Tampoco le cuenta que le ha pedido explicaciones a su prometido, lo hace cada una de las noches que se encaman, quiere saber si ha matado a su mujer, si está detrás del asesinato, si era así como había ideado allanar el camino para que ambos pudieran casarse.

Una y otra vez, Jácome le ha jurado que no ha tenido nada que ver, que está tan asombrado como todos, y aunque el fallecimiento de su esposa ha sido una gran suerte para la relación entre ambos, puede demostrarle que no ha intervenido.

Con todo lujo de detalles, le ha explicado dónde se encontraba la noche de los hechos, en ningún momento se acercó a las cocinas ni al patio anexo donde se estaba desarrollando el encuentro de los invitados del maestro cantero. ¿Cómo pudo entonces quitarle la daga a Jimena?

Y lo mismo ocurre con su lacayo, Barragán estuvo siempre arriba, como es normal entre los sirvientes, atendiendo las necesidades de su patrón, y eran tantos los asistentes, tantas las personalidades, que tuvo mucho trabajo. Es más, el alguacil ha interrogado a su ayudante y ha cotejado sus explicaciones con decenas de personas, que han confirmado que no se movió de la zona de los torreones. En conclusión, nadie vio al tuerto rondar por la planta baja.

En cualquier caso, Jácome le ha pedido que espere, es muy pronto, aún no sabe qué ha podido ocurrir, pero jura y perjura que él no ha sido parte, que está al margen del asesinato de su esposa.

Petra aparca por un instante esos pensamientos y mira a Gonzalo. No puede evitar suspirar.

La llama sigue prendida.

—Gonzalo, quería preguntarte...

—Dime, Petra.

Ella duda, pero no prosigue la conversación.

Se levanta de repente, como si se viese impulsada por un resorte interior, se tapa con la liviana capa y se marcha sin despedirse.

No puede evitar observarla, la sigue a todos los lugares cuando sale de su palacio. Esa gaditana deslumbró a muchos hombres nada más poner un pie en la isla. Pero Jácome se adelantó, ha sido el más listo.

Está montado en su carroza. Ha ordenado al criado que prepare los caballos y ha partido en solitario. No quiere testigos.

Si no fuera porque los caballeros cumplen su palabra, ahora mismo estaría cortejando a esa belleza, pero, eso sí, sin los métodos ambiguos y alambicados del comerciante, sino como a él le gusta, secuestrándola y forzándola.

Babea al pensar cómo yacería junto a ella, las cosas que le haría, los momentos que disfrutarían juntos.

Acaba de terminar una relación, si es que a eso se le podía llamar así, con una doncella casi tan preciosa como las demás. Lástima que no haya resistido mucho, casi nada, a decir verdad.

Ahora debe encontrar una nueva diversión.

La rubia de la cicatriz ha desaparecido. Pero la otra doncella más baja, la tal Carmencita, continúa sin pareja. Es por tanto un objetivo razonable.

Arrea con el látigo a los caballos y se dirige hacia el norte, más allá de las canteras de Santa Bárbara. Se adentra en un terreno boscoso con algunos llanos, donde puede introducir la carroza. Cuando encuentra el lugar que busca, sujeta las riendas con firmeza y se detiene.

Se apea y procede a extraer un cuerpo liado en sábanas.

A plena luz del día, lo deja en el suelo y piensa si contemplar o no ese rostro por última vez. Decide que sí, han sido tantos los buenos momentos que no va a privarse de ese instante.

Descubre las sábanas y encuentra el rostro de una joven. Presenta golpes en los ojos, uno de ellos casi fuera de su órbita, y negros moratones en los pómulos.

Tal vez se haya excedido ejerciendo una fuerza desmedida sobre ella, tal vez debió ser más cauteloso, o tal vez actuar con mayor tranquilidad, pero era tanta la pasión que le puso, tanto el disfrute obtenido, que no pudo contenerse.

«Ya está hecho, y no voy a compadecerme de ella», piensa.

Esa Carmencita es ahora su objetivo.

Ya sueña con los buenos ratos que va a pasar retozando con la angelical vendedora de frutas.

Gonzalo recibe una misiva del virrey esa misma mañana. Mientras el emisario espera, él lee el mensaje con parsimonia, se toma su tiempo.

Su Excelencia le solicita que vaya a visitarlo al alcázar ese día, siempre que las ocupaciones del maestro cantero lo permitan.

Se lo piensa, y le dice al emisario que le es imposible —miente—, ha de atender múltiples proyectos y obras con las que se ha comprometido, y él es un hombre de palabra, el profesional más grande de cuantos han arribado a La Hispaniola. Pide que así se lo transmita.

En realidad, aún no tiene un nuevo encargo, pero posee dinero a buen recaudo, piensa que con esa pequeña fortuna podría vivir un año, o construir otras casas y luego venderlas, aunque esta oportunidad es algo que no puede dejar escapar y decide jugar fuerte.

—¿Y cuándo podríais acudir a la cita? Debéis conocer que es urgente.

—Si así me lo pedís, mañana. Dejaré de lado mis importantes ocupaciones e iré a escuchar al virrey.

—Mañana se celebra el juego de cañas. Su Excelencia estará allí. Sería un buen momento para que os reunáis. ¿Podéis confirmarlo?

Asiente.

El mensajero se despide con una pequeña reverencia.

El maestro sonríe.

Esa noche Arturo toca a su puerta. Gonzalo abre y le da un abrazo en cuanto lo ve. Al hacerlo, nota como si ese amigo suyo fuese otro, como si hubiese perdido parte de sus músculos, es un auténtico saco pellejudo. Lo invita a pasar y de inmediato se percata de su estado enfermizo.

—Mi querido Arturo, ¿cómo estás?

—Mal, indio mal —le contesta.

Tose repetidas veces, antes de sentarse se ve obligado a esputar, y algo le incomoda por dentro. Gonzalo le ofrece agua, o vino, o lo que precise. El taíno se deja caer en un butacón.

—Lo único que me consuela es esto.

Señala la talega que porta con él, de la que extrae un cuenco.

—¿Aún sigues sorbiendo el humo de esas hierbas?

Asiente con una pequeña sonrisa.

Le pide lumbre y las prende. Ambos fuman.

—¿Qué te preocupa, mi querido Arturo? —pregunta Gonzalo.

—Ya no son rumores. Van a realizar el repartimiento de indios. Y el primer lugar que van a vaciar de nativos es el poblado de las canteras.

—No lo permitiré.

El taíno intenta sonreír, pero incluso eso le cuesta.

Prefiere cambiar de tema.

—En realidad, he venido a verte por otro asunto. Mi hermana me ha enviado a buscarte. —Apenas le sale la voz del cuerpo—. Quiere encontrarse de nuevo contigo. Tiene algo que decirte. Algo muy importante. ¿Piensas que eso es posible?

Gonzalo no sabe qué responder.

Ahora es un hombre libre, ya no puede mantener por más tiempo el deseo de desposar a Jimena. Aun así, no se fía de sus propios instintos, es consciente de su atracción por Ana.

—Por supuesto, es una mujer maravillosa. Dile que estoy

a su disposición. Si quiere venir a esta casa es bienvenida. Si lo que desea es que yo vaya a vuestro bohío, allí me presentaré.

Arturo asiente, complacido.

Termina de dar dos bocanadas al pote y se lo pasa a Gonzalo, que le imita.

—Querido amigo, algo grave ocurre en nuestro pueblo. Muertos, muchos muertos. Nuestros dioses nos están abandonando. Nos dejan morir, porque nosotros les hemos abandonado primero a ellos.

Tose de nuevo, le falta la respiración, pero desea continuar.

—Muchos de nosotros ahora rezan a vuestro Dios, y creo que eso no les ha gustado. Y no es lo peor, vuestro Dios ahora también nos deja morir.

Con rostro afligido, Gonzalo asiente, conoce la situación que atraviesan los poblados taínos, y no encuentra las palabras adecuadas. Le afecta sobremanera lo que está sucediendo, jamás olvidará la acogida que le brindaron en los bohíos de las canteras el día que desembarcó sin tener dónde dormir.

—Tú, maestro cantero, hombre sabio. Piedra a piedra has construido un palacio cerca de tu Dios. ¿Puedes hablar con él?

La tristeza impregna el alma de Gonzalo.

Nunca ha sido especialmente religioso, pero por supuesto está convencido de que Dios está en los cielos y preside cualquier acción, nada escapa a los ojos del Señor. Y si eso es así, ¿cómo puede permitir que un pueblo tan bueno como el taíno, que no ha hecho mal a nadie, que a él le ha tratado tan bien, sufra tanto y esté siendo diezmado?

Durante unos momentos ese hombre enfermo le ha puesto en su sitio. Cree que nada puede hacer por salvarle, y aunque rezará por él, no tiene mucha confianza en que la situación revierta.

Aspira a construir el gran templo catedralicio, un descomunal monumento dedicado a Dios, esa es su gran ambición en la tierra, y sabe que es capaz de unir piedra a piedra, y con cada bloque que argamase, con cada palmo que ascienda hacia el cielo, estará acercándose a él.

Pero nada puede hacer por salvar a su amigo.

En el fondo, de pronto, se reconoce a sí mismo como un gran impostor, un farsante en toda regla.

25

Gonzalo deja a Arturo durmiendo en su casa, está muy preocupado por la suerte del indio, y se dirige a la plaza Mayor, donde le han convocado para la cita con el virrey.

Por el camino, de nuevo, le sobreviene una oleada de extrañas sensaciones. Una ligera bruma se desprende de las calles y se apodera del ambiente. Comienza a sospechar que es producto de la propia ciudad, cada vez que ocurren hechos como ese se afianza en su cerebro la idea de que Santo Domingo es un ser vivo, uno que tiene personalidad propia.

No puede explicarlo, es una teoría absurda, pero está convencido de que es así.

La ciudad se ríe de él y eso le atormenta.

«¿He contribuido a hacerte aún más grande y así me pagas?», piensa mientras camina.

Se detiene frente a la casa del cordón y observa la talla en piedra sobre la fachada. El enorme elemento ornamental enmarca el vano de la puerta principal a modo de arrabá, sobre un arco rebajado adornado con perlas y rosetones. Remata la portada una ventana alta, solitaria pero equilibrada, con decoración de inspiración mudéjar. Un soberbio conjunto para circunscribir el símbolo de la estirpe de los Garay.

¿Eso es lo que ocurre? ¿Solo los nobles son dignos de tener propiedades como esa, de contribuir a engrandecer esta fabulosa ciudad? ¿Tal vez Santo Domingo se está defendiendo de los pobres como él, de los vasallos sin título?

Gonzalo quiere trascender, ser alguien importante en esa sociedad, Dios le ha dado unas habilidades especiales y él abraza la esperanza de alcanzar grandes logros. Construir catedrales es una forma singular de mitigar las escasas perspectivas de salir de la capa social que le ha tocado en la cuna, es su vocación, y ahora que se presenta la oportunidad no va a desaprovecharla.

Levanta el puño y promete que va a progresar, que va a tener un palacio como ese, con su propio emblema, y va a luchar contra todo y contra todos, incluso contra esa ciudad que se está riendo de él.

Decide zanjar esa cuestión.

Santo Domingo le está lanzando un misterioso mensaje y él no sabe cómo interpretarlo.

Pero eso no va a detenerlo.

En la plaza ya han ultimado los preparativos para el desarrollo del torneo. El secretario del virrey le invita a sentarse en la primera fila. Ese día se ha vestido con su jubón de terciopelo y se ha peinado del modo más discreto y serio que ha podido, quiere presentar el aspecto de hombre mayor, de alguien que aspira a entrar en los círculos más selectos.

El juego de cañas es una imitación de un combate real,

pero gusta a la población isleña. Él está sentado en una posición privilegiada para verlo y disfrutar.

Cuando suenan las trompetas, la competición comienza. Ve a dos hombres montados a caballo, enfrentados, van armados con lanzas de caña de unos siete u ocho palmos sujetas por la mano y el brazo derechos, y en el otro lado, un escudo. Ninguno porta armadura metálica completa, eso sería inapropiado para ese clima.

Cada uno se dirige a un extremo opuesto de la plaza. Desde allí cabalgan a ritmo lento, se cruzan y se dedican miradas de odio. Todo el mundo sabe que eso es una tremenda farsa, pero estallan los aplausos.

La segunda carrera la hacen a ritmo más ligero, y ahora se tocan con las lanzas. Eso enciende a los espectadores, tienen a su preferido y lo animan con gritos y cánticos. Tras el tercer intento, uno de los jinetes cae del caballo. El otro desmonta y ambos se enzarzan en una pelea cuerpo a cuerpo cruzando sus espadas. Caminan en círculos, hostigándose mutuamente, hasta que uno de los dos se ve tendido en la arena y se rinde. La gente aplaude.

Entonces el secretario hace una seña a Gonzalo para que se levante: ha llegado el momento de hablar.

El virrey entra rápido en materia, parece tener prisa por alcanzar un acuerdo:

—Tenéis que pensar que esta es la capital de todas las tierras descubiertas y las que aún están por descubrir —dice el virrey—. La calidad y las proporciones de las construcciones que estamos llevando a cabo son superiores en estos momentos a las de Castilla y Aragón.

Gonzalo solo puede afirmar.

—Esta ciudad ostenta la representación de la Corona en ultramar —prosigue Diego Colón—. ¿Sois consciente?

Vuelve a afirmar. Presiente que tras ese preámbulo viene una petición comprometida, debe estar atento para ganar la partida.

El maestro cantero adivina la jugada, el virrey le necesita. A esas alturas todo el mundo es partícipe de la historia del ciborio de la catedral de Sevilla, el baldaquín que coronaba el tabernáculo apoyado en cuatro columnas unidas entre sí mediante arcos y cubierto por un techo con forma de cúpula, que colapsó y se vino abajo.

Esa ha sido su gran suerte.

Si el arquitecto Alonso Rodríguez y sus acompañantes hubiesen zarpado en la fecha prevista, Gonzalo no estaría ahí sentado, no habría tenido ninguna posibilidad de participar en ese majestuoso proyecto.

—Excelencia —pronuncia con mucha calma—. A estas tierras están llegando todos los días aventureros que vienen a forjar una mejor vida, hay abundancia de recursos naturales, y el optimismo reina por doquier.

Diego Colón no entiende la deriva del maestro cantero.

—Estamos asistiendo a un acelerado proceso de construcción, existe un ambiente de competitividad entre los nobles por levantar y poseer el más destacado inmueble en esta ciudad que tan bien habéis descrito.

Sigue sin comprender.

—¿Adónde queréis llegar, si puede saberse?

Gonzalo no duda en mentir.

—Dispongo de propuestas para construir varios palacios para familias de noble abolengo, y son proyectos listos para comenzar. En ellos podría ganar tanto oro que la cifra me marea cuando la pienso.

Deja pasar unos segundos, permite que su interlocutor asuma esa idea.

—Y por si fuera poco, los dominicos quieren erigir un majestuoso convento, el mejor de la ciudad. Han tocado a mi puerta. Más aún, los mercedarios y los franciscanos quieren ampliar sus instalaciones. Sería para mí un enorme placer contribuir a esos proyectos. También hay varios conquistadores con los bolsillos repletos que requieren mis servicios. Debo tomar una decisión rápida.

El virrey se preocupa, y le contesta.

—Conocéis que está en juego la construcción de la catedral, la primera de las Indias. ¿Eso no os atrae? Y no mintáis, me lo dijisteis la noche que se inauguró el palacio de la prima de mi esposa, justo antes de que esa descabezada la matara.

Está tentado de decirle que eso no es verdad, que Jimena no pudo hacer algo así, pero sabe que de poco valdría; sin su amiga presente y con la firme intención de defenderse, nada puede hacerse.

Prefiere jugar fuerte, lanzar la bomba que tiene preparada y en la que ha estado trabajando varios días.

—Excelencia, soy el mejor experto en estructuras de mampostería y sillería del que disponéis en estos momentos. Sabéis de primera mano que un maestro cantero de prestigio es importante para llevar a buen puerto este tipo de obras, porque se complican. ¿No ha sido así en el caso de ese alcázar que estáis construyendo?

Diego Colón recibe el aguijonazo con disgusto, pero no tiene más remedio que asentir. Su esposa, María de Toledo, le recuerda todos los santos días el descalabro de su palacio.

—Puedo comenzar a erigir vuestra catedral mañana mismo —afirma pronunciando cada palabra con rotundidad—. Y yo no voy a fallarle.

El virrey sonríe.

—Pero impongo una condición —exige Gonzalo.

La sonrisa se desdibuja.

¿Ese joven impertinente le está retando?

—Es algo que está en vuestra mano.

Diego Colón se lo piensa.

El rey Fernando II, también llamado el Católico, le ha enviado varias cartas conminándole a iniciar el proyecto cuanto antes. La aventura de Indias no ha hecho más que empezar, hay una apuesta decidida de la Corona por perpetuar la conquista de esas tierras y ensanchar el imperio, pero sobre todo por contentar a Roma. El papa Julio II ya ha emitido su mandato para que ese templo esté listo lo más pronto posible, y el virrey sabe lo poco que le gusta al monarca contradecir a la Iglesia.

—Decidme.

Gonzalo carraspea, le cuesta lanzar la idea, es una osadía que puede costarle caro.

—Excelencia, si os construyo vuestra catedral, si soy capaz de erigir la primera gran obra dedicada a Dios en estas lejanas tierras, creo justo que me otorguéis un título nobiliario.

El virrey se queda impactado por el arrojo de ese joven. Lo medita unos minutos, y luego mira hacia el mar Caribe. Y contesta, no ve otra salida.

—De acuerdo, recibiréis un título nobiliario, pero será el que la Corona decida.

A Gonzalo le tiemblan las piernas.

Lo primero que piensa es que por fin estará a la altura de la ciudad, lo que cree que Santo Domingo le está pidiendo, la alta exigencia que impone a todos los que osan levantar sobre ella construcciones de piedra para la posteridad.

¿No es acaso eso mismo el concepto de gran ciudad?

Cuando terminan de hablar, el virrey se marcha algo airado, de alguna forma se ha visto obligado a aceptar el trato, porque hay una poderosa razón para anunciar cuanto antes que la construcción de la catedral por fin va a comenzar.

Han encontrado el cadáver de la doncella que había sido raptada, brutalmente apaleada, con signos claros de violencia. No es grato comunicar una noticia como esa, prefiere que la gente goce al saber que la ciudad progresa, que va a contar con un magno templo, y así olvide el suceso. La sociedad de Indias solo avanzará si se animan a cruzar la mar Océana muchas más féminas, y un crimen como el que ahora debe divulgar no es un buen reclamo.

Gonzalo se entrevista con el secretario del virrey. Acuerdan que comenzarán esa misma semana los trámites para encargar los materiales, realizar la provisión de fondos y seleccionar las canteras de donde provendrán los sillares.

—¿Queréis que enviemos los dibujos y los cálculos del proyecto a vuestra casa? —pregunta el funcionario.

Lo piensa.

—No, esperad. Tengo previsto mudarme a una nueva mansión en estos días.

Ha improvisado, pero no demasiado. Ese era uno de los pasos programados que tenía en mente.

Tras despedirse, Gonzalo decide empezar con su trabajo. Para ello, recorre todo el perímetro de la plaza Mayor. Inspecciona palmo a palmo el terreno donde está clavada la cruz, donde se anuncia que allí será construida la gran catedral.

ESTA ES LA INSIGNIA PRIMERA QUE SE PLANTÓ EN EL CENTRO DE ESTE CAMPO PARA DAR PRINCIPIO A UN MAGNÍFICO TEMPLO

Se estremece. Sabe que ha jugado fuerte, pero era necesario. Está embriagado con el deseo de ser el maestro cantero que eleve esa iglesia hasta Dios, bloque a bloque, columna a columna, bóveda a bóveda, y a ello dedicará su vida, se dejará la piel en el empeño, porque ese día Gonzalo sabe que ha entrado en la Historia.

Continúa entonces su paseo.

Encuentra tierra amarilla y piensa cómo cimentar los sillares para que soporten la considerable altura de la seo. Hay arbustos y árboles de los que tendrá que prescindir, un sacrificio inevitable.

Y al poco, unos palmos más adelante, se sorprende al ver

que, en esa parcela, en el mismo lugar donde se va a construir la catedral, hay tumbas de taínos.

Eso no le gusta.

No le gusta nada.

Quieren construir la catedral sobre los restos de un cementerio indio.

Y será él quien tendrá que hacerlo.

26

«No soy una asesina», se repite una y otra vez. Por supuesto, es consciente de que ella no ha clavado su daga en el corazón de doña Mencía. Jamás lo haría, pero hay algo que la desconcierta, que ha pensado y repensado mil veces en las últimas semanas, y para lo que no encuentra respuesta.

¿Qué sucedió realmente el día de la inauguración del palacio? ¿Qué hacía ella en los momentos previos a la muerte de doña Mencía? ¿Por qué su daga no estaba donde siempre, bien sujeta dentro de sus ropajes? ¿Por qué no recuerda nada?

Apenas le vienen a la cabeza imágenes entrecortadas, breves, como retales de una vida pretérita. Pero hay trazos de esa trágica velada, tres o cuatro ideas, que son como una tabla de salvación.

Era una tarde tormentosa, algo extraordinario estaba ocurriendo en el cielo, que se había abierto y dejaba escapar rayos como nunca había visto. Esa mezcla de ruido, poderoso viento y densa lluvia resultaba extraña en la naturaleza.

Y en medio de ese desconcierto, hay personas y hechos que sí logra identificar.

Uno es Chocarrero. Estuvieron hablando un buen rato, le brindó información sobre el día a día de la nobleza de Indias, quién era quién, los hijos que correteaban por sus dominios, la posibilidad de que esos niños fueran suyos o no. Esa parte más o menos la recuerda, además de que para eso le soltaba al cómico generosas cantidades de maravedís.

También es capaz de ver con relativa nitidez la imagen de su amiga Petra ofreciéndole una copa de vino, ambas hablando de Gonzalo, de la mala pata de que se decidiera esa misma noche a proponerle matrimonio.

De todo eso se acuerda a medias, pero luego ocurrió algo imprevisto, algo que ella no pudo controlar. Y a partir de ahí solo consigue recuperar pequeños trozos de la noche.

¿Le añadieron a su bebida algún tipo de veneno? No piensa que quisieran matarla, solo dejarla dormida, o algo peor: privarla de su voluntad. Tuvieron que echarle algo a la copa de vino que logró anularla por unos minutos, borrarla del acto.

Sí que recuerda al alguacil ordenando detenerla, y a dos de sus hombres agarrándola con firmeza de sus brazos, haciéndole mucho daño.

Pero todo, en el fondo, son eso, fragmentos de un cuadro mucho más grande, mucho más complejo.

Fue recuperando la consciencia desde el mismo momento en que le pusieron las manos encima, fue como si despertara de un mal sueño.

Justo antes de abandonar el palacio, cuando se la llevaban presa, Gonzalo se cruzó en la puerta, detuvo a los dos ayudantes del alguacil y se puso a gritar.

—¡Deteneos! ¡Como maestro constructor que ha erigido

este palacio, os digo que estáis cometiendo un gravísimo error!

El alguacil desenvainó su espada y la plantó frente a su rostro.

—Seréis hombre muerto si intentáis cualquier movimiento. Nuestro virrey garantiza un juicio justo a todos los delincuentes. ¿Acaso sabéis algo que los demás ignoramos?

Se derrumbó, esa es la verdad. No supo cómo afrontar un caso tan complejo, tan extraño, tan esperpéntico. Y por eso se apartó a un lado, se vio impotente para evitar que detuvieran a su amada.

Habían situado el carruaje de los presos frente a la entrada. Un horroroso y tétrico carro negro con barrotes oxidados delante de las preciosas y elegantes hojas de madera de la puerta del palacio más alto de la ciudad primada.

Jimena observó con ojo crítico la situación.

Dos escuderos a caballo blindaban el cortejo.

Y, aun así, fue capaz de zafarse de los necios que la apresaban.

Pegó un puñetazo a uno de ellos en el pecho, justo en el centro, en un punto muy preciso, y el hombre cayó al suelo, desplomado. Luego se encaró con el otro, que poco pudo hacer ya que recibió una patada de la doncella en la entrepierna, un doloroso impacto que también le hizo caer doblado.

Corrió entonces hacia el exterior, se dirigió hacia uno de los escuderos para sujetar primero las riendas y luego darle un terrible mordisco en la pierna. Cuando el jinete aún estaba pensando qué ocurría, lo agarró de un brazo y lo arrojó al suelo.

Mientras el tipo pensaba qué clase de mujer era esa y se lamentaba del dolor del mordisco, la lluvia se hizo más intensa, mucho más, tanto que parecía de otro mundo. Una escena más propia del diluvio universal, aquello recordaba a ese episodio bíblico.

Jimena se montó en el caballo, negro como la noche, y le exigió rapidez.

Con las piernas presionó sus costados, y el animal le entregó todo lo que pudo, quizá tan terriblemente asustado por la tormenta como ella. Ambos querían huir de allí, detener los lamentos que el cielo emitía cada vez que los rayos lo inundaban todo de una luz espantosamente cegadora.

Semanas antes le habían hablado de un fenómeno llamado huracán.

Ahora lo estaba viendo en primera persona.

Miró atrás antes de alejarse de las robustas casas de la calle Cuatro Esquinas y comprobó con estupor que la seguían. Los ayudantes del alguacil no iban a dejarla escapar; los había sorprendido en una ocasión, pero eso no iba a volver a ocurrir.

Puso rumbo al este, cruzó travesías desiertas, la gente se había recluido asustada ante la tempestad que se les venía encima. Solo dos jinetes la perseguían.

Cambió de ruta, torció en cuanto pudo, pero esos necios no cejaban, incluso se acercaban. Ella se acordó de las instrucciones que su padre le había dado, cómo tratar a las monturas para que rindieran al máximo. Como había comprobado que no iba a ganar en velocidad, decidió utilizar otra táctica. Acarició el cuello del animal y lo tranquilizó, luego se inclinó y le susurró dulcemente al oído. Frenó tanto desenfreno, y optó por zigzaguear entre las callejuelas de las casitas de madera. Al estar mucho más juntas que las mansiones de piedra, cambió de dirección en numerosas ocasiones, con toda seguridad no la verían desde la misma distancia que antes.

Entonces tuvo suerte, el primer ramalazo de suerte en toda la santa noche.

A su espalda, alguien comenzó a sacar un carromato de un patio, eso hizo frenar a sus perseguidores, que se vieron obligados a sortear el obstáculo. Jimena aprovechó para volver a moverse entre pasadizos muy juntos, desconocía dónde se encontraba, y solo se orientó por algo muy especial: la lluvia venía del este y se dirigía con fuerza hacia el oeste, podía ver las láminas de agua casi en posición horizontal. Ahora sabía que los huracanes no daban tregua.

Rezó para que esos últimos regates hubiesen sido suficiente para despistarlos. Y de pronto se encontró que se agotaba el poblado, y solicitó a su caballo el máximo. No miró más atrás, no escuchaba ruido, solo truenos.

Cabalgaron, cabalgaron y cabalgaron.

Ese mal trago fue una especie de extensión de todos sus problemas pasados. Dejó atrás el desastre familiar, la pérdida de los suyos, el gran asunto que marcó su existencia, que la obligó a cruzar el océano. Experiencias imposibles de olvidar.

Pero si en algo le sonrió la suerte, si puede afirmarse algo parecido, fue en una sola cosa: el caballo negro que robó era tan valiente y atrevido como ella, o tal vez estaban los dos realmente aterrorizados, pero el hecho es que galoparon sin cesar durante horas.

Como Jimena no veía las estrellas, no pudo orientarse, e

intuyó que avanzaba en dirección norte y oeste. Su intención era alejarse de la ciudad, adentrarse en la isla tanto como fuese posible.

Al ver que el animal parecía seguir fresco, exprimió su potencial y avanzaron hasta que comprobó que el pobre comenzaba a flaquear. Luego buscó refugio en un bosque cerrado, allí al menos no le caía la lluvia con tanta fuerza. Ató el caballo y se acuclilló al pie de unas enormes rocas, algo tapaban. No durmió, solo se dedicó a pensar.

En cuanto dejó de diluviar, descansó un poco. Le hubiera gustado dormir un par de horas, pero sabía que no iba a conseguirlo porque, de forma misteriosa, el ruido de la tempestad dejó paso a una quietud incluso más preocupante. La fuerza del viento se llevó las nubes, la luna apareció por unos instantes e iluminó unos árboles extraños, retorcidos, que parecían observarla. Sentía una fatigosa sensación de incomodidad, tal vez alguien se había escondido entre esas ramas y emitía ruidos parecidos a susurros, una siniestra escena que la hundió aún más.

Refugiada en ese reducto de traza pétrea, Jimena tuvo que aferrarse a su carácter, a su estirpe, a su convicción de que, desde su otra vida, su padre la iba a proteger del mal, de la maldición que la estaba persiguiendo allá donde iba.

Se armó de valor y reanudó la marcha, y esta vez pidió más furia a su compañero.

Así anduvo tres días, casi sin parar, sin alimentarse, solo bebiendo agua, pensando que iba a deslomar al pobre animal.

Cuando llegó a un enorme lago, se quedó sin palabras. Fue al atardecer, momento en que los rayos del sol se reflejaban en la lámina de agua, proporcionándole el primer instante de relax de los últimos días. Por alguna razón, se autoconvenció de que ya había dejado atrás a sus perseguidores y se dedicó a recorrer la orilla.

Encontró un árbol de caimito, jamás había visto uno, y recordó con nostalgia la deliciosa fruta que le suministraban los indios. Comió una tras otra, y le ofreció una pieza al caballo, que la tomó gustoso. Se relamía y relinchaba, signo de que quería más. Acamparon allí mismo y esta vez descansaron más tiempo.

Por la noche, bajo un cielo tachonado de estrellas, cuando ya se sentía a leguas de sus perseguidores, entonces, y solo entonces, Jimena se permitió llorar.

A la mañana siguiente se despertó al notar las suaves manitas de dos niños taínos que le tocaban el rostro y el pelo, extrañados. Los pequeños jamás habían visto a nadie igual entre los habitantes de su tribu.

Jugaron un rato, acariciaron al caballo sin cesar, y luego le pidieron a Jimena que los acompañara. Los montó a lomos del animal y caminaron hacia el norte, siempre bordeando el inmenso lago, hasta alcanzar un poblado. Fue bien recibida, se le acercaron una docena de indígenas, le dieron de comer y beber, y la invitaron a entrar en uno de los bohíos.

Preguntó si hombres a caballo habían llegado hasta allí, si había poblados de los barbudos cerca, asentamientos de gente extraña como ella, y a todo respondieron que no. Eso la tranquilizó.

Desde entonces ha permanecido oculta entre los taínos, arropada por la tribu. Saben que algo malo le ha pasado a esa pobre muchacha y la persiguen los suyos.

La esconden, la miman y la consuelan.

Así lleva semanas, y si nadie la obliga, no dejará ese lugar jamás.

27

Gonzalo pasa por unos días difíciles. El asesinato de la doncella raptada ha sobrecogido a la población, ninguna de sus amigas podrá estar a salvo mientras el descerebrado que lo haya hecho ande suelto por ahí.

Y ese no es su único problema. Desconoce si los mensajes que le está enviando la ciudad tienen el significado que él ha creído adivinar: ningún plebeyo puede aportar algo digno; o más bien es otra cuestión, un asunto de naturaleza muy distinta: ese territorio pertenece a los taínos.

Son varios los signos.

La existencia del cementerio indio en los terrenos sobre los que se va a erigir la gran catedral le llena de desasosiego e incertidumbre. No ha dormido desde el mismo día en que descubrió las tumbas. ¿Cómo ha podido alguien pensar que esa era la mejor parcela para edificar un templo dedicado a Dios?

Pero nada puede hacer, ha comprometido su palabra. Además, el virrey, en su calidad de gobernador, ya ha consignado la cantidad de dos mil pesos de oro para el comienzo de los trabajos.

Y hay otro hecho significativo, más relevante aún.

Las palabras de Arturo han permanecido grabadas en la mente de Gonzalo, no puede quitarse de la cabeza la imagen de su amigo, maltrecho, hundido en el butacón de su casa, un hombre de común activo que muestra dificultad para moverse, ha perdido toda su energía vital.

En ese estado de abatimiento, Gonzalo acaba de realizar la mudanza. Ha alquilado una magnífica mansión con cinco estancias y un amplio jardín interior. Es una de las antiguas casas de Nicolás de Ovando, así que ahora es vecino de Hernán Cortés, y también de Petra.

Allí organiza los escasos útiles que ha llevado consigo, la ropa que ha ido comprando y unos libros que le ha regalado Petra, al parecer los encontró en su palacio, y sabe que a Gonzalo —un hombre que construye catedrales— le vendrán bien.

Está esperando que llegue Arturo con Ana, les ha pedido que se trasladen a vivir con él mientras el indio recibe el tratamiento del galeno. No está dispuesto a que ese amigo que le acogió la primera noche, que ha estado junto a él proveyéndole de las mejores rocas y aceptando sus consejos para pulirlas, decaiga de esa forma tan rápida. Ambos lucharán juntos para que el taíno se reponga y recupere la salud.

Cuando suena la aldaba, piensa que son ellos, pero abre el portón y se encuentra con dos monjes.

—¿Sois vos el maestro cantero?

Gonzalo asiente y les deja pasar. Luego señala hacia la estancia donde pueden sentarse.

—Mi nombre es fray Pedro de Córdoba y me acompaña

fray Antonio de Montesinos. Pertenecemos a la Orden de los Predicadores, aunque también se llama Orden Dominicana. Es decir, somos monjes dominicos, y venimos a hacerle una propuesta.

—Esta es vuestra casa, y yo, vuestro humilde siervo.

Fray Pedro asiente, complacido.

Le cuentan sus propósitos, han llegado a las Indias a establecer el primer centro de la orden, la primera comunidad, y traen un proyecto para levantar un fabuloso convento, un edificio que estará al nivel de su congregación. Y todos en la isla los han remitido a este maestro cantero, uno de los más afamados, que ha demostrado su valía erigiendo el palacio de doña Mencía, el punto más alto de la ciudad.

Gonzalo no da crédito. Días atrás utilizó ese argumento para engatusar al virrey. Ahora solo puede reírse por dentro.

—Tendréis que disculparme. Agradezco vuestros elogios, pero tenéis que conocer que el virrey me ha contratado para la construcción del santo templo catedralicio.

Los monjes se sorprenden, suponían que ese proyecto no estaba tan avanzado, pero se congratulan, la obra de Dios no puede detenerse, el cometido que la Iglesia tiene en esas nuevas tierras, la labor evangelizadora pendiente, es inmensa.

Suena de nuevo la aldaba, apenas dos golpecitos casi inaudibles desde donde están sentados.

Acude a abrir y es Arturo acompañado de Ana. Ella se le acerca sin dilación y le da dos besos. Se ruboriza sin remedio.

Tras las presentaciones de rigor, Arturo se sienta junto al padre Montesinos.

Hablan de la vida en la isla, de las tradiciones de los taínos y de religión. También de las encomiendas y el reparto de indios, de las duras condiciones de trabajo a las que son sometidos en las minas.

Los dominicos asienten, llevan poco tiempo allí, pero conocen los excesos de algunos encomenderos, juzgan que no son aceptables las condiciones de trabajo de mujeres y niños, y afirman que es necesario establecer reglas que protejan a los nativos. Han podido realizar un par de viajes por el interior de la isla, han visitado varias explotaciones auríferas, y lo que han visto no les ha gustado.

—Alertaremos al virrey, nuestro Dios no consiente esas barbaridades —explica fray Antonio de Montesinos.

—¿Vuestro Dios puede ayudarme? —pregunta Arturo con un hilito de voz.

Tiene el rostro encendido, tose a menudo y esputa sobre un pañuelo de algodón. Es una burla de la naturaleza, ese hombre que solo unos meses atrás gestionaba con energía las canteras de Santa Bárbara, ahora es un ser quebradizo.

El dominico le pone su mano derecha sobre la frente. Nota que está ardiendo.

—Os recomiendo que le tendáis y le pongáis unos paños húmedos sobre la frente —le dice a Gonzalo—. La fiebre se ha apoderado de este hombre.

Luego realiza la señal de la cruz sobre el indio, y ayuda a trasladarlo hasta una habitación, donde residirá a partir de ahora.

—Quiero que te cures —le dice Gonzalo—. Tienes que estar a mi lado, ¿me lo prometes?

Asiente, apenas puede dibujar una sonrisa torcida. Ana se

queda a su cuidado mientras llega el médico. El maestro regresa a la estancia donde están los monjes dominicos.

—Los nativos tienen derechos —afirma fray Montesinos—. Esta tierra es de ellos, les pertenece, Dios quiso que fuese así, y ahora los esclavizamos, los obligamos a trabajar como si fueran bestias.

Gonzalo asiente, está de acuerdo con esas palabras.

—Padre, es cierto lo que decís. Estoy muy comprometido con el pueblo taíno, me acogieron al llegar, son almas nobles, sinceras, no merecen este trato.

Piensa las palabras que va a decir y prosigue:

—Nuestro reino debe dictar leyes que los protejan, que velen por la salud y la vida de esta gente de Dios. Y ha de hacerse cuanto antes.

Gonzalo no lo sabe, pero acaba de plantar una semilla explosiva en el cerebro de fray Antonio de Montesinos que provocará una onda expansiva en los meses siguientes.

Esa noche aparece el galeno para tratar a Arturo, que sufre en la cama. Es un hombre pequeño, casi un anciano de nariz aguileña, pelo ralo y vestido de negro. A Gonzalo no le da buena impresión cuando le abre la puerta.

—Pasad, por favor —le pide—. Mi amigo está enfermo, tenéis que curarlo, no importa el tratamiento que sea necesario aplicar, yo me haré cargo de los gastos.

Se adentran en la vivienda y llegan hasta la alcoba, donde se encuentra Ana poniendo paños de algodón húmedo en la frente de su hermano, mientras le sostiene la mano.

El galeno se sorprende: el enfermo es un indio taíno.

Parece que retrocede, o al menos quiere intentarlo, pero Gonzalo lo agarra con firmeza por el cuello y lo amenaza.

—¡Proceded! —le ordena mirándolo a los ojos, indignado.

No puede darle una patada en el trasero y despedirlo, lo necesita, es el mejor médico de cuantos han llegado a las Indias.

Despliega el maletín que porta, saca unos cuantos instrumentos que aplica sobre el paciente y luego los guarda. Vuelve a sacarlos y a usarlos de la misma forma y en la misma posición, y los acaba encerrando con gesto adusto.

—No hay nada que hacer —pronostica—. Muchos indios sufren de esta enfermedad, y no tiene solución.

Gonzalo le planta el puño delante de las narices.

—Podéis pegarme si es vuestro deseo, pero este mal es bien conocido por nuestros antepasados. Ya no ocurre tanto en Castilla, pero aquí se ha reproducido como una hiedra asesina.

—Explicaos.

—No tengo explicación, es algo muy complejo. Lo que le pasa a vuestro amigo, y a muchos indios, es un mal legendario, una dolencia que cuentan los libros de medicina más ancestrales, que aún aqueja a cierta parte de la población allí, pero que aquí ha encontrado fuerte arraigo.

—¿Y quién tiene la culpa?

—Nosotros hemos traído esta plaga, sin saberlo.

El galeno, que sigue sin entender que un potentado como Gonzalo gaste su dinero en un indio, pone la mano para recibir su dinero y le da la espalda.

Gonzalo le acompaña a la salida, cierra de un portazo y luego le pega una patada a la puerta.

Regresa a la alcoba y se fija en Ana. No llora, pero está afligida, no pierde de vista a su hermano.

—Me dijo Arturo que tienes algo que decirme.

La india se levanta y señala el jardín.

Allí se sientan en dos sillas frente a un pequeño estanque con nenúfares. Ella toma la mano derecha de Gonzalo, que vuelve a sentir las vibraciones de antaño.

—Ana, quiero que sepas que el día que fuimos a la cascada fue uno de los mejores de mi vida. Yo...

La taína sella con un dedo sus labios.

—No preocupación. Nosotros así, compartir todo.

Él se acerca para darle un beso en los labios, pero ella esta vez lo rechaza.

—Hermano.

Gonzalo entiende.

—¿Qué es lo que tienes que decirme?

Ella lo mira. De alguna forma, por alguna razón, Ana sabe que está enamorado de Jimena. Y ese es el mensaje que ha venido a traerle:

—Tu mujer en Jaragua.

Gonzalo estalla de júbilo. La sujeta por los brazos, la atrae hacia sí y le propina dos besos. ¿Cómo sabe eso? ¿De dónde proviene esa información? A la india se le iluminan los ojos. Acaba de comprobar que era como pensaba, ese hombre está perdidamente enamorado de Jimena.

—Taínos hermanos todos. Jaragua importante, lago grande, bello, ella con un caballo allí.

La vuelve a besar, pero la suelta.

—¿Sabes cuánto tiempo tardaría en llegar?

—Siete lunas. Con caballo tres.

Siente el irrefrenable impulso de partir en ese mismo instante, pero debe ocuparse de su amigo Arturo. Entonces se acuerda de Carmencita, ella podrá vigilar al enfermo. No le faltará la asistencia del galeno y buenos alimentos.

Va en su busca, sigue residiendo en la casita de madera que alquiló junto a Jimena, pero de pronto cae en la cuenta de que hace semanas que no sabe nada de ella. Ha sido un necio. ¿Por qué no ha seguido en contacto con Carmencita? Es la mejor amiga de Jimena, debería haberla cuidado, echado un ojo, pero ha estado tan ocupado con los preparativos de la construcción de la catedral que se ha olvidado de todo.

Llama a la puerta y Carmencita le abre. Tiene una gran sonrisa en los labios.

—Pasa, por favor —le dice.

Se adentra en la casa y lo que ve no le gusta.

No le gusta nada.

—Quiero presentarte a mi prometido. Nos casaremos en cuanto arreglemos los papeles.

Gonzalo quiere que se abra la tierra y se lo trague.

Es una mala noticia.

Muy mala, en realidad.

Sentado a una mesa con una solitaria vela, está su prometido.

Un desdentado tuerto con cicatrices en el rostro.

Barragán luce una enorme sonrisa.

28

Gonzalo miente a Carmencita. El impacto de la noticia es tan grande, la situación, tan delirante, que se ve obligado a falsear el hecho que le ha llevado allí, ocultarle que va a partir en busca de Jimena.

—Unos asuntos urgentes me exigen salir de la ciudad. —Mira hacia otro lado, pues conoce el fino olfato del lacayo de don Jácome—. Debo elegir las mejores piedras para la construcción de la catedral.

Todos los habitantes de Santo Domingo saben que el virrey ha elegido a Gonzalo como maestro cantero para iniciar los trabajos. El único ojo de Barragán lo confirma, es una coartada perfecta.

—Solo quería saber cómo te encuentras —miente—. He dejado pasar muchos días sin saber nada de ti.

Ella asiente.

—Eres un caballero, siempre lo has sido. He abandonado el puesto de frutas. Ya no volveré a vender nunca más.

Mira a su prometido y sonríe.

El hombre lo hace también. Es la primera vez que le ve

reír, ahora deja ver que le faltan varios dientes, y los que conserva están torcidos y amarillentos.

Pero Gonzalo no piensa en eso, su mente está ocupada tratando de averiguar cómo de grave es este nuevo problema, porque son muchos los que se le acumulan.

Y este es de los grandes.

Apenas duerme, pasa la noche junto a la cama de Arturo, de la que tampoco se separa Ana. Al amanecer, prepara un zurrón con algunas viandas y se dirige a pie hacia el oeste. Camina una hora, hasta que encuentra una finca donde venden caballos. Compra una preciosa yegua blanca, pide que se la ensillen y anuncia que parte hacia el este, va a visitar unas canteras de piedra caliza. Miente porque no quiere dejar pistas.

La yegua se llama Nieve, un nombre impropio para aquellas latitudes. Monta y avanza raudo la primera jornada, sigue la senda que le ha indicado Ana, y no se detiene a preguntar, solo permite al animal comer y beber algo, y luego retoman la marcha hasta que se pone el sol. Encuentra un bosquecito donde pueden dormir, le apetecería continuar, pero sabe que Nieve debe descansar. El sueño casi le vence, se resiste una y otra vez, no quiere fallarle a Jimena, no quiere imprevistos.

La mañana siguiente se presenta con fuerte lluvia, embarra el camino y apenas le deja ver. Ha olvidado traer un sombrero de ala ancha, hubiera sido de gran ayuda. Recorre cierta distancia, y cuando ve que no puede adelantar mucho con esa cortina de agua, decide parar. Encuentra un farallón enorme, rocas calizas, las toca y le transmiten seguridad. Hay una oquedad donde pueden refugiarse de la pertinaz tormenta. Ata a su montura y se tiende.

Piensa que ese día ha sido inútil. Allí echado, repasa los problemas que le acucian y trata de ponerlos en orden de gravedad: la condena a la horca de Jimena, la enfermedad de su amigo Arturo, la construcción de la catedral sobre un cementerio y el compromiso de Carmencita para desposarse con el peligroso Barragán. Mientras da vueltas y más vueltas a todas esas ideas, cambia la prioridad varias veces.

Al final decide que todos son muy graves, aunque el anuncio que el alguacil ha colgado en las paredes de los edificios oficiales, en las tabernas y en muchas esquinas de la ciudad es ahora lo que más le inquieta. Hay una recompensa por la cabeza de la asesina de doña Mencía, la finada era una personalidad notable de la sociedad de Indias y la han acuchillado, eso dice la misiva, por eso se busca a la mujer que se ha fugado, a quien han juzgado y declarado culpable. Quien la encuentre y entregue recibirá diez pesos de oro.

La pena está ya escrita: el cadalso. Si nada lo remedia, antes o después terminarán por encontrarla y ejecutarán la sentencia en la plaza Mayor, ante la presencia de cientos de mirones; gente que disfrutará, aplaudirá y se recreará con el ajusticiamiento.

Se queda dormido y le sobreviene una pesadilla. Sueña con cadáveres de indios tirados por las calles de Santo Domingo, todos inertes, pero no hay tiros, ni flechas clavadas ni sangre. La causa es la misma enfermedad que acecha a Arturo, que se ha extendido y ahora afecta al pueblo taíno como si fuese una peste negra, aterradora, apocalíptica. Corre, grita, pide auxilio, pero nadie le sigue, nadie le escucha. Luego ve que desde el suelo un indio levanta la mano pidiendo su ayuda. No puede ser, piensa, los muertos no piden ayuda, los muertos ya no son de este mundo. Y entonces se pregunta: ¿de qué mundo?

Cuando se despierta le duele todo el cuerpo. Se tumbó mojado y una mala postura ahora le pasa factura.

Oye relinchos. Nieve está tan molesta como él. Maldice su suerte y piensa que ha perdido un tiempo precioso. De un salto se sube a la montura y cabalga entre barrizales.

Llega al lago y sigue las instrucciones que le ha dado Ana.

Ve la misma luna que en su día Jimena contempló reflejada en la lámina de agua. Es preciosa, una de las imágenes más hermosas que Gonzalo ha visto jamás, y lamenta que desde que puso un pie en la ciudad no se ha movido de allí, desconoce cómo será el resto de la isla.

Una columna de humo le alerta. Se le acelera el corazón, no sabe qué se encontrará, y en caso de que Jimena continúe en esa aldea, tampoco sabe qué clase de razonamientos le va a proporcionar. Son tantas las incertidumbres que rodean la muerte de la noble que se siente aturdido.

Montado a lomos de Nieve, observa que hay una docena de bohíos formando un círculo. Una de las chozas es más grande, un caney, la vivienda del cacique. En el centro hay una plaza de tierra rojiza y unos niños jugando, se persiguen unos a otros.

Cuando le ven, comienzan a gritar.

Varios taínos corren hacia él y le apuntan con flechas.

Gonzalo levanta las manos y espera.

A lo lejos ve acercarse a Jimena, que ha salido de una de las chozas. Dice algo a los arqueros, que deponen las armas.

Viste como si fuese una taína más, un simple trapo de algodón blanco le cubre la parte inferior, pero a diferencia de cómo vestía Ana, ella se tapa los senos con otra prenda del mismo tejido. Aun así, sus piernas, su vientre y sus hombros están al aire.

Se miran, se estudian, y ambos piensan que han cambiado, son muchas las cosas que han ocurrido en ese tiempo, demasiados los infortunios.

Gonzalo descabalga, el primer impulso que siente es ir a besarla pero se reprime.

—Me ha costado dar contigo.

Jimena le dedica una ligera sonrisa, el dolor aún la consume por dentro. Se acerca, le da un beso en la mejilla y luego le dice:

—Tenemos que hablar.

Entonces no aguanta más y se echa a llorar desconsoladamente.

Él le rodea los hombros con su brazo derecho y la atrae hacia sí.

Ambos se dan un prolongado abrazo.

Cuando ella consigue reponerse, le invita a adentrarse en el poblado. Se acomodan a la sombra de un enorme guayacán y les traen agua en unos cuencos de barro.

—¿Qué ocurrió? —inquiere Gonzalo.

—Mi cabeza ha olvidado muchas cosas de aquella noche. Mis recuerdos están intactos justo hasta el momento en que

Petra me sirvió una copa de vino. Después ya nada, hay como una gran laguna negra, una niebla espesa.

—¿Piensas que te echaron un brebaje en la bebida? ¿Petra?

Jimena asiente.

—Nunca me he separado de mi daga. Era de mi padre. ¿Cómo acabó clavada en doña Mencía? ¿Por qué querría hacer yo eso?

—Dicen que la odiabas, que la amenazaste en el barco, y hay muchos testigos que lo confirman.

—No es motivo para matar a alguien.

Le da la razón, es absurdo, pero son tantos los signos que la gente no se detiene a pensar.

—¿Y qué vas a hacer? No puedes quedarte aquí para siempre, te encontrarán.

—No creo, aquí soy una más.

Gonzalo sonríe. Jimena es muy hábil cuando quiere, pero parece no querer ver la situación tal y como es.

—Yo te he encontrado. No es tan difícil dar contigo.

Ella vuelve a llorar.

—¿Y qué propones?

—Vente conmigo a la ciudad. Descubriremos quién ha sido. Allí están todas las respuestas. Aquí no encontrarás nada —dice abriendo los brazos.

Jimena se echa encima de él, no dice nada, no llora.

Luego susurra:

—Hay muchas cosas que no sabes de mí.

—Me las contarás en el camino.

También hay asuntos que por el momento él prefiere no

decirle, como su encuentro con la india Ana. Aunque en realidad hay otro hecho mucho más acuciante, ese puede esperar.

La aventura de Carmencita con el rufián que va a desposarla es el otro gran problema que tendrán que lidiar.

Pero ahora tiene una aliada.

29

Los últimos días han transcurrido para el virrey con absoluta ferocidad, un auténtico quebradero de cabeza. Todo comenzó cuando fray Antonio de Montesinos inició la batalla contra la Corona en un hecho sin precedentes. Aprovechó la prédica de la misa mayor para elevar su enérgica y comunitaria protesta ante las autoridades, en defensa de los indios esclavizados y maltratados. No solo defendió la dignidad humana de los oprimidos, los derechos inalienables de los nativos, sino que también activó los resortes en juego para conseguir unas condiciones perdurables.

—¿Acaso no son hombres? ¿Con ellos no se deben guardar y cumplir los preceptos de caridad y justicia? ¿No tenían acaso sus tierras propias y sus señores y señoríos? ¿Nos han ofendido en algo? ¿Por la ley de Cristo no estamos obligados a predicar y trabajar con toda diligencia para convertirlos? Todos estáis en pecado mortal, y en él vivís y morís, por la crueldad y la tiranía que usáis con estas inocentes gentes.

Diego Colón estaba presente en el oficio religioso. Nada más acabar, se dirigió al convento de los dominicos para hablar con el superior, fray Pedro de Córdoba. Allí le pidió, en realidad le ordenó, que expulsara de la isla a fray Antonio de Montesinos o que, al menos, le exigiera que a la semana siguiente pronunciara un sermón más suave, que matizara sus palabras.

No acordaron nada específico, el monje no podía contradecir a la máxima autoridad de Indias.

Al domingo siguiente, el discurso fue mucho más beligerante.

Montesinos añadió y divulgó cinco principios: que las leyes de la religión están por encima de las leyes de los particulares y del Estado, que no existen diferencias raciales ante los ojos de Dios, que la esclavitud y la servidumbre son ilícitas, que se deben restituir a los nativos su libertad y sus bienes y que se ha de convertir a los indios al cristianismo solo con el ejemplo.

Ese mismo domingo por la tarde, los nobles ya estaban escandalizados e incluso incendiados, y el alguacil tentado de meter entre rejas a los dominicos solo esperaba recibir la orden del virrey.

Pero esos revoltosos monjes no habían hecho más que empezar, y no iban a detenerse ante nada.

Por lo pronto, fray Pedro de Córdoba ha anunciado en una de sus misas que ha comenzado a escribir un libro en el suelo de La Hispaniola, el primero redactado allí. Se trata de una doctrina cristiana para los indios, una especie de nuevo catecismo para los nativos.

Eso crispa a Diego Colón, desconoce el contenido de ese texto, pero es una gran osadía, teme que las prédicas que pueda contener alteren más a los taínos, les haga envalentonarse y crearle aún más problemas.

La actitud de esos monjes recién llegados le exaspera. Ya podían ser como los franciscanos, o como los mercedarios, pero no, ellos no, se creen en posesión de la verdad, creen haber entendido la complejidad de esos nuevos territorios, cuando en realidad no saben nada de lo ocurrido años atrás, las guerras con los caciques, los sufrimientos de su padre.

Tal vez deba recordarles cómo asesinaron esos taínos a los treinta y nueve hombres que se quedaron en la isla luego del primer viaje del almirante, cuando mataron sin piedad a esos inocentes castellanos.

Han muerto indios, por supuesto, pero también muchos soldados, como en cualquier guerra.

El virrey piensa en las mil veces que los territorios de la actual Corona de Castilla y Aragón han sido ocupados por invasores y pierde la cuenta: fenicios, cartagineses, suevos, vándalos, alanos, celtas, romanos, árabes... Es la esencia misma del progreso de las civilizaciones. Cada vez que se produce la incursión de un pueblo en otro, surge algo nuevo, algo mayor, algo que, guste o no guste, hace crecer el mundo. Somos fruto de ese proceso, las naciones no se crean de la nada, solo hacen revivir a quienes les precedieron, extraen lo mejor de épocas anteriores e impulsan la obra de Dios hacia delante.

Y ahora, cuando va a proceder al segundo repartimiento de indios, justo cuando podrá favorecer a los nobles que le han ayudado, cuando podrá comprar voluntades, callar bocas, vienen esos dominicos y levantan al pueblo, lanzan prédicas antinatura, soflamas que van a incendiar la tranquila ciudad de Santo Domingo, o puede que La Hispaniola entera.

Y todo eso sucede en territorio mojado, en el ámbito de

una difícil relación con el monarca. Porque Fernando el Católico le ha pedido explicaciones de forma reiterada, lleva meses enviándole cartas donde reclama información sobre la ciudad y las actuaciones que está desarrollando allí.

«¿Qué pretendéis hacer en esa ciudad de Santo Domingo?», le pregunta.

Diego sabe que la corte de Castilla y Aragón está incendiando al rey, le está metiendo ideas nocivas en la cabeza, haciéndole creer que el gobernador de las Indias ostenta ínfulas de monarca.

Entre la aristocracia de la península corren comentarios maledicentes, que afirman que el virrey está formando una corte de Indias propia, mucho más influyente que la de Castilla y Aragón, y que los nobles de ultramar, con los bolsillos repletos de oro, están pergeñando una ciudad majestuosa, palacio a palacio, iglesia a iglesia, monasterio a monasterio, y ahora van a levantar una imponente catedral... y un soberbio alcázar para el virrey.

«¿Qué será lo próximo? ¿Tal vez un nuevo reino?», ha llegado a preguntar el monarca.

Diego Colón sabe que sus ideas, la forma en que gobierna las Indias, pueden no gustar al otro lado, pero...

¿No son esas las tierras descubiertas por su padre?

¿Acaso no están las firmas de Isabel y Fernando estampadas en las Capitulaciones de Santa Fe, por las cuales hicieron gobernador a Cristóbal Colón y a sus herederos para toda la posteridad?

El virrey intuye que se acercan malos tiempos, tiembla cada vez que su secretario personal le avisa de la llegada de una nueva cédula real, incluso de una carta, pero no piensa renunciar a sus principios e ideas, ni de lejos. Bastantes ofensas han hecho ya los Trastámara a la herencia y el legado del insigne almirante Cristóbal Colón.

30

Han realizado los tres días de viaje a lomos de Nieve. El caballo negro se ha quedado en Jaragua, podrían identificarlo. Cuando se acercan a la ciudad, esperan en las afueras hasta bien entrada la madrugada antes de adentrarse.

Las calles se ven desiertas, tienen la suerte de que no hay luna y casi todas las antorchas están ya consumidas.

Gonzalo aborda su mansión y encierra a la yegua en el jardín. No es hora de buscarle un establo. Jimena le sigue y ambos entran en silencio en la alcoba de Arturo, lo observan y juzgan que presenta mal aspecto.

Ana, que está echada a su lado, desnuda, se despierta.

—¿Ha venido el médico? —le pregunta Gonzalo.

Niega con la cabeza.

El maestro cantero jura que lo matará ese mismo día.

Jimena pone la mano en la frente del taíno y comprueba que está ardiendo.

—¿Tienes miel, limón y jengibre?

Ambos van a la despensa. Ella prepara con esmero un vaso con esos ingredientes y añade agua caliente, y luego intenta que Arturo se lo beba. Es complicado, pero lo consigue.

Parece mano de santo, al rato la fiebre le baja un poco y logra incorporarse.

Las palabras apenas salen de su boca.

—Gonzalo —le suplica—, prométeme que no van a repartirnos, que nadie tratará a los indios como esclavos, que continuarán en las canteras para siempre. Es nuestra tierra, nadie tiene derecho a separarnos.

Se miran a los ojos y se cruzan miradas tristes.

—No soy tan poderoso como supones —le susurra Gonzalo, al borde de las lágrimas.

—Aun así, prométeme que vas a rogarle a tu Dios para que eso no ocurra, que los taínos ya no van a ser repartidos.

Gonzalo asiente.

El indio tose, y cuando puede, añade:

—Sí que eres poderoso. Tu poder viene de tu interior, de ti mismo. Eres el hombre más valeroso que he conocido jamás.

Calla.

—Una cosa más —le pide Arturo—. Permite que Ana traiga al chamán. Te lo ruego, es mi última oportunidad.

No sabe muy bien qué le está solicitando, pero accede.

—¿Dónde se encuentra?

—Pajarito.

El primitivo enclave, la margen oriental del río donde fue fundada la ciudad antes de que se cambiase a su actual ubicación, un asunto que Gonzalo siempre ha tenido en mente, porque desea conocer qué hay allí y por qué Santo Domingo tuvo que ser trasladada, un misterio que cree conectado con su propia y peculiar relación con ese conjunto de casas, palacios e iglesias que le hablan a veces y a ratos le proporcionan sabios consejos.

—Ana irá a buscarlo, te lo prometo. Lo encontrará y haremos todo lo que haga falta.

Dejan a Arturo hablando con su hermana en su idioma. Gonzalo toma de la mano a Jimena y la lleva hasta una alcoba separada del resto, detrás del jardín. Es una pequeña estancia que construyeron para las sirvientas.

—Siento que tengas que hospedarte aquí, pero creo que es lo más seguro. Nadie sabe que has vuelto, solo te ha visto Ana, y ella es de mi entera confianza. No advertirá a nadie de tu presencia.

—De acuerdo. ¿No vamos a llamar a Carmencita?

—Ni se te ocurra. Déjame que te cuente.

Nada más clarear, Gonzalo acude en busca del galeno. Avanza las cuatro calles que le separan de su vivienda y da varios golpes en la puerta. El hombre sale sorprendido, es muy temprano. Hay una notable diferencia de estatura entre ambos, solo tiene que levantar ligeramente el brazo y agarrarle por el cuello.

—¡Os advertí que debíais visitar a mi amigo a diario! —le espeta—. ¿Qué parte de ese encargo no habéis entendido?

El médico trata de zafarse, pero ese joven presiona con tal fuerza su pescuezo que no puede respirar, está ofuscado y aplica la mano como si fuese una tenaza. A cualquier otro lo habría insultado y enviado a las autoridades, el alguacil daría cuenta, pero el maestro cantero está dentro de la alta sociedad, incluso tiene acceso directo al virrey, podría complicarle mucho las cosas, así que opta por contestarle de la forma más educada posible.

—Os dije que esa enfermedad está afectando a la mayoría de los indios, o a una buena parte de ellos. La población está cayendo diezmada, y nada podemos hacer por evitarlo. Esta semana han muerto decenas. Lo siento, pero mis conocimientos no llegan tan lejos, es un padecimiento que escapa a mi comprensión.

Gonzalo le suelta y baja la cabeza, mira al suelo algo avergonzado.

—Aun así, quiero que vayáis a verlo a diario. ¿Lo haréis?

—Si es vuestro deseo, así será —responde extendiendo la mano.

Le entrega una bolsita con monedas y se marcha.

Regresa a su casa cabizbajo, tiene el alma encogida, haría cualquier cosa por salvar a Arturo. Ahora debe encontrar al chamán, se lo ha prometido.

Tropieza con una persona, que casi cae al suelo por el choque fortuito.

Es una mujer, alta y esbelta, envuelta en una fina capa de tela de seda.

Petra.

—Dios santo —le dice Gonzalo—. ¿Por qué vas tan tapada? Parecería que huyes de alguien.

Su amiga se ríe.

—Mi vida es una auténtica pieza de teatro, me han ocurrido muchas cosas en los últimos meses. Pero, claro, entiendo que a ti no te interesan.

Recuerda entonces las palabras de Jimena. La copa de vino procedía de las manos de Petra.

—Pues tendrás que ponerme al día. ¿Dónde vives?

—Eso es un secreto.

—Vaya. Yo he cambiado de morada, ahora vivo justo aquí.

Le señala la mansión que ha alquilado. Petra se queda pasmada, eso queda a solo dos casas de su palacio, en la misma calle.

—¿Aceptarás que esta noche cenemos juntos? —le pide Gonzalo.

Ella se lo piensa. Deberá encontrar una buena excusa para evitar a Jácome, salir a escondidas y jugársela. Pero el lugar es tan cercano, y la recompensa tan alta...

—De acuerdo. Pero esta noche no. —Una situación como esa hay que prepararla con tiempo—. Mañana.

Gonzalo asiente.

—¡Ah! —añade Petra—. Invita también a Isabel y a Carmencita.

Siempre hay que tener una buena coartada.

Gonzalo le explica a Jimena lo sucedido. Ella no tiene dudas de que Petra está libre de toda sospecha, le cuesta pensar que esté implicada en el asesinato.

—¿Qué ha sido de ella desde que las cuatro os separasteis? —lanza Gonzalo—. ¿Dónde vive? ¿A qué se dedica? ¿Quién es ese príncipe tan misterioso del que siempre habla?

Jimena no puede responder a ninguna de esas preguntas, al menos hasta que logre recomponer su relación con ella. Tal vez ha estado demasiado ciega para no verlo, pero, mientras nadie lo demuestre, sigue confiando en su amiga.

—De acuerdo —dice Gonzalo—. Será una cena para cuatro y antes pensaremos una estrategia para hallar respuestas. Tú seguirás escondida. Lo siento, pero no podemos confiar en nadie, tampoco en tus amigas.

La mañana la pasan hablando y elaborando una lista de las personas que asistieron a la celebración, la llegada de los invitados, los momentos más destacados. Repasan la relación de las personalidades más conocidas, los nobles y gente de la alta sociedad que intuyen odiaban a la difunta: los Garay, los Bastidas, los Dávila... Era notorio que a esa mujer la desbordaba la soberbia, no encajaba con nadie y tenía decenas de enemigos.

Jimena se desespera.

—Esto es absurdo, había demasiada gente allí como para ponernos a investigar. Pudo haber sido cualquiera.

—Pero solo una persona añadió un brebaje a tu copa de vino —sentencia su amigo.

Gonzalo despide a Ana, montada a lomos de Nieve. Debe encontrar al chamán y traerlo. Le encantaría acompañarla, nada le agradaría más en esos momentos que inspeccionar el antiguo enclave de Pajarito, aunque sabe que es un asunto de su raza y él no debe interferir.

La mujer lo localiza sin grandes contratiempos y aparece

de vuelta en la mansión en cuestión de horas. Es un hombre mayor, tal vez el taíno más anciano que Gonzalo ha visto, las arrugas le marcan el rostro, viene ataviado con un penacho de plumas y el pecho pintado con singulares dibujos de rayas blancas y rojas. Le acompañan otros dos indios, pertrechados de los útiles que presume que van a emplear en el ritual.

Ana se acerca a su hermano con profundo respeto.

—Es el behique —le susurra señalando al chamán.

Esparcen polvos blancos formando un círculo en el jardín. Luego, entre los dos taínos, van a buscar a Arturo y lo sientan en el centro. Apenas puede sostenerse. Allí lo desnudan y cubren su cuerpo con ramas de guayacán.

—Ahora ceremonia cohoba —explica Ana.

Gonzalo y Jimena asienten y se apartan cuanto pueden de la escena, no quieren obstaculizar. Ambos han oído hablar de los ritos sagrados de los nativos, y es la primera vez que presencian uno.

Colocan en el interior del círculo algunas figuras hechas de madera, otras de piedra. Son representaciones de sus dioses, los cemíes.

El behique, provisto de una larga espátula de madera, se acerca al enfermo y se la introduce en la garganta. Arturo vomita. Luego toma un pote de barro con extrañas figuras modeladas en los bordes y prepara un ungüento. Vierte en el interior unas hierbas, polvos blancos y pequeños caracoles vivos. Lo tritura todo bien, con bastante intensidad.

Sus ayudantes comienzan a tocar un tambor y una especie de flauta. El chamán emite cánticos guturales, danza alrededor del enfermo con el pote en la mano, y agarra un objeto que le permite aspirar el polvo resultante de la mezcla, una especie de inhalador.

Primero aspira él, introduce la droga en sus pulmones, y eso le produce un rápido trance alucinógeno que le hace convulsionar.

—Ahora habla con dioses —musita Ana.

De pronto, se queda inmóvil y calla. Permanece así unos minutos, mira al cielo y pronuncia palabras que no entienden.

Luego hace que Arturo introduzca esos polvos en sus pulmones. El hombre también se agita, estremece verlo así, tan frágil, pero si eso surte efecto, bien hecho estará, cree Gonzalo, cualquier cosa con tal de salvar a su amigo.

—Espíritu maligno sale —aclara ella.

Ojalá, piensa Gonzalo, que recuerda las palabras del galeno. Ese mal lo han traído los que proceden del otro lado del mar, pero a ellos no les afecta tanto como a los taínos. Alguna explicación tendrá, y tal vez los dioses locales sepan cómo arreglarlo.

No lejos de allí, Petra se encuentra plácidamente sentada en su enorme jardín interior. Al fondo, las antorchas proyectan una preciosa imagen en las paredes de ladrillo, y unos candiles iluminan la mesa sobre la que va a cenar junto a su príncipe. Luego dormirán en la misma cama.

Jácome llega, elegante, perfumado, se ha bañado a conciencia, sabe que le espera una noche interminable de amor desenfrenado junto a la mujer que ama. Le besa la mano nada más encontrarse, acerca la silla y luego le roza el cuello con los labios. No puede resistirlo, está profundamente enamorado, jamás hubiese pensado que algo así le fuera a ocurrir en su viaje a las Indias, un periplo que inició para alejarse de su odiosa mujer, y que la mala suerte acabó trayéndola hasta esas latitudes.

Pero, ironías del destino, el mismo barco que eligió su esposa trajo también al amor de su vida. Afortunadamente, Petra está allí para hacerle olvidar el pasado.

—La pregunta de siempre —dice ella cuando termina su plato, un excelente corte de ternera—. ¿Cuándo vais a desposarme?

Jácome bebe con lentitud. Termina de dar un largo sorbo a su copa y contesta:

—El luto aconseja más tiempo. ¿Sabéis qué podrían pensar en esta ciudad si celebramos ya nuestra boda?

Lo entiende, la moral cristiana manda, pero ella ansía pasear por las calles de la mano de su príncipe, sentarse en las primeras filas en los actos de los domingos en la plaza Mayor y asistir a las fiestas del virrey en el alcázar.

Petra se siente especialmente sensible esa noche estrellada.

Mira al firmamento.

Piensa entonces que ha llegado el momento de explicarle quién es y de dónde viene, así él se hará una idea de sus ideales, de sus anhelos.

—Ya sabéis que mi ciudad natal es Cádiz, vivía allí antes de partir...

El hombre asiente y bebe un par de sorbos de su copa, la acaba y pide más. Los sirvientes se la rellenan al instante.

—Mi madre regenta un burdel —prosigue Petra—, un gran establecimiento, el más afamado de esa ciudad, tiene decenas de habitaciones y mucho trasiego de gente. Crecí entre desconocidos, y siempre era señalada como la hija de la puta. ¿Podéis imaginar qué es eso?

Jácome se nota indispuesto, es posible que algo le haya sentado mal.

Rechaza que le dispensen más vino, cree que es eso lo que le retuerce el cuerpo, porque se encuentra mareado.

—No podía caminar con la cabeza alta, ningún pretendiente digno osaba llamar a mi puerta, hubieran pasado mil años y aún estaría soltera. ¿Comprendéis lo que digo?

No hay respuesta.

—¿Vislumbráis cómo me siento?

Nada.

—¿Acaso entendéis ahora por qué necesito que toméis una decisión urgente?

No responde, parece atosigado, tal vez el tono de Petra sea demasiado elevado e incisivo.

—Esta noche no puedo yacer con vos —anuncia Jácome, tajante.

Se levanta y avanza hacia la salida.

—¡Mañana no vengáis! ¡Cenaré con mis amigas! —le grita muy enfadada.

Jácome no se gira, no la mira, se limita a salir precipitadamente del jardín y se introduce en el carruaje que le espera en la puerta.

Ella es consciente de que lo ha presionado, quizá se haya excedido, pero no hay más remedio si quiere conseguir su objetivo.

Así que no se preocupa, ya volverá.

Porque si algo recuerda de las cosas que le decía su madre es que los hombres siempre regresan a por más.

31

Al día siguiente, Isabel es la primera en llegar a la cena. Cuando Gonzalo la ve, no la reconoce. Ha experimentado un cambio sustancial, se peina de una forma refinada, luce un pomposo traje, cuelga joyas de su cuello y sus orejas, y ha ganado peso. Viene acompañada de dos criadas, que permanecen discretamente en la entrada de la mansión. Cree reconocerlas, las vuelve a mirar y sí, esas dos mujeres viajaron junto a ellos en el barco y ahora están al servicio de su amiga.

Carmencita aparece a continuación, también se ha arreglado en exceso, se ha pintado los labios de un rojo muy subido y ha puesto abundante colorete en sus mejillas. Cuando observa tan arreglada a Isabel, le anuncia que su prometido le ha entregado los fondos suficientes para vivir bien y llegar a la boda en buenas condiciones.

Petra es la última en llamar a la puerta. Viste de forma sencilla y recatada. Aun así, parece una divinidad griega.

Arturo y Ana están dentro de su estancia, y Jimena en la suya. Gonzalo no ha notado mejoría alguna en el indio después del ritual que llevó a cabo el behique, pero es necesario esperar, los taínos están rezando a sus dioses.

En la mesa dispuesta en el centro del patio ajardinado el anfitrión ha desplegado una artillería de buenos alimentos: salazón de atún, carne de res guisada, muslos de pollo asados y un surtido de dulces. Tampoco falta el vino.

Hablan del terrible asesinato de la doncella, todas deben tener cuidado hasta que encuentren al culpable, porque eso no ha quedado ahí, hay intensos rumores relacionados con la desaparición de más jóvenes.

—¿Qué será de Jimena? —Isabel cambia de tema—. Rezo cada noche por ella.

Carmencita hace un amago por llorar, pero se contiene.

Petra calla, y eso no le gusta a Gonzalo.

Se decide entonces a indagar en lo ocurrido, para eso están allí.

—Carmencita, ¿fue esa noche cuando Barragán te propuso matrimonio? ¿Se reunió en el patio con vosotras? Cuéntanos cómo fue.

Ella lo niega, ese hombre estuvo en todo momento arriba.

—Barragán ya me había propuesto que nos desposáramos antes, pero Jimena me dijo que no me convenía, me convenció de que debía esperar más. Y esa noche no le vi, imagino que tenía obligaciones con su patrón. ¿Por qué me preguntas eso?

Gonzalo propone entonces un brindis. Llena las copas de sus amigas y dice:

—Por Jimena, para que pueda demostrar su inocencia.

Todos beben y se miran.

—Espero que al menos fuera feliz en el transcurso de la

celebración. ¿Sabéis si probó el vino? —inquiere Gonzalo a la vez que levanta su copa y la muestra.

Ninguna contesta, pero tiene la esperanza de que la más transparente de todas lance algún tipo de señal.

—Petra estaba muy contenta —afirma Carmencita—. Nos sirvió vino a todas, parecía feliz. ¡Y bebió mucho!

Se ríe a continuación, Isabel la imita, pero Petra apenas puede dibujar una sonrisa extraña.

—¿Qué te ocurre? —le pregunta Gonzalo a bocajarro.

—Pronto tendréis noticias. Mi vida comenzó a cambiar antes de ese suceso, ya lo sabéis, os hablé de mi príncipe, y en breve podré desvelar su nombre.

Gonzalo está a punto de preguntarle de dónde sacó el vino, si era consciente de que la copa que le sirvió a Jimena podía estar emponzoñada, pero de pronto se oyen golpes en la puerta de la mansión.

Acude raudo a abrir, alguien sacude con fuerza la aldaba.

¿Quién llamará con tanta insistencia?

Abre el portón y ve al alguacil acompañado de sus dos ayudantes.

Ninguno trae buena cara.

Detrás se encuentra Barragán, visiblemente afectado por algo.

—¿Está aquí doña Petra?

Gonzalo no puede esconderla, y tampoco sabe qué está ocurriendo.

—¿Qué deseáis?

—¡Apresadla!

Los hombres entran precipitadamente, vuelcan unas sillas,

ella se resiste, los insulta y, a pesar del revuelo, la prenden y se la llevan fuera.

El carro negro del alguacil la espera.

El maremágnum de sensaciones e imágenes contradictorias que asaltan al maestro cantero es enorme.

—¡Decidme el motivo! —exclama Gonzalo.

—Esta mujer queda detenida por el asesinato de don Jácome.

32

Cuando se la llevan presa, nadie es capaz de pronunciar algo coherente. El alguacil insiste en ponerle los grilletes. Gonzalo le vuelve a gritar, eso no es necesario con una doncella, y el hombre vestido de negro y banda blanca al pecho le dice:

—Ya se nos escapó vuestra amiga Jimena. Eso no volverá a suceder. ¡Apartaos u os detendré también a vos!

Isabel y Carmencita permanecen abrazadas, desconsoladas, y tal vez por eso su prometido se ve en la obligación de quedarse junto a ella cuando se llevan a la rea, la meten dentro del carro negro y cierran la portezuela.

—¿Qué ha ocurrido, Barragán? Os estaré muy agradecido si nos ponéis al corriente —pide Gonzalo.

El hombre carraspea, no sabe cómo comenzar, y solicita entonces una copa de vino. Quizá le ayude a calmar los ánimos para explicar lo sucedido. Se la dan y se sienta.

—Don Jácome mantenía una relación con doña Petra.

A todos les pilla por sorpresa, ninguno tenía ni un simple atisbo: así que él era su príncipe secreto.

Gonzalo ve inmediatamente la implicación en la muerte

de doña Mencía. Era su mujer, y al estar desposado, nunca podría casarse con Petra, una situación imposible a los ojos de Dios, y eso la coloca a ella —y también a Jácome— en el punto de mira, ambos son sospechosos del asesinato de la noble.

Y ahora, la muerte del mercader carece de sentido.

—Anoche cenaron juntos —afirma Barragán—. Casi todas las noches cenaban juntos, pero ayer fue distinto. Hubo una pelea, se gritaron. Los criados que sirvieron la mesa lo han corroborado.

Hace una pausa para servirse más vino.

—Por alguna razón, cuando don Jácome salió del palacete estaba contrariado, o más que eso, estaba afectado, algo pasó entre ellos. Fue ese el momento en que le vi y le pregunté qué le ocurría. No me contestó. Me ordenó entonces que me marchase, no me necesitaría más. Así lo hice. Esta mañana fui a buscarlo, como siempre, y no me abría la puerta. Había echado del palacio de los torreones a todo el personal de servicio, lo que levantó mis sospechas. La casa estaba vacía.

Llena la copa de nuevo.

—Hace un rato me vi obligado a pegar una patada a la puerta, entré y subí a su alcoba. Lo vi echado sobre la cama, con las sábanas empapadas de sangre y un puñal clavado en el estómago.

Tienen que procesar todo eso, pero en cuanto se recompone, Gonzalo le hace una pregunta:

—¿Y qué le hace pensar al alguacil que Petra es la culpable?

Barragán no tarda en contestar:

—Ella es la única que tenía las llaves de esa puerta, porque dormía algunas noches allí con mi patrón.

Gonzalo se acuerda de ese portón, el broche de oro del palacio que ahora parece estar inmerso en un cúmulo de mala suerte, como poseído por una maldición.

El noble se desespera. Permitió que el inútil de Jácome impidiera que la joven alta de pelo negro entrase en el trato que hicieron en el transcurso de la velada de los sábados por la noche, la broma del repartimiento de doncellas. Bueno, mucho más que una broma. Esa propuesta no cundió, salvo su caso, él sí que ha tenido la gallardía de llevar a cabo la iniciativa.

Y ahora, la más bella entre todas las jóvenes del primer viaje de féminas está en la cárcel y van a colgarla, de eso no se librará. Todo un desperdicio. Ahorcar a una mujer tan excepcional es un auténtico despropósito. Se lo haría pagar a Jácome si no fuese porque está muerto.

La rubia asesina de la daga ha desaparecido, y la dulce pequeñita, protegida por el bruto de Barragán, es intocable, tiene que olvidarse de ella.

Imprime fuerza a las riendas de la carroza y sale disparado. Debe reordenar sus pensamientos y sopesar qué decisiones tomar. Porque si algo tiene claro es que no puede parar, no puede detenerse, siente palpitar una intensa rabia en su interior y le urge volcar esa furia sobre otra zagala.

Pone rumbo hacia el lugar secreto donde retoza con sus víctimas, nota una imperiosa necesidad de tener compañía.

Allí mantiene secuestrada a una lozana pelirroja.

Las diversiones en esas tierras son tan escasas que cualquiera lo entendería.

Arturo muere esa misma noche.

Gonzalo entra en la estancia y se encuentra a Ana mirando el cadáver. No llora ni gime, solo contempla su rostro.

Su hermano yace en el catre con un extraño rictus, ha sufrido mucho en sus últimos momentos, se ha consumido en esa enfermedad horrorosa, tal vez por eso su faz se muestra exangüe.

Se acerca y abraza a la taína, que dice:

—Ahora su espíritu con Atabey, en Maketaori-Guanana.

Asiente, pero no sabe a qué puede referirse con esas palabras.

Gonzalo piensa entonces que, por mucho que los frailes se empeñen en adoctrinarlos con una nueva fe, y por mucho que el Dios cristiano ahora impere por doquier en las majestuosas iglesias y conventos de piedra, el pueblo taíno ha rezado a sus dioses durante cientos de años, tal vez miles, ha creído en su propio cielo y en su propio infierno, y eso no va a cambiar con facilidad, ni aunque una nueva civilización los arrolle.

Por primera vez regresan a su cabeza aquellas ideas que se escuchaban en el barco, esas historias que aseguraba el capitán y todos creían, un relato ampliamente aceptado en los viejos territorios que dejaron atrás.

La tierra tan idílica que ansiaban, ese paraíso que convenció a todas aquellas mujeres para iniciar una nueva vida.

En esos duros momentos, no cree que sea allí donde nazca ese cielo que todos prometían.

33

A Arturo lo sepultan en el cementerio taíno junto a la cantera. Gonzalo le propuso a Ana hacerlo en una buena tumba en la ciudad, él mismo labraría una lápida de mármol blanco que haría traer desde muy lejos, era el tipo de piedra que amaba su hermano. Ella se negó, Santa Bárbara es el lugar donde reside el espíritu Yocahú Bagua Maórocoti, allí se encuentra esa divinidad, una que es inmortal, que todo lo ve y que puede con todo.

Son días tristes.

Cuando regresan del entierro, le pide a la taína que continúe en la mansión, necesita su ayuda. Ella no duda y acepta.

Luego habla con Jimena. Ya puede instalarse en cualquier otra estancia de esa casa, tiene muchas para elegir, nadie tiene por qué entrar.

Los tres se encierran entre esas paredes durante unos días y apenas comen. A ratos, Gonzalo aprovecha para abrir la caja con los planos de la catedral, extrae uno, lo estudia, hace anotaciones y prepara un plan para iniciar los trabajos, pero poco más.

Una semana después, en el transcurso de una lluviosa mañana, ocurre algo que por fin les saca de ese estado de abatimiento. Escuchan una campanita sonar fuera. El vocero de las autoridades virreinales recorre las calles y avisa de los edictos, normas, reglas o da cualquier otra información que sea de interés para el pueblo.

Y oyen una noticia que suscita su interés: va a tener lugar el juicio contra Petra por el asesinato de don Jácome.

—Hay demasiadas preguntas en el aire. No puedo quitarme de la cabeza este asunto —dice Gonzalo—. ¿Por qué habría de matar a ese hombre al que llamaba príncipe? Era solo cuestión de unos meses, la boda se habría celebrado pasado un tiempo prudencial, el luto nunca es eterno.

—¿Se pueden realizar visitas a los reos? —inquiere Jimena—. No podemos consentir que nuestra amiga sea juzgada injustamente.

—Imagino que sí. Tengo contactos, no creo que haya ningún problema.

La cárcel está en la mismísima plaza Mayor. En esa ciudad al otro lado del mundo fue uno de los primeros edificios públicos que las autoridades se vieron obligadas a construir, y lo hicieron en un rincón privilegiado, una especie de aviso a navegantes, porque las conductas ilícitas pronto se reprodujeron en esos territorios.

Gonzalo se adentra en la prisión y pregunta por Petra. La estructura del edificio es muy simple: una galería central con celdas a ambos lados, todas ocupadas.

No le cuesta ningún esfuerzo hablar con ella, lo consigue con un pequeño soborno. Le suelta unos maravedís al tipo de la puerta y le conducen a su celda.

—Disponéis de poco tiempo. Os vendré a buscar —avisa el carcelero antes de alejarse arrastrando los pies.

El pasillo es húmedo y oscuro. Huele a orines y excrementos. Jamás hubiera imaginado a Petra en un lugar como ese. A través de oxidados barrotes de hierro, puede verla tendida, abandonada a su suerte.

—¿Cómo te encuentras?

Su aspecto es algo truculento, tratándose de una mujer tan llamativa. Lleva la misma ropa que la noche de la cena, aunque ahora hecha jirones. El pelo negro suelto, sucio, con trozos de paja entre los mechones. Son visibles los moratones en brazos y piernas, y en las mejillas presenta magulladuras, la han golpeado para tratar de arrancarle una confesión.

—¿Te han maltratado?

Tarda en contestar.

—Imagino que lo justo —responde al fin.

—¿Qué ha ocurrido? Petra, cuéntame todos los detalles que recuerdes.

Se incorpora con dificultad y se pone en pie. Hace un esfuerzo, parece como si hablara de una vida pasada, de una eternidad atrás, de un hecho enterrado y olvidado. Cuenta los días que pasó junto a Jácome, la carta que le envió, el momento en que la mandó buscar, el primer encuentro, el palacio, sus palabras y la relación de él con su esposa, así como aquella última noche que cenaron juntos.

—No sé muy bien lo que sucedió ahí, yo le estaba presionando, eso sí, para que cumpliera su palabra. Eso es todo.

—Tú no lo has matado, ¿verdad?

—Por Dios, ¿por quién me tomas?

Gonzalo se lo piensa. Tal vez sea su última oportunidad para conseguir la información que necesita.

—Voy a investigar, Petra, voy a hacerlo, pero antes quiero que me cuentes con detalle qué pasó la noche en que asesinaron a la mujer de Jácome. Y no me mientas.

—¿Piensas que tuve algo que ver?

Se echa a llorar y tremblequea, se ve obligada a agarrarse a los barrotes. Él la ve indefensa, frágil, le cuesta reconocerla en ese estado.

—La noche de tu celebración estuvimos abajo riendo, comiendo y bebiendo —dice cuando se calma—. Yo acudí a sabiendas de que aún no era mi momento, que la mujer de Jácome lo seguiría siendo por un tiempo. Él me prometió que solucionaría el asunto y yo le creí. Jamás hubiera imaginado que moriría así.

—¿Y cómo crees que lo iba a solucionar tu amante?

—¡No lo sé! Yo solo me dejé llevar. Confié en él. Me puso por delante una vida colmada de placeres y lujos. Y yo confié en él. Eso es todo.

«¿Y por eso lo mató?», se pregunta Gonzalo.

—Volvamos a aquella noche. ¿Quiénes se acercaron a Jimena? ¿De dónde sacaste el vino que ella tomó?

Se sorprende ante esas preguntas. Si ahora mismo hay un gran problema es el suyo. No entiende por qué se preocupa por ese otro asunto de mil años atrás, pero hace un esfuerzo.

—Recuerdo a uno de los criados de Garay, ¿sabes de qué estirpe hablo?

Asiente. ¿Cómo olvidar la casa del cordón? La obra que le

ha inspirado desde el mismo instante en que puso un pie en la isla.

—Ese lacayo estuvo por allí, se empeñó en darnos vino, trajo un barrilito del bueno, del que estabais tomando arriba, y contó algunas anécdotas de la velada: el nerviosismo de la anfitriona por el temporal, la tardanza de los virreyes, todos nos reímos con esas cosas.

—¿Y tú le diste una copa a Jimena?

—Sí. ¿Cómo sabes eso? —pregunta extrañada—. Me la pasó él, me dijo que se la entregase a mi amiga, que era buen vino, el mejor que probaríamos en nuestra vida. Luego me sirvió otro trago a mí, otra copa, y se marchó.

—Descríbelo.

—Alto, delgado, feo, de ojos muy saltones, como si estuviesen a punto de salirse de sus órbitas.

—¿Dónde está el palacio que puso a tu disposición Jácome?

Ella se lo dice, él se sorprende. Han estado viviendo a escasos palmos el uno del otro. Y lo peor es que Petra ha sido capaz de ocultarlo a sus amigas.

—También me ha entregado las escrituras de la taberna Pata Palo.

«El burdel», piensa Gonzalo.

—A veces visito ese lugar, siempre al amanecer, cuando ya salen los últimos hombres —añade Petra—. Me provee de buenos dineros, ¿no es eso lo que buscamos todos?

No le contesta.

—Allí he visto a ese criado varias veces, suele ir y se queda toda la noche. Imagino que cuando tiene cuartos para eso.

Se miran en silencio. No hay mucho más que aportar.

Ella está tentada de decirle que lo ama desde que lo vio subir a la nao.

Pero se contiene una vez más.

Esta es la ocasión menos indicada.

Gonzalo pone rumbo al palacete de los torreones, la vivienda de don Jácome y doña Mencía, donde ambos pasaron sus últimas noches antes de morir en trágicas circunstancias, pero en momentos distintos. Hacía varios meses que no regresaba por allí. Primero lo observa desde fuera, la vista apenas permite alcanzar la punta de las dos torres. Está contento, la edificación no solo ha resistido los temporales, sino que, además, no se ha desprendido ni un solo adorno. Luego contempla las puertas de madera, una de las hojas está algo astillada por las patadas que le propinó Barragán. Se pregunta de quién será a partir de ahora la propiedad del palacio, tal vez podría considerar adquirirlo si las cosas le siguen yendo bien. Un pensamiento estúpido, concluye, como si no tuviese otras cosas en las que pensar.

Toca con la aldaba y le abre un criado. Le reconocen, aún se acuerdan de él y no tiene problema alguno en adentrarse con el pretexto de que va a revisar la obra que él mismo culminó. Pregunta dónde se encuentra la alcoba de don Jácome.

Asciende a la primera planta y penetra en una estancia con una cama amplia, con dosel y tela mosquitera. Hay sendas mesitas a cada lado, con una jarra y una palangana en una de ellas, y en la otra, un candil. Ve también una librería con unos pocos libros. Los ojea, nada que sea de interés.

Busca a los criados.

—Decidme, ¿tenía don Jácome un despacho con sus legajos?

Asienten y lo conducen hasta él. Está al fondo de la planta baja, una estancia cuadrada, la recuerda perfectamente porque tiene dos ventanas enrejadas dando a cada una de las calles con las que linda la construcción.

—Dejadme unos momentos a solas —ordena a los sirvientes.

Hay un escritorio repleto de papeles y un butacón de cuero ajado, el desgaste le hace pensar que era el preferido del comerciante; tal vez pertenecía a su morada antigua, tal vez lo hizo traer desde Sevilla, porque sin duda es un gran sillón, deteriorado pero de buen porte. Ve dos sillas al otro lado, y estanterías y muebles en los que guardaba documentos.

Se sienta donde presume que lo hizo don Jácome la noche de autos, o poco tiempo antes, y mira lo mismo que debió de mirar él, los papeles más cercanos, aquellos que están a la altura de sus brazos.

Lo que ve le sorprende.

Mucho.

Hay una carta fechada el día de su muerte, la pluma aún permanece a un lado del papel y el tintero abierto. La caligrafía es irregular, dubitativa. Eso le choca, don Jácome era un hombre culto, versado, seguro que tuvo grandes preceptores que le mostraron la fórmula correcta para redactar documentos impecables.

Comienza a leer.

Y cuando termina, no da crédito. Solo puede hacer una cosa.

Gritarles a los criados que vayan en busca del alguacil.

Cuanto antes.

Dicen que Dios alumbra el camino de las personas honestas, de la gente de bien, y Gonzalo se pregunta qué habrá hecho su amiga Petra para merecer un castigo tan cruel.

En esa carta ha leído, de puño y letra de don Jácome, algo que es ominoso, abyecto, abominable, horroroso, execrable, repulsivo, repudiable, repugnante, aciago, desventurado, desdichado, desgraciado, aborrecible, detestable, deleznable, atroz, vituperable, condenable, censurable, incalificable, intolerable, innoble, depravado, miserable, inicuo, ruin... todo eso piensa Gonzalo, y cree que aún le faltan adjetivos para calificar la relación entre los amantes.

Sentado en ese cómodo sillón, en su cabeza solo caben dos cosas, esas que le va a decir al alguacil en cuanto llegue, las que deben aclarar lo sucedido.

La primera, que nadie ha asesinado a don Jácome.

Él solo ha acabado con su vida, se ha suicidado.

Se ha clavado un puñal en el estómago, bien profundo, a sabiendas de que así acabaría con su vida, por el tormento en que se sumió cuando su amada le puso al corriente de su vida pasada, de su infancia.

En cuanto conoció esos detalles, lo único que quiso fue entrar en el infierno directamente, eso era lo que deseaba en ese preciso momento.

Y la segunda, la terrible conclusión que se desprende de esa carta. El motivo real por el que tomó esa desgraciada decisión, el desencadenante que le llevó a terminar con todo de una forma tan drástica.

Petra era hija suya.

La mujer a la que amaba, a la que quería desposar, por la que suspiraba, era sangre de su sangre.

34

Liberan a Petra al día siguiente. Se inquieta cuando abren la puerta de su celda. Los barrotes de hierro chirrían de una forma espantosa. Su confusión es enorme cuando le dicen que se marche, que allí no debe estar. Desorientada, aborda el exterior con dolor en todo el cuerpo, siente intensos pinchazos en los ojos a causa del implacable sol que baña la plaza Mayor a mediodía.

Pero luego sucede otra cosa que le duele aún más: la gente la mira, se detiene a observarla, la señalan y la vilipendian.

Camina desaliñada, sucia, amoratada, con el vestido hecho trizas.

Como no entiende nada, el desconcierto hace que pierda el equilibrio.

Gonzalo, Isabel y Carmencita avanzan a paso rápido y logran llegar a tiempo, antes de que se desplome.

La han liberado a una hora distinta a la prevista.

La sujetan, la animan y pronuncian su nombre repetidas veces.

En el palacio que le proporcionó su príncipe —ya sabe

que era su padre, esa es la razón que le han dado para soltarla—, podrá descansar.

Gonzalo levanta a Petra y la sostiene en brazos. No están lejos de su morada. Sabe que no puede llevarla a la suya, donde permanece Jimena, aún hay asuntos pendientes.

Llegan sudando, todos sudan, Gonzalo por el esfuerzo, y Carmencita e Isabel por seguir a su amigo a la carrera, tenía prisa por dejarla a salvo. Se adentran en el palacio que don Jácome compró y donde soñó con desposar a su bella amada. Todos se sorprenden: el jardín es un vergel, el mobiliario exquisito, una de las mejores y primeras casas construidas en esa ciudad por el antiguo gobernador.

El maestro cantero la deposita sobre la cama, en presencia de sus dos amigas. Él hace amago de retirarse, pero Petra lo sujeta con fuerza de un brazo.

—Gonzalo —pronuncia su nombre con dulzura—, merezco que me digas la verdad, que me cuentes todo lo que sabes.

Es una de las pocas personas que ha leído la carta de despedida de don Jácome, sus últimas palabras, donde expresaba la voluntad de acabar con su propia vida debido a la información que esa misma noche había recibido.

—De acuerdo.

Don Jácome manifiesta que residía en Sevilla, procedente de una familia de mercaderes gallegos que arribaron al frenético puerto fluvial para conseguir buenos tratos. Tuvo la gran suerte de desposar a una noble, doña Mencía, y con esa unión los negocios comenzaron a prosperar, aunque siempre se consideró un gran comerciante. En la carta, declara que eso es lo que más le orgullece, dice haber servido a sus reyes, pagado sus diezmos y engrosado su hacienda por méritos propios.

En la búsqueda de nuevas transacciones, añade, se veía obligado a viajar a otros puertos y, sobre todo, al de Cádiz. Como todos los hombres, visitaba las tabernas para hacer negocios, y allí conoció a una mujer increíblemente bella, con un estilo difícil de olvidar. Se enamoraron perdidamente, y él contaba los días para regresar a la bahía y ver a su amada. Tuvieron una larga convivencia durante años, con ella hubiese querido pasar el resto de sus días, pero las circunstancias de su matrimonio no lo permitían.

Tuvieron una hija, a la que su madre llamó como ella misma: Ofelia.

Ambos se acostumbraron a ese tipo de vida, él iba y venía con frecuencia. El primer año pudieron mantener la relación en secreto, pero alguna lengua indiscreta alertó a la poderosa familia sevillana.

Se vio obligado a interrumpir la relación durante un tiempo, y Ofelia solo le pidió una cosa: un modo de vida para poder ganarse por ella misma el sustento.

Le compró una inmensa casa en las cercanías del puerto, con un precioso jardín delantero, y le entregó una considerable cantidad de dinero para que no le faltara de nada.

Pero Ofelia buscaba un futuro para ella y su hija, y ya que era madre soltera, señalada por muchos imbéciles, por todos en realidad, no le importó convertir el inmueble en un prostíbulo de lujo, el más afamado del sur de la península ibérica.

Su nombre era tan conocido, y su negocio tan próspero, que «Ofelia» y «burdel» eran casi sinónimos en esas tierras.

Jácome tuvo que huir de todo eso, de la fama de su antigua amante, del lupanar que todo el mundo sabía que provenía de los fondos de una rica y noble familia de Sevilla, pero, sobre todo, quiso escapar de sus recuerdos.

Fue cuando tomó la decisión de emprender un nuevo rumbo, algo que su familia no entendió.

En el barco que le trajo a las Indias, sobrevivió a base de evocar la silueta de Ofelia, cerrar los ojos y percibir su perfume, algo que jamás olvidaría, que siempre le había sublimado.

Y así pasó unos años en solitario en La Hispaniola, de los que se enorgullece, pues declara que ha contribuido de una forma decidida al comercio entre los territorios descubiertos y el resto del reino, un trabajo realizado con esfuerzo y dedicación. La vida le sonrió en esos años.

Hasta que llegó a puerto la primera nao repleta de mujeres.

En ella viajaba su esposa, maldice el día en que la virreina vino a la isla y arrastró a su prima, porque ese día comenzaron sus problemas.

Y luego vio a Petra por las calles de la ciudad.

Algo en ella le recordaba a Ofelia, su gran amor, pero jamás hubiera pensado que era su retoño, que ambas estaban relacionadas.

Eran madre e hija.

Y Petra tuvo mucho que ver, no solo por ocultar su verdadero nombre, sino por decirle que sus padres aún vivían, que tenía hermanos, una familia inventada.

Por todo eso, cuando le confesó su pasado real, de repente la vida se le hizo insoportable y tomó una decisión.

Gonzalo termina el relato y mira a Petra.

—Tu nombre es Ofelia —dice en presencia de Isabel y Carmencita, que han escuchado las aclaraciones acerca del contenido de la carta de don Jácome.

—Me vi obligada a hacerlo. Una gaditana que se llama Ofelia es signo de puta en mi tierra. No tuve más remedio que cambiarlo cuando me apunté en la lista para el embarque. Aquí venía a buscar una nueva existencia.

Sus amigas no dicen nada.

Cuando se dispone a abandonar la habitación, Petra lo vuelve a reclamar:

—Gonzalo —pronuncia su nombre.

Él la mira fijamente.

—Yo no tengo nada que ver con la muerte de doña Mencía. Te lo juro por mi vida.

Uno de los nobles ha recibido la noticia con gran satisfacción. En ningún momento deseó ese tipo de muerte para la amante de Jácome, la tal Petra.

¿Ahorcada? ¡Jamás!

Aunque hubiese sido una asesina, una mujer como ella merece otro tipo de trato, porque Dios las trae al mundo para goce y disfrute de sus señores.

Ahora todo ha cambiado, el regocijo al saberlo ha sido tal que ha ordenado a sus criados sacar los caballos y preparar la carroza.

Ha partido sin dilación hacia los entornos del palacio que el estúpido de Jácome compró para ella. Imprime velocidad y alcanza el lugar en cuestión de minutos. Da una y cien vueltas a la manzana. La fortuna se ha reído de él.

Hasta este gran día.

Desde que pusieron un pie en la isla ha estado vigilando en la sombra a las cuatro amigas, componían el premio mayor de entre las muchas féminas que desembarcaron, pero no ha tenido suerte con ninguna de ellas.

Isabel ha encontrado a su esposo, ambos forman un matrimonio de esos que, sin tener apellidos ilustres, se mezclan con los nobles como si ellos lo fueran desde la cuna.

Jimena sigue en paradero desconocido, aunque le encantaría retozar con esa mujer, una criminal, una especie con la que nunca ha tenido la oportunidad de contar entre sus sábanas.

La otra rubia, la pequeñita, siempre va escoltada por el bruto de Barragán, por el momento es una presa inalcanzable.

Y ahora, de forma sorpresiva, Petra ha vuelto al terreno de caza.

—¡Que continúe la cacería! —no puede evitar gritar al aire, lleno de júbilo.

35

Gonzalo camina cabizbajo. Solo tiene que avanzar unos palmos desde el palacio vecino para llegar a su mansión. ¿Cómo es posible que estuviesen viviendo tan cerca sin que él supiera nada? Piensa que nunca entenderá a las mujeres, que son una especie superior, que hacen y deshacen a su antojo, y los hombres solo pueden obedecer sus deseos.

Ve acercarse una figura oscura. Es el alguacil, que le hace señas con la mano. Se aproximan y quedan uno frente a otro. Más alto que Gonzalo, es un hombre de espaldas anchas, brazos poderosos, barba poblada y mirada afilada.

—Sois un personaje curioso —le dice—. Habéis solucionado el caso de don Jácome, aunque yo hubiera continuado con el juicio. Esa tal Petra, o como se llame la fulana, merece un castigo ejemplar.

—¿Esa es la forma en que entendéis la justicia? —pregunta Gonzalo, sorprendido.

—Andaos con cuidado, algún día podéis meter la pata. Y allí estaré yo, esperando.

—¿Me estáis amenazando?

La negra figura no contesta.

—Tal vez deberíais tratar de encontrar al asesino de doña Mencía. ¿No os parece? —le sugiere Gonzalo.

—Ese asunto está cerrado. La fugitiva huyó, esa amiga vuestra tendrá su merecido cuando la atrapemos. La horca la espera. Será antes o después, pero juro por Dios que así será.

Gonzalo se estremece.

Ni tan siquiera se despide de él.

Se adentra en su mansión y cierra bien la puerta. Va en busca de Jimena. Está sentada en el jardín interior junto a Ana. Hablan entre ellas. Reza para que la taína no le haya relatado ciertas cosas.

—Tengo una pista de tu caso, un hilo del que tirar —anuncia Gonzalo.

Jimena se levanta como si un resorte la hubiera impulsado y le da dos besos.

Ana la imita, se levanta y también le besa.

Gonzalo se ruboriza.

—Francisco de Garay, la casa del cordón y sus criados —dice—. Tenemos trabajo que hacer.

Se sienta y procede a explicar lo ocurrido. Petra, Carmencita e Isabel están en una casa a un paso de allí, algo sorprendente.

—Gonzalo —le pide Jimena—, creo que ha llegado el momento de que me encuentre con ellas.

—Eso sería un error, un gran error.

—Son mis amigas y las necesito. Confío ciegamente en ellas.

—Acabo de encontrarme con el alguacil en la puerta. Está tras tu pista. Cuanta más gente sepa que estás aquí, peor. Hazme caso.

—Llámalas, te lo ruego. Es mi decisión.

Tal vez sea su mirada conmovedora la que le impulsa a hacer algo que no quiere, pero lo cierto es que le da lo mismo, porque a esas alturas ya ha renunciado a tratar de entender a las mujeres.

En el reencuentro sucede algo formidable. Es un día de grandes emociones, las cuatro amigas se besan, lloran juntas, hablan sin parar, no se escuchan unas a otras, hay tantas cosas de las que ponerse al día que en esos momentos no hay inquietud ni turbación, tampoco angustia por el futuro. Es un instante para ellas, son mujeres que —cada una a su manera— han sufrido.

Cuando salen del trance, se observan con más detenimiento.

¿Qué clase de locura ha ocurrido en ese tiempo?

¡Cómo han cambiado desde el día que pusieron pie en tierra!

Petra está hecha un desastre. Aún no ha podido mudarse de ropa y va con el vestido hecho jirones, dejando ver su piel magullada. Jamás han visto su pelo así, está desconocida.

Isabel viste como cualquier noble, con traje de seda verde y valiosas joyas.

Carmencita también presenta buena apariencia, ahora cubre su cuerpo con nuevas prendas, está radiante, parece una persona más madura, distinta.

Jimena es la más impactante. Como no tiene acceso a su ropero, luce trapos de algodón blanco arriba y abajo, estómago y hombros al aire, casi desnuda a los ojos europeos.

Las cuatro comienzan a reír sin parar.

Es lo mejor del día, de muchos días en realidad. Se tocan la cara unas a otras, palpan la suavidad del tejido del vestido de Isabel y hablan del compromiso de Carmencita.

Han vivido tiempos convulsos desde la travesía.

Gonzalo disfruta viéndolas, aunque no entiende nada de lo que está pasando entre ellas, pero así es el mundo.

En medio de ese especial cónclave, cuando ya ha pasado un buen rato desde el reencuentro, decide volver a la realidad y se atreve a preguntar:

—¿Y ahora qué?

Gonzalo piensa que alguien tiene que ser pragmático en esa reunión. No comprende la decisión de Jimena de confiar en sus amigas, pero la respeta. Cree que es el único que ve el peligro que se cierne sobre sus cabezas.

Sigue sin fiarse de Petra, a pesar de sus palabras. Isabel ya forma parte del entorno de la nobleza, se relaciona con gente que no hace otra cosa más que difundir chismes, y cualquier indiscreción por su parte podría suponer un gran problema. Y Carmencita se ha comprometido con Barragán, que es tal vez el mayor peligro de todos.

Porque Gonzalo sospecha de él, no solo es un hombre de pasado turbio, tiene constancia de que ha sido el brazo ejecutor de su amo. Es un matón famoso, ha quebrado muchas piernas por ahí, y circula el rumor de que tiempo atrás arrojó a más de uno a los tiburones del mar Caribe.

Pero nada puede ya hacerse.

La primera acción conjunta que llevan a cabo las jóvenes es revertir el aspecto de Jimena. Van a buscar su ropa, que estaba en poder de Carmencita, pues su amiga siempre supo, o intuyó, que regresaría; una mujer con esas habilidades no podía fallar.

Cuando la visten, cuando cambia su aspecto, Jimena bromea:

—Tengo que decir que estaba muy cómoda antes.

Petra se baña, le traen un vestido limpio y vuelve a ser ella, ahora sí la reconocen como la mujer que es.

Ana ha pasado las últimas horas observándolas. Hay cosas que no entiende, palabras y expresiones que no conoce, pero sí que ha comprendido el trasfondo.

Sin duda, se ve diferente, tiene unas prioridades muy distintas, ella no siente ningún deseo por cambiar su ropa, por arreglar con tanto esmero su pelo, pero comparte la felicidad que produce tener objetivos comunes, ayudarse unas a otras, tratar de hacer feliz al grupo. En eso son idénticas.

Se acerca a ellas y, a falta de mejores ideas para integrarse, lanza una propuesta:

—¿India vestir como Jimena?

Ha presenciado su transformación, hasta unos minutos antes iba ataviada con prendas taínas y ahora, de pronto, es otra persona.

—¡Por supuesto!

De estatura es más baja que Jimena, pero eso puede arreglarse.

Cada una se afana en dar su toque personal: el pelo, la ropa interior, las calzas, el vestido, y cuando terminan, el resultado es tan espectacular que todas la admiran.

Ana se mira a un espejo y no cree lo que ve.

Ninguna de ellas es capaz de adivinar en esos momentos la metamorfosis que la taína va a experimentar en los meses siguientes.

El alguacil permanece al acecho a la sombra de una esquina. Ha visto entrar y salir a mucha gente de la mansión donde habita el maestro cantero. No sabe qué está ocurriendo dentro, pero le queman las sospechas. No le gusta Gonzalo, no le gusta nada, llegó a esa ciudad como grumete y ahora pretende erigir la catedral.

Y ha descubierto la carta de despedida de don Jácome.

Ha resuelto de un plumazo un sumario que parecía claro, cuyo juicio iba a celebrarse en breve, y cuyo veredicto era más que previsible, clamoroso.

Petra iría al cadalso, caso resuelto.

Y ahora las autoridades de Indias le han pedido explicaciones. ¿Acaso no revisó el entorno del difunto? ¿En qué hechos se basó para encerrar y culpar a la joven amante del finado?

Está enfadado, y cuando eso ocurre, es un hombre aún más peligroso.

Cree que el maestro cantero es un farsante, no le cabe la menor duda. Intuye que trama algo, no sabe qué, pero él va a descubrirlo. Si estuviera al otro lado del océano mandaría a investigar, trataría de averiguar el pasado de ese joven antes de embarcarse como grumete. Enviaría a sus hombres a preguntar en distintas comarcas hasta conocer todos sus pasos.

Pero no están allí, sino en una remota isla selvática en medio de la nada, en un lugar que dos décadas atrás nadie conocía, por eso lo llaman territorios de ultramar.

Son muchas las preguntas que se hace el alguacil: ¿Qué hacía para ganarse la vida? ¿Tendría procesos judiciales abiertos y por eso se fugó? ¿Qué experiencia real atesora como constructor? ¿Cuántas mentiras ha vertido para llegar a convencer primero a don Jácome y luego al mismísimo virrey?

Por el momento, hasta que alguien pueda aportar luz en todo ese embrollo, seguirá haciendo lo que mejor sabe: indagar.

Y esas entradas y salidas de la mansión, tanta gente revoloteando, no hace más que encender sus sospechas.

36

La fachada principal de la casa del cordón presenta una perspectiva soberbia cuando la iluminan los primeros rayos de sol. Podrían pasar mil años y Gonzalo seguiría admirándola. Hay algo en esa construcción que le enerva, y aún no lo ha descubierto. Fue una de las primeras casas con dos niveles de materiales sólidos que se erigieron en el Nuevo Mundo. Su propietario, Francisco de Garay, ya era un notable miembro de la sociedad de Indias en esos momentos, porque participó en el segundo viaje de Cristóbal Colón.

Gonzalo ha investigado, sabe que su dueño se encuentra fuera, ha viajado hacia Jamaica, cuya gobernación pretende, y como está emparentado con la virreina María de Toledo, nadie cree que tenga problemas para obtener tan alto título.

En esa casa se hospedaron los virreyes antes de la mudanza al alcázar, y no es de extrañar, era la mejor morada antes de que él mismo construyese el palacio de los torreones.

Toca a la puerta y le abren con diligencia. Se presenta como el maestro cantero contratado por el virrey Diego Colón para erigir la catedral de Santo Domingo. Pronuncia esas palabras con gravedad, sabe que su aspecto es chocante, es muy joven, y todo el mundo conoce que ese gremio está compuesto solo por sabios ancianos.

—Pasad, ¿qué queréis ver?

—Elementos constructivos soportantes, detalles arquitectónicos.

El sirviente no termina de comprender, pero le permite franquear el portón.

—Continuad con vuestras ocupaciones —le ordena—. Yo visitaré algunas estancias y no molestaré.

Se adentra y un cosquilleo le recorre el estómago, lleva tiempo con ganas de visitar el interior, porque si hay una mansión misteriosa en Santo Domingo es precisamente esa.

Si esa ciudad posee vida propia o no, si es capaz de reírse de gente como él, si se está defendiendo de los farsantes sin título, entonces está en el lugar adecuado.

Permanece unos instantes en el patio interior, mira hacia el primer nivel y comprueba las arcadas de sillería. Luego descubre que hay un segundo patio, algo inusual, con un curioso pozo con brocal, y arcos construidos con ladrillos de una gran originalidad, no se ven esos materiales por allí. ¿De dónde procederían?

Se acerca al pozo y quiere ver el fondo, pero el brocal cumple su función y lo dificulta. A pesar de su estatura, debe apoyarse en él e inclinarse peligrosamente. No vislumbra nada, tira un guijarro y no escucha el sonido del agua. Observa mejor el diámetro, es demasiado amplio para darle un uso casero, y entonces descubre con sorpresa que, sobre el gran círculo que se hunde hacia el abismo, han situado unos hierros horizontales a modo de agarraderas.

Una escalera para descender a las profundidades de la tierra.

¿Quién construiría ese acceso? ¿Con qué propósito?

El cielo se nubla rápido y comienza a llover.

«No vas a conseguir que me amilane», dice para sí, porque de algo está seguro: la ciudad sigue retándole, eso lo tiene claro.

Es un pulso continuo que no tiene intención de perder.

—¡Acercadme un candil! —grita a uno de los sirvientes.

Se encarama al borde del pozo, mete las piernas dentro y se sujeta a los hierros.

Los criados piensan que se ha vuelto loco, pero le dejan hacer, nadie le detiene.

Antes de bajar, echa un vistazo al corro que se ha congregado en torno a él, y por fin cree identificar a la persona que Petra afirma que le sirvió la copa para Jimena. Su altura, su delgadez y sus enormes ojos ahuevados responden a la descripción que le proporcionó.

Comienza entonces a descender. La lámpara apenas le ilumina más allá de unos palmos, suficiente para ver por dónde va.

Cuando toca fondo, comprueba que efectivamente no hay agua, está todo seco, y, más sorprendente aún, el suelo, las paredes y el techo están enladrillados. ¿Quién construiría algo así?

Pronto descubre un pasadizo.

Es una oquedad que conduce hacia el interior. Tiene que encorvarse un poco, pero cualquier persona de menor estatura podría caminar por allí perfectamente.

Se adentra en esos pasillos con el candil por delante. No ve el final. Avanza y piensa que ya ha cruzado por debajo la calle Isabel la Católica. Encuentra entonces otros pozos ascendentes que no sabe a dónde llevarán. Podría abordar uno de ellos e intentar salir, pero prefiere continuar.

Hay bifurcaciones, aquello es un laberinto de túneles, teme perderse.

«Estoy convencido de que esta ciudad está viva, y ahora, además, descubro que tiene incluso tripas», piensa.

Si su olfato no le engaña, cree saber en qué dirección tiene que caminar. Cuando recorre una buena distancia, adivina estar bajo la plaza del Contador, y si continúa avanzando de esa forma se encontrará bajo el mismísimo alcázar.

Llega y comprueba que hay otra escalera formada por barrotes horizontales de hierro incrustados en los ladrillos. Asciende y halla una tapa de madera.

La levanta y mira hacia el suelo circundante.

Está en el jardín trasero del alcázar.

Desciende de nuevo y prosigue con la inspección.

Llega al final del túnel más largo que ha visto hasta ese momento. Allí hay una reja de hierro. Siente el aire marino en la cara. Mira a través de los barrotes y ve las atarazanas y el puerto. Esa oquedad ha sido construida sobre el último farallón antes del río. Ha acabado el camino.

Regresa a su punto de partida.

Todo le indica que esa construcción bajo tierra es un antiguo sistema de alcantarillado inconcluso, pero que ahora está siendo utilizado para otros fines.

¿Habrá una salida cercana al palacio de los torreones?

¿Tal vez la usó el asesino de doña Mencía para escapar? Demasiados asuntos por resolver.

Apenas se ha manchado los pantalones, ni la camisa blanca, solo se sacude el polvo. Da un brinco desde el brocal y encuentra allí a todos los sirvientes expectantes, esperando su regreso.

Tiene tiempo de ver que el tipo de ojos saltones está más contrariado que el resto.

—¿Podríais traerme agua? —le pide—. Me muero de sed.

El hombre se marcha a buscarla y los demás pierden el interés en ese loco maestro cantero.

Cuando el sirviente regresa con una jarra de barro, Gonzalo bebe y luego le indica que se acerque.

—¿Hay alguna estancia donde podamos hablar?

El tipo se sorprende. Mira a su alrededor y está tentado de salir corriendo, pero Gonzalo le agarra del brazo, lo empuja contra una esquina y lo acorrala.

—¿Qué hacíais vos en la celebración del palacio de doña Mencía?

El otro no contesta, mira al cielo.

—¡Os estoy hablando!

Sigue sin contestar.

Le pega un puñetazo en el estómago.

El sirviente se dobla y tose.

—No sé de qué me habláis.

—Tengo testigos. Os vieron en las cocinas ese día. ¡Hablad!

—¡No tengo nada que ver, lo juro por Dios!

—Relatadme todos los detalles. ¿Cómo llegasteis allí? ¡Y no me mintáis!

Carraspea, está nervioso, saldría corriendo, pero Gonzalo le corta el paso.

—Don Francisco es mi señor, soy su mayordomo, me pidió que le sirviera a él y a su esposa durante el acto. Así lo hice, yo estuve arriba atendiendo sus necesidades, como todo el personal de servicio.

—Entonces ¿cómo acabasteis abajo?

—Me matarán si hablo.

—Si no lo hacéis, os mataré yo mismo.

Comienza a gimotear, es menos fuerte de lo que Gonzalo pensaba. El tipo se derrumba y se sienta en el suelo del patio.

—Estando yo arriba se me acercó un hombre y me ofreció cinco pesos de oro. Eso es una fortuna para mí, lo podéis adivinar. Era un trabajo sencillo, solo tenía que verter una bolsita con unos polvos de hierbas en la copa de la chica rubia, no la bajita, sino la otra, la vendedora de fruta. Todo el mundo la conoce.

—No mintáis. ¿Eso era todo?

—Cuando estuviera adormilada, debía quitarle una daga que escondía entre su ropaje. Eso era delicado, le dije que no, que me parecía una osadía meterle las manos bajo la ropa a la doncella.

—¿Y entonces?

—Afirmó que me entregaría otros cinco pesos de oro cuando le subiese la daga. Tengo deudas, las tabernas son caras, las fulanas, debía dinero... Tenéis que entenderme, os lo ruego.

—¿Cómo era ese hombre que os hizo el encargo?

—No recuerdo, era un hombre bien vestido, un sirviente de cierto nivel, tal vez un ayuda de cámara que asistía a su señor.

—¿Tenía un parche en el ojo?

—No.

—¿Se trataba de don Jácome, el propietario del palacio?

—No, no, por supuesto que no.

—Pues si no me brindáis más información, juro que os llevaré ante el alguacil para que os encierre.

Se lo piensa.

—Tenía una marca de nacimiento en la frente, con forma de fresa.

—Si me habéis mentido, regresaré y os mataré.

37

Convocan el siguiente cónclave para el domingo por la mañana. Según lo acordado, Ana actuará a partir de ahora como
enlace, una idea que no contó con la aprobación inicial de
Isabel, pero al final acabó transigiendo. La india ha ido a avisar a cada una de ellas, y todas se reunirán en la casa de Gonzalo.

Uno de los hombres del alguacil está apostado en las in-
mediaciones para conocer los movimientos del maestro cantero, y no se moverá hasta que sepa qué se trae entre manos.

Su jefe no le ha dicho nada de una india, esos los hay por
todos lados y no suscitan el interés de las autoridades que
velan por la seguridad. Por supuesto, sí que anota que entran
tres mujeres, y una de ellas es la que estuvo presa.

Dentro pueden hablar con tranquilidad, pero Gonzalo les
advierte de que los están vigilando, el alguacil va a por ellos.

—Repasemos la situación —propone.

Relata la visita a la casa del cordón, la conversación con el
mayordomo de los Garay, la misteriosa aparición en el transcurso de la celebración de un hombre con una marca de naci-

miento en la frente, una especie de fresa, y su interés por robar la daga de Jimena. Para luego matar a doña Mencía.

—Es todo muy extraño —dice Gonzalo.

—Yo puedo estar pendiente, lo buscaré con ahínco —se ofrece Isabel—. Ahora los nobles me invitan a todas las veladas.

—Isabel —le pide Jimena—, reúnete también con Chocarrero. Pregúntale si ha encontrado alguna pista de mi hijo. Es muy importante para mí.

Su amiga asiente.

A continuación escuchan un grito.

Viene de fuera, de la calle Las Damas.

—Ve a esconderte —le ruega Gonzalo a Jimena.

Los demás van a interesarse y con ese ánimo abordan el exterior.

Un hombre yace abandonado en medio de la calzada. Tiene los pies y las manos seccionados, ha sido recientemente, aún hay vida en sus pulmones, aunque se desangra con vertiginosa rapidez.

Gonzalo se agacha junto a él. Es el mayordomo de los Garay.

—Os lo dije, os lo dije —susurra antes de morir.

El charco de sangre es inmenso.

Isabel, Carmencita y Petra corren adentro, despavoridas.

Ana permanece junto a Gonzalo.

El ayudante del alguacil se acerca y le pregunta:

—¿Qué os ha dicho?

En la prisión hay un gran revuelo. El cadáver del mayordomo de los Garay, sin manos ni pies, está tendido en el suelo, delante de la mesa del alguacil. Es el tercer muerto en poco tiempo, y eso sin contar a las doncellas que aparecen de vez en cuando brutalmente asesinadas, violadas y apaleadas. Todo eso deja en muy mal lugar a los defensores de la ley.

Además, piensa el alguacil, de una forma u otra, ese fantoche del maestro cantero despliega una habilidad especial para entrometerse en los hechos.

Las cosas andan muy calientes esos días, y no es por el clima cálido del trópico.

El virrey, en su calidad de gobernador de las Indias, reunió días atrás a los cargos públicos y los funcionarios para alertarlos de que no va a tolerar los continuos despropósitos de los últimos meses. En su diatriba, arremetió contra todos: los que explotan a los indios, los que les dejan hacer a su libre albedrío, los que edifican notorias construcciones, los que apenas pagan diezmos y, sobre todo, la falta de seguridad de los vecinos de la villa, porque dos nobles muertos son demasiados, van a lograr escandalizar al rey, que se sentirá muy molesto cuando conozca el asesinato de doña Mencía, cuya culpable aún no ha sido detenida.

El alguacil no ha reportado aún la desaparición y muerte violenta de varias doncellas, esas que llegaron en el primer viaje femenino por expreso deseo de la Corona.

Y esto que acaba de ocurrir, que maten al mayordomo de Francisco de Garay, uno de los notables de la isla, es cuando menos preocupante.

—Traed al maestro cantero —ordena el alguacil.

Gonzalo se ve sorprendido cuando van a buscarlo a su mansión. Lo arrastran a la fuerza hasta la prisión, le quitan las botas y lo engrilletan delante de la mesa del alguacil sin que nadie le dé explicaciones. Pasa allí toda la noche sin poder moverse. Su cabeza es un núcleo tormentoso que amenaza con explotar.

A la mañana siguiente le llevan un trozo de pan negro duro y un jarrillo con agua. De nuevo exige explicaciones y no le contestan.

A mediodía aparece el alguacil, no trae cara de buenos amigos. Le habla desde el otro lado de la mesa.

—Decidme, y no os andéis con rodeos. Quiero respuestas claras y concisas.

—Adelante, pero luego tendréis que decirme de qué me acusáis.

—Aquí las riendas las llevo yo. Si seguís con ese tono y esa actitud, permaneceréis encadenado muchos días.

Gonzalo baja la cabeza.

—¿Es cierto que estuvisteis en la casa del cordón?

Asiente. Añade que fue a observar una serie de detalles constructivos que son útiles para las soluciones que se van a llevar a cabo en la catedral.

—¿Es cierto que acorralasteis al mayordomo contra la pared y lo interrogasteis?

Asiente. Añade que tenía sospechas de que sirvió vino emponzoñado a sus amigas, y que eso pudo provocar el adormecimiento de Jimena, para que alguien le robara luego la daga. También señala que el sirviente corroboró esos extremos, y que aseguró haber sido sobornado.

—¿Y quién pudo hacer algo así?

A eso contesta con evasivas, no quiere que ese misterioso personaje de la fresa en la frente desaparezca, aunque es evidente que ya sabe que van tras su pista. Quien ha asesinado al mayordomo, al cortarle las manos y los pies, estaba dejando claras sus intenciones, dando un escarmiento y lanzando un nítido mensaje.

—¿Juráis que este testimonio es verdadero?

—Por mi vida y mi honor.

—Firmad aquí.

Obedece.

—¡Entregadle las botas! —grita el alguacil a sus hombres—. Podéis marcharos.

Los siguientes días transcurren entre la apatía y el abatimiento. No celebrarán otro cónclave hasta que haya nuevos indicios. Cuantas menos sospechas levanten, mejor.

A falta de más pistas que investigar, Gonzalo se decide a inspeccionar en profundidad los pasadizos subterráneos, el proyecto inacabado de alcantarillas, o de aljibes, no sabe muy bien, esas misteriosas galerías bajo el suelo de la ciudad que le mantienen contrariado.

¿Por qué nadie las ha puesto en uso aún? ¿Por qué nadie le avisó de que esa ciudad cuenta con un equipamiento urbano de esas características?

Esta vez entra por un punto distinto. En su primera incursión se percató de que todas las grandes mansiones tienen un acceso cercano, bien sea dentro de un pozo seco como en la casa del cordón, bien sea en los jardines como en el alcázar.

Ahora habita una de las mansiones más antiguas, una de las construidas por el anterior gobernador, Nicolás de Ovando, tal vez la persona que más contribuyó al despegue de Santo Domingo. Si esa casa era suya, ¿cómo no contar con un acceso privilegiado?

Revisa el jardín con cuidado, pero no encuentra nada que pueda conducirle hacia un nivel inferior. Luego repasa una a una las estancias, las alcobas, la cocina y la despensa. Termina por un lugar donde se adentró una sola vez: la almáciga, y no había vuelto allí porque él nunca ha tenido interés alguno por plantar semillas y luego hacer trasplantes.

Ve útiles de jardinería, herramientas, macetas, tiestos, todo muy abandonado.

Pero remueve unos sacos de tierra y debajo halla una trampilla de madera con un asa de hierro oxidado. Tira de ella y recibe una bocanada de aire húmedo y fresco.

Agarra un candil y desciende.

Redescubre el intrincado sistema de túneles abovedados de ladrillos que discurre por debajo de una parte de la ciudad uniendo sectores significativos. Imagina que su diseño responde a la necesidad de recoger residuos, o tal vez almacenar agua para casos de emergencia.

Pero no, no debe ser ingenuo. Por su trazado, evidencia haber sido diseñado para facilitar una furtiva comunicación entre puntos estratégicos, las casas de los nobles, puesto que por su altura esas galerías permiten el tránsito de personas.

Una vez abajo, pasa la mano por las paredes. Están construidas con mampostería, reforzadas con una bóveda de ladrillos. Como conoce bien el trazado urbano, avanza hacia donde sabe que puede estar la solución a sus problemas: la casa de los torreones, donde asesinaron a doña Mencía.

¿Pudo alguien utilizar esos pasadizos para escapar sin ser visto? Aunque eso no explicaría cómo le robaron el arma a Jimena.

Se adentra en los túneles y va directo a la calle Las Cuatro Esquinas. Cuando presume que se encuentra bajo el palacio que él mismo construyó, busca una salida ascendente y no tarda en encontrarla.

Antes de agarrar los hierros transversales para subir, ve unas letras escritas en los ladrillos:

et non amplius

«No llegaréis más lejos», y cree entender una clara advertencia.

Alguien sabe que Gonzalo ha descubierto la red de galerías, y también tiene constancia de que le está pisando los talones.

Parece la misma pintura blanca que usan los indios. La toca y la huele. Así es. Pero es muy extraño. Entonces piensa que están tratando de confundirle.

Sube los peldaños y sale al jardín del palacio de los torreones, ese mismo que él ordenó organizar, llenó de plantas y supervisó hasta que quedó impecable. La tapa de madera está bien oculta detrás de unos arbustos, tal vez por eso nunca la vio, pero es que el jardín in inmenso, todo es grande en ese palacio.

Regresa a su casa entre pensamientos e ideas inconexas.

Cuando alcanza la almáciga, coloca un pesado macetón sobre la tapa.

Sus sospechas se han confirmado: en esa ciudad hay gente moviéndose por donde no debe.

38

Isabel ha conseguido llevar a buen puerto las iniciativas a las que se comprometió. Acude a la casa de Gonzalo sin perder un segundo. Está contenta, trae noticias importantes y quiere compartirlas, comunicárselas a Jimena cuanto antes. Golpea la puerta y le abre Ana. Se adentra y no la saluda, ni tan siquiera la mira. Aún tiene asuntos pendientes con esa raza que no sabe cómo resolver.

Encuentra a Jimena sentada en el jardín, frente a una mesita con dos sillas, varios papeles y una pluma y tintero, además de un libro. Deduce que está enseñando a la taína a leer y a escribir.

—Bernardo de Quiñones —dice con orgullo, como si hubiese revelado un gran secreto—. Es un cristiano viejo de familia noble, pero venido a menos. Llegó antes que el virrey, y no lo vas a creer...

Jimena la interrumpe, está expectante, no lo oculta:

—Ha recibido una enorme cantidad de indios en el repartimiento, ahora es propietario de grandes extensiones de terreno, las mejores fincas, y tal vez tiene la concesión de alguna mina repleta de oro.

—¡Exacto!

Isabel deja que su amiga saboree esa información. Cuando juzga que puede absorber más datos, lanza la primera sorpresa de la tarde:

—Hay un lacayo que no se despega de él...

—... y tiene una marca en la cara con forma de fresa —completa Jimena.

Ambas sonríen, en presencia de Ana, que las observa detenidamente.

—¿Qué es fresa? —pregunta la taína.

Jimena ríe con fuerza, mientras que Isabel pone mala cara y pregunta:

—¿Dónde se ha metido Gonzalo?

—Está liado con los preparativos de la construcción de la catedral.

—Pues queda otra noticia, y esa es la gorda. —Isabel se yergue y abre mucho los ojos.

—Me reuní con Chocarrero, siguiendo tus deseos.

—¿Y?

—Los Quiñones tienen un solo hijo, de unos cinco años, rubio, lo trajeron de allí. Quiero decir, no consta como nacido en ultramar.

Jimena no encuentra las palabras. Titubea, mira al cielo, cruza los dedos con fuerza y reza a Dios.

—¿Dónde viven?

Isabel no se atreve a decirlo, no quiere que su amiga cometa imprudencias, pero viéndole la cara sabe que no va a resistirse.

—La mansión de piedra que queda al principio de las atarazanas, muy cerca del alcázar. Pasan mucho tiempo fuera de la ciudad, porque las minas que les han concedido están casi al norte de La Hispaniola.

Jimena la mira con cara de desesperación.

—Pero en este momento se hallan en Santo Domingo —añade.

A la toledana le cuesta respirar, lleva años esperando una noticia como esa y ahora está recluida en esa mansión; una cárcel excelente, pero una cárcel.

—Vamos a salir, tengo que acercarme y verlo —dice tras pensarlo unos segundos—. Si es mi hijo, creo que lo sabré al instante.

—Hasta que no venga Gonzalo, no cuentes con ello. Lo digo muy en serio.

—Isabel, daría mi vida por verlo. Con eso me conformaría antes de morir. ¿Sabes lo que es tener un hijo?

Su amiga se muerde la lengua y mira de reojo a la india.

Ha oscurecido. Es casi de noche, sin luna, algo que las anima a aventurarse y dejar la casa atrás. Se han ataviado con ropajes ligeros y han cubierto sus rostros con velos. Abordan la calle Las Damas con naturalidad, no deben exteriorizar ningún tipo de nerviosismo, aunque una de ellas sea la mujer más buscada de las Indias.

Han acordado ir cogidas del brazo, como tantas otras señoras. Tienen prácticamente la misma estatura, pueden hablar la una al oído de la otra sin que nadie se entere.

Las atarazanas no están lejos, van a paso muy lento, son dos amigas caminando y contándose sus cosas.

Pero desconocen que el alguacil vigila esa casa, sospecha de las actividades del maestro cantero, implicado de una u otra forma en varios asesinatos, y por ello tiene apostado a uno de sus hombres tras la esquina.

Es un tipo de baja estatura, calvo. Cuando las ve salir, las acecha a una distancia prudente; no es la primera vez que su jefe le ha encomendado esa misma tarea, no va a permitir que lo descubran.

Las dos mujeres alcanzan la plaza del Contador. Desde ahí ya ven el alcázar. Deben transitar por delante del inmenso palacio, rodearlo y bajar por la rampa de las atarazanas, el camino que conduce al río Ozama y al puerto.

Antes de abordarlo, ven un palacete. Es una mansión de dos plantas, de sobria fachada, con el escudo de los Quiñones sobre un pórtico de piedra.

—Este es —susurra Isabel.

Jimena se encoge de hombros.

¿Y ahora qué?

—Vamos a rodearlo —dicen las dos al unísono, y se ríen.

Es una propiedad curiosa, aislada, con fachada a cuatro calles. El jardín trasero queda a la vista, una superficie amplia con muchas plantas, arbustos y cuatro árboles debajo de los cuales, en el centro, hay un estanque. Como es de noche no se ve muy bien, solo las zonas que alcanza la luz de las antorchas. No pueden acercarse más porque hay setos a modo de barrera.

Desde esa parte trasera se aprecian algunas ventanas tenuemente iluminadas por los candiles del interior. Pueden observar que hay criados y sirvientas que van y vienen, llevan bandejas, otros portan lámparas con velas. Pero ni rastro de un niño.

—Marchémonos —pide Isabel.

Jimena le tira del brazo.

—Un poco más. Esperemos un poco más.

Piensa que la suerte la acompaña esa noche.

Escucha entonces algunos grititos, es una criada persiguiendo a un pequeño.

Le palpita el corazón.

Reza para que se acerquen hacia donde ellas están.

El niño trota sobre un caballito ficticio, una cabeza equina de cartón piedra con un palo que el infante lleva entre sus piernecitas. Cabalga sobre el juguete, y corre tanto que su cuidadora no puede pillarlo, le saca una buena distancia.

Jimena se atreve a llamarlo:

—Aquí, ¿puedes verme?

El niño se acerca al seto, y al ver a las dos mujeres se queda inmóvil, observándolas.

A ella le bastan unos segundos.

Es la viva imagen de su padre y sus hermanos.

Comienza a llorar, quiere gritar, pero se contiene. Siente entonces un fuerte agarrón en su brazo derecho. Isabel está obligándola a marcharse de allí, y ella se resiste.

¿Cómo lo han llamado? ¿Qué ha sido de él? ¿Sus nuevos padres le cuentan cuentos por las noches? ¿Qué clase de niño es? ¿Qué le interesa de este mundo?

Son tantas las preguntas que brotan en su cabeza que se ha quedado paralizada.

—¡Ya! —le grita Isabel al tiempo que le señala a un hombre que corre hacia ellas.

Jimena reacciona, es un tipo calvo que parece decidido a darles alcance.

Las dos aceleran el paso. Luego, cuando ven que su perseguidor tiene el claro objetivo de atraparlas, corren sin ningún miramiento.

Llegan hasta la calle Mercedes, desierta ya a esa hora, pero el hombre no afloja el ritmo.

—Vete tú para el convento de San Francisco. Allí te darán cobijo, los monjes te conocen, te esconderán —le dice Jimena.

Isabel la mira, no está de acuerdo.

—Estamos juntas en esto —afirma—. No haré tal cosa.

—Si nos separamos, tendremos más posibilidades. Además, no deben vernos juntas, tienes una reputación que mantener. ¡Corre!

Su amiga se ha mostrado tan firme que Isabel no se lo piensa. Gira a la derecha y sube la cuesta que conduce al farallón, donde está el convento de los franciscanos. Pronto puede ver la magnífica fachada de piedra y ladrillo. Allí se introduce y se pierde sin que nadie la persiga.

Jimena gira a la izquierda y avanza lo más rápido que sus zapatos le permiten. En esa calle se encuentra el hospital de Bari. Está en obras, ve andamios y montañas de sillares y ladrillos, podría esconderse allí, pero confía más en sus piernas.

Marcha a buena velocidad, mira atrás y no ve al calvo, lo que la alegra y le proporciona renovadas energías.

Acelera y cambia el rumbo. Tuerce a la derecha y supone que si se dirige hacia la zona de casas de madera hallará mayor protección, allí no suele haber autoridades del orden, ni tan siquiera hay una organización de las calles tan cuadriculada como la trama urbana que deja atrás.

Pero eso no la disuade de seguir imprimiendo velocidad a sus piernas.

Corre y corre. Cuando ya cree haber perdido de vista al hombre de corta estatura, de nuevo lo ve jadeando tras ella. No se ha amilanado, sí que parece cansado, aunque su determinación es tal que no cejará en su empeño por capturarla.

Al menos, hay una cosa buena: ahora conoce más a ese tipo, su problema es la resistencia, así que acelera, avanza un par de cuadras entre casas construidas con tablones de madera y gira a la derecha.

Luego bordea una manzana y vuelve a girar a la izquierda.

Retrocede sin que le falte el aliento.

Ha visto a su hijo, y eso le ha insuflado un ímpetu sin límites, infinito.

Ahora que aventaja a su perseguidor por mucha distancia, se plantea regresar a la calle Las Damas, es lo mejor, allí tiene donde esconderse. Porque hay varios lugares que Gonzalo ha construido dentro de la casa, ha cavado exprofeso un par de escondrijos, y también ha tabicado una falsa pared para crear una pequeña estancia imposible de encontrar.

Eso le transmite tranquilidad.

Cuando apenas le quedan un centenar de palmos, ve la mansión y sonríe.

Aborda la puerta con ilusión, está en casa.

Pero un brazo le corta el camino.

Un hombre vestido de negro riguroso, con una banda blanca cruzándole el pecho, la detiene.

El alguacil mayor estaba esperándola escondido tras las columnas del pórtico.

—Mostráis demasiada prisa.

La mira con una sonrisa insolente.

—¿Adónde va la propietaria de la daga danzarina?

39

La noticia corre como la pólvora, no se habla de otra cosa. Al fin han atrapado a la asesina de doña Mencía, la noble, la mismísima prima de la virreina, la desafortunada esposa del pobre Jácome; ambos propietarios del palacio de los torreones, el más elevado de la ciudad, el más notable, un palacio que acaba de dotar a Santo Domingo de una leyenda propia, como tienen todas las ciudades antiguas, aunque esta sea tan reciente: la mansión de los torreones está maldita.

Ese amanecer la plaza Mayor se llena de gente preguntando en la puerta de la prisión cuándo está prevista la ejecución.

Quieren disfrutar, ver morir a esa joven, la asesina de la daga.

A Jimena le espera la horca.

Será un patíbulo instalado en esa misma plaza, justo donde se celebran los espectáculos los domingos por la tarde, en el lugar que pronto pasará a llamarse plaza de Armas, y donde están construyendo la primera catedral del Nuevo Mundo.

Nadie se sorprende, esas conductas son tan antiguas como la sociedad castellana, o incluso como la sociedad europea, porque eso ocurre en todos los reinos del continente. Son, por tanto, costumbres importadas de la vieja Castilla.

Cuando Gonzalo regresa a la ciudad, llega a lomos de Nieve, su yegua blanca. Ve una multitud arremolinada frente a la prisión, el gentío que se ha formado, y pregunta.

Un viejo desdentado le sonríe y muestra las encías: han atrapado a la doncella homicida.

Corre primero a su mansión.

Mete a la yegua en el jardín y ve a Ana.

La taína no sabe nada. La noche anterior se marcharon las dos amigas, quiso acompañarlas, pero doña Isabel se negó, insiste en no querer nada con ella.

Marcha entonces hacia la prisión. Se ve obligado a apartar a la muchedumbre, no le permiten avanzar más rápido, todos quieren colarse en la cárcel y ver a la rea.

Con denuedo, empuja a unos y a otros y logra adentrarse en las dependencias oficiales.

Aspira al instante el olor a orines y excrementos. La mesa del alguacil está al fondo. Lo ve desde lejos, y a él también lo observan avanzar con decisión.

—Quiero hablar con la acusada —solicita.

El alguacil lo mira de arriba abajo.

—No es ninguna acusada —contesta riendo—. Esta misma mañana se ha celebrado el juicio y ha sido declarada culpable. La sentencia es la horca.

—No podéis hacer eso, la Corona siempre permite un juicio justo, y ese no ha podido serlo con tanta premura.

—Os equivocáis. El asesinato no fue ayer, como sabéis, han pasado muchas lunas desde entonces, y las pruebas eran irrefutables. ¿Acaso tenéis alguna pista más que yo no conociera?

—Os hablé del hombre de la marca de nacimiento en la frente. ¿Lo habéis investigado?

—Sí, y no hemos encontrado a nadie así.

—Mirad, están sucediendo muchas cosas en esta ciudad, han aparecido doncellas muertas, brutalmente apaleadas, violadas, ¿acaso no estáis dedicando vuestra atención a esas atrocidades?

—Si seguís hablándome en ese tono acabaréis encerrado, os aviso.

Gonzalo está tentado de darle un puñetazo a ese necio, pero se contiene, sabe que eso solo empeoraría las cosas.

—Quiero ver a Jimena.

—Está prohibido. Imaginad la cantidad de gente que quiere eso mismo, solo tenéis que mirar afuera.

—En ese caso iré a pedírselo al virrey. Sabéis que no se lo negará a su maestro cantero.

El alguacil mayor pone mala cara y se lo piensa. Hace una señal despectiva con la mano e indica a sus hombres que le dejen pasar. Camina entre las celdas y descubre en una de ellas a Jimena tumbada sobre la paja. Parece dormida.

Con su anillo, toca varias veces sobre los barrotes de hierro y ella se incorpora. Cuando lo ve, sonríe. Se pone en pie y ambos se sitúan frente a frente.

Mantienen la mirada, ninguno sabe qué decir.

—Ha sido una locura —afirma él.

—He visto a mi hijo, eso ha merecido la pena.

Jimena le narra lo ocurrido, las pesquisas de Isabel, la fortuna de encontrar al hombre de la fresa en la frente, y la casualidad de que esa misma familia de nobles tenga un hijo de cinco años con esas características.

—Bernardo de Quiñones, ahí estaba la clave.

—Podríamos haberlo resuelto de otra forma —se lamenta Gonzalo.

—Está bien así. Créeme, soy feliz por haberlo visto una vez más.

No entiende nada, su amiga está enajenada, la visión de su hijo la ha colmado de tal manera que no le importa morir. Ante eso, no sabe qué decir, cómo reaccionar, no puede ayudar a alguien que no recaba su ayuda.

—¡Ha terminado la visita! —le gritan desde atrás.

Se despiden.

Gonzalo mete la cara entre los barrotes y ofrece sus labios para intentar darle un beso en la mejilla.

Pero se sorprende.

Ella pone los suyos, y los juntan.

Se besan con pasión. No es fácil, pero lo consiguen, y es placentero, sublime, ambos sienten aleteos de mariposas en sus estómagos.

—Podría haber sido de otra forma —dice él cuando se separan.

Ello lo mira con ojos de cariño.

—Te dije una vez que mi vida era complicada. Y ya puedes ver hasta qué punto te decía la verdad.

Cabizbajo, con el alma teñida de pena, se dispone a abandonar la prisión. Pero antes escucha las últimas palabras de Jimena, que le grita desde lejos:

—¡Gonzalo! Créeme, ahora soy feliz. Me despediré contenta de este mundo tras haber visto a mi hijo.

Eso no es ninguna satisfacción para él.

Se acerca a la mesa del alguacil y le pregunta:

—¿Para cuándo está prevista la ejecución?

—El domingo por la tarde.

Gonzalo demuda el rostro.

Ese día no actuarán en la plaza ni trovadores ni poetas, tampoco los cómicos, no habrá otro acontecimiento más que la ejecución.

Jimena será la única diversión del populacho el próximo domingo.

Cuando su cuerpo cuelgue de una soga y su cabeza se ponga morada.

TERCERA PARTE

40

Toledo, 1505

Un dolor atroz recorría el maltrecho cuerpo de Jimena. No podía mover los brazos ni las piernas. Intentó girar la cabeza y notó entonces el resultado de los golpes más lacerantes, los que le habían propinado en la frente y el cráneo.

Poco a poco empezó a sentir los dedos de las manos, y luego a flexionar los codos. Y cuando recuperó del todo la consciencia, llegó el daño más punzante de todos.

¿Dónde estaba su hijo?

Se incorporó con arduo esfuerzo, se sentó en el camastro sobre una almohada impregnada de sangre seca y apoyó la espalda contra la pared. La fiebre aún seguía apoderándose de ella en esos instantes de zozobra, creía que aún permanecía inmersa en una terrible pesadilla.

Miró a su alrededor, la estancia principal de la casa, y recordó de pronto que había dado a luz, que un bebé había salido de sus entrañas. Se le escaparon varias lágrimas. No sabía qué habría sido de él, pues no lo veía por ningún lado, y lo más preocupante era que no lo había escuchado llorar en ningún momento.

Los pechos también le dolían, la leche bramaba por salir.

Antes de recomponer los trozos de recuerdos que pululaban por su cerebro, todavía inmersa en una densa nube que le impedía pensar con claridad, se percató de que había cuerpos tendidos en torno a ella.

Y sangre, mucha sangre por todas partes.

Vio a sus hermanos, con heridas mortales en sus cuellos, ejecutados de la misma manera uno y otro. Luego no tuvo más remedio que mirar a su marido, una herida profunda le taladraba el pecho.

Y finalmente a su padre, decapitado, la cabeza a tres palmos de él, una imagen que no podría olvidar jamás, que la transformaría sin remedio para siempre.

Además, con su propia daga clavada en el corazón.

Muerto y rematado.

¿Por qué no la habían masacrado a ella también?

Esa pregunta se la haría mil veces, pero cuando se tocó la frente y el cráneo comprobó que lo habían intentado. No tenía heridas de espada, ni nada cortante le había punzado el cuerpo, sin embargo su cabeza sufría golpes mortales, profundas fracturas que hubieran sido suficientes como para matar a cualquiera.

Pero ella estaba viva.

Se agarró entonces a las sábanas, hizo acopio de las pocas energías que conservaba, puso los pies en el suelo y notó que pisaba algo húmedo, sangre secándose.

¿Dónde estaba su bebé?

No dejaba de hacerse la misma pregunta, llorando y suplicando a Dios.

Las piernas le flaqueaban, rezaba por él, dudaba si levantarse en ese estado era buena idea, llamaba a gritos a los criados, incluso a su padre, porque a ratos seguía creyendo que aquello era solo un mal sueño, una pesadilla detenida.

Tenía que saber si iba a encontrar el cadáver de un recién nacido bajo la cama o si, por el contrario, se lo habían llevado.

¿Tal vez habían venido con ese propósito?

¿Robar su bebé?

Intentó dar una vuelta alrededor del camastro, pero la debilidad y la fiebre se lo impidieron. El horror no la dejaba respirar, a duras penas podía mirar por los rincones mientras los cuerpos de cuatro personas a las que amaba yacían junto a ella.

Pasó horas desconsolada, la amargura teñía su alma, jamás se recompondría de algo así, eso era imposible, pero si su hijo seguía con vida al menos tenía una razón para vivir, para luchar, un motivo para perseguir a los culpables.

Se derrumbó en el camastro, deliraba, a ratos chillaba, llamaba a su hijo, a las sirvientas, y como nadie atendía sus peticiones, al final agotó las pocas fuerzas que la acompañaban y se desmayó. Permaneció varios días sumida en un sueño profundo.

Arropadas por la oscuridad, las criadas que la habían cuidado desde pequeña se atrevieron a entrar en el castillo, presas de un miedo atroz. Toda la vecindad estaba al tanto de lo ocurrido; no solo habían comprobado la dimensión del desastre, la matanza, sino que los malhechores se habían encargado de difundir amenazas de tintes apocalípticos: cualquier plebeyo que osara hablar, por pequeño que fuera el detalle ofrecido, correría la misma suerte.

Y, aun así, unas mujeres agradecidas con el ahora difunto capitán Cardona, que siempre las había tratado con gran consideración, tuvieron la osadía de entrar en la escena de los crímenes, porque podía haber supervivientes.

La alegría al descubrir a Jimena con vida fue inmensa. Rezaron, suplicaron a Dios que esa joven lograra superar sus terribles heridas y se pusieron manos a la obra. Comenzaron por tratar de curar las fracturas en la frente y el cráneo de Jimena, luego retiraron los cadáveres y limpiaron el suelo.

Ella, inmersa en las fiebres, deliraba, temblaba sin poder recuperar la plena consciencia, porque sospechaba que podían ser las mismas personas, los mismos asesinos, pero se tranquilizó al escuchar voces de mujeres que le eran familiares.

La daga que antes se encontraba en el pecho de su padre, esa que había visto mil veces, con su preciosa empuñadura y las letras «A.C.» incrustadas en oro puro, ahora estaba junto a ella. Alguien la había dejado allí, tal vez presumiendo que iba a necesitar protección a partir de ese momento.

Intentó incorporarse y no pudo, las fuerzas no regresaban, solo consiguió girar la cabeza para revisar la escena de los espeluznantes crímenes y no halló rastro de los cadáveres.

Tampoco del bebé.

¿Dónde se lo habrían llevado? La cuna estaba vacía y los trapitos que habían preparado las criadas, sobre los anaqueles. Nadie los había usado.

Se acercó una mujer y un terrible temblor recorrió su cuerpo.

—No temas, niña, nada te va a ocurrir.

Reconoció la voz de una de sus criadas, eso la calmó.

—Mi bebé, mi bebé, mi bebé. ¿Dónde está mi niño?

La voz apenas podía salir de la garganta de Jimena, y antes de que pudiesen responderle, comenzó a gemir, y luego a convulsionar, para acabar cayendo de nuevo en un proceso de semiinconsciencia y desvarío.

Le habían curado las heridas con remedios tradicionales, le ardían terriblemente, sobre todo la raja de la frente, y la fiebre no bajaba, pero lo peor era el mal interno, el sufrimiento que la atenazaba.

No pararon de ponerle trapos limpios sobre la frente, esos cortes infectados y purulentos iban a darle muchos problemas a la pobre.

Hablaban entre ellas, compadeciéndola, achacando el desastre a la mala suerte. Jimena no escuchó sus palabras, la fiebre no le permitió recuperar el conocimiento hasta unos días después.

—Qué pena más grande —dijo una sirvienta—. Primero pierde a su hijo, un bebé que nació muerto, y luego entran esos desalmados y matan a su familia.

—Era un varoncito, rubio, pero sin vida. El cordón se lio de mala forma, eso pasa a veces entre las primerizas.

—No sabemos si al final ha sido deseo de Dios que ya viniese sin vida a este mundo. Si su corazón hubiera latido, tal vez ahora estaría tan muerto como el resto de los varones de esta familia. ¿Qué ha podido ocurrir?

—Estoy convencida de que querían matarlos a todos, a Jimena también. —La criada le señaló la frente—. Este golpe se les da a las mujeres, es un impacto piadoso para acabar con la vida de una dama.

La otra asintió.

—Cuando entraron y nos expulsaron de la sala, esos brutos hablaban de las Indias, de tierras, de riquezas, de un gran botín a repartir.

—Apenas acabábamos de enterrar al bebé en el cementerio de la familia, junto a la madre de Jimena, sin habernos repuesto de ese parto tan complicado, y cuando nos compadecíamos de esa pérdida vienen unos criminales y los matan a todos. Vaya desgracia.

La fiebre continuó en su cuerpo dos agotadores días más. En cuanto abrió los ojos y se sintió con algo de fuerza, aún maltrecha, se incorporó y logró mantenerse en pie. Las criadas habían desaparecido, no volvió a verlas ni cuando luego fue a buscarlas.

Comió varios tarugos de pan, bebió mucha agua y se acostó de nuevo.

Al cabo de unas horas, un miedo visceral se coló dentro de su mente: esos criminales habían querido acabar con ella, y si ahora llegaba a su conocimiento que seguía con vida vendrían para culminar su propósito.

Subió las escaleras del castillo con gran esfuerzo y se introdujo en la habitación de su padre. Rebuscó en los muebles, bajo el colchón, debajo de la madera del suelo, hasta que encontró una tabla que estaba suelta. Allí había un cofre con dinero y algunas joyas. Necesitaría ciertos recursos para emprender la búsqueda.

Tomó aquello que pudo, lo que era útil, y sobre todo, dos libros.

Lo demás era prescindible.

Se cambió de ropa y abordó el exterior por primera vez. Era noche cerrada, apenas veía por dónde caminaba. Circundó el castillo y buscó en el cementerio familiar.

Allí encontró cuatro nuevas tumbas.

Ninguna de su hijo.

Se arrodilló, rezó por sus almas y abandonó el lugar donde nació. Habían intentado partirle la cabeza, pero lo que en realidad habían conseguido era romperle el alma.

Con la precipitación y el susto dentro del cuerpo, Jimena no se percató de que donde estaba enterrada su madre, junto a ella, había también una pequeña tumba: la del bebé.

Corrió hacia las viviendas anexas al castillo. Todas las criadas se habían marchado, aquello era una especie de aldea fantasma.

Vagó por la periferia de Toledo, por campos y caminos solitarios, mientras aclaraba sus ideas, tratando de que nadie la viera con vida, durmiendo al raso y comiendo los tarugos de pan que había metido en el zurrón. Luego se acomodó en la casa de una anciana que vivía en el campo, hasta que al cabo de los meses se le acabó el dinero. Desconcertada, asustada, recordó que aún le quedaba un pariente lejano, un primo de su padre, que la acogió y la escondió sin rechistar. Allí pasó unos años sin apenas salir, sin relacionarse con nadie, con miedo, el tiempo más inútil de su vida.

Hasta que un día decidió que debía dar una solución a sus problemas. Ya había diseccionado los hechos de la trágica noche, los datos de que disponía, las voces de esos hombres, las palabras que pronunciaron, y creyó recordar que en el transcurso del delirio había escuchado que hablaban de las Indias, de los repartos, y desgranó lo más significativo: el objetivo era su padre, por motivos de poder y riquezas, de eso no tenía ninguna duda.

Rememoró sus absurdas teorías y tomó una determinación.

Se despidió del pariente y, sin mencionárselo a nadie, eligió el sur.

Todo el mundo en Castilla hablaba de las Indias, de ese Nuevo Mundo descubierto unos años atrás, de una tierra prometedora donde la felicidad te llega sin buscarla, donde el cielo es diferente.

Jimena decidió seguir la estela. Sobre todo porque tenía una intuición, tal vez más que una simple intuición. Sospechaba que su padre había muerto por la indiscreción que cometía una y otra vez hablando del pasado corsario del descubridor, el almirante farsante, como él le llamaba. Sin prestarle atención a un hecho capital: los intereses que había detrás de la aventura de Indias.

¿Cuántos nobles estarían dispuestos a matar por recibir jugosas concesiones en las minas de oro?

La indiscreción se pagaba cara en esos tiempos.

Agarró su daga con fuerza y se encaminó hacia Sevilla.

Jurando que no se separaría de ella hasta encontrar a su hijo.

41

Sevilla, 1512

Pelayo vagabundeó por las calles durante una semana, durmiendo bajo naranjos y comiendo los desperdicios de las tabernas. Había llegado a la ciudad sin una sola moneda en el bolsillo, y si quería jugar su primera partida de cartas debía reunir algún montante. Nadie permitiría que se sentara a la mesa sin poner los cuartos por delante.

Cuando comprobó que mendigar no era una buena opción, solicitó trabajo en la construcción de una iglesia y eso le procuró algo de dinero para mitigar el hambre. Solo soportó un par de jornadas las penosas condiciones de la obra.

Él no había nacido para deslomarse. La mayoría de la gente se ve inmersa en una existencia insignificante, nace y muere sin apenas disfrutar de placer alguno, salvo los nobles con sus ostentosos apellidos, que parecen ordeñar como si se tratase de una ubre que exprimir sin límites.

Como no había hecho un viaje tan largo para dedicarse a la misma actividad que en Segovia —pulir grandes piedras y colocarlas unas sobre otras, una tarea desagradecida—, pronto comenzó a robar materiales y revenderlos.

Primero se ganó la confianza del maestro cantero, le pidió dormir en la obra, él podía ser el vigilante, nadie osaría llevarse un ladrillo en su presencia. Consiguió que ese hombre creyese que poseían las mismas habilidades en la profesión, que hablaban el mismo idioma, y eso lo convenció para aceptar su propuesta.

Al cabo de un par de meses, ya había revendido tantos ladrillos como para jugar sus primeras partidas, beber vino al anochecer e incluso acostarse con alguna fulana.

Ese era el tipo de vida que ansiaba, nada de levantarse temprano o mover pesadas rocas; tampoco dar órdenes y pasarse todo el santo día organizando el tajo.

El primer incidente lo tuvo cuando varios ladrones sustrajeron durante la noche gran cantidad de materiales. Nadie vigilaba la obra mientras Pelayo jugaba una partida en el barrio de Santa Cruz.

El escándalo fue notorio. Al amanecer del día siguiente, aún no había clareado, el alguacil interrogaba al maestro cantero y a todos sus obreros cuando Pelayo llegó borracho. La investigación no tomó mucho tiempo, se supo que ese segoviano era un afamado jugador de cartas, un terreno movedizo en esos tiempos y con ciertas prohibiciones.

El ejército de vagos, rufianes, fulleros, tahúres, ladrones, prostitutas, delincuentes y maleantes de la ciudad era inmenso; el oro y las riquezas que entraban por el puerto los atraían, y a veces conseguían que la mendicidad cambiara a otra actividad más lucrativa, pero que acarreaba muchos problemas.

El alguacil concluyó que Pelayo había robado y, no solo eso, también había desatendido sus obligaciones. Le impusieron una multa de mil maravedís y dos meses de prisión.

Dentro de la cárcel, los juegos de azar eran un gran vicio, sobre todo los dados, pero también los naipes, y Pelayo era uno de los mejores jugando a la gresca, el cuco, matacán, quince, veintiuna, treinta, treinta y una, cuarenta, el reinado, la baceta, el cacho, la primerilla, estocada, una envidada, andaboba, pintillas, banca fallida, quinolas, ganapierde, pichón, báciga, rentoy, pintas, maribulle y, cómo no, también las rifas.

Con ese arsenal de conocimientos pronto se hizo el rey allí, el reo más admirado, tanto que incluso se hablaba de él fuera de la prisión. Fueron dos meses de plena jarana, comió como nunca y los carceleros le prodigaban exquisito trato. Comprendió que a los naipes jugaba toda la sociedad: pobres, nobles, artesanos, clérigos y soldados, aunque también existían circunstancias que convertían el juego en algo ilícito. Se trataba de encontrar el punto exacto, de no transgredir demasiado las normas.

Cuando lo soltaron, el mito del segoviano ya había trascendido, circulaba por las tabernas, los mesones y hasta las casas de juego clandestinas.

Pelayo se rodeó de tahúres y fulleros para organizar las partidas en las tablajerías y las tabernas, ideó un negocio en toda regla, y dejó de beber cuando cogía los naipes, no debía dejarse confundir. Nunca más jugaría por diversión o entretenimiento, aquello eran negocios.

Junto a sus acólitos, burlaban la vigilancia de las autoridades, aunque las blasfemias, las peleas, las riñas y todo tipo de desórdenes eran constantes, fruto del alcohol y la expectación por el premio, llegando a veces al asesinato.

Las tabernas eran escuelas del crimen, por la presencia de apostantes empedernidos que casi siempre traían nefastas consecuencias. Las instituciones debían controlarlo, imponiendo multas, azotes o destierros a quienes infringieran los preceptos legales. Pero jamás ilegalizaron del todo el juego, porque esos locales representaban una fuente de ingresos considerable para las arcas de la Corona.

Pelayo se sorprendió la primera vez que le llamaron «ficante». No conocía la palabra, y cuando preguntó qué significaba, le gustó. Porque era realmente eso, un jugador profesional, experto en hacer flores o trampas; de hecho, el más audaz en hacer grandes trampas.

Y se había rodeado de los mejores truhanes y fulleros, incluso de varios rufianes, esos que se encargaban de hacer desaparecer cartas marcadas, y también de enganchadores, que incitaban a los vecinos de Sevilla a jugar.

Con el tiempo, la cohorte de seguidores de Pelayo era inmensa, unos a sueldo —descuideros, modorros, embaucadores, apuntadores—, y otros sobornados para que callaran.

Nadie quedaba al margen. El éxito le acompañó en esa vibrante ciudad donde a diario llegaban naos y más naos de gente cargada de dinero. Llenó de maravedís sus bolsillos, casi siempre a costa de jugadores inocentes e inexpertos. El equipo de profesionales de la mentira, el fraude y las trampas sacó beneficios inesperados e hizo que Pelayo se olvidara de su hijo por un tiempo. Incluso llegó a pensar que allí estaba su sitio, que no tendría que moverse nunca de esa fabulosa urbe dorada en la que prosperaba, y todo gracias a sus habilidades que, si se las había dado Dios, por algo sería.

Rodeado de mujeres, lujo y desenfreno, una noche se le acercó otro segoviano que afirmó conocerle.

Venía de paso con el propósito de embarcar hacia las Indias. Le puso al corriente de la situación de su antigua ciudad, de su mujer y sus dos hijas. Ella continuaba residiendo en casa de su hermana, haciendo labores para algún noble, cocinera al parecer, una vida aburrida.

A Pelayo no le interesaba saber cómo estaban —jamás les envió un solo maravedí—, únicamente ardía en deseos de tener noticias de su hijo Gonzalo en las lejanas tierras a las que se marchó meses atrás. De alguna forma, esa conversación le abrió el apetito por conocer la vida del único miembro de su familia que andaba lejos.

Ese mismo día tomó la decisión de acercarse con frecuencia al puerto. Jamás lo había hecho porque era consciente de la mala gente que poblaba la zona portuaria, mucho peor que las tabernas de Santa Cruz o incluso Triana extramuros.

Optó por levantarse un poco antes los días de entre semana, no los sábados o los domingos, cuya frenética actividad de la noche anterior no le permitía descansar como deseaba. Llegaba a mediodía a las tabernas del puerto y pedía vino. Con su talega llena de monedas solo bebía el mejor, nada de agua sucia de esa que circulaba por doquier.

Preguntaba a unos y otros. ¿De dónde viene ese barco? ¿Tal vez de la mar Océana? Cuando le decían que de Canarias, África o el Mediterráneo, perdía todo interés. Sin embargo, cuando alguien mencionaba las Indias, invitaba sin reservas a cualquier marinero o soldado que afirmara venir desde tan lejos.

Y llegó el día en que acertó.

Una majestuosa nave atracó y plegó velas. Descendieron por la rampa de madera una docena de hombres cargados con zurrones y bártulos.

—¿De dónde procedéis? —le preguntó a un joven que debía de tener la misma edad de su hijo.

—De La Hispaniola.

—¿Tal vez del puerto de Santo Domingo?

—¿De dónde si no? Esa ciudad es ahora el centro del mundo.

Pelayo sonrió e invitó al marinero a sentarse a su mesa. Ordenó traer una jarra de buen vino.

—Decidme, ¿cómo es aquello? Ardo en deseos de que alguien me dé a conocer esos nuevos territorios que nuestra Corona está impulsando.

—Me quedaría corto si logro describir con palabras lo que está sucediendo en esa isla. Hay palacios tan hermosos como en esta ciudad. —Señala el horizonte—. Todos, nobles, caballeros y exploradores, compiten por erigir la mansión más imponente, iglesias magistrales, conventos impresionantes, hospitales, y pronto va a comenzar la construcción de la catedral.

—¿Cómo se ha podido levantar todo eso en tan poco tiempo?

—El mejor palacio tiene dos torreones, es un edificio muy alto y majestuoso. Es obra de un joven maestro cantero llamado Gonzalo. Su prestigio no para de crecer, todos requieren de sus servicios.

Pelayo se puso rígido.

No podía creer lo que estaba escuchando de ese marinero.

—Y hay más. Ese mismo maestro ha sido contratado por el virrey para que construya una gran catedral, la primera de esas tierras, la más alejada de cuantas se conocen. Dicen que ya tiene la aprobación del papa.

Se bebió de un trago la copa de vino.

—¿Juráis que me estáis relatando solo la verdad? —En el mundo de Pelayo, todos a su alrededor jugaban con las mentiras—. ¡Si me engañáis, os mataré!

—¿Por qué habría de engañaros?

El marinero se bebió el vino, se levantó y se marchó pensando que a ese hombre algo le había picado.

Pelayo maldijo el día que dejó escapar a Gonzalo, tenía que haber partido junto a él, las cosas le habrían ido allí mucho mejor que en Sevilla, siempre rodeado de pillos y farsantes.

Un extraño sudor frío le recorrió el cuerpo y se apoderó de él cuando se dio cuenta de lo que venía a continuación. Porque él no podía quedarse quieto, eso jamás. Gonzalo era su hijo, le pertenecía por tanto, y debían estar juntos, porque la suerte de uno era la suerte de otro. Y eso suponía que debía embarcar en un armatoste de madera y surcar un enorme océano, donde decían que había monstruos marinos, olas como castillos y un fenómeno de la naturaleza desconocido, el terrible huracán, capaz de tragarse veinte navíos de una sola vez.

Tragó saliva, luego pidió otra jarra de vino, y luego otra, y solo con el efecto del alcohol logró pensar mejor, entender que ahora tenía suficientes cuartos como para comprar un pasaje con su propia cama, a resguardo de las inclemencias náuticas, y esa pequeña fortuna que había amasado también le permitiría llevar un buen matalotaje que incluyera un tonel de vino.

Odiaba el agua, le daba pavor meterse dentro de un barco, algo que jamás había hecho, no había visto ni tan siquiera el mar.

Pero esa travesía merecía la pena ante lo que le habían relatado.

Cuando llegara a Santo Domingo, daría un vuelco a su patrimonio, a su vida. Si la gente prosperaba de esa forma tan fácil, ¿por qué no lo iba a hacer un hombre han habilidoso como él?

Hasta que llegó el momento del embarque, Pelayo ideó mil maneras de sacar partido a la buena suerte de su hijo Gonzalo.

42

Santo Domingo, 1512

El virrey recibe al fin una buena noticia, una de esas que no abundan en los últimos meses: el domingo van a ejecutar a una mujer, una de las que vinieron en el barco de las féminas.

La asesina de la daga.

Es la primera que sufrirá ese castigo.

Y esa es una buena noticia, sin duda, porque tendrá varios efectos positivos en la actual coyuntura del gobierno de Indias.

Por un lado, aplacará a los taínos, verán que incluso una doncella puede ser ahorcada cuando se la declara culpable, porque la ley funciona y es igual para todos, incluso para las damas que vienen del otro lado del océano.

Por eso, cuando ordena cortar piernas, brazos, narices u orejas de los indios, lo hace por la llamada del deber. Ahora sí que van a entender que la justicia es implacable, no solo con ellos sino con todos y cada uno de los administrados.

Además, con este ajusticiamiento dará un escarmiento a los monjes dominicos, les hará ver que la labor de un gobernador no es tarea sencilla en absoluto. Nada más lejos de la realidad, aquel que debe garantizar la ley se ve obligado a tomar complejas decisiones.

Por ejemplo, firmar la orden de ejecución de una joven y lozana doncella llegada de Castilla.

Ni más ni menos.

¿Acaso no ajustició el anterior gobernador a la cacica Anacaona, esa taína a la que llamaban Flor de Oro? ¿Y no logró pacificar la isla con esa acción, ante esos rebeldes indios que impedían el progreso?

Pues él piensa conseguir mayores logros, es la misión que le encomendó su padre.

Informará al monarca en la próxima carta que le envíe, una cosa así no puede silenciarse; al contrario, es un asunto que hay que airear, contar a los cuatro vientos, porque dará idea de la mano dura que emplea el virrey en el gobierno de los territorios colombinos. Y será un testimonio inigualable, que podrá demostrar que las leyes de Castilla y Aragón se cumplen a rajatabla en las Indias.

Porque el rey Fernando está equivocado al pensar que Diego Colón está construyendo en ultramar un exquisito cortijo lleno de vanidades, incluso compitiendo con el propio reino, y eso no es verdad. Si hay palacios, grandes mansiones y bellas iglesias es porque se requiere afianzar el espíritu de la Corona en una isla llena de selvas y peligros.

La civilización europea se forjó a base de miles de años de guerras y conquistas del poder.

¿Cómo explicarle al monarca que aquí sucede algo parecido, que se necesita tiempo para domar a los rebeldes?

¿Por qué duda de que los pueblos aborígenes deben ser sometidos, y que, para eso, debe pasar algún tiempo hasta que adopten nuestra cultura?

Los indios siguen cayendo por docenas, parecen poseídos por un mal del diablo, pero él no tiene culpa, nadie sabe qué les está pasando.

El virrey es el primero al que no le gusta que esos taínos, tampoco los caribes, mueran de esa forma, aquejados por una enfermedad para la que nadie dispone de remedios. Cada indio que fallece fulminado por ese mal letal son dos brazos menos, y eso no es lo que desea el gobernador.

Entonces... ¿por qué esas misivas?, ¿esos recelos del monarca?

Ya, ya.

Al final, todo es lo mismo: el poder y el dinero.

Si al rey no le agrada cómo gobierna el hijo de Cristóbal Colón es precisamente por eso, porque no solo es el gobernador de las Indias, también es el heredero de los derechos firmados por los reyes a favor del descubridor y sus descendientes.

Los pleitos colombinos, esa es la razón.

«Tienen que cumplirse los acuerdos suscritos en las Capitulaciones, y me sea entregado el diez por ciento de todas las riquezas encontradas en estos dominios, y también las que se obtengan en el comercio de cualquier expedición, así como garantizar el título hereditario de almirante, gobernador y virrey de la mar Océana, es decir, de los sectores náuticos bajo dominio de Castilla a todo el oeste, incluyendo las tierras y las islas que se han descubierto, y las futuras que están por descubrir», se repite una vez más.

Y no piensa darle más vueltas.

Ahora solo quiere disfrutar de la buena noticia: el alguacil ha atrapado a la asesina de la daga.

Al pueblo le gustan las ejecuciones, eso va a acallar todas las voces.

Después podrá realizar el repartimiento de indios que siempre ha deseado, que ha prometido a sus amigos y fieles seguidores, nobles que han viajado junto a él, que le han apoyado en la aventura oceánica.

¿Acaso no es eso gobernar?

«Si mi padre levantara la cabeza estaría orgulloso de mí», decide.

Y entonces le viene algo a la mente, otro asunto que no puede controlar, que le enerva y le desquicia.

«Mi padre jamás fue un farsante, como algunos han pretendido apuntar; al contrario, prometió riquezas a los reyes y cumplió».

Siente una gran carga sobre sus hombros, asuntos que no quiere ni imaginar, es mejor no entrar en los trapos sucios de la familia.

«¿Mi padre fue alguna vez un corsario?». Prefiere no pensar en eso, solo amarga y enturbia la imagen de un hombre que fue excepcional, un genio.

Hay una ejecución el próximo domingo, eso calma a la gente, y también le calma a él.

Sentado en el jardín trasero del alcázar mira hacia el mar Caribe y se convence de que todo está en vías de solución.

Pronto acabarán sus tormentos.

43

Esa misma mañana, Petra escucha en el portón de entrada de su palacio golpes insistentes. Alguien tiene mucha prisa. Camina despacio y abre con lentitud, el calor y la humedad la están matando.

Son tres jóvenes. Uno, el más alto, debe de tener su misma edad; es delgado, moreno y de buen porte, viste bien, muestra buena presencia en su conjunto. Los otros dos son aún unos niños y parecen gemelos, algo gorditos y con muchas pecas.

—Somos los hijos de don Jácome —dice el mayor.

Petra no sabe qué responder, conocía la existencia de los tres hijos de su amante, jamás se lo ocultó, pero nunca le habló de forma clara de ellos, y por eso siempre creyó que se encontraban al otro lado del océano.

Ahora ya sabe que no.

—Pasad.

Cuando entran, lo miran todo, lo tocan todo, y los más pequeños se pierden por las estancias correteando sin rumbo uno detrás del otro.

Invita a sentarse al mayor, cosa que él hace.

—Seré rápido —pronuncia el primogénito de Jácome cruzando los brazos—. Habéis destrozado mi vida y la de mis hermanos. Además de haber matado a nuestro padre.

Ella baja la cabeza.

—Tenéis que saber que yo lo amaba.

—Era un caballero desposado con una noble.

Petra piensa lo que va a decir antes de soltarlo:

—Pero no la amaba, esa es la realidad.

—¿Y qué tiene eso que ver? ¿Sabéis cuántos hombres buscan a otras mujeres fuera del matrimonio? Eso ha ocurrido desde antes de que los romanos invadiesen Hispania.

No espera respuesta, él mismo contesta:

—Claro que lo sabéis, lo sabéis perfectamente.

Ambos dejan pasar unos segundos.

—El matrimonio es una institución sagrada —afirma el joven.

Ella se levanta y luego vuelve a sentarse, se encuentra algo mareada, no esperaba algo así, ha sido como un vendaval que ha entrado por la puerta sin esperarlo, que ha revuelto su vida en cuestión de minutos.

Aunque lo peor está por llegar.

—Tenéis que marcharos de aquí —ordena el hijo de don Jácome—. Este palacio me pertenece. Soy el legítimo heredero de todos los bienes de mi padre.

Petra comienza a llorar. Tenía que haber atado las cosas de mejor manera, pero nadie esperaba tal desenlace, que un hombre de apariencia tan fuerte y seguro de sí mismo se rajara el estómago para acabar con su existencia.

Está tentada de decirle que ella también es hija de Jácome,

que tiene derecho a una parte de su legado. Pero prefiere que sea ese joven tan impetuoso quien le diga antes cómo va a resolver el futuro de su medio hermana.

—¿Vais a dejarme en la calle?

—Es lo que os merecéis.

Rompe a llorar con más intensidad.

—¿No os apiadáis de mí? ¿De una mujer que tiene vuestra misma sangre?

Se lo piensa, y acaba por responder:

—Podéis quedaros el burdel, el Pata Palo. ¿No os dio nuestro padre las escrituras?

Ella asiente.

El joven se remueve en su silla, aún no ha terminado, quiere completar la misión que lo ha llevado allí.

—Pues asunto resuelto. ¿Acaso no sois eso mismo, una puta? Podéis trabajar allí, y ya tenéis donde quedaros, donde dormir, no será necesario que os vean por las calles como una vagabunda, cuando en realidad lo que sois es una ramera.

No va a obtener ningún perdón del heredero de su príncipe, de su hermano en realidad. No puede soportar el ataque al que está siendo sometida, se derrumba, y solo escucha las últimas palabras de ese joven que aspira a destrozarla.

—¡Una sucia ramera!

Los gemelos irrumpen entonces en el jardín. Vienen cargados con la ropa de ella, la que Jácome compró a su amante. Sin dilación, el mayor se pone en pie y agarra a Petra por los brazos, empujándola hasta el portón de entrada.

La arroja al exterior con fuerza.

Ella cae al suelo.

Los pequeños le lanzan encima los ropajes, algunas prendas ligeras acaban volando.

Quisiera que se la tragara el infierno, está en la calle Las Damas tendida sobre los adoquines cubierta de sedas y trajes caros. La genta la mira, murmura, la señala, tanto que se siente humillada.

Amontona su ropa sin dejar de llorar. Unas mujeres se detienen, cuchichean y se ríen abiertamente de ella.

Aborda la marcha con la respiración entrecortada, los ojos cargados de lágrimas y de ira. Se dirige a la casa de Gonzalo, sabe que le dará techo, que no le fallará.

Por el camino piensa que, al final, su vida es un desastre. Después de una relación que ha terminado por mancillar su nombre y su honor, ella se queda con un burdel.

Al igual que su madre, su misma profesión, su mismo destino.

No ha avanzado nada.

Vino a otro mundo, decían que a otro cielo, pero ha encontrado la misma vida que dejó atrás.

¿Dónde está el cielo que le prometieron?

44

Gonzalo acaba de llegar de la prisión. Se sienta en un banco de su jardín, se sujeta la cabeza con ambas manos y mira al suelo. El mundo le parece un lugar horrible, injusto y lleno de monstruos.

Ana se le acerca, se agacha y le quita las botas. Luego, sentada de rodillas, le masajea los pies. Él le da las gracias y sonríe. Siempre que se encuentra solo y con problemas, allí está la taína.

Piensa entonces en las palabras de su amigo Arturo, el único y verdadero apoyo que ha tenido entre los hombres de esa isla desde que desembarcó: «Prométeme que evitarás el repartimiento», resuena en su cabeza como si fuese un ensalmo sagrado.

Odiaría que entreguen a Ana a los encomenderos, que la subyuguen a un proyecto de mina, o de cualquier explotación agrícola, que solo haría enriquecer aún más a algún que otro caballero o descubridor sediento de oro.

Golpean la puerta. Ella acude a abrir.

Es Petra.

—Me ha ocurrido algo terrible —le dice.

Son muchas las estancias libres en esa casa, Gonzalo la acoge, por supuesto, puede quedarse todo el tiempo que necesite. Luego la escucha, la consuela, le ruega que no llore más, que todo tiene solución, ya verá cómo rehace su vida.

Ella sonríe por fin y le acaricia delicadamente la mejilla.

Él le retira la mano.

—Ahora la prioridad es Jimena —le dice muy serio.

Después se dirige a Ana.

Y pronuncia una sola palabra:

—Cónclave.

La india parte inmediatamente en busca de las demás.

Se reúnen. Hablan todos a la vez, no hay manera de poner orden en las intervenciones. Es tanta la pasión que vuelca cada uno de ellos a la hora de decir cómo actuar que no sirve de nada.

Isabel propone asaltar la prisión por la noche, reducir a los guardias y rescatar a Jimena.

Petra plantea otra medida más fácil: esperar a que la lleven al patíbulo y, en ese momento, embestir a la comitiva con un carro de caballos, agarrar a Jimena y partir al galope.

Incluso Ana se atreve a sugerir una disparatada estrategia, tal vez tan disparatada como las anteriores: convocar a los indios de la tribu de las canteras y atacar la prisión.

—Todo eso podría tener graves consecuencias —afirma Gonzalo, perplejo—. Podría morir gente, incluso nosotros, o ella misma. Perdonad, pero no lo veo.

Entonces Carmencita atrae el interés del grupo. Ha estado muy callada, escuchando con atención, pero su propuesta es la más sensata de cuantas se han expuesto hasta ese momento:

—Veamos, hay un criado sospechoso de haber robado la daga. Y, además, trabajando para la familia que secuestró al hijo de Jimena. ¿No deberíamos gastar nuestro tiempo pensando cómo pillar a esa gente?

Gonzalo sonríe.

—Se admiten ideas. Tenemos menos de cuarenta y ocho horas para evitar que la ahorquen.

Ana está entusiasmada.

—Yo llamar a los indios y atacar la casa donde están la fresa y el niño.

—El alguacil ha desplegado a sus hombres por las esquinas —afirma Isabel—. No quieren que nada se les vaya de las manos, están determinados a ahorcar a Jimena. La casa de las atarazanas será la mansión más vigilada de la ciudad.

Descartan convocar a la tribu para asaltar la mansión de los Quiñones.

—Nos moveremos bajo tierra —propone Gonzalo.

Todas lo miran extrañadas. Él les indica que le sigan y las conduce hacia la almáciga. Retira el macetón que colocó sobre la trampilla de madera y la abre. La bocanada de aire húmedo y fresco que reciben en la cara las anima a mirar al interior.

—Hay un sistema de túneles que comunica los principales palacios y mansiones —afirma Gonzalo—. No podemos ir todos, sería un suicidio.

Lo miran con mala cara.

—Ana, tú te quedarás aquí, vigila que nadie salga por este boquete cuando yo me vaya.

No está de acuerdo, quiere participar, pero la convencen: ella conoce la casa mejor que nadie.

—Petra, tú ve a visitar a Jimena, dile que estamos trabajando en un plan, que sepa que sus amigas no la abandonan.

Tampoco está de acuerdo, ella puede ayudar si hace falta acción, pero también acepta.

—Isabel y Carmencita, por favor, bajad conmigo, pensaremos en un plan por el camino.

Asienten.

Los tres descienden portando candiles y pronto caminan bajo la calle. Isabel conoce la localización de la mansión de los Quiñones, por eso debía ir.

—¿Y yo? —pregunta Carmencita.

—Te lo diré en cuanto alcancemos las atarazanas.

No es difícil encontrar el camino correcto, pero Gonzalo reza por que haya una salida precisa, que no sea necesario salir por la trampilla del alcázar u otra lejana al objetivo. Si está en lo cierto, si la mansión de los Quiñones es tan singular como Isabel le ha confesado —una propiedad sin vecinos, con fachada a cuatro calles—, entonces no puede faltar una trampilla en el jardín, o incluso dentro de la casa.

De lo contrario, van a atraparlos a todos y acabarán con sus huesos en la cárcel. Cada uno, a su manera, tendrá serios problemas con el alguacil.

Tardan poco en llegar al punto donde debería estar la trampilla, pero no ven nada parecido a una salida, una escalera o un pozo ascendente.

Se desesperan.

—¿Te has podido confundir? —preguntan a Isabel.

—No, no. Tiene que ser aquí.

—Allí hay algo —anuncia Carmencita.

Sobre la pared de ladrillo, con iguales letras, el mismo puño ha escrito un mensaje:

cum accedens ureris

«Al acercarte te quemas», cree leer Gonzalo, aunque puede significar algo distinto, las nociones de latín que Jimena le dio en el transcurso de la travesía fueron muy limitadas.

—Tiene que haber algo en este entorno —evita decir que es una amenaza, que el verdadero asesino está tratando de alejarlos de allí.

Los tres se separan. Hay paredes y techos abovedados de ladrillos por todos lados, pero nada parecido a una salida.

—¿Seguro que esto conduce arriba? —pregunta Isabel—. Creo que nunca saldremos de aquí. Reconozco que estoy agobiada, no me gustan los sitios cerrados.

—Ten confianza.

—¡Aquí hay una argolla! —manifiesta Carmencita.

A falta de mejores ideas, se acercan allí.

Ven un aro de hierro oxidado.

—Tira —pide Carmencita—. Algo ocurrirá.

Gonzalo tiene sus dudas. ¿Cómo podría servir a sus propósitos? Aun así, lo hace con fuerza, pero no logra que nada se mueva. Sea lo que sea, aquello parece una simple argolla adosada a una pared de ladrillos.

Vuelve a intentarlo, esta vez con más ímpetu.

Y se abre una puerta de la que caen finas partículas blancas.

—Hace tiempo que nadie ha pasado por aquí —dice Gonzalo.

Ellas se introducen en primer lugar, tal vez no evalúan el peligro.

Hay una escalera por la que suben, y desde arriba Isabel afirma:

—Aquí es donde estuve con Jimena. Hemos llegado.

Abordan el exterior. Se encuentran dentro del jardín privado de los Quiñones, junto a la alberca.

—Carmencita —le dice Gonzalo—, te pedí que vinieras con nosotros porque a Isabel la pueden reconocer. Pasó por aquí y salió huyendo.

—¿Quieres que me acerque y pregunte por un criado con una marca como una fresa en la frente?

—Estoy seguro de que te las arreglarás para hacerlo bien.

Sonríe, se alegra de que confíen en ella.

La esperan escondidos detrás de los árboles que circundan la alberca.

Carmencita aparece al cabo de un buen rato.

—¿Qué ha ocurrido? —le pregunta Gonzalo.

Muestra una sonrisa bien grande.

—He hablado con él, y va a venir en unos instantes.

—¿Y qué le has dicho para atraerlo? —le pregunta Isabel, extrañada.

—Cosas de mujeres, tú ya me entiendes.

Mientras esperan, Gonzalo le hace otra pregunta:

—¿Has podido ver al hijo de Jimena? ¿El pequeño anda por aquí?

—Los señores se han marchado al norte.

El sospechoso llega con un ramo de flores. Se ha quitado el uniforme y se ha peinado bien. Busca a Carmencita por el jardín, han quedado junto a la alberca.

Al fin la ve. Está junto a uno de los árboles de gran porte. Se acerca con el ramo por delante.

—¿Y decís que me habéis visto en la plaza Mayor? ¿Que os fijasteis en mí?

—Sí, me impresionó la marca de vuestra frente, es como una fresa.

El tipo sonríe.

Pero borra de un plumazo la sonrisa cuando aparece tras el tronco un hombre, más alto que él, más fuerte y joven, que lo agarra de la camisa y lo empuja contra el árbol.

—¡Me habéis engañado, zorra!

Recibe el primer puñetazo en el estómago.

—Silencio, si habláis os mato —le amenaza Gonzalo.

Señala el portón de acceso a las galerías. Piensa meterlo allí, será mejor interrogarlo donde nadie los pueda ver.

—Coged esas cuerdas —pide a sus amigas.

Las ven entre el material de jardinería. Bajan las escaleras, apontocan al tipo contra la pared y lo atan. Gonzalo le pega otro puñetazo en el estómago.

El tipo gime.

—¿Qué queréis de mí?

—Que habléis. Tenéis que decirnos quién está detrás del robo de la daga la noche que asesinaron a doña Mencía.

Abre unos ojos enormes. El criado está sorprendido.

—¿Cómo habéis llegado hasta mí?

—El criado de la casa del cordón me lo dijo, y ahora hablaréis vos.

Mira hacia el techo embovedado.

—Si hablo me van a matar. Me cortarán las manos y los pies como a ese estúpido.

—Y si no, os mataré yo.

Le vuelve a golpear, esta vez en la cara y con más fuerza. Isabel se retira, no soporta ver esas cosas.

—¡Hablad!

—Solo si me pagáis, porque cuando hable, tendré que quitarme de en medio, tal vez ir hacia otro lugar de la isla antes de que me encuentren.

Gonzalo lo piensa. Saca una bolsa con los maravedís que lleva encima y se la muestra.

—Esto será suficiente.

El tipo asiente.

—La taberna Pata Palo, allí está el centro de todo.

Les cuenta que a él le dieron diez pesos de oro con instrucciones para que, a su vez, comprara al criado de la casa del cordón. Es una cadena muy bien elaborada y tejida desde ese antro.

—El tabernero está al tanto de todo, pero no tendréis fácil sonsacarle, es el único que sabe quién está detrás del asesinato de esa noble.

Gonzalo se asegura de que está bien atado y lo deja tendido en el suelo.

—¿Me vais a abandonar aquí?

—Regresaremos a soltaros si habéis dicho la verdad.

El tipo comienza a gritar, pero nadie va a escucharlo. Los tres se alejan sin mirar atrás.

Mientras caminan por los túneles, Carmencita sugiere algo que sorprende a sus acompañantes.

—Si alguien lo sabe todo de ese lugar es mi prometido.

—¿Quieres que contemos con Barragán? —pregunta Gonzalo, perplejo.

45

Han comenzado a levantar el patíbulo. Cuando pasan por delante, observan la plaza Mayor más lúgubre que nunca y se estremecen. Gonzalo se tropieza con el carpintero, ha trabajado para él, fue quien hizo las ventanas del palacio de los torreones. Está tentado de decirle que no siga, que se marche de la isla, él le pagará, pero sabe que eso no conduce a nada. El cadalso es una construcción de tablones de madera con cinco escalones, porque el populacho debe tener una buena perspectiva del espectáculo, y por supuesto la rea debe caer desde una altura suficiente como para que se le rompa el cuello, la soga debe hacer bien su función.

Ha anochecido y los tres piensan lo mismo, pero acaba diciéndolo Isabel.

—Nos queda solo el día de mañana, sábado. Debemos darnos prisa.

Isabel y Gonzalo se marchan hacia su casa. Carmencita parte en busca de su prometido.

Se reúnen todos antes de la medianoche. Solo la luna ilumina el jardín, nadie se ha acordado de encender las antorchas. Cuando Gonzalo se dispone a hacerlo, tocan a la puerta.

Es Carmencita acompañada de Barragán, bien cogidos de la mano. Al verlos juntos, Gonzalo se estremece, un escalofrío le recorre la espina dorsal cuando piensa en esa relación que califica de imposible.

Ninguno de ellos lo ha visto en las últimas semanas, tal vez meses, salvo Carmencita. Ahora parece un hombre distinto, aseado, peinado, con camisa blanca impoluta, un nuevo parche en el ojo, más pequeño y recortado, y ha perdido peso. Cuando habla, se ve que ha hecho algo con su boca, ha ido al sacamuelas porque sus encías y sus dientes se ven saneados. Por supuesto, le siguen faltando piezas, las que perdió en mil peleas, pero al menos su aspecto es otro.

Habla con Carmencita con una dulzura que enternece.

—Estoy al tanto de todo —afirma Barragán mirando a su prometida, dirigiéndose a ella, porque para él no hay nadie más en esa estancia—. Conozco mejor que nadie el Pata Palo. Decidme qué debo encontrar.

Petra está tentada de soltar que ella es la propietaria, pero se contiene. No conoce al tabernero, solo recibe de él la recaudación, que le entrega en bolsas mediante uno de sus ayudantes.

—Debemos encontrar al asesino de doña Mencía —afirma Gonzalo. Luego añade algo que cree necesario—: Al principio dudamos de vos, pero ahora no tenemos más remedio que confiar.

Barragán se siente ofendido y protesta con energía.

—¡Juro por Dios que no tuve nada que ver! Tenéis que creer en mí, jamás hubiera hecho algo así.

—¿Y pensáis que don Jácome pudo estar implicado? —le pregunta sin tapujos Gonzalo, y luego mira a Petra, todos conocen que le prometió matrimonio cuando eso fuese posible.

—Mi patrón quería a esta mujer —la señala—, me lo dijo cien veces. Me envió a buscarla por las calles, la encontré, organicé la primera cena, y a partir de ahí ya no tengo nada que ver. Creedme.

No tienen más remedio que creerle, por muchas razones, pero sobre todo porque el tiempo apremia.

—El tabernero está implicado —afirma Gonzalo—. Compró a dos criados, puede que a más, para que le robaran la daga a Jimena. Hay que sonsacarle, y no va a ser fácil.

—Me encargaré —afirma Barragán—. Conozco bien a ese sinvergüenza.

Se levanta y se dispone a marcharse.

—¡Esperad! —le dice Gonzalo—. Iré con vos.

La plaza del Contador permanece muy tranquila ya pasada la medianoche. Solo los prostíbulos atraen al público: el Pata Palo y el Pie de Hierro. Se ven hombres acercándose, algunos charlando con sus colegas, todos con cara sonriente. Muchos acuden solo a beber hasta perder el conocimiento, otros a pasar un rato de solaz junto a las jineteras.

Antes de entrar, Barragán le deja una cosa clara a Gonzalo:

—Aquí, vos y yo no nos conocemos, nadie debe vernos juntos; si no, ese cerdo no se abrirá, ¿me entendéis?

Asiente y sube los escalones de la taberna. Fue una de las primeras casas de muros de piedra de la isla, pero no dispone de las buenas terminaciones y los detalles arquitectónicos de los palacios, se trata de una construcción modesta. La puerta carece de pórtico y adornos, y arriba solo ve unas insulsas ventanas y un discreto balconcito. Dentro, a la izquierda, hay unas escaleras muy empinadas. A la derecha, la barra y unas mesas con gente dando voces. Imagina que en el piso superior estarán las habitaciones adonde suben las fulanas.

Cuando entra, lo primero que percibe Gonzalo es que un aire espeso enfosca las paredes del local, apenas se puede respirar allí. Entre el público hay nobles, hidalgos, comerciantes, mercaderes, soldados, criados e incluso indios.

«La diversión y el sexo no entienden de clases», piensa.

Se sienta en una solitaria mesa, la única libre, pero está a una distancia como para poder escuchar, mientras que Barragán se va directo a la barra. Detrás se encuentra el tabernero sirviendo jarras de vino.

Gonzalo trata de mirar hacia otro lugar con los oídos pendientes de la conversación, aunque no es sencillo, en el resto de las mesas hay hombres que juegan a las cartas y hacen un ruido infernal.

Ve que ambos se dan un abrazo, luego le pide una jarra, se sirven, brindan y comienzan a hablar.

—Mucho tiempo sin venir por aquí.

—Me he comprometido, voy a casarme.

El tabernero no le cree, antes pensaría que los dragones existen, pero el tuerto lo convence, le dice que ha encontrado a la mujer de su vida, alguien por quien moriría, y que el matrimonio se celebrará pronto.

Beben juntos, el otro invita a Barragán, y a la tercera jarra entran en materia. Hablan del pobre don Jácome, el patrón de ambos, el hombre que puso en marcha ese negocio, una persona que echarán en falta.

—¿Os podéis creer que ahora la propietaria del Pata Palo es esa zorra, la amante que en realidad era su hija? —dice el tabernero.

—Aún hay cosas que no sabemos —afirma Barragán—. Dicen por ahí que la dama de la daga no fue realmente quien la clavó en el corazón de doña Mencía.

El tabernero calla.

—Don Jácome no contó con mis servicios —continúa el tuerto—. Si fue él, a mí no me pidió nada de eso.

El tabernero continúa callado.

—Y eso que yo era su hombre de confianza —añade Barragán—. Una cosa tan importante como esa, solo me la hubiera confiado a mí, a nadie más.

Su jarra está vacía. Pide otra.

El tabernero estalla, ya no puede aguantar más.

—¿Pensáis que solo confiaba en vos? ¡Estáis muy equivocado!

Barragán se hace el ofendido, asegura que si no contaba con su ayuda, nada se cocía en su entorno. Luego lanza un señuelo que Gonzalo califica de genial.

—Ya nada se puede torcer —afirma el tuerto—. Este domingo van a colgarla en el patíbulo.

Con la mano, se queja de que les falta vino.

El tabernero no quiere morir guardando un secreto tan grande. Además, pretende dejar claro que los servicios que prestó al patrón fueron mucho más valiosos que los de ese pobre diablo del parche en un ojo.

—El patrón estuvo implicado, sí, eso lo sé. Me lo dijo. Y aunque no lo creáis, la jugada fue mucho mayor, hubo una conjunción de astros, parece que las estrellas se confabularon para que todo saliera así.

—¿Qué pretendéis insinuar?

—Que contó con mis servicios, y vos ni tan siquiera os enterasteis. Yo fui su hombre de confianza, era un asunto tan importante que solo incluyó a los más leales.

Barragán deja pasar unos segundos. Es consciente de que está actuando, sabe que Gonzalo los está escuchando, pero eso que acaba de decir el tabernero le ha dolido de verdad.

Está tentado de darle un puñetazo, machacarle esa boca de charlatán, pero se debe a Carmencita, haría cualquier cosa que le pidiera y no va a fallarle.

—Explicaos mejor.

—Cierto es que el patrón estaba casado con una noble, y que tenía una amante a la que amaba, aquí mismo me lo confesó varias veces. Soñaba con pasar el resto de sus días junto a esa joven.

—Eso lo sabemos todos, ¿no tenéis algo más interesante que decir?

El tabernero piensa mientras limpia con un trapo asqueroso el tablón de madera que utiliza como barra.

—Detrás del robo de la daga, y del apuñalamiento de

doña Mencía, hay mucha gente implicada, más de la que creéis.

—Decidme al menos una cosa, ¿quién articuló todo eso? ¿Quién compró a los criados que robaron la daga? ¿Y quién acabó clavándola en el corazón de la noble?

El tabernero ríe.

Acaba de confirmarse lo que dijo antes: el patrón confiaba más en él, y Barragán estuvo al margen del mayor acontecimiento de todos cuantos hubo en vida de don Jácome.

—El cómico.

—¿Francisco Chocarrero?

—El mismo. Ese bufón está siempre metido en las casas de los ricos, oye cosas aquí y allá, y juega con la información, saca partido de todo, es un hombre más peligroso de lo que la gente cree. Aunque su oficio es hacer reír, ese tipo da miedo.

—¿Y qué interés tenía Chocarrero en robar una daga y matar a doña Mencía?

—Él solo se mueve por dinero. Dicen que posee grandes sumas, que ha comprado una enorme finca en la isla, con riachuelos y grutas, y que paga a los indios para que le busquen oro.

—¿Y fue don Jácome quien organizó el asesinato?

—Al patrón lo convenció otro noble. Sabía de su pasión por esa doncella alta y le dijo que para alcanzar los objetivos, a veces hay que hacer sacrificios. Sí, de acuerdo, matar a su mujer era algo atroz, pero saldría bien, porque él quedaría fuera de la jugada, nadie podría implicarlo en la muerte de su esposa.

Barragán procesa todo aquello.

—Dios mío, pues sí que es complicado. ¿Y qué noble fue ese?

—Eso sí que no lo sé, ni tan siquiera a mí, su mejor servidor, su empleado más fiel, me lo confesó.

«Solo Chocarrero conoce ese nombre. El otro era Jácome, pero está muerto», piensa Gonzalo.

46

Chocarrero se encuentra frente al espejo de su dormitorio. Verse reflejado es un lujo en las Indias, y él ha podido hacerse con uno grande, no ha sido barato adquirirlo. Tiene delante una palangana y una jarra de agua mientras asea su cuerpo con una toalla húmeda. Como está desnudo, aprovecha para observar las imperfecciones repartidas por su anatomía.

La gente se ha reído de él desde que era niño, incluso le han pegado patadas y palizas por lo feo que era, por su cuerpo desigual, asimétrico y casi enano. Cuando conoció las trampas de la vida, el niño gracioso se convirtió en un tipo sarcástico y amargado que entraba en las estancias para buscar detalles de los que burlarse, tratando de captar frases que le sirvieran como base de sus mofas, y eso le convirtió en un artista ingenioso, pero resentido y bebedor, que vive para infligir daño a los demás.

Su vida al otro lado del mundo fue tan horrorosa que ya casi no la recuerda. Y eso ha sido gracias a que ha hecho un gran esfuerzo por olvidar.

Porque su existencia era mucho peor, intolerable, había muchos cómicos en Castilla, muy buenos, la competencia era tan reñida que solo conseguía trabajo en pueblos perdidos y aldeas inmundas. Aquí es todo lo contrario, los nobles le contratan, asiste a todas las veladas de la alta sociedad, es una de las personas imprescindibles en cualquier acto, incluso le pagan bien.

Ha triunfado.

En Santo Domingo, Chocarrero es el rey de los bufones, ninguno de los cómicos buenos que conoció tiempo atrás se ha atrevido a cruzar el océano. Tiene las arcas llenas y, aún más importante, tiene planes de futuro.

No va a estar toda la vida dando pena a los demás, porque eso es lo que ocurre. En realidad no disfruta de su profesión haciendo reír, sino que da mucha pena; tanto el populacho como los nobles se mofan de alguien como él, se divierten contemplando a un tullido.

Y ahora se van a enterar, piensa vengarse, algunos lo pagarán bien caro, incluso con sangre.

La primera será Jimena.

Hoy es sábado, quedan menos de veinticuatro horas para que cuelgue de una soga en la plaza.

Su trabajo le ha costado.

Chocarrero le ofreció su amor sincero y ella lo despreció. De entre tantas doncellas como llegaron en el primer barco de mujeres, tuvo que fijarse en ella. Es tal vez una de las peores cosas de las que le han ocurrido en su tediosa existencia.

Sí, le propuso matrimonio a esa joven porque pensó que era otra tullida como él, mostraba una enorme cicatriz en la frente, y como no conseguía que nadie la desposase se tuvo que dedicar a vender fruta en un puesto ambulante.

Y él le ofreció una salida, una salvación, se comprometió sin dudarlo.

Incluso a sabiendas de que no era una doncella, pues tenía un hijo, algo que ella misma le confesó.

Jamás le falló a Jimena.

Y ella, aun así, le rechazó.

Pero ya es agua pasada.

Ahora tiene otro objetivo. Se ha obsesionado con Gonzalo, el falso maestro cantero, el hombre que le ha robado a Jimena, que se ríe de él y le menosprecia, que le lanza miradas altivas y arrogantes.

Y mira por dónde, sin esperarlo, ha tenido un gran golpe de suerte.

Chocarrero tiene ahora información de primera mano, y va a sacarle todo el partido, como siempre, algo en lo que es un auténtico maestro.

En la última nao llegada desde Sevilla desembarcó un hombre con las mismas ínfulas que Gonzalo; de hecho, se parecía bastante a él.

La fortuna quiso que se encontraran ellos primero.

Antes de reunirse con su hijo, Chocarrero pudo aleccionarlo sobre el modo en que las cosas funcionan allí. El entendimiento y la atracción entre ambos fue inmediata, con solo intercambiar unas frases supieron que tenían intereses comunes.

Pelayo.

Es el nombre de ese jugador de cartas que conoce todas las partidas.

47

La casa de Chocarreo no tiene mala apariencia, es mucho mejor que las sucias habitaciones en las que ha residido el padre de Gonzalo en Sevilla, siempre rodeado de putas y malhechores.

En realidad, todo en esta ciudad es primoroso, Pelayo quedó tan sorprendido como su hijo cuando puso el pie en ella por primera vez. Las mismas impresiones al ver las mansiones y las iglesias, al pasear por las calles de las Indias, contemplar los fastuosos monasterios y hospitales, incluso ya ha tenido tiempo de ver el palacio de los torreones, la edificación que aseguran es fruto de ese muchacho que creció en el vientre de la que es su mujer.

Se plantó frente a la doble puerta de madera tallada, miró hacia arriba y no creyó lo que estaba contemplando. Era imposible que ese zagal que crio él mismo hubiese erigido algo parecido, una edificación opulenta, una obra sólida y perfectamente ejecutada.

Pelayo jamás quiso reconocerlo, pero los celos siempre le habían carcomido por dentro. Desde que era un mocoso, su hijo le había manifestado su pasión por las grandes construcciones, veía detalles en los que nadie se fijaba, estudió, dibujó y diseccionó el acueducto, fascinado, y con el tiempo su padre supo que tenía un don.

Uno que él nunca tuvo.

Sí, debe reconocerlo, no puede evitarlo, la envidia le corroe. Esa habilidad que poseen unos pocos expertos, dentro de uno de los gremios de mayor reputación, y que Dios le ha concedido a su hijo como *magister muri* para entrar en el círculo de los elegidos, a él se la ha negado.

Y eso a pesar de su pasión por esa actividad, la que de verdad le atraía, dar órdenes a capataces y obreros con el bastón de mando en la mano, organizar el traslado de los materiales, incluso de la invención de máquinas, y todo para elevar y ofrecer al Señor construcciones para la posteridad. Jamás entenderá por qué él no puede seguir ese camino, por qué Dios lo apartó de esa manera cuando se acabó cayendo la última casa que construyó.

Pero dejando atrás eso, hay cosas que no entiende. El *magister muri* debe atesorar conocimientos y estudios de matemáticas, geometría y arquitectura, y Gonzalo no sabe nada de eso; es imposible que haya podido levantar ese palacio que han contemplado sus ojos, absolutamente imposible.

Solo encuentra una explicación: aún no conoce a fondo qué está ocurriendo en esta sociedad de Indias, tan apartada del otro lado del mundo. Allí los gremios no habrían permitido que su hijo llegase tan lejos, las fraternidades se habrían opuesto, surgirían desavenencias entre las autoridades y las órdenes religiosas, pero aquí es el mismísimo virrey quien le ha encargado la obra de la catedral.

Pero no solo los canteros se reúnen en fraternidades y asociaciones, también el resto de las profesiones, ya que el gremio ocupa un lugar predominante en la estructura social y en la vida de las ciudades. Para ingresar son necesarios mil requisitos y prolongados periodos de formación.

Su hijo no ha pasado del grado de aprendiz, luego habría de ser oficial, y solo tras años de duro oficio y perfeccionamiento, y siempre ante las altas jerarquías, podría recibir el título de maestro.

¿Cómo ha podido ocurrir todo esto en tan poco tiempo?

Ambos están sentados en los butacones de buena madera que el cómico ha adquirido con el sudor de su frente. Comparten una jarra de vino, sonríen, han congeniado desde el mismo momento en que Chocarrero vio a un hombre desorientado delante del palacio de los torreones y le preguntó qué buscaba allí.

—Debo reconocer que no es mal vino —afirma Pelayo—. En el barco traje un barril que fue deteriorándose con el paso de los días, fue necesario aguarlo para que me cundiese hasta el final.

—Aquí podréis encontrar muchas de las comodidades que esperáis —dice Chocarrero—. Algunas no, de eso estoy seguro, pero el resto es cuestión de dinero.

—¿Sabéis qué cantidad ha librado el virrey para la construcción de la catedral?

—Dos mil pesos de oro. Una buena parte ya está en poder de vuestro hijo.

Pelayo se relame. Jamás ha visto ese dinero junto, una fortuna que le garantizaría vivir como un auténtico señor feudal, castillo incluido.

Porque solo lleva unas horas allí, pero ya tiene algo claro: necesita ese capital para regresar a Sevilla y llevar la vida que a él le gusta, entre partidas de cartas, buen vino y jaranas.

—¿Cómo podríamos hacernos con ese montante? —pregunta Pelayo—. ¿Acaso ya tenéis hilvanado un plan?

—El cincuenta por ciento será vuestro si me ayudáis a desvelar que Gonzalo es un farsante, pues estoy convencido de que no me equivoco.

—Mi hijo no pertenecía al gremio de los maestros canteros, doy fe. Jamás había construido nada antes, ni de lejos una simple casita de muro.

—Pues eso mismo es lo que tenemos que alegar, no es necesario mentir. Vamos a hacer una buena obra, el virrey tiene derecho a saber que su catedral no es segura si la construye alguien que le engaña, un tramposo.

—¿Y qué os asegura que cuando lo sepa no cancelará el proyecto? ¿Por qué habría de confiar en mí para llevar a cabo tan magno templo?

—Sois el padre de Gonzalo, maestro cantero, un hombre que cumple con la edad debida para esa alta profesión, atesoráis experiencia, y habréis desvelado las artimañas de vuestro hijo para hacerse con el encargo.

—No sé si será suficiente.

—Lo será, porque debéis conocer que a Diego Colón le acucia construir esa catedral, sus planes pasan por acelerar la conquista de las Indias, la gran gesta iniciada por su padre el almirante. Pretende formar un gran imperio de ultramar, tal vez un reino paralelo, dicen algunos, y como está empeñado en recibir una parte de todo lo que la Corona ingrese, su estrategia le exige un nuevo repartimiento de indios y realizar las concesiones de los nuevos territorios. Para todo eso se vale de la nobleza, la compra con títulos de explotación, le entrega lo que le piden. Una catedral es más que una catedral, es la piedra angular de un gran proyecto: esta ciudad será la capital del Nuevo Mundo, la extensión descubierta es inmensa, mucho más de lo que podáis imaginar, llena de yacimientos de oro y plata. ¿Sabéis cuánto es un diez por ciento de todo eso?

Pelayo asiente.

—¿Y qué debemos hacer para conseguir nuestra parte de ese pastel?

—Decir la verdad: vuestro hijo es un embaucador, un farsante que no tiene los títulos habilitantes que ha expresado y, por tanto, no puede proseguir con ese proyecto. Tal y como me habéis dicho, huyó de Castilla tras declararse culpable de robar y escamotear materiales de una obra que colapsó. Firmó esa declaración, me habéis asegurado. Tal vez tenga que ir a prisión. ¿Eso es un problema para vos?

Pelayo no se lo piensa.

—En absoluto, creo que lo merece.

Brindan sus copas.

—¿Y qué haréis cuando tengáis vuestros mil pesos de oro? —pregunta Chocarrero.

—Marcharme de aquí. No me gustan esos indios, ni este calor, tampoco los mosquitos.

Pelayo mira hacia el techo.

—Y lo más importante, sería incapaz de quedarme a vivir en un lugar que solo tiene abiertos dos burdeles.

Cuando Pelayo decide irse a dormir, cansado de una travesía tan endemoniada, Francisco Chocarreo se queda pensando, dando los últimos sorbos a su copa de vino.

Al día siguiente, tras la ejecución, va a anunciar al virrey y a los nobles quién es Gonzalo, todos deben conocer su verdadera historia antes de que se produzca una catástrofe, antes de que se derrumbe cualquier palacio sobre sus cabezas.

No tiene más remedio que hundirlo.

Va a destruirlo.

Por muchas razones.

Pero, sobre todo, por pretender a Jimena, la mujer a la que él amaba.

Y porque cree que ella sí que está enamorada de ese farsante.

48

—Tenemos menos de veinticuatro horas para desenmascarar a Chocarrero. Si no lo conseguimos, van a ahorcar a Jimena —sentencia Gonzalo.

Es sábado. Se han vuelto a reunir para compartir la información y las caras son largas, ha pasado el tiempo y aquello parece una misión imposible de llevar a cabo. ¿Cómo salvarla?

Los ojos de Isabel miran al suelo, desconsolada. Carmencita se agarra del brazo de su prometido, busca alivio entre tanto tormento. Petra parece absorta, no mira a ningún lado, pero es evidente que está consternada. Ana no entiende nada, es una situación que la sobrepasa.

Barragán es el único que tiene una propuesta:

—Dejádmelo a mí. Voy en busca del enano, lo agarro y le pegó una paliza como jamás se la han propinado. Juro por Dios que ese tipo hablará.

—¿Y si no lo hace? —pregunta Gonzalo—. ¿Y si le destrozáis de un golpe?

—Pues quedará aún más deforme de lo que ya es. Será más bufón, si es que eso es posible.

Niega con la cabeza. Hay que buscar otra solución.

Isabel sugiere algo:

—Ese hombre solo se mueve por dinero. Hagámosle una oferta.

Con esas palabras, logra despertar el interés del grupo.

—Yo le he visto en las veladas con los nobles, he observado cómo se pavonea, la necesidad que tiene de reconocimiento social, de parecer una persona...

Se queda atascada.

—¿Una persona qué...? —le reclama Carmencita.

—Una persona que puede relacionarse con los demás, tener vida propia, encontrar una mujer que esté a su lado. Siento decirlo, pero ese hombre no es alguien normal, algo ocurre dentro de su cabeza, y lo cierto es que da miedo.

—¿Qué información tienes? —le solicita Gonzalo.

—Sé que pretendió a Jimena, y es verdad, la ayudó en la búsqueda de su hijo a cambio de dinero, por supuesto. Incluso cuando quiere tener a una mujer, para él todo se reduce al dinero. Estoy convencida de eso.

Nadie puede rebatir esas palabras.

Gonzalo va hacia sus dependencias. Regresa en solo unos minutos, con una bolsa de tela blanca en las manos.

—Aquí hay cien pesos de oro —afirma—. Esto será más que suficiente para atraer su atención.

—Eso es una fortuna —dice Isabel.

—Es una parte de lo que me han entregado para comenzar a construir la catedral.

Gonzalo se preocupa. Guarda dos mil pesos de oro que no son suyos, es dinero público. Puede pagar muy cara esa osadía, pero es tal el empeño que ha puesto en salvar a Jimena que aparta esos pensamientos.

Ahora deben decidir quién es la persona más adecuada para comprar la voluntad de Francisco Chocarrero. La misión no es fácil, ese cerdo es un maestro de la tramoya y ya ha mostrado sus cartas, no se anda con tonterías, es capaz de pagar a otros para que hagan lo que él quiere, recurre a cualquier artimaña para conseguir sus oscuros objetivos.

Isabel quiere ir, pero no es lo correcto, está casada y tiene una reputación que mantener, no pueden verla a solas con ese depravado. Además, conoce bien al personaje, no tendrá muchas opciones de encontrar una solución cuando negocien.

Carmencita se ofrece, pero todos saben que no está en condiciones, y ella misma así lo ve, descartan por tanto esa posibilidad. Está tan afectada por la situación extrema de Jimena que no podría hacer algo tan complejo como convencer a ese hombre, que más que un hombre se trata de una especie de endriago.

Gonzalo tampoco es la persona indicada, la enemistad entre ambos es manifiesta, así lo han dejado claro uno y otro en los últimos encuentros.

Petra reflexiona. Ha dado muchos sufrimientos a sus amigas, no ha estado a la altura de las circunstancias. Ocultó que convivía con un hombre casado al que llamaba príncipe, y luego, si no hubiese sido por Gonzalo, ya estaría muerta.

Por eso se autoconvence de que les debe algo, tiene que

apostar por esa amistad, por las personas que realmente la quieren en la isla. Por tanto, ella debe ser esa persona.

Es tal su convencimiento que cree que con su intervención habrá más posibilidades de éxito. No solo tiene habilidad para negociar, además es bella, y como saben que es un tipo licencioso, degradado por la sociedad, alguien de bajos instintos, hay más probabilidades de que, con la estrategia adecuada, ella consiga arrancarle una confesión que pueda ser válida para salvar a Jimena.

Sí, es arriesgado, pero es la única manera de lograr algún resultado.

Cuando expone sus ideas al grupo, sus palabras son tan firmes, tan persuasivas, que consigue el aprobado unánime.

Petra parte al anochecer. Se ha arreglado, lleva un traje de seda rojo y algunas joyas discretas.

Cuando sale por la puerta con la bolsa de cien pesos de oro, todos piensan que es una buena apuesta, que han hecho bien eligiéndola.

Toca con los nudillos en la puerta de la vivienda de Francisco Chocarrero. Es una casa de madera en los límites de la ciudad.

El bufón abre y se sorprende al verla.

—Pasad.

Hace una reverencia con el brazo derecho. El rastro de perfume que deja la dama al adentrarse lo embriaga. Cierra la puerta y la invita a un buen acomodo.

—¿A qué debo esta agradable sorpresa?

Petra da algunos rodeos, no quiere entrar tan rápido en

materia, evita decirle a las claras cuáles son sus pretensiones. Comienza con suaves palabras, le agradece el magnífico trabajo que hace, la ciudad no sería la misma sin un cómico, nada es tan divertido como sus actuaciones —le halaga sin tapujos—; en realidad, la ciudad no sería la misma sin un bufón de sus características.

Chocarrero no adivina a dónde quiere llegar, pero le agradan esas palabras, sobre todo cuando las está pronunciando una mujer de gran belleza sentada en un sillón de su propia casa.

—¿Queréis vino?

—Por supuesto.

Sirve una jarra para los dos y pone unos vasos sobre una mesita baja.

—Decidme, ¿y solo habéis venido a mi humilde morada para decirme que soy un gran artista?

—He venido para conoceros mejor.

El hombre muestra una gran sonrisa.

—Tenéis que saber que no soy un hombre fácil de contentar.

—Así lo tengo entendido.

—¿Y entonces?

—Quiero pediros algo que es muy importante para mí. Si me lo dais, prometo pasear con vos, estrechar nuestra amistad. Ya me entendéis.

El hombre se llena un vaso de vino y se lo traga de una vez.

—No voy a negar que me siento adulado, sois una mujer hermosa. ¿Y qué es esa cosa que tanto os preocupa y que os hace presentaros en mi casa?

—No me andaré por las ramas. Jimena es mi amiga, y no podré vivir si la ahorcan mañana. Es una gran injusticia. Quiero que vos testifiquéis ante el alguacil, estabais presente cuando le robaron la daga la noche de la celebración. Eso detendría el ajusticiamiento.

Chocarrero no sale de su asombro. Abre mucho sus pequeños ojos, la mira de arriba abajo y dice:

—Podría hacerlo si me entregáis esta misma noche otra cosa.

Se levanta de su silla y se sienta sobre ella. La diferencia de altura entre ambos es considerable. La apariencia es la de un niño sobre el regazo de su madre.

Pero un niño muy perverso.

Comienza entonces a besarla en los labios y a tocarle los senos.

—Vais muy deprisa.

Se incorpora y se arregla el vestido.

—Si queréis lo que habéis venido a buscar, tendréis que yacer conmigo esta noche.

Petra se turba, ese zafio enano va demasiado rápido.

—No creo que sea lo más adecuado para comenzar una relación.

—¿Acaso no fue así como comenzasteis la relación con Jácome?

Se arroja sobre ella y le raja el vestido. Luego lanza sus manos en busca de su ropa interior, la toquetea y acerca su cara a la suya con ademanes viciosos.

—Esperad, deteneos. Traigo dinero, mucho dinero. Si me firmáis esa declaración, os entregaré cien pesos de oro.

Le muestra la bolsa, cualquier cosa para que ese degenerado se detenga.

El hombre cambia la expresión. Piensa que no sabe qué ha hecho para que esa noche la fortuna le ría de esa manera. Algo así no le había sucedido en su vida.

No puede dejar escapar una presa tan suculenta.

Le arranca la bolsa de las manos y la abofetea.

Deja el dinero dentro de un mueble y se lanza a por ella.

La tiende en el suelo y la golpea bruscamente en el rostro. Ella gime, con voz lastimera le pide que pare, que cese, pero él prosigue y le arranca el vestido, hasta que le llega el turno a la ropa interior.

Cuando ella trata de frenarlo, él la golpea con más fuerza.

—¡Os lo suplico! ¡Deteneos!

Pero él no se detiene, tiene claro que quiere el premio completo.

Petra llora, grita, sabe que ese cerdo no va a parar. Ruedan por el suelo y derriban la mesita donde está la bebida. La jarra de barro cae y ella logra agarrarla, se la estampa en la cabeza y se rompe en decenas de pedazos.

Él se aparta, sangra por la herida y se muestra desconcertado, todo le da vueltas. Ella aprovecha para escapar de sus garras. Pero no logra ver dónde ha puesto la bolsa con los pesos de oro.

No tiene más remedio, se ve obligada a salir corriendo de esa casa. Sabe que, si permanece allí un minuto más, ese cabrón va a violarla.

Cuando la ve partir a toda prisa, Chocarrero solo piensa una cosa:

«Por mucho que corráis van a atraparos, querida Petra, ahí fuera hay gente mucho peor. Una auténtica bestia que va a por vos, y que os tratará sin las delicadezas que yo habría empleado».

Petra se presenta en la mansión sin aliento, con los ropajes descompuestos y el pelo alborotado. Su rostro lo dice todo, no necesita hablar para que los demás entiendan lo ocurrido.

Gonzalo se lanza a la calle y va raudo a la casa del cómico.

Cuando llega, la puerta está abierta, no hay nadie en el interior. Revisa los pocos muebles, abre los cajones, levanta los colchones y retira los cuadros de las paredes y un espejo. Ningún rastro del dinero.

Francisco Chocarrero ha volado con los cien pesos de oro.

Pero no es eso lo que le amarga a Gonzalo. La situación le sobrepasa, cae de rodillas y comienza a llorar, se hunde sin remedio.

No lo había hecho hasta ahora, pero cuando descubre que ha agotado todas las opciones de salvar a la mujer a la que ama, se derrumba.

Al día siguiente ejecutarán a Jimena.

Y ya nada puede hacerse.

49

El domingo, cuando llega la hora de la ejecución, Gonzalo ha desaparecido. Nadie sabe dónde se encuentra, la última vez que lo vieron tenía lágrimas en los ojos y era evidente que no quería que nadie observara a un hombre como él en ese estado, odia mostrarse débil y afligido.

Ellas dudan si asistir o no a ese brutal ajusticiamiento; algo absurdo, contemplar cómo muere una amiga es una mala idea, sin duda, pero es más fuerte el deseo de verla por última vez y gritarle que nunca la olvidarán.

Así lo deciden. Carmencita, Isabel y Petra acudirán a la plaza Mayor, se acercarán al patíbulo y harán todo lo posible para que ella escuche las plegarias de sus amigas. Antes de morir, Jimena debe saber que la quieren, que siempre la tendrán en su recuerdo, y que seguirán luchando por limpiar su nombre, si es que eso ya sirve de algo.

Ana está tan afectada como las demás y se suma a la comitiva. Con el alma por los suelos, las cuatro abordan la calle Las Damas y ponen rumbo a la plaza.

Llueve con poca fuerza y se ven algunos rayos sobre

el mar Caribe, pero unas nubes negras amenazan tormenta.

Es el momento más triste de sus vidas, caminan cogidas del brazo y rememoran el viaje juntas en el barco, aquellas mujeres cargadas de optimismo y felicidad jamás hubieran imaginado un final como este ni en sus peores pesadillas.

Alcanzan la plaza y lo que ven es horrible: cientos de personas abarrotan el espacio cercano; muchos han venido desde lejos, de otros asentamientos, nadie quiere perderse el ahorcamiento de una doncella, ni más ni menos. La gente se arremolina frente a tres costados del patíbulo, solo han dejado libre un pasillo en la parte trasera para que la comitiva que conduce a la asesina alcance la horca.

Consiguen situarse muy cerca del cadalso, casi pueden tocar los listones de madera, pero imposible llegar a las primeras filas. Justo en la parte frontal hay sillas reservadas para las autoridades, algo parecido a los fines de semana cuando en esa misma plaza celebran espectáculos.

El ruido es ensordecedor, el populacho quiere ver cómo cuelgan a la criminal que le quitó la vida a una noble de Castilla. Los niños juegan en la plaza tirándole piedras a los perros, algunos orinan sobre las maderas, y un jovencito ha subido los escalones y realiza un teatrillo, una escabrosa parodia del estrangulamiento: se coloca una ficticia cuerda en torno a la garganta y luego se deja caer, retorciéndose de forma espasmódica sobre la tarima.

La lluvia arrecia, los truenos estallan, pero nadie se mueve de su sitio. Unos gritan —la mayoría—, otros insultan en un tono más moderado, y muchos escupen.

El patíbulo atemoriza.

Sobre el cajón elevado han situado dos columnas impresionantes, y sobre ellas, una viga ancha, más que suficiente para soportar el peso de una joven. Todo de madera, de algún árbol autóctono de la isla.

Las amigas callan y escuchan los comentarios insolentes de algunos. Un grupo de hombres hablan entre ellos:

—Si la doncella tiene suerte, el cuello se le romperá al instante, nada más caer. Esa es la mejor muerte que puede esperar.

—Sería un fastidio porque hemos venido a contemplar algo que dure al menos unos minutos. Esperemos que aguante, que se agite sin parar, como un pez fuera del agua, y que el rostro se le ponga morado y eche espuma por la boca.

—Una vez observé cómo el ahorcado resistía y resistía, duró tanto en esos espasmos que el cuello se le alargó un par de palmos. Juro por mi vida que lo que cuento es cierto.

Carmencita no puede evitar escuchar esas impertinencias y vomita.

Un redoble de tambores suena con fuerza cuando la comitiva está a punto de abandonar la cárcel. Se abren las pesadas puertas y el primero en salir es el alguacil, que observa la gran cantidad de público expectante. Levanta su bastón de mando y ordena que saquen a la condenada.

Hay un carro negro tirado por dos caballos del mismo color esperando. La van a trasladar enjaulada, algo absurdo dada la corta distancia hasta el patíbulo.

Jimena sale engrilletada.

Ya se escapó una vez, y eso no va a volver a ocurrir. La meten en el carromato y cierran con llave la portezuela de barrotes.

La comitiva avanza.

La preside el alcalde, y detrás de él va el alguacil con su traje negro y su banda blanca cruzada al pecho. Le siguen el veedor y otros funcionarios públicos.

Jimena presenta el rostro demudado, la piel mortecina, los labios torcidos y los ojos muy abiertos, rojos e inundados de lágrimas. No quiere ver a la gente insultándola, tiene la vista puesta en la tierra amarilla de la plaza. Lleva la misma ropa que la noche que la capturaron, hecha jirones, sucia, y su pelo rubio, alborotado y lleno de briznas de paja.

Los ayudantes del alguacil, armados, escoltan la parte trasera del carruaje y cierran el desfile, que apenas tarda unos segundos en alcanzar el mortífero estrado. Antes de subir las escaleras, se detienen mientras el escribano mayor, ataviado con ropajes negros y sombrero con una gran pluma, lee la sentencia a muerte:

—«¡Por la gracia y voluntad que Su Majestad el rey Fernando me ha delegado, en mi facultad de virrey y gobernador de las Indias, firmo esta orden de ejecución de Jimena Cardona, hija de Ambrosio Cardona, al haber sido juzgada y encontrada culpable del asesinato de doña Mencía Álvarez de Toledo, hija de don Martín Álvarez de Toledo y Enríquez, noble de Castilla!».

Un gran trueno remata esas palabras.

Los tambores comienzan a redoblar con fuerza y el gentío aplaca los gritos y los insultos.

Suben a la condenada con parsimonia.

Ella levanta la vista y ve a personas que conoce, ciudadanos destacados de esa ciudad que parecen poseídos, porque la insultan y algunos escupen sobre ella: el carnicero, el panadero, el cuchillero, incluso la modista; le cuesta entender por qué actúan así, cuando la relación que tuvieron siempre fue cordial.

Carmencita ha roto a llorar, e Isabel y Petra la imitan.

Son incapaces de decirle nada, de gritarle que la quieren, porque el momento las obliga a estar calladas. Es mucho peor de lo que habían imaginado.

Francisco Chocarrero se encuentra junto a las sillas de los nobles. Ya tiene preparado su discurso, en cuanto vea las piernas de esa estúpida colgando explicará a todos que el maestro cantero, ese hombre que la ha defendido sin parar, es un auténtico farsante, pues no tiene habilidades ni capacitación para las complicadas tareas que lleva a cabo. Se aprovechó de la falta de gremios profesionales, un colectivo imprescindible en Castilla, pero que no funciona en las Indias. Al otro lado jamás hubiera ocurrido, pero aquí las cosas son distintas.

Y además cuenta con el testimonio de su propio padre, explicará también que ese falso cantero se saltó las normas, que firmó su implicación en robos de materiales y ejecución indebida de proyecto. ¿Querrán que algo parecido ocurra aquí? ¿Permitirán que la gran catedral sea erigida por un embustero? O, peor aún, ¿que se derrumbe?

Llegan el virrey y su corte.

Se sientan en sus sillas y miran el espectáculo; algunos al

cielo, puede abrirse de un momento a otro y acabar empapándolos a todos.

La gente calla.

Cuando Diego Colón levanta la mano, vuelven a gritar, a vociferar y a escupir.

A la presa la sitúan sobre la trampilla.

Los tambores retumban ahora con mayor exaltación.

Se acerca un monje franciscano para darle la extremaunción, realiza sobre su frente la señal de la cruz y la rocía con agua bendita. Reza por ella antes de salir de la tarima.

Le colocan el dogal sobre el cuello. La soga es pesada, Jimena nota el nudo rodeando su garganta cuando lo aprietan con fuerza.

Solo entonces le quitan los grilletes, ya no son necesarios.

A continuación, cubren su cabeza con una capucha blanca, y eso le da mucho miedo, es ahí donde se viene abajo y rompe a llorar sin remedio, porque sabe que se le va la vida.

Ya solo queda actuar sobre la palanca que abrirá la trampilla.

La gente chilla con ganas: ha llegado la hora. La lluvia es implacable, una cortina de agua acompañada de luminosos rayos y sonoros truenos irrumpe en la plaza. Aun así, triunfan los gritos.

El virrey da la orden. El verdugo mueve la palanca y la trampilla se abre.

Jimena cae, colgada.

El populacho aplaude y grita, algunos escupitajos la alcanzan. Esa mujer está luchando por su vida, se agita sin parar, la soga no la deja respirar y va a acabar con ella, y el público ríe, se burla y se divierte. No ven el rostro de la condenada, pero disfrutarían aún más si comprobasen que ya comienza a amoratarse, a desfigurarse.

Jimena quisiera gritar pero ya no hay aire en sus pulmones, solo puede sacudir el cuerpo con las pocas fuerzas que le quedan, hasta hacerlo rebullir, traquetear, contornear, zarandear y oscilar.

Su último pensamiento es sombrío: desconoce si cuando su alma la abandone irá al cielo o más bien al infierno.

En ese momento, sus últimas energías se esfuman y se queda rígida, inerte.

Y entonces sucede algo inesperado.

Se rompe la viga superior que sujeta la pesada cuerda, y su cuerpo, a través de la trampilla abierta, cae dentro del patíbulo.

Se hace el silencio.

¿Qué ha ocurrido?

¿Dónde está la presa?

Los nobles se ponen en pie y exigen explicaciones.

El alguacil sube raudo al cadalso. Mira a través de la trampilla.

No se ve a nadie. Ordena a uno de sus hombres que se introduzca. El tipo le obedece y desaparece bajo la tarima, se cuela dentro del patíbulo de madera.

Luego vuelve a asomar.

—¡Ahí abajo no hay nadie! —grita poniéndose las manos a los lados de la boca, porque la gente ha retomado el griterío, el ruido es ensordecedor.

El alguacil no le cree y decide inspeccionar por sí mismo qué ha podido ocurrir, quiere comprobar de primera mano dónde se esconde la prófuga.

Aunque allí dentro apenas se ve nada, es evidente que la rea se ha esfumado, su cuerpo no está por ningún lado.

Como por ensalmo, se ha evaporado de este mundo.

50

Cuando a Jimena le quitan la capucha, lo primero que ve es el rostro de Gonzalo. Por instinto, ella le sujeta la cara y le besa en los labios. Solo tienen unos segundos para contemplarse mutuamente, y lo hacen, aunque saben que deben huir a toda prisa.

Ahora caminan por los túneles. Él le dice que tienen que alcanzar el establo donde está atada Nieve, y partir a lomos de la yegua para refugiarse en algún lugar de la selva. Luego irán a la vecina isla de Cuba, allí está su amigo Hernán Cortés, que aún no ha iniciado el viaje hacia Tierra Firme, él los ayudará.

Corren cogidos de la mano y ella pregunta dónde están, qué es aquello.

Esos túneles que pretendían ser un sistema de alcantarillado de la ciudad se han convertido en realidad en unos pasadizos en los que están pasando muchas cosas en los últimos tiempos, y él no podía dejar de aprovecharlo.

—¿Cómo lo has hecho? No puedo creer lo que ha sucedido.

—La clave está en el carpintero —explica Gonzalo—. Cuando regresaba del palacio donde tienen a tu hijo, junto a

Carmencita e Isabel, vi que estaban construyendo en la plaza Mayor ese patíbulo, y entonces observé que quien realizaba el trabajo de carpintería era uno de mis hombres, que colabora conmigo en las obras.

El patíbulo estaba situado en un lugar diferente a donde se encuentra ahora. Cuando Gonzalo lo vio esa noche, puso en marcha un plan alternativo. Si todo fallaba, siempre le quedaba ese último recurso.

Convenció al carpintero para mover unos metros la estructura de madera. Luego le pidió que la viga que debía sujetar la soga fuese debilitada a conciencia, truncada para que se rompiera con el peso del cuerpo de Jimena.

Y que ella cayera bajo la trampilla del patíbulo.

Precisamente donde estaba uno de los accesos de entrada a la red de túneles.

Gonzalo le ha pagado una fortuna al carpintero, ya ha huido, no necesitará trabajar nunca más en su vida.

Jimena vuelve a besarlo.

Está viva gracias a él.

—Te has equivocado solo en una cosa —afirma Jimena.

—¿...?

—No me iré sin mi hijo. Eso jamás.

La casa de Gonzalo cuenta con varias estancias ideadas por el maestro cantero para incidencias como esa. Puede esconderla sin que nadie dé con ella, está convencido de que ni en mil años encontrarían a Jimena tras las paredes que ha levantado y escamoteado con maña.

Por la trampilla de la almáciga, se adentran en la mansión de la calle Las Damas.

Desde el jardín interior pueden escuchar el revuelo. Ha anochecido, y la gente recorre las calles con antorchas buscando a la fugitiva, con toda seguridad habrán puesto un precio a su cabeza.

—¿Y ahora qué? —pregunta Gonzalo.

—Insisto, jamás me marcharía sin mi hijo. Te pido que lo comprendas.

Jimena le pasa la mano delicadamente por la mejilla.

Él asiente.

—Lo entiendo. Pero tienes que esconderte, este será el primer sitio donde comenzarán a buscarte.

Ha tabicado una estancia no muy amplia, pero sí difícil de hallar porque no tiene puertas ni ventanas, es necesario entrar por arriba, desde una escotilla del techo.

Al cabo de unos minutos aporrean la puerta y amenazan con derribarla si nadie abre.

El alguacil en persona preside la comitiva, seguido de sus hombres y varios perros. Tienen las espadas en alto, y la furia los invade. Revisan la propiedad, no dejan nada al azar, miran bajo las camas, dentro de los armarios, detrás de los tapices.

Nada.

Antes de partir, el alguacil le lanza a Gonzalo una mirada asesina. Le tiene ganas, algún día lo atrapará, pero ahora se marcha con la difícil tarea de informar al virrey.

Justo cuando sale, llegan las cuatro amigas.

Gonzalo no dice nada, no puede pronunciar palabra, solo asiente ligeramente con la cabeza y sonríe. Ellas evitan desatar el júbilo, no deben aplaudir, nadie debe saber que la tienen allí oculta.

Jimena está viva.

La ciudad permanece alborotada hasta bien entrada la noche. La gente ha ido de un lado para otro portando palos, espadas, cuchillos, azadas y otros instrumentos de labranza, cualquier cosa capaz de matar a la fugitiva, provocando graves tumultos.

Ellos esperan con paciencia. La tormenta tropical arrecia a medida que pasan las horas, el fuerte viento y la lluvia ayudan a que el bullicio por fin decaiga. Cuando el populacho se disuelve y ya no se escuchan gritos en la calle, deciden que ha llegado el momento.

Van en busca de Jimena. Es necesario utilizar una tosca escalera de mano, de pesada madera, y entrar por la parte superior de la estancia.

Las amigas se abrazan, se besan, pero saben que aún queda lo más difícil.

¿Cómo van a salir de esta?

—Hay una posibilidad —expone Isabel—. Me han invitado en unos días a la gala que el virrey va a celebrar en los jardines del alcázar. El motivo es horroroso, piensa realizar un nuevo repartimiento de indios sin saber antes qué les ocurre, por qué se están muriendo. En vez de ocuparse de ellos, pretende que continúen esclavizados, maltratados, cuando en realidad no aguantan los turnos de trabajo a los que son sometidos.

—La mayoría de los encomenderos —afirma Gonzalo—

no tienen la más mínima consideración por los indios que trabajan en las explotaciones agrícolas, ni en las minas, y tampoco en los ingenios. Ese acto es una oportunidad para hablar con el virrey y decirlo alto y claro.

—Estarán todos los notables de la isla. Han sido invitados junto a sus familias y los niños.

—Yo también he recibido una invitación, como maestro cantero constructor de la catedral.

—Los nobles irán acompañados como siempre de sus sirvientes —añade Isabel—. Habrá tanta gente que será una oportunidad para husmear. Y lo más importante, adivinad quién es el bufón invitado.

—Chocarrero —dice Petra—. Tengo ganas de matar a ese imbécil.

—Hagamos un plan —propone Carmencita—. Yo quiero asistir, seré la sirvienta de alguno de vosotros.

—Y yo también debo estar allí —dice Jimena muy seria.

—¡Tal vez te has olvidado de que estabas colgando del cuello hace apenas un rato! —la espeta Gonzalo—. Eso ni hablar, es una auténtica locura.

Ella baja la mirada, piensa lo que va a decir, y solo entonces habla con una determinación pasmosa, afirma algo que ninguno de sus amigos se atreve a rebatir:

—Si no recupero pronto a mi hijo, la vida no tendrá sentido para mí. Prefiero que me ahorquen, os lo digo de verdad. Ahora que sé que mi pequeño estará allí, iré a cualquier precio, incluso si no me apoyáis estaré en el alcázar.

—Eres tozuda —suelta Gonzalo.

—Te disfrazaremos entre todas —propone Carmencita,

que conoce como nadie la determinación de Jimena y es consciente de que no va a parar hasta conseguir lo que quiere.

—Eres rubia —dice Petra—, tenemos que ver cómo poner tu pelo oscuro.

—Las indias utilizan un ungüento para la cara, creo que lo llaman guao, y cuando se lo aplican su piel es más clara. Probaremos con esa pasta, pero añadiéndole algo que te ponga la tez más oscura porque eres muy blanca.

Ana levanta el brazo.

—Sé hacer guao.

Esos polvos blancos, pegadizos, se fabrican con hojas, flores y frutos de un árbol de la isla, que segrega un jugo lechoso que puede provocar quemazón en la piel, pero que las taínas han aprendido a combinar con precisión y que espolvorean en sus caras para parecer europeas.

—Meteremos algodones dentro de tu boca, para que tus carrillos se ensanchen —propone Petra—. Yo lo hacía cuando era niña porque no engordaba, y si mi madre me veía flaca me atiborraba con hígado de pescado. Eso te cambiará el rostro.

—Y como tendrás que llevar uniforme de criada —afirma Isabel—, te peinaremos con el flequillo hacia delante y luego te pondremos la cofia.

El plan parece perfecto, sonríen, cada una se ocupará de una labor diferente.

Solo Gonzalo pone las cosas en su sitio:

—La última vez que acudimos todos juntos a una celebración nada salió bien. ¿Acaso no lo recordáis?

51

En esa noche aciaga, Chocarrero se lamenta. Las cosas no han salido como esperaba. Jimena ha escapado y Gonzalo estará con ella, no le cabe la menor duda. Ni uno ni otra. Las dos piezas que anhelaba cazar el mismo día han escapado.

Le ronda la sospecha de que Jimena andará escondida en la ciudad, incluso dentro de la mansión del que se hace llamar maestro, que habrá levantado falsos muros, escondites perfectos para su amada. Porque tiene claro que ella no va a huir, no va a alejarse de la ciudad ahora que sabe dónde está su hijo, y es consciente de que esa mujer no podrá ser feliz mientras no rescate al pequeño.

Ahora, su intuición le marca que ella acudirá a la fiesta del virrey. Es más que una intuición, mucho más que una conjetura, es la deducción de alguien que analiza los asuntos con rigor, y que jamás falla cuando se trata de adivinar los comportamientos del ser humano.

—¿Habéis comprobado que os decía la verdad?

Pelayo cuenta los pesos de oro que el cómico le ha entregado, el botín que le sustrajo a Petra se ha repartido al cincuenta por ciento.

—Debo reconocer que sois hombre de palabra —dice Pelayo—. Me prometisteis hacerme rico y estáis cumpliendo. ¿Para cuándo tendremos los dos mil pesos de oro?

—Están en la casa de vuestro hijo. Pero debemos proceder como os dije, antes es necesario desenmascararlo ante el virrey, y en cuanto lo apresen, iremos a buscar ese capital.

—Si me engañáis, os mataré.

—No tengo motivo alguno para eso. Vos seréis libre de iros de vuelta a Sevilla si es vuestro deseo, o de jugar cartas aquí, como queráis. Mi caso es distinto, seguiré en la isla, tengo mis propios planes.

—De acuerdo. ¿Y qué debo hacer?

—Solo estar preparado y decir la verdad, que vuestro hijo es un farsante, que jamás ha entrado en el gremio, que ningún reputado maestro cantero le ha formado y le ha dado la bendición, y lo más importante, que firmó una declaración haciéndose responsable del hundimiento de una construcción tras robar materiales.

Pelayo asiente, no parece difícil comunicar todos esos extremos porque son ciertos.

—¿Y cuándo lo haremos?

—En el transcurso de la gala convocada por el virrey. Allí diremos alto y claro que vuestro hijo es un embaucador y un peligroso embustero. Aportaréis las pruebas que decís, por ahora no es necesario ningún papel, las autoridades encerrarán a vuestro hijo y pedirán los papeles correspondientes a los archivos de Segovia.

Ambos sonríen, su unión va a reportarles pingües beneficios.

—¿Sabéis que pienso ahora mismo? —le pregunta Pelayo.

—Decídmelo vos.

—Ya he jugado varias partidas, y tengo que reconocer que aquí la gente es bien pardilla en estas artes. Tal vez cambie de opinión y me quede, al menos un tiempo, presumo que no tengo ningún rival a mi altura en asuntos de cartas.

—Como gustéis. Pero permitidme que os recite los versos que he preparado.

¿Qué es lo mejor que Chocarrero sabe hacer?

Pues eso, cantar divirtiendo a la gente, logrando que se emocionen, que rían y lloren con sus versos, mientras toca son suavidad un instrumento musical.

Está componiendo una rima irónica, la que recitará en el alcázar en presencia de decenas de nobles:

Un barco los trajo juntos
como pájaros errantes
a la asesina de la daga
y también al maestro farsante.

El cantero falseó su pasado
y la doncella le creyó
pero, oh, Dios de las burlas,
es ella la que más mintió.

Dijo que era doncella
pero sus carnes fueron degustadas,
en su anterior vida
la joven ya había sido catada.

Y él quiere construir la catedral
para volver a fracasar
pues ya una vez falló
y ahora pretender a muchos matar.

Pelayo aplaude. Le dice que es un cómico bueno, realmente bueno. Acompaña cada estrofa con un acorde de laúd perfectamente ejecutado, rítmico, sonoro, un deleite para los sentidos y el intelecto, palabras que halagan a Chocarrero.

Aunque en su interior piensa que al poema le falla la rima. En realidad es un desastre de poema, pero evita decir nada, presume que podría estropear el trato.

Al dejar atrás la casa y poner rumbo al Pata Palo en busca de sus nuevos compañeros de cartas, Pelayo mira arriba y ve un millón de preciosos puntos, un cielo desbordado de estrellas que le enerva.

Aunque tal vez no sea esa la razón, sino otra.

«¿Por qué habría de compartir los dos mil pesos de oro con ese enano? Son de mi hijo y, además, el trabajo sucio lo voy a hacer yo», piensa.

Esa noche va a tener suerte, está convencido, porque la vida le está sonriendo en los últimos meses. Desde que puso un pie en la isla, la diosa Fortuna le acompaña.

Y eso es solo el principio.

52

Tres porrazos en la puerta de entrada alertan a Petra. La comitiva ya se ha marchado hacia la fiesta del virrey, algo se les ha debido de olvidar. Se levantaron temprano, sus amigas se vistieron de sirvientas y Gonzalo se lavó a conciencia, se engalanó con su precioso jubón de terciopelo. Ninguno ocultaba sus nervios cuando partieron.

Abre la puerta y se encuentra con un caballero bien vestido, tal vez un noble. Detrás de él hay una carroza con dos caballos.

Cuando le pregunta qué desea, el hombre no responde.

Sin mediar palabra, lanza su puño contra el rostro de Petra y la derriba. Ella cae desmayada, ha sido un golpe brutal, salvaje incluso.

Sin dilación, la levanta del suelo, las sostiene en brazos y la mete dentro del carruaje. Se sube al puesto donde debería estar su criado y agita las riendas arriba y abajo.

Parte a toda velocidad hacia las afueras.

En veinte minutos han alcanzado una cabaña de madera, aislada, grande, construida unos años atrás para labores agrícolas, y por eso está rodeada de terrenos de cultivo. Solo se ven cerca un par de chozas que sirven para guardar los aperos de la huerta.

Con la mujer aún inconsciente, se adentra y la deposita sobre una cama situada en el centro de la estancia, que presenta pocos muebles y paredes desnudas.

La ata bien y se cerciora de que los nudos son insalvables.

Luego le rompe violentamente todos los ropajes, incluso la ropa interior, hasta dejarla desnuda.

Se sienta en el borde de la cama y contempla su cuerpo. No hay sorpresa alguna, es tan delicado y excepcional como creía. Sí, es la mujer más hermosa que ha estado en ese lugar, tal vez la más agraciada que ha conocido en su vida, y han sido muchas, tanto allá como aquí en las Indias.

Piensa entonces que es mucho más que un ser humano, idealiza ese cuerpo femenino que permanece postrado e inerte. La compara con una diosa, una de esas esculturas romanas que a veces aparecen enterradas en los campos hispanos.

Su silueta es escultural, la piel tersa y los senos perfectos, pero es el vello púbico lo que le turba.

Sabe que no tiene tiempo, que le acucia la celebración del virrey. Si no fuera porque es consciente de que va a anunciar el repartimiento de indios y el significativo avance en la asignación de cargos para gobernar los nuevos territorios, se quedaría allí sin mover una pestaña, observando esa deidad.

Se permite darle un beso en los labios.

Eso le provoca una erección inmediata. Pone una mano sobre su vientre plano y luego le abre las piernas.

Cuando toca su sexo, ella vuelve en sí.

Lo mira a los ojos y no sabe quién es. Desconcertada, nota que la ha aprisionado, apenas puede moverse con esas ataduras. Y lo que es peor, mira hacia abajo y se percata de que la ha dejado en cueros.

Comienza entonces a gritar, a suplicar ayuda.

—Nadie va a escucharos —asegura el noble.

Ella le lanza una mirada de súplica, es una mujer respetable, no es una puta.

—Comprendo vuestra sorpresa.

Utiliza unas palabras dulces, calmadas. No desea que esa belleza sufra, solo querría que se entregase a él sin ningún tipo de miramientos, sin ambages, que se prestara a todos sus juegos de amor y perversión.

Aunque sabe que eso no va a ocurrir.

—Si entendéis que esta es vuestra nueva vida no sufriréis, porque os trataré bien. ¿Me habéis comprendido?

Petra mueve la cabeza afirmando, asustada y perdida.

Tiene conocimiento de que han encontrado a otra doncella brutalmente asesinada, y aunque las autoridades se han guardado de difundir esa información, todas las mujeres que llegaron en el barco lo saben, lo han comentado entre ellas y están preocupadas por ese loco que secuestra y mata.

—No me hagáis daño —suplica—. ¿Me lo prometéis?

El hombre sonríe.

—¿Sabéis quién soy?

Ella niega.

—Mejor así.

Él vuelve a sonreír.

—Por ahora solo tenéis que conocer que poseo mucho

dinero y poder, más del que pensáis, y que puedo haceros muy feliz. ¿Acaso no es eso lo que buscabais en Jácome, ese necio comerciante?

Algunas lágrimas escapan de los ojos de Petra.

En esos momentos toda su vida pasa a mucha velocidad por su mente.

No entiende por qué no ha escuchado más a su corazón, las palabras de su madre cuando le advirtió de la decisión de marcharse rumbo a las Indias, y luego la nefasta idea de aceptar la propuesta de Jácome a sabiendas de que amaba a Gonzalo.

Si está allí, atada en una cama, concluye, es por su propia culpa.

Nadie ha cometido tantos errores como ella.

Un montón de errores.

—Respetad mi vida, y yo os complaceré.

El hombre se levanta de la cama.

Esas palabras le suenan a música celestial. Es un magnífico comienzo para la relación entre ambos.

Pero no va a desatarla, esa mujer tiene muchas cosas que demostrar antes de dar el paso que acaba de insinuar.

—Tengo asuntos urgentes que resolver. Regresaré esta noche, os lo prometo. Hasta entonces, intentad descansar.

Petra asiente.

Él se marcha. Cierra la puerta y la tranca con un poste de madera. Sabe que ella está atada, y que nadie podrá escucharla en decenas de leguas a la redonda, pero nunca es suficiente con estas fulanas.

En las horas siguientes, Petra trata de afrontar con valor todas las tribulaciones en que se halla sumida.

Pero, al final, una idea impera.

Está convencida de que, debido a las malas decisiones que ha tomado, ahora no solo es una puta, sino una auténtica esclava.

53

Sol radiante y viento en calma, ni tan siquiera una simple nube osa velar el maravilloso momento elegido por el virrey para celebrar el mayor acontecimiento desde su llegada. Va a cumplir su palabra, va a contentar a nobles, notables, hidalgos de las encomiendas, capitanes y amigos. Ha estado trabajando en ese asunto varios años y por fin hoy va a cumplir el mandato que le dejó su padre, gobernar con mano sabia, se hará con el control absoluto, ya nadie dudará de que, además de la sangre que corre por sus venas, es el indicado para dirigir los designios de las grandiosas tierras de ultramar.

Ha terminado la misa de mediodía y la aristocracia de Indias comienza a ocupar los jardines del alcázar.

Es un vergel enorme, una admirable extensión de terreno con flores, arbustos, macetas, estanques con peces y árboles. Todas las autoridades de la isla han acudido a la invitación del virrey, hay tanta gente presente, tantas personalidades, que nadie se fijará en los sirvientes, nadie esperará que una prófuga de la justicia esté sirviendo vino a sus señores.

Desde allí disfrutan de una soberbia vista del río Ozama y

del mar Caribe, que impacta por sus tonos azules, sin olas en el horizonte, allá donde los barcos fondean en la bahía.

Gonzalo llega acompañado de sus criadas, junto a Isabel y su esposo Juan; también las suyas les siguen a una distancia prudente, jamás deben caminar por delante de sus señores.

Carmencita y Jimena están entre ellas.

Petra se tuvo que quedar fuera de la comitiva, es muy conocida después de los hechos; además es muy alta, tal vez la mujer más alta de cuantas féminas han llegado a las Indias, y cualquiera podría reconocerla.

El maestro cantero no se detiene a observar a la gente, ni tampoco el tranquilo mar frente a ellos, solo tiene ojos para el alcázar. Ya han concluido las obras y la planta superior le ha transmitido fuerza al conjunto, ahora se revela como el edificio más prodigioso e insigne de la ciudad. Esos cinco grandes arcos en cada uno de los niveles, con sus majestuosas columnas, delante de soberbias logias abiertas, arriba y abajo, y rematadas en ambos flancos por edificios macizos, es algo que no puede dejar de contemplar.

Y aunque le cuesta trabajo separar la vista de esa monumental estructura, sabe que se le presenta una jornada complicada, necesita dedicar todos sus sentidos, estar muy pendiente, porque el jardín ya se va poblando de personalidades.

Corretean algunos niños por el lugar con sus cuidadoras tras ellos, y pronto los sirvientes del palacio les indican el espacio donde deben ubicarse. Los concentrarán alejados de los escalones de la fachada del alcázar, desde donde el virrey va a pronunciar su discurso.

Las familias más adineradas e influyentes de la isla se reúnen todas juntas, hablan, ríen, es un gran día. Puede ver a los Garay, los Bastidas, los Dávila, los Quiñones y los Carvajal. A otros muchos no los conoce.

Entre ellos parece haber amistad, pero es solo un escudo, porque la realidad es bien distinta: se odian, están compitiendo por las mejores concesiones, por los mejores títulos de propiedad, y eso incluye el repartimiento de indios, y también la asignación de los nuevos territorios que se van descubriendo sin cesar, tarea que se realiza desde esa ciudad.

En ese ambiente tan selecto, las sirvientas son como sombras, todas con su uniforme negro de pies a cabeza, salvo el tocado blanco que cubre sus cabellos.

Jimena observa el suelo, sabe que no debe mirar al rostro a los presentes, pueden reconocerla.

De soslayo, no pierde de vista la zona donde juegan los pequeños, ese es su único motivo para estar allí, a riesgo de perder el cuello.

Chocarrero se acerca a Gonzalo. Dada su baja estatura, debe elevar la cabeza para que el maestro cantero vea bien la sonrisa que le quiere mostrar, la más irónica de su amplio repertorio.

—Escuchad el poema que hoy voy a recitar especialmente para vos, no os lo perdáis.

—¿Acaso soy merecedor de vuestra atención?

—De toda mi atención. —El bufón le hace una reverencia—. Hoy os voy a hundir, os quitaré la máscara que cubre vuestro verdadero rostro.

—Decidme qué sabéis de mí.

—Que sois un farsante. Y ahora ya no tengo que imaginar nada, poseo todas las pruebas que lo demuestran.

—¿A qué os referís?

Chocarrero ríe de una forma obscena, perversa, sabe que está dominando la situación, que tiene todas las cartas para ganar la partida.

—Vuestro padre estááá aquííí —pronuncia con voz aflautada.

Gonzalo necesita respirar varias veces.

—No os creo.

El cómico levanta una mano y Pelayo sale de entre las columnas de la planta superior.

—Mirad allí.

A Gonzalo le tiemblan las piernas, está a punto de caerse al suelo al ver a su padre. Presenta un aspecto inmejorable, viste como un caballero, o tal vez como un noble, jamás le había visto con esa apariencia. Y sonríe mientras le saluda con la mano derecha.

—Huisteis —afirma Chocarrero—, ese fue el motivo por el que os embarcasteis. ¿Podéis negarlo?

No le contesta. Se aleja sin mirar atrás, preocupado, muy preocupado: si ese tipo ruin sigue con sus chocarrerías, los nobles le darán la espalda y el virrey no tendrá más remedio que acabar apartándole del proyecto de la catedral.

Y nadie querrá encargarle un nuevo palacio.

Con su padre cerca, cualquier desmán es posible.

Sobre todo si decide aplastarlo como siempre ha hecho, para dedicarse a su diversión personal por encima de todos, incluso de la familia.

Cuatro trompetas anuncian la llegada de los virreyes.

Todos miran hacia las escalinatas del alcázar.

Dos soldados portan una bandera blanca con la cruz de Borgoña.

Diego Colón y María de Toledo hacen acto de presencia, engalanados con lustrosas prendas. El virrey, con su uniforme de almirante, banda roja cruzándole el pecho. La virreina, con su gran porte, luciendo elegancia y linaje, viste traje rojo de seda, joyas y hermosa peluca.

El silencio es casi absoluto, solo se escucha a lo lejos a los niños jugar.

El gobernador se dirige a sus súbditos:

—El día que mi padre descubrió estas tierras, ensanchó el mundo conocido. Nadie discute que su proeza fue posible gracias al apoyo de Dios, que le había iluminado años atrás para que pudiese completar la más grande gesta de la historia de la humanidad.

»Ahora, cuando aún estamos erigiendo esta fabulosa primera ciudad de las Indias, nuestra sabia Corona se encuentra ante otra gran proeza, tal vez incluso más grande que la anterior. Bajo mi mandato, son muchos los nuevos territorios que estamos hallando, y es mi deber dotarlos de una organización racional, para ampliar los dominios del monarca.

»Para ello, quiero anunciaros que, haciendo uso de las facultades que me otorga el cargo de virrey y gobernador de las Indias, procederé a asignar un nuevo repartimiento de indios, fruto de una mejor hacienda real, y así poder explotar todas las fuentes de riqueza de este lado del océano, y con ello, la continuación de los descubrimientos, con la puesta en marcha de nuevas armadas de poblamiento.

Los aplausos son generalizados, de una forma u otra muchos de los presentes van a engrosar su patrimonio, y aunque la rivalidad hará que nadie quede totalmente contento, los pedazos a repartir son tan jugosos que ninguno pasará hambre.

El virrey es aclamado, le hacen un pasillo entre aplausos cuando desciende las escalinatas y alcanza el jardín.

Sus criados le sirven una copa de vino, y de inmediato es asaltado por los nobles, que lo asaetean a preguntas.

Tierra Firme, el Darién y los territorios más al sur son los más demandados, pero también hay expectativas para hacerse con el gobierno de las extensiones del norte, la prometedora Florida, sin olvidar las grandes islas, Cuba, Jamaica y San Juan.

Son tantas las posibilidades que ninguno va a quedar al margen del botín.

Como es una fiesta de mediodía, de pie, las sirvientas van de acá para allá satisfaciendo las necesidades de sus señores. La mayoría andan con jarras de vino para que no les falte la bebida, otras portan bandejas con algunas viandas: queso, trocitos de carne asada y pan.

A Jimena le da un vuelco el corazón.

Por fin se acerca el pequeño que vio días atrás. Tiene un pelo rubio muy claro, ahora puede verle bien la carita, es la viva imagen de su padre, los mismos ojos, la misma barbilla.

Apenas puede contener las lágrimas, pero se resiste.

El niño no se separa de la espada de madera que Bernardo de Quiñones le ha regalado, mucho más pequeña que la que él mismo porta; es su juguete preferido. Algo le pide a su madre, tal vez un trozo de queso, y luego se aleja corriendo en busca de sus amigos.

Los músicos empiezan a afinar sus instrumentos.

Gonzalo no olvida la conversación con el cómico y teme que su carrera como maestro cantero termine ahí. Sufre, porque quiere alcanzar grandes logros, ansía levantar la catedral y ofrecérsela a Dios, una sublime forma de expiación.

Porque las palabras que ha escuchado de labios del cómico son ciertas.

Tiembla cuando el bufón se dirige hacia las escalinatas del alcázar: va a realizar su actuación en un lugar elevado, para que todo el mundo pueda oírlo bien.

El tañido de los laúdes comienza a inundar el jardín.

Francisco Chocarrero alcanza la parte alta, se detiene, y repasa mentalmente los poemas y las chocarrerías que va a pronunciar.

La gente se acerca, es una actuación muy esperada.

Entonces sucede algo que carece de lógica, nadie podía esperar algo así, un hecho fortuito que cambia el rumbo de la celebración.

Se escucha un grito.

Es más bien un alarido, lastimero y pronunciado.

Jimena.

Se le escapa de las manos la bandeja que porta. El queso, la carne y el pan están ahora sobre la hierba que tapiza el jardín del virrey.

No solo ha dejado caer la bandeja, también ha lanzado ese lamento. Algo la ha impactado, y tiene que ser muy grave, piensa Gonzalo, porque es el peor lugar para que algo así ocurra.

Se acerca y ve que su rostro presenta un rictus horrible, algo ha debido de sucederle a su amada para que muestre esa expresión tan dolorida y, de paso, revele su presencia.

Ella levanta la mano y señala a un hombre:

—¡¡Es él!!

Apunta hacia uno de los nobles.

Es Pedro de Carvajal.

El caballero, de gran estatura y complexión, la mira, la observa, y se pregunta quién es esa sirvienta que ha arrojado una bandeja al suelo y lo está poniendo en evidencia delante de lo más florido de la sociedad de Indias.

—¡Vos matasteis a mi padre! ¡Y a mis hermanos! ¡Y a mi esposo!

La gente murmura, se miran extrañados, se hablan al oído unos a otros.

El noble está contrariado, hasta que se da cuenta de que no es una sirvienta, sino la hija de Cardona, el capitán de galeaza que estuvo a punto de desvelar el pasado corsario del almirante.

De pronto le viene a la cabeza el día que le pegó con una maza en plena frente, un golpe que tenía que haber sido mortal, nadie sobrevive a algo así, y sin embargo allí está ese fantasma. Ya mandó quitarla de en medio en cuanto la vio en las

Indias, el plan era perfecto, pero es evidente que algo falló cuando esa mujer permanece aún con vida.

Primero se alarma por las palabras que esa insensata ha pronunciado, pero pronto ve una gran oportunidad. Esa prófuga de la justicia acaba de proporcionarle la ocasión de su vida. Intuye que el virrey ahora le premiará más que a otros cuando sepa lo que hizo, la fidelidad que le tuvo en el pasado en tierras toledanas.

Ese capitán de galeaza iba por ahí tratando de desenmascarar al mismísimo descubridor, el hombre que hizo posible todo aquello que hoy celebran, la persona gracias a la cual están allí. Había que hacerlo, el pasado de Cristóbal Colón podía poner en peligro que su hijo se hiciera con el cargo de virrey.

Ahora es su gran oportunidad, y va a pedir su recompensa. Exigirá una posición de privilegio en el reparto de indios y tierras.

—¡Es la asesina de la daga! —grita Pedro de Carvajal.

Se acerca a ella, le quita la cofia de un manotazo y la lanza al suelo.

—¡Miradla bien!

Con Jimena tendida, los asistentes exclaman, algunos comienzan a insultarla, quieren golpearla.

Pero Gonzalo se adelanta y se interpone.

Ve que el noble ha desenvainado su espada. Él no porta ninguna, pero comprueba que son muchos los que sí.

En un ataque de atrevimiento, roba una y le hace frente. Las cruzan.

—¡Deteneos! —grita Gonzalo—. ¡Sois un asesino!

Pedro de Carvajal es un hombre curtido en el campo de

batalla y siempre ha salido victorioso, es hábil con las armas, ha matado a mucha gente y sabrá cómo reducir a un joven sin destreza militar.

—¡Por mi honor, por lo que habéis afirmado, retractaos o morid! —brama el noble.

Como el maestro cantero es ya un notable de la ciudad, un caballero, el duelo puede celebrarse entre los contendientes, ya que los plebeyos carecen de ese privilegio.

Gonzalo no pierde la compostura, y con sus palabras desata el pánico entre los presentes:

—¡Acepto el desafío!

Las señoras se tapan los ojos, algunas amagan con desmayarse, pero todas prestan atención, y sus esposos también.

Chocarrero mira desde el alcázar y piensa que, si esa espada no mata a ese farsante, más tarde lo hará él mismo con sus versos envenenados.

El duelo comienza de forma desigual. Aunque Gonzalo es alto y espigado, Pedro de Carvajal es un varón de gran complexión, jamás ha dejado de celebrar torneos y le gusta rivalizar con sus amigos cruzando metales de forma regular. Por el contrario, el maestro cantero jamás se ha batido y odia la violencia, pero sabe que ese energúmeno que se abalanza sobre él viene con intenciones zafias y letales.

Carvajal se lanza al ataque levantando la espada y describiendo un arco enorme. La deja caer con todas sus energías sobre Gonzalo, que logra detener el impacto con su arma, y eso le deja temblando el cuerpo.

En cada una de las embestidas, el noble le observa con unos profundos ojos negros, una mirada asesina que, de seguro, intimida y arredra a sus adversarios.

El siguiente cruce es aún más enérgico y peligroso, ese bruto toma con ambas manos la empuñadura de su espada, alza el filo y suelta ataques a uno y otro lado con gran pericia.

Gonzalo se defiende, retrocede, hace lo que puede, pero no logra esquivar una de las arremetidas, que le produce un corte en el hombro izquierdo. Siente una punzada, cree que ha comenzado a manar sangre de la herida, pero no se detiene porque sabe que, si lo hace, ese animal lo acabará ensartando.

Juega entonces buscando su oportunidad: aún no ha realizado ningún ataque y tal vez con eso pueda sorprender a su rival.

Gonzalo carga contra don Pedro, que no sufre ningún tipo de impedimento para contrarrestar el primer golpe, el segundo y también el tercero. Suelta una prolongada carcajada, está demostrando que ese joven no es un contrincante a su altura.

El maestro cantero se desanima, ese caballero es una especie de muro de piedra, está bien entrenado, es experto en esas lides, pero ya es demasiado tarde para retroceder.

Entonces Carvajal muestra una sonrisa diferente, un claro semblante asesino, ha decidido acabar con la vida del joven, y se lanza con ímpetu en su busca con la espada bien sujeta en la mano derecha.

Camina cuatro pasos largos.

La fortuna ayuda a Gonzalo, el atacante trastabilla con un desnivel del terreno, su enorme cuerpo se inclina hacia un lado y cae sobre él. Ambos ruedan sobre la hierba y pierden las espadas en el revoltijo de piernas y brazos.

Ahora están desarmados.

Tratan de levantarse con dificultad.

Gonzalo está herido en el hombro, se arrodilla, siente con más intensidad el tajo abierto, que trata de taponar con la mano.

Pedro de Carvajal decide que ya es hora de acabar con ese necio.

Saca de su interior una daga.

Se abalanza sobre Gonzalo y le pega una patada en el pecho.

Lo somete y le impide incorporarse.

Está a punto de clavar la daga en el corazón de Gonzalo, bajo la atenta mirada de los nobles.

Pero antes exclama algo, debe atraer aún más la atención del virrey, quiere dejar constancia de que todas las barbaridades que ha cometido han sido con un único propósito.

—¡Excelencia!

Gira la cabeza y comprueba que Diego Colón lo está observando desde la logia superior del alcázar.

—¡Maté a Ambrosio Cardona por vuestro honor!

Deja que todos asuman esas palabras.

—¡Ese hombre lanzaba dudas sobre la figura de vuestro padre, el almirante Cristóbal Colón, palabras que hubieran ensuciado su gesta y que habrían supuesto que vos no fueseis el digno heredero de los privilegios de que gozáis!

Su pie derecho impide que su oponente pueda levantarse.

Gonzalo aprovecha que ese bruto está más pendiente de la reacción del virrey que del duelo, y tira entonces de su pierna.

Casi logra derribarlo, el enorme cuerpo del noble se dobla sobre el jardín.

El maestro consigue incorporarse y con mucha velocidad recoge la daga, un movimiento que desconcierta al noble.

Sin perder un segundo, la clava en su pecho.

Don Pedro muestra unos ojos enormes, sorprendidos, eso no podía pasarle a él, un hombre con su experiencia militar no debería acabar así.

Mira al virrey, reclama ayuda, sin él nadie estaría ahí, nadie recibiría esos pingües beneficios, ni tan siquiera el hijo del almirante.

Pero ya es demasiado tarde.

Las autoridades se acercan y solo pueden verificar que el noble está tendido sobre la hierba.

Y proceden a extraer el arma de su cuerpo.

Hablan entre ellos.

Entonces el alguacil mayor toma la palabra y exclama:

—¡Excelencia! ¡Es la daga de la dama, la misma con las letras «A.C.»!

Los comentarios corren como la pólvora, sube el tono de los murmullos, ya nadie puede parar la cadena de disquisiciones y exclamaciones.

Ese noble ha confesado los crímenes.

Y tiene en su poder la daga de Jimena.

—¡Excelencia! —grita Gonzalo—. ¡Ruego a vos que declaréis a Jimena Cardona inocente! ¡Ella no mató a doña Mencía!

—¿Cómo podéis asegurarlo? —pregunta el alguacil.

Gonzalo se queda bloqueado.

Tiene la boca seca, el dilema que se le presenta es enorme.

Si reclama la presencia de Francisco Chocarrero —el único que puede relatar la verdad de lo ocurrido—, el cómico soltará el poema que le ha anunciado y todo el mundo sabrá que existe una declaración de culpabilidad por el derrumbe de una casa.

Y su padre lo corroborará, de eso no tiene duda.

Sabe que su profesión terminará ahí, que jamás podrá construir un palacio tan soberbio como ese alcázar, y tampoco la catedral.

Así permanece unos interminables segundos, la gente espera una respuesta, pero Gonzalo es incapaz de salir del bloqueo en que se encuentra sumido.

Carmencita aparece en su rescate.

Se planta delante de Gonzalo, levanta la mano y le sujeta delicadamente el mentón, mirándolo fijamente a los ojos.

—Déjame que te ayude —le pide.

No le contesta, el bloqueo es pertinaz.

Ella insiste, muestra una seguridad que quiere transmitir a su amigo.

—Por favor, te lo ruego, sé cómo arreglar esta situación. —Le acaricia la barba con suavidad—. Confía en mí, por favor.

Gonzalo asiente, está fuera de sí.

Carmencita se coloca dos dedos en la boca y profiere un fuerte silbido.

Se escuchan entonces ruidos en el interior del alcázar, golpes y algunos bramidos.

De pronto, aparece en la galería del primer piso su novio.

Barragán tiene al pequeño Chocarrero cogido por el cuello, lo levanta y le impide que pueda tocar el suelo con los zapatos.

—¡Excelencia! —grita el cómico, ya sin ninguna sonrisa en los labios—, me pagaron para que robara la daga de Jimena. Con la ayuda de otros sirvientes, pusimos un brebaje dentro de la bebida de la dama, ella no pudo ser quien clavara el puñal en el corazón de doña Mencía.

—¿Y quién os contrató para realizar ese servicio? —pregunta el virrey.

Francisco Chocarrero señala hacia el cadáver de Carvajal.

—Don Pedro afirmó que esa joven, Jimena, podría tal vez reconocerle, era consciente de que había matado a su familia, y quería quitársela de en medio. Juro que así me lo manifestó.

La gente calla, el silencio es abrumador.

Barragán lo deja caer.

Y el cómico se derrumba como si fuera un muñeco al que arrojan al suelo, pero no un muñeco cualquiera, sino un títere del diablo.

54

Incluso antes de mirar al cielo como una mujer libre, Jimena pone la vista en el lugar donde están jugando los pequeños. Tampoco se toma unos segundos para agradecerle a Gonzalo que se haya prestado a poner su vida en riesgo por ella, por supuesto sabe que de no ser por él las cosas serían muy distintas, pero hace sencillamente lo que le dicta su corazón: correr hacia los niños.

Son muchos, calcula que habrá dos docenas, quizá más, pero eso no es un problema, porque ninguno es tan identificable como el suyo, porque es el angelito más notable del grupo, tiene su imagen grabada a fuego en su subconsciente.

La gente se pregunta qué le ocurre a esa joven, tal vez se ha vuelto loca después de tanto sufrimiento, ha estado a punto de ser colgada en el patíbulo, acaba de presenciar un duelo a muerte, y ahora sale corriendo hacia el fondo de los jardines del alcázar.

A cualquiera se le iría la cabeza con tanto infortunio, piensan.

Uno, dos, tres... va apartando a nobles e hidalgos a su paso, sin importar a quién tiene delante. Algunos tratan de detenerla por el camino, afirman que ellos sabían que era inocente y se estaba cometiendo una injusticia, y Jimena sigue avanzando porque tiene algo mucho más importante que hacer, pero le gustaría decirles que nadie ha hecho nada por salvarla, salvo sus amigos.

Y lo que ocurre a continuación vuelve a carecer de lógica, es uno más de los muchos desatinos de la jornada. De alguna forma, una mujer aturdida como ella no puede asumir con facilidad las cosas que están sucediendo.

Llega a la zona de juegos. Hay más de media docena de chiquillos de pelo rubio claro, y de ellos cuatro son varones.

No tarda nada en ver a su retoño.

Allí está, lo señala.

Sus amigas corren tras ella, es un momento trascendental.

A Jimena le late el corazón con fuerza, nota la sangre circular por sus venas con furia, han sido tantas las contiendas y los desafíos que ha tenido que vencer para llegar hasta aquí que le cuesta creer que algo así esté sucediendo. Piensa entonces en su padre, en los cuentos que leyeron en los días felices que pasaron juntos, en la motivación que le insufló y en los miles de consejos que le brindó.

Está frente al pequeño, lo observa. De pronto, una nueva generación de su familia ha cobrado vida, y son tantos los signos que descubre en esa criatura que se queda pasmada, paralizada, incapaz de gobernar sus actos.

El niño se percata de que una sirvienta se ha plantado delante de él.

Le muestra entonces su espada de madera, la invita a sujetarla.

Ella, instintivamente, lo hace, y logra romper el ensimismamiento.

Se arrodilla para estar a su misma altura. Desde esa posición puede ver mejor sus ojos, la pequeña nariz, la carita de los Cardona, todo eso le recuerda a sus propios hermanos, y entonces ya es incapaz de contener el llanto, ni las ganas de abrazarlo, propinarle arrumacos y comérselo a besos.

El chiquillo trata de zafarse de esos brazos que lo atrapan como un cangrejo a sus presas, no entiende cómo una sirvienta hace esas cosas, tiene edad para entender que esas personas siempre permanecen a unos palmos y no transmiten muestras de afecto.

Primero le pide que le devuelva la espada, y luego comienza a llorar.

Bernardo de Quiñones y su esposa se acercan alertados por su propia criada. Algo está ocurriendo con su hijo, hay una extraña que lo acribilla a besos y caricias rozando el hostigamiento.

La mujer del noble es un poco mayor que Jimena, rubia como ella, de la misma estatura y complexión. Se acerca alarmada, no entiende qué sucede.

—¿Podéis decirme si os habéis vuelto loca? —le pregunta.

Ella se lo piensa. No sabe muy bien cómo abordar el asunto, es tan fuerte su deseo de salir corriendo de allí con su pequeño en brazos que no encuentra las palabras adecuadas.

—Es mi hijo —logra articular con dificultad—. Cuando lo

parí, me lo robaron, ocurrió el mismo día que perdí a mi familia.

La madre amaga con desmayarse, pero opta por gritar.

La gente ya se ha arremolinado en torno a la escena, crecen las habladurías, es imparable la onda expansiva que esas palabras han generado en los invitados.

Bernardo de Quiñones se lleva la mano a la empuñadura de la espada. Quiere manifestar que va a defender su honor y el de su mujer, esas acusaciones son infundadas, muy graves, y ponen en entredicho su honradez.

—Estáis muy equivocada —dice la mujer del noble—. A este niño lo parí yo en nuestro castillo de Valladolid. Nuestra familia es de esas tierras, y hay testigos que así pueden confirmarlo, decenas, cientos, pues somos muy conocidos en el lugar.

Jimena no la cree. Es un subterfugio para evadir su culpa, una fea argucia para que no le quite a su angelito. Ella haría lo mismo, piensa.

—¿Acaso no veis el parecido de este pequeño conmigo? —insiste Jimena—. Tiene la misma presencia de mi padre, de mi estirpe. Este niño no se parece en nada a ese hombre.

Y señala a Bernardo de Quiñones, que se siente ofendido y termina sacando su espada, apuntando a Jimena.

—Si no detenéis esas injurias tendré que pedir que os encierren de nuevo.

Ella sujeta al pequeño agarrando bien fuerte su manita. No piensa soltarlo, bajo ningún concepto, a ningún precio, ni siquiera a instancias del alguacil. Tendrán que matarla antes que dejarlo ir.

Se acerca entonces una mujer de avanzada edad, vestida como Jimena, y le dice:

—Si os sirve, yo misma lo vi nacer, fui su primera preceptora. Juro por Dios que digo la verdad, que estuve presente en el momento del parto.

Habla con convicción. Es una señora educada, pausada, una respetable anciana que transmite seguridad en sus palabras.

—Hay constancia de que está inscrito en los libros de nacimiento en tierras vallisoletanas, en los archivos parroquiales. Doy fe de eso.

Jimena se desconcierta. Esa gente está tratando de confundirla, es evidente, y ella no va a permitirlo.

La tensión le sube por las mejillas, quisiera alejarse de allí con el niño y dejar a toda esa gente atrás, pero sabe que no lo va a conseguir, se han blindado de fuertes argumentos por si algo así ocurría.

Los sobresaltos del día han sido tantos que no puede soportar más la presión, le ha sobrepasado y se derrumba sin remedio.

Se desmaya y cae a la hierba.

Varios criados retiran el cuerpo de Pedro de Carvajal y lo introducen en las bodegas del alcázar. Dos hombres lo sujetan por los brazos y otros dos por las piernas. Es un bulto pesado, un hombre corpulento, y les cuesta cargar con él sin arrastrarlo un poco.

Cuando lo sueltan sobre un lecho de paja, el noble vuelve en sí.

Blasfema, jura que va a matar a esos torpes, que hablará con el virrey para que los despida.

—Creíamos que estabais muerto —logra articular uno de ellos.

Otro de los criados le señala el pecho.

El caballero se da cuenta de que sangra por una herida profunda, tanto que le ha hecho perder la consciencia por un rato. Se siente desorientado, no sabe muy bien dónde se encuentra, ni qué ha ocurrido para que esté tendido en una asquerosa estancia rodeado de toneles de vino, quesos y jamones.

De pronto se acuerda del duelo, del maestro cantero y del ridículo que ha hecho delante de los nobles de La Hispaniola.

La gente conoce ahora la historia de la hija del capitán de galeaza. Debió matarla aquel día, en realidad lo intentó con todas sus fuerzas, pero esa zorra demostró ser más fuerte de lo que parecía. Nadie sobrevive a un golpe como ese, y Jimena lo consiguió, un cabo suelto que le ha costado muy caro.

Le cuesta aclarar las ideas, aunque algo es nítido en su cerebro: debe matar a ese tal Gonzalo en cuanto pueda.

Delante de los expectantes criados, al menos sabe que nadie ha certificado su muerte. Todos pensarán que ya debe estar en los cielos, o más bien en el infierno.

Pide ayuda para levantarse, y lo logra con denodado esfuerzo.

Luego les promete un peso de oro a cada uno si le traen su caballo y mantienen la boca cerrada.

Dispone de un lugar donde recuperarse de la herida, allí nadie lo encontrará.

La cabaña donde tiene atada a la doncella.

Petra puede ayudarlo a encontrar la paz, un buen rato de solaz no le hará mal a su maltrecho cuerpo.

Aunque, conociéndose como se conoce, sabe que en cuanto vea a esa puta va a volcar en ella toda la ira contenida.

55

Trasladan a Jimena en un carromato hasta la casa de Gonzalo. Cuando llegan, las puertas están abiertas, pero la intensidad del momento es tanta que nadie se preocupa. La dejan sobre la cama, abre los ojos poco a poco, tiene la sensación de estar saliendo de una pesadilla, pero de una muy real, nota la boca seca y los ojos le dan punzadas. Todo le resulta extraño. ¿Dónde se encuentra? No reconoce el lugar, ni las paredes ni los grandes ventanales, tampoco la cama donde yace.

Gonzalo le explica que sufrió un espasmo y se desmayó. El galeno ha dictaminado que sufre de cansancio acumulado.

—¿Y mi hijo?

A él le cuesta comunicarle tanto infortunio.

Han consultado a las autoridades, las palabras expresadas por Bernardo de Quiñones parecen ser ciertas, existen libros de registro parroquiales que podrán demostrarlo, y hay testigos que han visto parir a su esposa.

—¿Y te lo has creído?

Se toma unos segundos antes de rogarle que debe parar

ya, que hay signos evidentes de que ese pequeño es un Quiñones.

—Jimena —dice muy serio—, a esa mujer la amparan muchos testigos. Y tiene más hijos, nada menos que seis. Nada hace pensar por qué iba a robar otro. No hay razón alguna para hacer una cosa así. De todas maneras, como madre entiende tu dolor y va a solicitar que le envíen copia de la inscripción parroquial desde Valladolid, con testimonio del propio obispo, para que te quedes más tranquila.

Jimena decide no hablar, prefiere mirar a través del ventanal.

Gonzalo la sujeta por los hombros y la mira a los ojos.

Solo ve en ellos sufrimiento y lejanía.

Es entonces cuando Carmencita e Isabel entran en la habitación.

—Petra no está —afirma la primera—. Ha desaparecido.

—¿Has preguntado en la calle? —inquiere Gonzalo—. ¿Alguien la ha visto salir?

—He interrogado a varios criados de los palacios cercanos —dice Isabel—. Aseguran que un caballero la ha metido en un carro tirado por dos caballos. La llevaba en brazos, desvanecida.

—Dios mío —pronuncia Gonzalo—. El secuestrador de doncellas.

Pedro de Carvajal deja atrás el alcázar. Han taponado, limpiado y cosido la herida de su pecho. Aun así sangra, pero eso no va a detenerlo. Sabe que no puede aparecer por su palacio, el alguacil lo arrestaría porque ha cometido una cadena de estúpidos fallos: mostrar la daga —la conservaba como un trofeo, le costó conseguirla tras el asesinato de doña Mencía—, y luego confesar que mató a cuatro personas. El vino siempre ha sido su debilidad, y eso es peligroso cuando se combina con la osadía.

Cabalga al galope hacia un destino: la casucha de madera donde aprisiona y retoza con las doncellas antes de asesinarlas.

Allí le espera la zorra de Petra.

Tendrá tiempo para pensar mientras disfruta de esa belleza.

Ha de pergeñar un plan, inventar algo que convenza a todo el mundo antes de partir hacia lejanas tierras, y ha de ser rápido. Esa finca donde oculta a sus víctimas es casi desconocida por todos, pero hay algunos que sí la pueden situar, como su propia esposa o algún que otro criado.

De pronto se acuerda de algo importante.

Ahora no tiene cerca a Chocarrero, lo habrán detenido. Ese tipo le proveía de información útil, no había detalle que se le escapase, y siempre le asesoraba con sabios consejos. Con el tiempo, Carvajal ha llegado a creer que el cómico era mucho más perverso que él mismo.

Aunque está convencido de que él es mucho más animal, más hombre, porque ese bufón contrahecho jamás ha mostrado hechuras con las hembras, nunca quiso participar en las noches de lujuria con las mujeres que apresaba.

¿Qué fue lo que le dijo en el transcurso de la celebración en el alcázar?

Ah, sí, el padre de Gonzalo anda por la ciudad, un tal Pelayo, un hombre fácil de corromper, ávido de dinero, una pieza barata.

¿Querrá ayudarlo a acabar con su propio hijo?

Como conoce el poder del oro, bendice su propia suerte e imprime velocidad a la yegua.

56

A Petra le sangran las muñecas. Ha puesto todo su empeño en liberarse, sin éxito. Ese bruto sabe practicar buenos nudos. Está anocheciendo y el miedo le oprime el pecho, no encuentra escapatoria y es consciente de que en cuanto regrese ese bárbaro no solo va a sufrir, sino que es probable que nunca salga de la cabaña.

No puede quitarse de la cabeza esa idea. Han secuestrado a varias doncellas, han desaparecido para siempre, y a otra la hallaron muerta, salvajemente maltratada. Antes era un asunto de esos que jamás se piensa que vaya a ocurrirle a una, que tal vez esas mujeres no habían guardado la precaución necesaria que una advertencia como esa amerita.

Y ahora ya no le queda más remedio que llorar, pues gritar no puede, la garganta le arde tras horas de desesperación, se ha desgañitado en el transcurso del día, desde el mismo instante en que ese monstruo partió.

Sin voz, a Petra también le queda la opción de rezar.

Aún queda algo de tiempo para que sea noche cerrada, y ese es el momento que más la atemoriza, esos nobles aprovechan la impunidad que ofrece la oscuridad para actuar sobre sus víctimas.

Y cuando deja de entrar luz por la ventana, en la soledad de la cama, el silencio es tan profundo que solo escucha el latir de su corazón.

Entonces se cumple su pronóstico.

Oye relinchos y tiembla.

Sabe que ha llegado la hora.

Ruega a Dios que todo sea rápido, que pronto acabe el tormento, el castigo que va a recibir por todos sus pecados.

Pedro de Carvajal se apea del caballo, maltrecho, le duele el cuerpo, siente algo parecido a un martillo punzando sus sienes, pero la mayor de sus aflicciones la lleva en el alma.

Camina unos pasos dando tumbos hasta que consigue agarrar una jarra metálica depositada sobre la mesa del porche. La golpea con fuerza con una barra de hierro. Está muy abollada, es el método que tiene para reclamar la presencia del criado de la finca.

El hombre acude. Es un indio malparado que cojea, la pierna derecha no la recuperará jamás, le falta una oreja y ha perdido la visión de un ojo.

Son tantos los golpes que su amo le ha infligido que ese taíno jamás pondrá reparo a cualquier cosa que le ordene.

—Acude al Pata Palo y pregunta por un jugador de cartas, un hombre llamado Pelayo.

El esclavo asiente.

—Tráelo. Puedes usar mi caballo, te enseñé a montar. Si te caes o le partes una pata al animal, te mataré. ¿Me has entendido?

El hombre se arrastra todo lo rápido que puede. No sabe muy bien cómo va a cabalgar en ese estado, pero contradecir a su señor es sinónimo de castigo, y su cuerpo no soportaría más dosis de las recetas que emplea ese diablo.

A duras penas consigue encaramarse al animal y pone rumbo a la ciudad.

Carvajal lo ve partir. Entra entonces en la cabaña.

Al ver la desnudez de Petra, de nuevo se sorprende, la perfección de ese cuerpo es tanta que olvida por un instante su propio tormento.

La doncella continúa atada.

No sabe muy bien por qué sigue pensando así en ella, pues esa fulana estuvo encamada con Jácome, se entregó a él y hace tiempo que perdió su virginidad. No es que eso le retraiga, solo refrenda la idea de que merece un escarmiento.

Además, alguien tiene que pagar por los desgraciados hechos que han acontecido en el transcurso de la fiesta del virrey, y no es, por tanto, momento para miramientos.

—¿Tenéis hambre?

Petra no habla, mueve la cabeza de forma compulsiva.

—Vuestra amiga, la rubia, me ha retado hoy. —Carvajal oculta decir que ha caído en duelo, eso le atormenta mucho más que la herida del pecho—. Esa Jimena tendrá su merecido, y por supuesto también el gañán que la acompaña.

Se quita la camisa y deja el torso al desnudo. Unas vendas mal puestas le cruzan el pecho, están empapadas de sangre. Cuando las toca, se desprenden de su cuerpo.

—Os desataría para que pudierais curarme, pero no me fío.

—Tenéis que confiar en mí, ya os lo dije.

Él la mira. Se quita todos los vendajes y deja la herida al aire. Esos inútiles criados del virrey la han cosido con torpeza.

Se sienta en la cama y toca a la dama. Acerca un dedo a sus labios, luego baja hasta los senos y le recorre el vientre para acabar en la entrepierna.

Como ella no le interrumpe en ningún momento, como parece gemir de placer, decide soltarla.

Petra se lo agradece, se pasa las manos por las rozaduras de las muñecas y los tobillos, y luego va a por un paño de algodón, lo humedece y procede a curar a su captor.

El caballero no se inmuta cuando roza el corte.

—Tendréis que zurcir bien. Unos imbéciles me han hecho este destrozo.

—Ha debido de ser porque habéis cabalgado.

Asiente y procede.

Al terminar, ambos comprueban que ya no sangra.

—¿Quién os ha hecho esto?

—Tumbaos —le ordena.

Obedece.

Se tiende con las piernas cerradas.

El cafre se echa sobre ella, la cubre con su pesado cuerpo encima y gime. Comienza a besarla y a salivar. Las barbas de ese criminal la molestan, la atosigan, esa mezcla de olor a vino, babas y mal aliento la asquean, pero no se inmuta, sabe que le puede costar la vida.

El hombre se baja el pantalón y luego le abre las piernas de un manotazo.

Ella cierra los ojos y vuelve a rezar, esta vez con más intensidad.

Pasan unos segundos y descubre que algo está pasando.

Da gracias a Dios.

En ese lamentable estado, no hay erección que permita al bárbaro consumar el acto.

Piensa entonces que lo peor ya ha pasado, debe de estar cansado y fastidiado con una herida como esa, pero se equivoca.

Ahora ya no es solo un animal herido, es la primera vez que algo así le sucede. Un caballero curtido en cien batallas no puede aceptar que ese día le salga todo mal y, para colmo, que su hombría quede en entredicho.

El primer golpe la pilla de improviso. Como no lo espera, el puño le da en plena cara y le rompe la nariz, que sangra de forma abundante. En el segundo y el tercer porrazo median los brazos de Petra, que se defiende sin éxito. Ese hombre es mucho más corpulento que ella, despliega una gran fuerza y sabe pegar, parece estar acostumbrado a propinar puñetazos.

Una de las arremetidas termina en su ojo derecho, que se amorata y se cierra, y cuando el bruto detecta que esa es la zona que mejor cubre la mujer, comienza entonces a lanzar los puños y apalearle el cráneo, y no contento, la atiza en los costados, algo que la hace gritar, porque le rompe varias costillas y eso le provoca un dolor muy intenso, apenas puede respirar.

Parece tranquilizarse, ve que la dama gime y llora, se lamenta del tormento, y entonces decide dar un último golpe.

En el vientre, la zona más desprotegida en esos momentos.

Petra se dobla sobre la cama, se ovilla y le suplica que pare, va a matarla.

Ha volcado toda la furia en ella.

Es una de las amigas del tipo que le ha dejado en ridículo delante de los nobles de la ciudad y ahora jamás podrá regresar a su vida anterior.

—Jimena y Gonzalo son los culpables. Ellos os han hecho esto. Yo solo me he limitado a defenderme, ¿me entendéis?

Petra no puede responder.

Si pudiera, le suplicaría que la dejase en paz.

Pero agoniza, uno de los golpes puede que le haya perforado un pulmón, o dañado algún otro órgano.

Finalmente, se desmaya.

Carvajal aprovecha para servirse vino, una copa tras otra. Bebe con ansiedad, necesita que algo le reconforte después de tanto infortunio junto, uno de los días más aciagos que recuerda.

Termina la jarra y se queda sin vino. Ese indio inútil debió dejar más, sabe que su amo es un buen bebedor. Aun así, no ha tenido la precaución de poner a su disposición la cantidad debida. Lo pagará caro en cuanto regrese.

Llega el caballo.

Es el indio con Pelayo, ambos montados a lomos del animal.

El taíno se arrastra hacia él para explicarle que ha localizado al hombre, pero Carvajal no espera, lanza el puño y tumba al pobre cojo contra el suelo.

—Ha faltado vino. Debiste dejar suficiente. ¿Acaso no lo sabes?

Asiente, trata de levantarse, pero el bruto le golpea en la pierna buena, la pisa con la bota e imprime un gran peso sobre ella, hasta que el indio comienza a gritar de dolor.

—Te cortaré la otra oreja mañana. Disfruta mientras tanto lo que te queda de noche.

Cuando el vino ya está sobre la mesa, le ordena que los deje a solas.

Carvajal y Pelayo se sientan en las sillas disponibles. Entre ellos media una mesa. El caballero le ofrece una copa llena y no pierde el tiempo, lo adula:

—Tengo muy buenas referencias de vos.

Pelayo se reconforta. Sabe que Chocarrero le ha hablado de él, ya habían acordado trabajar para este hombre que paga bien, los maravedís caen del cielo como el maná cuando se está a su servicio.

Sin el cómico de por medio, Pelayo sabe que va a quedarse con todo el pastel.

—¿Cuáles son vuestros anhelos? —pregunta Carvajal—. ¿Qué necesitáis para satisfacer vuestros deseos?

—No mentiré. Me gusta la buena vida, como a todos, y creo que soy un jugador de cartas excepcional.

—¿Y dónde adquiristeis esas habilidades?

—En mi tierra, y luego mejoré en Sevilla. Mi deseo es regresar allí, me he enamorado de esa ciudad.

—Bonita, sin duda. ¿Y qué proyecto tenéis entonces?

—Pretendo multiplicar el oro que lleve conmigo, tengo el propósito de construir una buena mansión y mantener una vida plácida, vivir de noche y dormir de día. Sé que no suena muy edificante, pero es la vida que quiero.

Carvajal asiente.

—Todo el mundo tiene derecho a ser feliz como le plazca.

Ambos se miran, se observan, y escuchan que el bulto sobre la cama comienza a gemir.

Petra ha vuelto en sí, maltrecha, malherida, le cuesta respirar, sabe que si no la ayudan va a morir pronto, pero se limita a escuchar.

Y cuando oye a esos dos hablar, entonces se da cuenta de que si a Carvajal no le importa que preste atención es por algo. Tiembla, ahora ya está absolutamente convencida de que la va a matar, con toda seguridad. No hay ningún resquicio en esa funesta pero sólida idea.

—Decidme cuánto oro necesitáis para alcanzar esa felicidad que anheláis.

—Mil pesos.

—Eso es mucho dinero. Muchísimo en realidad.

—Lo tenéis, sois uno de los hombres más ricos de las Indias.

Carvajal sonríe.

A esas alturas ya está pensando cómo hacerse con el oro que tiene en su palacio, eso después de matar a Gonzalo y a Jimena, y solo entonces, partir hacia el este, a la isla vecina de Cuba. Es el lugar más poblado de cuantos nuevos territorios se han descubierto hasta ahora, solo por detrás de La Hispaniola. Allí estará un tiempo, pasará desapercibido en alguna finca aislada con todas las comodidades que pueda, rodeado de indias, eso sí, y luego emprenderá camino a tierras más lejanas.

—De acuerdo, yo os entregaré mil pesos de oro. Pero antes tendréis que hacer una serie de trabajos para mí. Tal vez alguno no sea agradable.

—Contad conmigo.

—¿Estáis seguro?

—Completamente. ¿Teméis encargarme algo que yo no pueda realizar?

Carvajal bebe y rellena las copas.

—Deberéis entregarme a vuestro hijo. Tengo asuntos pendientes con ese tal Gonzalo.

Espera que asuma esas palabras, y luego añade:

—¿Es eso un problema?

Petra gime, no puede evitar escuchar.

Pero para ninguno de esos hombres existe, es una especie de fantasma en la habitación.

—Tendréis a mi hijo y podréis hacer con él lo que queráis. Ese no es mi problema.

Carvajal lo mira complacido y levanta su copa para brindar.

—¿Y tenéis ya un plan? —pregunta Pelayo.

—Dejadme que os cuente.

Cuando el caballero termina de hablar, Pelayo se bebe de un trago la copa.

Se dan un fuerte apretón de manos para sellar el acuerdo.

Pelayo se pone en pie. Antes de marcharse, mira de reojo hacia la cama.

Allí contempla a Petra desnuda, moribunda, bañada en sangre, los ojos abultados, inertes y terriblemente amoratados, perdidos en la muerte.

A pesar de la poca luz puede observar la mirada suplicante de la joven, cómo tiembla presa del terror.

Pero no hace nada por ayudarla.

No pregunta qué ha ocurrido, no se entromete en asuntos que no son de su incumbencia.

Sale pensando en los mil pesos de oro.

57

Pajarito. Antes incluso de que amanezca, Gonzalo camina hasta allí sin saber muy bien por qué. Un indio aporreó la puerta de su casa la noche anterior. Era un tipo raro que no soltó ni una palabra y que se marchó cojeando sin esperar a que el receptor del mensaje lo leyera. Le había entregado el escrito en mano, esa era su única misión.

Cuando lo leyó, casi se cae de espaldas.

La letra era de su padre, de eso no había duda. Afirmaba que había llegado a la isla, que le vio batirse en duelo, y que ardía en deseos de reencontrarse con él. Todas esas cosas le extrañaron sobremanera.

Apenas ha dormido en toda la noche. Aún le cuesta creer que su padre haya navegado el océano, no encuentra razón para explicar algo así, y mucho menos que quiera verle después de las desavenencias, las injurias y los malos modos que le mostró durante años.

En la carta, Pelayo le ruega que en cuanto amanezca se presente en Pajarito, al otro lado del río, ese lugar que nadie pisa, un erial abandonado años atrás, a pesar de ser el sitio original elegido por los conquistadores para levantar la fastuosa ciudad de Santo Domingo.

Gonzalo partió solo, sin decir nada a sus amigas. Ha cruzado el único puente que une las dos orillas, una construcción precaria hecha a base de troncos que amenaza a todo el que lo atraviesa, cualquiera puede acabar sumergido en el Ozama.

Con la primera luz del alba puede ver algunas edificaciones de madera, muchas son chozas taínas, bohíos habitados por indios. En esos primeros compases de la fundación de la ciudad, europeos y aborígenes vivían juntos.

Desde el mismo momento en que Gonzalo puso un pie en Santo Domingo se sintió atraído por ese espacio. Alguien le habló del primer asentamiento, en la margen oriental del río era donde Bartolomé Colón decidió ubicar la ciudad.

Los conquistadores que arribaron a La Hispaniola construyeron fuertes cerca de donde hubiese un poblado indígena, eso garantizaba tener cubiertas las necesidades básicas para la supervivencia. Cuentan que el hermano del almirante trazó allí mismo la villa mediante acuerdo con la cacica Catalina y su esposo Miguel Díaz de Aux, en las tierras que estos habitaban.

De esa primera ubicación, poco tiempo después, nadie sabe nada, existe una especie de borrado de memoria colectiva, una extraña amnesia que hace que incluso los primeros pobladores hayan olvidado qué ocurrió allí.

Gonzalo inspecciona el lugar a pesar de la poca luz disponible. Aparecen algunos muros de piedra circulares que tal vez pertenecieron a un torreón. También descubre un abrevadero de ladrillo, y restos de una edificación casi derruida. Se acerca y comprueba que han tratado de demolerla. ¿Quién haría algo así? Entra y no le lleva mucho adivinar que se trataba de la prisión. El ser humano no tiene arreglo, una de las primeras infraestructuras del Nuevo Mundo había sido una cárcel.

Encuentra celdas construidas bajo tierra, pozos excavados donde arrojaban a los presos, una costumbre heredada de los árabes. Se estremece al pensar cómo debían de sentirse allí los condenados. Era común disponer de pozos como esos en villas, castillos y fortalezas para encarcelar a los convictos.

Pronto se acuerda de que a Cristóbal Colón lo habían encerrado en su tercer viaje, y ahora descubre que fue allí.

Tras unos años de vicisitudes y malas rachas, un huracán, o puede que fuesen unas terribles hormigas, nadie sabe bien, trasladaron Santo Domingo, la cimentaron con carácter definitivo donde él la conoce, en la ribera occidental.

Mira a su alrededor y se percata de que se encuentra en una ciudad fantasma.

¿Por qué fue abandonada?

¿Por qué nadie ha regresado allí?

¿Qué misterio encierra el origen?

Gonzalo se apasiona por ver cómo las urbes nacen, crecen y se desarrollan, y ahora también está intrigado por cómo se mueven de sitio, algo inédito que suscita su interés.

¿Tendrá esto algo que ver con los secretos que encierra esa ciudad que a veces se ríe de él, otras veces le da consejos y, de cuando en cuando, le realiza extrañas revelaciones sobre cómo hacerla más grandiosa aún?

Trata de quitarse de la cabeza todas esas conjeturas.

En realidad, mucho mayor embrollo supone la carta que ha recibido de su padre.

Oye un caballo relinchar.

Abandona las ruinas y descubre que es Pedro de Carvajal.

Hay un indio junto a él, el mismo que le trajo la misiva la noche anterior.

Ahora comprende que se trata de una trampa, una muy conseguida, porque la letra de su padre es auténtica, una escritura desastrosa, con las mismas faltas de ortografía y escasa pericia con la pluma de siempre.

Ignora qué está ocurriendo, pero ya es tarde para contemplaciones. En esos momentos solo piensa en encontrar un portalón por donde huir de la farsa que han tejido con la ayuda de Pelayo.

—Fallé una vez, y eso no volverá a ocurrir —afirma Carvajal.

—Os daba por muerto.

—¡Ni practicando un siglo conseguiríais acabar conmigo!

El asesino de doncellas trae dos espadas.

La que entrega a Gonzalo está oxidada, es un trasto inútil. Cuando la arroja sobre la tierra y el maestro cantero la levanta, piensa que pesa un quintal; bueno, tal vez no tanto, pero sí que es el arma más pesada que ha sostenido en su vida.

—¡Os reto por mi vida y por mi honor! —grita el bárbaro.

A Gonzalo todo eso le parece insólito, es la propuesta de un demente, un hombre despechado, airado por el hecho de que le ganase en presencia de los nobles.

Pero si no lucha, sabe que va a ensartarlo con su espada.

Cuando comienzan los escarceos, el maestro cantero apenas logra sostener esa antigua tizona, solo puede sujetarla con las dos manos, mientras que la que porta su contrincante luce esbelta, parece ligera.

Cruzan los metales varias veces, el indio se retira cojeando y se esconde en una de las chozas.

Carvajal está ofuscado, lanza un ataque tras otro sin pensar, tiene prisa por acabar con su contrincante.

Gonzalo se preocupa, no venía preparado para luchar sin razón, y aunque ya le ganó la partida una vez, ahora teme que las cosas tengan un devenir muy distinto.

Porque el caballero aparenta estar poseído, enajenado, sufre una perturbación que le enciende los ojos y le hace apretar la mandíbula.

—Ya me he encargado de vuestra amiga, la doncella alta. Ha recibido su merecido.

—¡¿La habéis matado?! —grita Gonzalo mientras resiste las embestidas.

—Esa belleza apenas ha resistido un par de horas en la cama. Cuando encuentren su cuerpo, comprobarán cómo la he gozado.

—¡¡Sois una bestia!!

Aferra esa empuñadura obsoleta, se lanza sobre el asesino y logra pincharle el hombro. Carvajal se lleva la mano izquierda hacia la herida, ve que sangra, pero no se preocupa. Alguna parte del metal se le ha debido de clavar, pero no tanto como para detenerlo.

Fija la mirada en su contrincante. Alza el filo de su espada, la mantiene arriba unos instantes y luego suelta ataques a un lado y otro. Hace retroceder a su rival, aunque no consigue que la balanza se incline porque el joven es ágil, parece como si previera cada movimiento del noble.

—Vais a morir, hagáis lo que hagáis.

Acomete otra serie interminable de arremetidas, mueve la espada a diestro y siniestro, una fuerte motivación le insufla energías, y Gonzalo no puede más que situar la tizona en posición vertical delante de su cuerpo, para defenderse. En eso se cifran todas sus expectativas.

Se ve obligado a dar pasos atrás, una y otra vez, la carga que le imprime es tanta que ya le cuesta sostener el trasto en alto.

Hasta que una piedra detrás de sus talones le derriba.

Cae tendido. En el suelo, se aferra a unos hierbajos.

—¡¡Disponeos a morir!!—grita Carvajal.

Gonzalo cierra los ojos.

Nunca esperó un final así. Muchas cosas pasan por su cabeza, se acuerda de Jimena, la ama con toda su alma, la quiere, la necesita para vivir, su vida hubiera sido maravillosa junto a ella.

Cuando vuelve a abrir los ojos, Pedro de Carvajal está situado frente a él, sujeta la espada con ambas manos y se dispone a clavarla en el cuerpo de Gonzalo, que yace sin ningún tipo de esperanza.

Como sabe que todo acaba ahí, cierra los ojos de nuevo y espera la muerte.

«Ayuda a Jimena, te lo ruego», implora a Dios.

Ya solo cabe recibir un impacto mortal.

En esos momentos solo piensa en lo efímera que es esta vida.

Pasan unos segundos, siente latir su corazón, que palpita acelerado.

Nada.

¿Qué ocurre?

Abre los ojos y ve a Carvajal de rodillas.

Luego se derrumba hacia delante.

Gonzalo se incorpora. Se pregunta qué ha podido suceder, está contrariado, no hay explicación para eso.

Entonces descubre al indio a los lejos.

Ha arrojado sobre su amo una lanza de madera con punta de piedra y le ha atravesado la espalda, eso le ha fulminado.

Se lo agradece con un gesto.

Si sigue con vida, es gracias a ese taíno.

Gonzalo extrae la lanza del cuerpo inerte de Carvajal y le propina varias patadas hasta que consigue voltearlo.

Luego se la clava en el pecho, en pleno corazón.

—Así mejor —afirma Gonzalo.

El indio no entiende nada, permanece con la cabeza agachada.

—Decidme, ¿por qué se abandonó esta parte de la ciudad? ¿Acaso conocéis qué ocurrió aquí? ¿Por qué la gente que llegó en los primeros barcos abandonó todo esto y luego trataron de demolerlo?

Gonzalo señala las edificaciones semiderruidas, un espacio que le parece apocalíptico, que carece de interpretación racional.

—Todo salió mal.

—¿A qué os referís?

A su modo y con sus palabras, el indio relata la historia de la cacica Catalina y Díaz de Aux, al principio su amante, luego su marido. Ella era la reina de esas tierras, era muy feliz junto al castellano. Tuvieron un hijo fruto del amor, el primer mestizo conocido en las Indias.

Al principio las cosas iban bien entre los recién llegados y los aborígenes, pero luego la avaricia, la mezquindad de algunos y, sobre todo, la rapacidad de los conquistadores hicieron que el devenir se torciera.

El almirante cayó preso, estuvo encerrado y engrilletado en esas bóvedas excavadas en la tierra. Muchos de los hombres que llegaron del otro lado del océano se asesinaron entre ellos. Las revueltas, las guerras con los indios, nada marchaba bien. Y para colmo, un tiempo después, la gran cacica de la isla, la reina Anacaona, fue vilmente asesinada por el gobernador.

—Todo salió mal —repite—. Un huracán, plagas de enormes hormigas, sangre derramada, en poco tiempo los supersticiosos castellanos pensaron que los dioses taínos habían lanzado una maldición sobre este lugar.

Gonzalo asiente. Se entristece al oír esas palabras.

De pronto, cambia de tema.

—Si así lo deseáis, podéis trabajar conmigo —le propone—. Nunca más os harán daño, os lo prometo.

El indio se muestra afligido, agradecido, y luego pregunta:

—¿Puedo deciros algo?

—Lo que estiméis.

—Si alguien puede construir la catedral, ese sois vos. Cualquier otro que lo intente, fracasará. Os lo aseguro. Con vos al frente, ese templo para vuestro Dios será magnífico.

—¿Por qué pensáis eso?

—No lo pienso, lo sé, lo he visto, mis dioses me lo han revelado.

Gonzalo se acuerda entonces de Arturo, que le hizo traer al chamán, al behique, y celebró una ceremonia taína en presencia de los cemís, inmersos en el humo del ritual.

—Tenéis un corazón noble —afirma el indio—. Que nada os lo tuerza.

—Os agradezco esas palabras.

—Y una cosa más.

—Decidme.

—No construyáis la catedral sobre nuestro cementerio.

Gonzalo le devuelve una mirada de agradecimiento. Ese asunto le preocupa, es tal vez el asunto que más le quita el sueño en esos días.

Se escuchan relinchos, son al menos tres jinetes.

El alguacil y sus ayudantes se acercan.

—¿Qué ha ocurrido aquí?

El maestro cantero le asegura que el noble le exigió la revancha, volvió a retarle en duelo, esta vez al amanecer. Y en esta ocasión ha perdido para siempre.

Los oficiales se acercan al finado, lo inspeccionan, lo observan, y después cuchichean algo con el alguacil.

—¿Cómo ha sucedido?

—Cuando perdimos nuestras espadas, él me arrojó esa lanza. Falló y luego yo hice lo mismo. Y acerté. Se la clavé en el corazón. Podéis comprobarlo.

El alguacil muestra una sonrisa irónica.

—Así constará en mi informe.

El indio suspira.

—¿Quién es ese tal Pelayo? —pregunta la autoridad.

—Mi padre.

El hombre de negro con la banda blanca cruzándole el pecho se sorprende.

—Pues entonces habéis de saber que esta mañana vino a verme vuestro padre.

Gonzalo descubre con pesar que es cierto, Pelayo está involucrado en este intento para acabar con él.

—Me aseguró que el asesino de doncellas estaría aquí, y si quería pillarlo solo tenía que acudir al amanecer.

Permite que Gonzalo asuma esas palabras.

—Afirmó que se trataba de Pedro de Carvajal, ni más ni menos, el mismo noble que se enfrentó a vos en duelo en el alcázar.

—Y que confesó haber matado a doña Mencía, y a otras cuatro personas hace años, en Toledo —añade Gonzalo.

El alguacil asiente.

—Vuestro padre ha hecho algo más.

—Decidme.

—Señaló a Carvajal con lujo de detalles. Afirmó que es el autor de la muerte de las doncellas, y que podía demostrarlo. Nos ha conducido hasta una de ellas. Vuestra amiga Petra.

El corazón de Gonzalo da un brinco.

—La hemos encontrado casi sin vida, están tratando de reanimarla, pero ahora mismo continúa sin aliento. Las heridas que sufre son terribles, similares a las que provocó al resto de las damas.

La mente del maestro cantero funciona entonces a pleno rendimiento. Su padre, un hombre que siempre le ha parecido un ser vil, ha avisado a las autoridades. Trata de encajar las piezas. ¿Cómo conoció a Carvajal? Rápidamente adivina que a través de Chocarrero. ¿Y qué buscaban ambos? Dinero.

Pero hay una pregunta más compleja.

¿Por qué no ha agarrado lo que le haya ofrecido el noble para luego salir corriendo?

«Porque mi padre es un ser vil, pero no un asesino».

—Decidme, ¿os dijo que comprobó con sus ojos cómo Petra había sufrido la violencia del noble?

—Así es. Afirmó que jamás había visto algo tan brutal. Le había dado a esa mujer un tratamiento inhumano, cruel, más propio de un salvaje. Si conserva la vida, será gracias a vuestro padre. La llevamos al hospital San Nicolás de Bari, allí la cuidan vuestras amigas, y entre todos tratan de conseguir que siga en este mundo.

Gonzalo no encuentra las palabras adecuadas.

—¿Y sabéis entonces dónde anda mi padre?

—Eso es lo más curioso de todo.

—¿A qué os referís?

—Han desaparecido mil pesos de oro del palacio de los Carvajal. La esposa del fallecido —señala el cuerpo tendido sobre la tierra— ha denunciado que esta noche han robado ese montante de las arcas de la familia.

Gonzalo no entiende nada.

—Ni un peso más ni un peso menos. Mil pesos de oro.

Algún día sabrá por qué, pero en esos momentos desearía, por extraño que parezca, encontrarse con Pelayo.

—Y eso que había mucho más —concluye el alguacil—. Según la ahora viuda, el baúl de donde vuestro padre sustrajo esa cantidad contenía al menos doce mil pesos de oro.

58

El virrey y gobernador de las Indias, el insigne Diego Colón, permanece sentado, inmóvil, iracundo, la rabia se está extendiendo lentamente por su sistema nervioso como una hiedra maldita. En la mesa de su despacho acumula legajos y cédulas reales. Y entre todos esos documentos hay una carta que considera lacerante: la misiva que acaba de recibir de la Corona.

En cuanto la ha leído, se le ha demudado el rostro.

Contiene varios asuntos contrarios a sus intereses, y eso es quedarse corto, porque en realidad es un insulto a sus apellidos, a su legado, a su estirpe, una auténtica bofetada que no consigue encajar.

En primer lugar, el monarca le habla de la situación de los indios, un asunto que han tratado en comunicaciones previas. Las noticias que han llegado a la corte no hacen justicia a la realidad de la isla, ha sostenido siempre el virrey, mientras que el monarca afirma lo contrario. Las críticas al tratamiento dado a los taínos han alcanzado tintes insostenibles.

En cualquier caso, le explica que la polémica ha llegado a

su fin, porque la cuestión se ha decantado a favor de los nativos.

En consecuencia, se han aprobado nuevas leyes, las que llaman Leyes de Burgos.

Esas reales ordenanzas han sido provistas para el buen gobierno y tratamiento de los aborígenes, y son las primeras leyes que la monarquía hispánica dicta para su aplicación directa en las Indias.

Diego Colón no puede asimilar lo que está leyendo, le cuesta interpretar esas palabras escritas, necesita leer y releer para comprobar que no se encuentra inmerso en una fastidiosa pesadilla.

Han dictado la abolición de la esclavitud indígena, y más aún, se establecen fórmulas para reorganizar la manera en que los conquistadores deben relacionarse con los aborígenes a partir de ahora.

Las leyes vienen firmadas por el rey Católico, Fernando II, en la ciudad de Burgos, para el gobierno de los naturales, indios o indígenas, y aclara en su escrito que ha sido como resultado de la primera junta de teólogos y juristas, en donde se discutió y concluyó que el indio tiene la naturaleza jurídica de persona libre con todos los derechos de propiedad. En otras palabras, no puede ser explotado. Solo añade que, como súbditos de la Corona, los taínos deben trabajar a favor de ella, a través de los allí asentados.

El virrey arroja al suelo la copa de vino que estaba tomando, y aunque estalla en mil pedazos, eso no le satisface, necesita romper más cosas para extraer la furia que le embarga.

Ahora no podrá recompensar a los nobles como les ha

prometido, conceder mercedes y tomar providencias. Tendrá problemas para mantener el compromiso contraído en la fiesta del alcázar.

Eso va a menoscabar su autoridad y su prestigio de una forma irreversible.

Limpia con el brazo derecho la mesa donde trabaja, lanza al suelo el tintero, los legajos y la jarra de vino. Ordena entonces que se alejen los criados, no quiere que le vean en ese estado.

—¡Maldita sea!

Solo cuando logra tranquilizarse, respira varias veces y continúa leyendo, presume que los agravios aún no han terminado.

El rey ordena crear en La Hispaniola una Real Audiencia, compuesta por tres jueces de apelación y presidida por el virrey, eso sí. Pero ya no será él quien juzgue.

Le retira, por tanto, sus competencias.

Y para colmo, el monarca le comunica que ha enviado a dos personas de su confianza para ocuparse de la implantación de ese nuevo procedimiento, e incluye la forma en que se realizará el repartimiento de los indios, según las nuevas leyes.

Más ira ya no cabe en su interior. Arranca un tapiz de la pared, vocifera, insulta a los criados que osan acercarse, está fuera de sí, la cólera le ciega, no le importa gritar al aire lo que piensa del monarca, lo ultraja, lo vilipendia, y aunque sabe que eso podría suponerle la muerte, no ceja, porque más zaherido se encuentra él, que intuye que su vida va a cambiar de forma notable a partir de ese momento.

El hijo de quien descubrió aquellas tierras no merece tal castigo.

Considera excesivos los desaires a su persona.

Ha sido un escudero fiel, siempre junto a la Corona, un hombre con sentido de Estado, y eso a pesar de los agravios del rey hacia su padre, desde el mismo día en que murió la reina Isabel.

Dios le dio a Cristóbal Colón la oportunidad de transformar el mundo, y en los años que han pasado desde el descubrimiento, las tierras halladas son incluso más amplias que aquellas que prometió a los reyes. Y el gran problema es que el consorte de la reina no ha entendido aún la misión mesiánica que su hijo Diego ha emprendido y los escollos que se está encontrando en el camino.

Cree que el tormento debe terminar con algo bueno, presume que queda algo positivo en el resto de la misiva, pues aún no ha completado la lectura.

Y de nuevo se equivoca.

Al final de la carta, en un breve párrafo el monarca le explica que ha decidido someter a juicio de residencia a sus oficiales.

Por tanto, el virrey tendrá que regresar cuanto antes.

Debe iniciar el tornaviaje de inmediato.

La alegría se propaga por la isla el día en que se conocen las Leyes de Burgos. La población recibe con agrado esa nueva concepción de las relaciones entre los conquistadores y los indios.

El trabajo debe ser tolerable y el salario justo.

Las denuncias de los dominicos por el trato que reciben los indígenas triunfan por encima de los intereses de nobles, hidalgos y encomenderos. Con esas normas que buscan proteger a la población indígena de los desmanes, muchas cosas cambian.

La gente sale a la calle a celebrar la noticia.

Aunque el pueblo indiano es consciente de que las cosas no van a mejorar de la noche a la mañana, el nuevo viento que comienza a soplar es favorable para esa sociedad mestiza que ya llena Santo Domingo.

Ese mismo día, Petra recupera el conocimiento.

Está en casa de Gonzalo, donde se reunieron todas cuando desapareció y de allí no se han movido, esperando hasta que la gaditana ha vuelto a la vida.

Cuando se yergue, dice lo primero que se le ocurre:

—¿Por qué me miráis así? ¿Acaso estoy arrugada como una vieja?

Sus amigan ríen, esa mujer no cambiará así pasen mil años.

Dan palmas de alegría.

El maestro cantero acude raudo. Las encuentra felices, se abrazan, se besan... Dios, esas mujeres son una auténtica revolución en las Indias, un ejército imposible de batir, tan duras como las rocas que se tallan para componer los muros de sillares.

Ana las acompaña, está radiante.

—Petra, mi amiga, tengo dos noticias.

Las sorpresas allí no tienen límite.

—Ve despacito, aún estoy mareada.

La taína adopta una pose dulce, comprensiva. Es un gran día para ella, y su amiga acaba de despertar tras luchar por su vida, ha visto de cerca las fauces de la muerte.

—Indios ahora casi libres, o más libres.

Petra sonríe y le pide que se acerque a la cama, donde aún yace postrada.

—¿Y la segunda noticia?

Ana no lo esconde, es la mujer más feliz del mundo.

—Novio canario. ¿Tú sabes qué es un canario?

Todas se unen a las carcajadas, se tronchan, se retuercen de la risa.

Entonces se dirige a Gonzalo.

—De nuevo te debo la vida —afirma Petra.

—Se la debes a mi padre.

Ella recuerda vagamente a ese hombre que estuvo en la cabaña hablando con Carvajal.

Y que exigió mil pesos de oro.

—¿Qué ocurrió?

Gonzalo mueve la cabeza repetidas veces. Mejor que no pregunte. Ni él mismo lo sabe.

—Hablemos mejor de las Leyes de Burgos.

Todos se abrazan.

—Quiero que sepáis una cosa —dice Gonzalo.

Deja pasar unos segundos, le cuesta sacar lo que lleva dentro.

—Se lo prometí a Arturo.

Ninguna entiende nada.

—Antes de morir, me hizo prometerle que nadie iba a repartir a los indios. Y así ha ocurrido. Aunque yo no haya tenido nada que ver, quiero deciros que estoy muy contento.

Ahora puede dar por cumplida su palabra: los nativos de la cantera seguirán en el mismo lugar de siempre, donde nacieron y se criaron. Nadie va a distribuirlos por territorios ignotos, nadie va a separarlos.

Todos son conscientes de que esa tierra necesita a los taínos, sin ellos nada puede progresar, y por suerte esas dos razas han iniciado un proceso de fusión que nadie puede detener.

La sociedad de Indias se encamina a un mestizaje sin límites, indios y cristianos son ya parte de un paisaje amalgamado e irreversible.

59

Pasean por la playa de Güibia, a la derecha de la desembocadura del río, frente a la ciudad. A pesar del tiempo que llevan allí, ninguno de ellos se había interesado en conocer esa orilla de arena dorada y aguas claras.

Isabel camina con los pies descalzos, vestida como Dios manda, junto a su marido Juan. Detrás corretean tres chiquillos que ríen y saltan, van casi desnudos, y se arrojan paletadas de tierra mojada con las hojas de palma secas que recogen al paso.

Es un día importante, porque Isabel ha tomado una decisión:

—Vivirán con nosotros.

Juan se sorprende. No era la resolución que esperaba después de tanto tiempo. Ya tenía asumido que su esposa solo aceptaría esa otra vida como algo del pasado, un asunto pretérito y enterrado.

—¿Te refieres a los niños?

—Me refiero a todos. La india también.

Su mujer se ha vuelto loca, algo extraño se le ha colado

dentro y dice cosas sin sentido. Juan se pone delante, la detiene sujetándola por los brazos y la mira fijamente a la cara.

—¿Estás segura?

—Segurísima. No he estado más convencida en toda mi vida.

Isabel mira con detenimiento a los tres mestizos, esa decisión le ha costado bastante tomarla, pero ahora es inamovible.

—¿Puedo conocer el motivo de tu propuesta?

—No es una propuesta, es exactamente lo que vamos a hacer.

—¿Entonces?

—Yo no puedo cambiar el pasado, pero sí que puedo gobernar el futuro.

Un poco más atrás camina Ana junto al soldado canario. Van cogidos de la mano, se llevan bien, y él está tan ilusionado que le ha propuesto unir sus vidas en santo matrimonio. Ella ha aceptado.

¿Por qué no habría de encontrar algo parecido la taína que eligió su marido para encamarse?

«Bonita, bien que es», piensa Isabel.

Juan no rechista. Acata la decisión de su esposa.

A continuación, comienza a regañar a los niños porque hacen demasiado ruido. Cuando los observa, se percata de que están completamente embadurnados de tierra húmeda.

No tarda mucho en comprender el castigo que le ha impuesto su mujer.

A Carmencita no le gusta demasiado el agua del mar. Jamás había estado en una playa, y considera un fastidio que la arena se le meta dentro de los zapatos, así que prefiere caminar lejos de las olas bien sujeta del brazo de Barragán.

Hace días que su prometido quiere decirle algo y no encuentra la manera. Como la playa es inmensa, deciden apartarse del grupo, nadie los va a extrañar.

—Siempre he sido un bruto, o puede que más, un ser sin principios. Me cuesta trabajo dar con las palabras —logra pronunciar sin mirarla a la cara.

Ella no contesta, sabe que es un momento complicado para él, necesita soltar algo que lleva dentro.

Barragán le dice que quiere dejar atrás el pasado, le jura que ha cambiado, y le suplica que le perdone por las barbaridades que ha perpetrado en el transcurso de su desastrosa existencia.

—Mi vida ha sido dura, y yo soy el único culpable. Si os relatase los delitos que he cometido, romperíais nuestro compromiso ahora mismo.

—Eso no va a ocurrir.

Barragán sonríe a modo de cumplido, pero le cuesta, cree que ella merece que sea honesto.

—Me he equivocado muchas veces, demasiadas, y debo admitir que cuando os conocí, entendí que hay buenas personas en este mundo, que los ángeles existen. Yo estaba convencido de que el mundo solo estaba poblado por demonios.

—No tenéis que decir más, acepto vuestra vida pasada tal y como fue, y sé que detrás de todas esas tropelías hay un corazón noble, y con eso me basta.

Él se gira y la besa.

—Yo también quiero deciros algo —solicita Carmencita—. Hasta ahora no he encontrado el momento para que sepáis de mi pasado.

—Nada va a cambiar mis sentimientos.

Se toma unos segundos antes arrancar.

—Lo primero es que no soy virgen. Jamás he sido una doncella. Mi padre me violó muchas veces, me dio una infancia terrible, me maltrató, y luego mis hermanos comenzaron a hacer lo mismo. Si estoy aquí es porque tuve que huir para seguir viva, sabía que un día u otro me harían algo que acabaría conmigo.

Carmencita le brinda un relato completo de su existencia, desde que tuvo uso de razón, y no ahorra en detalles escabrosos. Le habla de las palizas y las vejaciones, de que, noche tras noche, la amargura por el fracaso de una familia estropeada le hacía acostarse pensando que algo malo había tenido que hacer ella para merecer tal castigo.

Cuando termina, mira a los ojos a Barragán, quiere ver su reacción.

Se sorprende al verlo llorar: ese hombre deja escapar un par de lágrimas.

—Si algún día regreso a Castilla, mataré a vuestro padre.

El silencio se instala un buen rato entre ambos.

Hasta que él por fin lo rompe:

—Los dioses tienen un plan para todos nosotros. Incluso si os hubieseis entregado a la mala vida o, aún peor, yacido con mil hombres, yo seguiría enamorado de la Carmencita que he conocido en esta isla.

Ella no entiende qué ha querido decir con eso de los dioses, pero lo mira con ternura.

—Moriría por vos —concluye el rudo Barragán.

El agua del mar Caribe es templada, reconforta cuando Jimena llena sus manos y se moja la cara para refrescarse. Juraría que le pica un poco la cicatriz, aunque eso no es posible, esa herida está curada y más que cerrada. Como solo sus amigos pueden verla, se ha descalzado y está sentada en la arena para que el agua le bañe las piernas.

Gonzalo la imita, se quita las botas y se sienta a su lado.

—Creo que ha llegado el momento de que hablemos —dice, y le sujeta delicadamente el mentón.

Quiere que le mire a la cara.

—Hablamos todos los días —afirma ella.

—No te escabullas. Te hice una proposición el día que inauguramos la casa de los torreones.

Jimena abre mucho los ojos, e incluso la boca, parece que va a decir algo pero se contiene.

Gonzalo sabe que su vida continúa siendo un maremágnum de emociones, que ha logrado sortear el difícil asunto de la muerte de la noble, ya nadie la acusa, aunque las cosas no eran como suponía en el asunto del niño. Pero todo eso es el pasado, debe hacerle ver que el único camino es hacia delante.

—Estas tierras están llenas de oportunidades. Puedes ser muy feliz.

Ella no habla, solo escucha.

—Seguiremos investigando. Ya sabes eso que se dice, la

esperanza jamás debe perderse. Y yo he demostrado que soy constante.

Él habla y habla sin parar, añade que el tormento que ella sufrió es el único causante de tanto desbarajuste, y que nunca ha conocido a una mujer tan fuerte. Por tanto, también debe superar eso. Cuando cree que se le agotan las palabras, se siente agobiado porque no consigue llegar a donde se propone.

Entonces Jimena se gira hacia él.

Está muerta de risa.

—¿Das tantos rodeos cuando le hablas a tus trabajadores en la obra?

Gonzalo se sorprende. Ha hecho el tonto, se está riendo de él.

—Sí, me casaré contigo —suelta Jimena de pronto.

Una ola inesperada los barre a los dos.

Dan un vuelco hacia atrás, empapados.

Se levantan y se dan un beso en los labios.

—Quiero que sepas... —Jimena no termina la frase.

Gonzalo se teme lo peor, a pesar de la buena noticia que acaba de recibir.

Pero se equivoca:

—... que voy a cambiar. He decidido olvidar, dejar atrás lo que ocurrió y comenzar una nueva vida.

—¿Eso qué significa exactamente?

—Que quiero tener otro hijo. Bueno, muchos en realidad.

Petra cierra la comitiva. Se ha quedado atrás de forma deliberada. Todas sus amigas caminan acompañadas, mantienen confidencias con sus parejas. No quiere entrometerse en ese paseo tan romántico por la playa.

Hasta que ocurre algo excepcional.

Mira al mar y divisa un barco.

Al principio duda, no está segura, pero se ayuda con la mano derecha y la sitúa sobre sus cejas, así el sol no la deslumbra.

Entonces, cuando está convencida de lo que ve, comienza a gritar:

—¡Esa bandera que tremola a los lejos es la de nuestro barco!

Las demás corren y se arremolinan en torno a ella.

Miran detenidamente y también lo ven.

Es la misma nao, no hay duda.

¿Vendrá esta vez repleta de mujeres?

—¡Vayamos al desembarco! —propone Isabel.

—¡Qué ilusión! —grita Carmencita.

Jimena tira del brazo de Gonzalo, que acepta acompañarlas hasta el puerto, pero luego debe marcharse a supervisar las obras de la catedral.

Las amigas echan a correr hacia el río, y luego buscan un lugar donde situarse, no quieren perderse el espectáculo.

Pronto dan saltos de alegría.

Efectivamente, es el mismo barco.

El segundo viaje femenino a las Indias acaba de culminar.

60

Jimena, Carmencita, Isabel, Petra y Ana se sientan en un murete con las piernas colgando sobre el río. Desde allí observan el puerto, ven cómo está atracando la misma nao en la que viajaron, incluso distinguen al capitán, el tipo gordinflón que las condujo hasta estos lares. Es otra travesía de mujeres, nobles, damas y doncellas que han decidido emprender la aventura y conquistar esas tierras.

Echan la vista atrás y recuerdan todo lo ocurrido, los buenos momentos que han pasado juntas, las peripecias vividas, y también los malos tragos que se han visto obligadas a afrontar.

Desembarcan mujeres, muchas, y ellas las miran con atención. A las pobres les parece increíble haber alcanzado el destino, han sido semanas de incertidumbre en una navegación endiablada.

Algunas van muy bien vestidas, otras no tanto. Algunas salen bien peinadas, como si no hubiesen atravesado un océano, y otras se muestran desaliñadas. A todas les tiemblan las piernas cuando ponen el pie en tierra.

Entonces las amigas se ríen al unísono, algo les ha hecho pensar en lo mismo, y prueban un sencillo juego: tratar de adivinar quién ha dormido en la cubierta y quién, en la bodega.

Ana ya es una más, ha decidido vivir en la ciudad, ha abandonado el poblado de las canteras porque se siente integrada. Como otros muchos taínos, ha emprendido una nueva existencia al modo europeo, y aunque conservará algunas costumbres indígenas, cada día que pasa se comporta como cualquiera de sus amigas.

Ríen y ríen, porque comparan las decenas de doncellas y señoronas que ellas se encontraron con las que ahora están bajando del barco, y no ven gran diferencia.

Así pasan una tarde inolvidable, y cuando casi ha acabado el desembarco, se fijan en una joven que parece desorientada. En cuanto pisa tierra firme, las ve y se muestra sorprendida. Retira la mirada y murmura algo, se decide y vuelve a observarlas, esta vez más detenidamente, como si hubiera visto un fantasma.

Con un zurrón al hombro, se dirige corriendo hacia el grupo de amigas sin apartar la vista de una en concreto:

—Jimena, Dios mío, eres Jimena, la hija de Ambrosio Cardona, el capitán.

Ella mira a la joven que pronuncia su nombre. ¿Quién es y por qué la conoce? Incluso ha mencionado a su padre.

—Soy de Toledo. Mis padres trabajaban al servicio de tu familia. Yo andaba por allí, vivíamos en las casas anexas al castillo donde naciste, mi padre se encargaba de las cosechas, ¿no te acuerdas de mí?

Jimena se muestra contrariada. Juraría que no, pero un

vago recuerdo circula por algunos remotos rincones de su memoria.

—Me tienes que disculpar —dice Jimena—. Allí me ocurrieron unos hechos muy crueles, y luego, bueno, aquí tampoco la vida me ha sido fácil.

—Pues se cuentan cosas muy buenas allá. Vengo a emprender algo distinto, deseo ser dueña de mi destino. No quiero ser una sirvienta como mi madre. Y me han asegurado que comenzar aquí es más fácil para nosotras, la situación es menos rígida que en Castilla, con esa vieja moral cristiana que no nos deja vivir a las mujeres.

En eso tiene razón, asienten.

A Isabel las cosas le van muy bien, es la gestora de los negocios de su marido, tiene una gran habilidad para los números y ha conseguido la concesión de una nueva mina, y las explotaciones agrícolas y ganaderas son las más afamadas al oeste de la ciudad. Ya ha contratado la construcción de una mansión enorme, porque, de hecho, es una de las damas más ricas de las Indias. Y lo ha logrado ella sola, a base de tesón y esfuerzo, poniendo en orden la hacienda familiar y haciéndola crecer sin parar.

Carmencita también nada en la abundancia y es feliz junto a Barragán, ambos lideran el comercio de frutas. Traen los productos del interior de la isla, y acaban de abrir un centro de abastos, un mercado mayorista que ella regenta. Su prometido se limita a vigilar que nadie les engañe, y mucho menos que les roben.

Petra, en solitario, ha tardado un poco más en encontrar su camino. Sus heridas tuvieron que cicatrizar a fuego lento, y luego tomó una decisión drástica que estuvo a punto de costarle el negocio, pero lo hizo sin dudarlo. Clausuró el Pata Palo como burdel, eso no le interesaba, a pesar de los beneficios. Ahora es una casa de comidas y posada. Los hombres pueden ir allí a beber y a jugar a las cartas, pero nada de mujeres licenciosas. Está proyectando abrir un segundo establecimiento, un asunto que la ilusiona, ahora percibe el futuro con más calma, y ya no suspira embriagada por la idea de alcanzar sus metas con la ayuda de príncipes inútiles.

Jimena ha aceptado la propuesta de Gonzalo. Ahora trabajan juntos, y ella se ocupa de las gestiones y los trámites necesarios para la construcción de la catedral, lleva los libros de cuentas, la correspondencia con las autoridades y el registro documental de tan magna obra.

Por supuesto, no ha olvidado su querida Toledo, sus puentes sobre el río Tajo, los imponentes castillos y las bulliciosas calles empedradas. Pero en sus recuerdos más íntimos, su ciudad natal siempre estará impregnada por el dolor, uno que no puede ni tan siquiera medir, solo referirse a él con palabras inciertas.

En secreto, ha comenzado a escribir un libro. Quiere relatar las teorías que sostenía su padre, un capitán de galeaza que afirmaba que el almirante Cristóbal Colón tuvo un pasado corsario antes de enrolarse como descubridor de lejanas tierras.

Ana es tal vez la más cambiada. Se ha empeñado en seguir la moda de muchas indias, viste con ropas similares a las europeas pero con su propio toque autóctono. Cubre su rostro con guao, los polvos blancos que las taínas usan para mostrar una tez pálida.

—Si te lo propones —le dice Jimena a la joven que acaba de desembarcar—, llegarás lejos. A nosotras nos va bien. Estas tierras ofrecen mil oportunidades.

—¿Tú te has casado aquí? Eras muy joven cuando te quedaste viuda.

—He encontrado al hombre de mi vida —afirma con una gran sonrisa.

—Me alegro, porque fue terrible que perdieras a tu hijo, y que luego mataran a tu padre, a tus hermanos y a tu esposo el mismo día. Vaya tragedia.

Jimena demuda el rostro, de pronto vuelven a su cabeza retales de aquellos fatales momentos.

—Yo no perdí a mi hijo —dice muy seria—. Me lo robaron, lo secuestraron, y algún día tal vez me encuentre con él.

La doncella se queda extrañada con esas palabras.

No puede evitar mirarla con sorpresa.

—Jimena, tu hijo nació muerto.

Sus amigas ponen cara de no entender nada. ¿Qué está contando esa mujer?

—Mi madre fue tu matrona, me lo relató cientos de veces. Era un varón, pero salió de tu cuerpo sin vida. Eso es así. Tú estabas maltrecha durante el parto, sufrías unas fiebres muy altas, y mucho más después de lo que ocurrió.

Jimena cree desfallecer. Carmencita tiene que agarrarla con fuerza. Las demás se acercan y la sujetan antes de que se caiga al río.

—A ratos decías cosas muy raras, las calenturas te estaban consumiendo, estuviste inconsciente muchos días, incluso en el transcurso del parto ya te encontrabas muy enferma, desvariabas.

Jimena levanta las manos, no quiere oír más.

Pero la joven prosigue, está decidida a completar su relato.

—Acababas de parir, sumida en esas fiebres delirantes, cuando llegaron esos asesinos y mataron a los tuyos. Fue un acto brutal. Tú aún no habías recuperado la plena consciencia.

Levantan a Jimena del murete y la sientan a la sombra de un árbol, apenas puede respirar y tiene los ojos perdidos.

—A tus seres queridos los enterró mi familia, y eso que nos habían amenazado de muerte. Al niño lo enterramos antes de la matanza junto a la tumba de tu madre, en esa parcelita antigua del cementerio. Y luego, cuando ya se había producido el desastre, unos días más tarde, conseguimos entrar en el castillo, muy asustadas, porque los criminales habían atemorizado a toda la comunidad. Retiramos los cadáveres y procedimos a inhumarlos. No había suficiente espacio junto a la tumba de tu madre, era imposible cavar allí cuatro fosas más, así que decidimos darles sepultura en un terreno un poco más apartado, pero no mucho, en el mismo jardín trasero.

Jimena recuerda entonces que descubrió las cuatro tumbas antes de partir y rezó por los difuntos, y que debido a la precipitación ni tan siquiera se acercó a la cruz de su madre.

Esa y otras imágenes terminan por componer un cúmulo tormentoso que amenaza con explotarle dentro.

Pero la joven no ceja:

—De todas formas, mi madre afirmó que en tu parto venía un segundo bebé, pero nada pudo hacer para sacarlo de tu vientre porque llegaron esos salvajes. Era un parto complicado, larguísimo, aunque estaba convencida de que esa criatura sí que venía con vida.

Jimena levanta la vista y la observa.

Hay trozos de su memoria que parecen recomponerse, ahora recupera ese preciso instante, las palabras de esa doncella logran traer luz a asuntos que han permanecido ocultos en los últimos años.

—¿Sabes qué ocurrió con ese segundo bebé? ¿Era niña? —pregunta Jimena.

La joven afirma.

—Eso aseguraba mi madre.

De repente, Jimena recuerda una escena con relativa nitidez: uno de los bárbaros que había participado en la matanza se quita el yelmo y deja al descubierto su rostro, sujeta a una niñita recién nacida con ambas manos y se la entrega a otro hombre.

Y luego ya no recuerda más, solo los brutales golpes en la frente y el cráneo, porrazos de mortales intenciones, un delicado momento de su existencia que su mente se ha encargado de ocultar bien dentro de su memoria.

—Cuando esos asesinos se marcharon, mis padres entraron en el castillo. Te cuidaron, seguías delirando, tenías la cabeza abierta porque te habían dado con un mazo, te hicieron esa terrible herida —le señala la cicatriz de la frente—. Habías perdido mucha sangre y estuviste en la cama varios días sin abrir los ojos, sin hablar. Pero no había ni rastro de la niña.

Consiguen traer agua y se la dan.

La mujer insiste en terminar su historia:

—Cuando recuperaste el conocimiento, decías cosas extrañas, no eras tú en realidad, hablabas sin parar, veías sombras por todos lados, y una noche te marchaste sin despedirte. Y tengo que decirte que eso fue lo correcto, porque amenazaron de muerte a mi familia, nos vimos obligados a escondernos en una aldea vecina. Cogiste tus libros, algo de ropa y escapaste del castillo. Tengo claro que seguías delirando, no estabas bien. Mi madre decía que tal vez te habías vuelto loca, pues no era para menos. Jamás volvimos a saber de ti, te dimos por muerta.

Jimena la mira.

Ahora parece más tranquila, esas palabras le están haciendo recordar.

Y ha recuperado algunas imágenes: el niño sin vida, se lo muestran y ella llora, se desgañita, reza, implora a Dios para que le devuelva la respiración al pequeño, y luego regresan las fiebres, el desgarro tras descubrir los cadáveres, más fiebre, en un momento de lucidez ve que alguien se lleva otro bebé antes de cerrar los ojos impactada por una maza asesina.

La siguiente reminiscencia es confusa: se ve a sí misma recogiendo los libros, los mete en un zurrón, sale a la calle aterrorizada y halla las cuatro tumbas, se arrodilla, reza y se marcha para siempre.

Es cierto lo que dice esa joven, su pequeño nació sin vida y el parto fue interrumpido cuando entraron esas bestias, ahora recuerda que los dolores no habían acabado aún, luego le robaron a la niña. La verdadera intención de toda esa carnicería era matar a su padre, pero este nuevo hecho se le revela ahora como uno de los más trascendentales de todos cuantos ocurrieron aquel día.

¿Para qué querían a la niña?

Vagabundeó durante días, semanas tal vez, y solo cuando se fue calmando, con el paso del tiempo, el olvido fue la única salida para no enloquecer. Se recluyó en la casa de una anciana durante meses, y luego con un familiar lejano, hasta que consiguió reunir fuerzas y encontrar una razón para seguir viviendo.

Al llegar a Sevilla, ya había recompuesto sus propias imágenes sobre cómo habían ocurrido los hechos, borró los instantes más punzantes y se quedó con el origen de todo; sabía que las teorías de su padre estaban detrás del desastre, y que el asesino había perpetrado ese cuádruple crimen porque pretendía grandes beneficios en las tierras descubiertas en las Indias, y el capitán de galeaza podía ponerlo en peligro.

—¿Estás mejor? —le pregunta Carmencita mientras le acaricia el pelo.

Jimena se levanta y, aunque aún tiene la mirada algo perdida, afirma:

—Me han venido a la cabeza algunos recuerdos. Tuvieron que ser esas fiebres.

Sus amigas la consuelan. Es normal, le dicen, cualquier otra mujer habría muerto tras el ataque, y ahí está ella, siendo la que siempre ha sido, valiente y decidida, nada ni nadie ha conseguido doblegarla.

Se abrazan.

—¿Sabéis una cosa? A partir de hoy soy una nueva persona.

—¿Ya no vas a vender más fruta? —le pregunta Carmencita.

Cuando ve que todas la miran, añade:

—¡Es una broma! —responde ella misma.

Ríen y se abrazan con más fuerza aún.

—Tenemos trabajo —afirma Jimena—. Esta historia aún no ha terminado.

Una señora de pelo cano las interrumpe. Viste de forma humilde, lleva la ropa manchada de mugre y los zapatos ajados. Acaba de desembarcar y se encuentra desorientada. Porta un par de pesados hatillos mientras mira en todas direcciones. La siguen dos mujercitas también cargadas con bártulos, tan extrañadas como ella.

—Perdonad que os moleste.

Deja sus cosas en el suelo y descansa. Se limpia el sudor de la frente.

Se acercan y la atienden.

—¿Qué necesitáis? —Carmencita le ofrece su ayuda.

—¿Conocéis a un joven llamado Gonzalo? Es alto, moreno y de ojos negros. Antes se dedicaba a la construcción, era aprendiz.

Las amigas se preguntan quién es esa misteriosa mujer.

—¿De qué le conocéis? —le pregunta Jimena—. ¿Es tal vez de vuestra misma ciudad?

—Soy su madre.

Isabel da un gritito de sorpresa. Todas rodean a la mujer. Gonzalo apenas ha hablado en todo ese tiempo de su familia. Por razones que desconocen, ese es un asunto que ha preferido dejar apartado o incluso enterrado.

—Partimos de Segovia para encontrar a mi hijo, y también a mi marido, me han asegurado que ambos están aquí.

Callan.

—Y estas son las hermanas de Gonzalo —añade la madre.

En Sevilla ha preguntado por su marido. Allí lo buscan, creen que se embarcó con destino a las Indias, y las autoridades han emitido una orden para que lo detengan. Debe dinero, el día que partió robó al dueño de la posada donde residía.

Y en cuanto a Gonzalo, la madre les confiesa la razón de por qué dejó atrás Segovia, aunque en la ciudad pronto se supo la verdad. Todo se aclaró, Gonzalo había aceptado la pena de cárcel a sabiendas de que el único responsable de todo el desaguisado en una fallida construcción era su padre.

Eso fue lo que provocó que Pelayo se marchase, o más bien que huyese.

—Fue un auténtico escándalo, yo tuve que irme al campo con mi hermana, y como los hombres de la casa se fueron lejos, ¿qué podía hacer sino seguirlos hasta aquí?

Las amigas asienten, comprenden la situación de una mujer con dos hijas, sola, y además con la mancha de un marido mujeriego y jugador de cartas.

—Gonzalo está ahora libre de toda sospecha, ardo en deseos de decírselo —añade su madre—. Si él quisiera, podría regresar y dedicarse a pulir piedras, continuar su labor de aprendiz, y algún día tal vez logre levantar alguna casa pequeñita él mismo. ¿A qué se dedica aquí en La Hispaniola?

—Es el maestro cantero que está construyendo la catedral.

Jimena se dirige sin más dilación hacia el palacio de Pedro de Carvajal. Corre tanto que tiene que remangarse el vestido para que no estorbe al dar grandes zancadas. Las amigas la siguen como pueden. A ellas se han sumado la madre de Gonzalo y sus dos hermanas. Han prometido llevarla junto a su hijo, pero antes deben resolver otro entuerto.

La larga comitiva avanza rauda por la calle Las Damas, como si fuese un batallón de féminas desfilando, y la gente las mira preguntándose qué ocurre ahora, al frente van las mismas que han revolucionado la ciudad desde el día que arribaron a puerto.

Llegan a su destino cuando aún es de día. En los entornos del palacio encuentran consternación y tristeza. La familia está de luto por la muerte del caballero. Su cuerpo ha sido enterrado en el jardín sin ningún tipo de anuncio ni boato. Una sencilla cruz con su nombre preside la tumba, ni tan siquiera se ve un ramillete de flores.

Jimena golpea la puerta con furia.

Un solitario criado las recibe.

Las amigas piden hablar con la viuda de Carvajal.

Inmediatamente.

La noble acude a la entrada con una niña cogida de una mano, y en la otra, un pequeño baúl con asa.

—Aquí tenéis —le dice a Jimena—. Hace días que soy consciente de que antes o después esto iba a suceder.

La pequeña es pura copia de su madre, mismas hechuras, mismos ojos azules, incluso el color del pelo es idéntico.

—¡Dios mío, Jimena, eres tú pero más pequeñita! —exclama Carmencita.

Su amiga no le responde, tiene los ojos llenos de lágrimas y el alma encogida.

Camina lentamente, se arrodilla delante de la niña y la mira a la cara.

Está a punto de abrazarla cuando la viuda confiesa:

—Nunca he podido tener hijos, y aunque sé que pensáis que mi esposo era un hombre sin principios, conmigo fue una persona atenta y comprensiva.

No suelta ni una sola lágrima, tampoco la mano de la pequeña. Está decidida a completar el relato.

—Me la trajo una noche. No me dio explicaciones, ni yo se las pedí. Con ese gesto me convirtió en la persona más feliz del mundo, debo reconocerlo, y a cambio le dejé hacer cuantas barbaridades quiso. En eso me declaro culpable. Sabía que forzaba a doncellas, que las trataba con dureza, pero os juro que no tenía conocimiento de que mi pequeña era vuestra hija.

—¡Soltadla de la mano! —le exige Isabel.

La mujer sigue sin inmutarse.

—No os preocupéis, hace días que tenía el presentimiento de que esto iba a ocurrir. Tras lo acontecido en el palacio del virrey, el duelo, la huida y la muerte, sabía que solo quedaba esto, que su legítima madre vendría a por ella.

Se decide entonces a soltar a la niñita, pero antes se arrodilla frente a ella y le dice:

—Hija, esta es tu verdadera madre, hazle caso en todo. Ella cuidará de ti, incluso mejor que yo.

Le da un abrazo y no puede reprimir el llanto.

—Aquí tenéis su ropa. —Le entrega el baúl a Jimena—. Yo me marcho.

—¿Adónde pretendéis ir? —pregunta Petra.

—Al otro mundo —afirma, y luego se adentra en la mansión.

Jimena le grita desde la puerta.

—¿Cómo la habéis llamado?

Se detiene, se gira y responde:

—Esperanza. ¿No creéis que es un nombre acertado?

Jimena abraza a su hija, la besa, la sujeta con tanto ahínco que la niña se molesta.

—No temas, ya no debes temer nada. He tardado mucho, pero te he encontrado.

Todas se acercan a ella, hacen una piña y se arremolinan entre llantos y risas.

Unos palmos por detrás, la madre de Gonzalo ha observado la escena. Cuando todo termina, no puede menos que opinar:

—Pero... ¿qué ocurre en esta ciudad? ¿Acaso os vuelve locos a todos?

Petra la escucha y es la primera que logra contestarle:

—Pues es posible que vos también enloquezcáis al saber que vuestro hijo Gonzalo se batió en duelo contra el marido de esta noble.

La madre abre mucho los ojos, no puede creer lo que está oyendo.

Isabel no pierde la oportunidad de añadir algo importante, a esas alturas toda la isla ya conoce los hechos ocurridos en Pajarito.

—Ahora es un héroe, porque ha sido él quien lo ha fulminado, ha logrado acabar con el asesino de doncellas, con el diablo en realidad.

—Ese no es mi hijo, algo lo ha trastocado.

—¡Tal vez sean las Indias, que nos cambia a todos! —exclaman las cuatro amigas al mismo tiempo.

Epílogo

Los meses pasan con celeridad, pareciera como si transcurriesen allí a una velocidad diferente, una medida de tiempo que hace que las Indias evolucionen con mayor rapidez, tanto que incluso el nombre de esas tierras está cambiando. Ahora algunos se refieren a ese lugar con una palabra desconocida: América.

Dicen que un cartógrafo alemán de extraño apellido ha dictaminado que aquello es un continente nuevo, distinto del pretendido oriente colombino.

Al principio, eso les hace pensar.

¿Dónde se encuentran realmente? ¿En qué punto del globo terráqueo van a vivir el resto de sus días? ¿Cómo se llamarán los territorios donde crecerán sus hijos?

Pero la preocupación por esos asuntos dura poco, todos coinciden en no prestarles demasiada atención. ¿Qué más da cómo se llame el lugar, dónde esté esa isla o si forman parte de un nuevo continente?

Para ellos ese es ahora su universo particular, habitan allí y han conformado una nueva sociedad. Se denomine Indias o América, lo cierto es que ya nadie puede detener el proceso.

Hernán Cortés, Ponce de León y el resto de los conquistadores que conocieron en Santo Domingo ya partieron. Llegan noticias de sus hazañas, porque los barcos zarpan y luego regresan, unos van hacia el oeste, otros al sur, incluso la exploración del norte está dando frutos.

Y a veces las mismas naos y carabelas, en lugar de explorar comarcas desconocidas, ponen rumbo a Sevilla con las bodegas llenas para luego, unos meses más tarde, regresar cargadas con más pobladores ilusionados, deseosos de aventuras.

De vez en cuando reciben una sorpresa.

Acaba de atracar el primer galeón, un nuevo tipo de embarcación, grandiosa, colosal, un genuino castillo flotante que han inventado para cubrir las necesidades de la Corona ante la magna empresa de explorar un continente entero.

Es domingo, el último día del año, y está anocheciendo.

Se han reunido en un espacio simbólico, el punto más alto, el más buscado por todos aquellos que arriban a la ciudad primada: la estancia superior del palacio de los torreones.

Desde allí, Gonzalo observa el puerto, y cuando contempla las dimensiones del galeón exclama:

—¡Dios mío! ¡Esto no ha hecho más que empezar!

Va a dar comienzo un nuevo ciclo, uno más, y esta vez tienen motivos para la celebración.

Jimena y Gonzalo han comprado esa casa a los hijos de don Jácome, que retornaron a Castilla para gestionar el patrimonio de sus padres. Emprendieron el tornaviaje maldiciendo la isla, jurando que jamás regresarán. Su caso es una excepcionalidad, son pocos los que deciden olvidar la aventura y volver al tipo de vida que dejaron atrás.

Ahora, Gonzalo y sus amigas observan el cielo, ese mismo cielo que les prometieron antes de embarcar.

Esa noche presencian un firmamento que se va tachonando de estrellas, un precioso mosaico de puntitos que los tiene encandilados. Saben que están muy lejos de su tierra, de su antigua tierra, pero todos se encuentran donde quieren estar.

Si miran abajo, ven lucecitas de antorchas y candelas por todos lados. La gente está festejando la llegada del nuevo año, caminan de acá para allá con sus candiles y organizan fogatas en las riberas del río y en las playas. Desde allí la vista se pierde hacia el infinito, ese mirador sigue sin tener rival, por el momento.

La vida de Jimena ha cambiado, como la de todas las amigas, salvo que, en su caso, ella siente ahora un alivio creciente y reparador.

Esperanza ya no se separa de sus faldas.

Podía haber sido una niña de otra naturaleza, pero la realidad es que tiene los mismos hábitos de su madre, le gusta aprender, leer y que le reciten cuentos, todas las noches se duerme con dulces palabras. Ha sido algo sorprendente, no echa de menos a su anterior madre porque siempre estuvo al cuidado de niñeras y sirvientas, y ahora, la mujer rubia que la ha acogido no se despega de ella en ningún momento, la colma de atenciones, insiste en su labor de preceptora de idiomas, la está instruyendo en una lengua rarísima llamada latín, y no solo eso, no pasa ni un solo día en que no le asegure que ella es dueña de su destino, que puede llegar a donde quiera, que su futuro solo depende de ella misma.

Gonzalo parece distraído, contempla el lejano horizonte

sin pestañear, y de vez en cuando mira de soslayo hacia el alcázar, iluminado esa noche por decenas de antorchas.

En realidad, el maestro cantero está inmerso en complejos pensamientos, sueña con la altura que tendrá la catedral,
la manera de consolidar esa construcción, roca a roca, quiere
que esa enorme mole de piedra se eleve hasta acercarse a
Dios.

Fueron muchos los que criticaron que un joven sin experiencia levantara la obra faraónica de los torreones, pero allí
sigue.

—¿No tienes miedo de que se nos caiga encima? —le pregunta Jimena, sacándole del ensimismamiento.

—¡En absoluto! —responde con orgullo—. Es la construcción más sólida de la ciudad.

—¿Cómo lo sabes?

—Porque la hice yo.

Las risas son generalizadas. Isabel, Juan, incluso los mestizos se echan a reír, aunque no sepan muy bien de qué están
hablando, pero la atmósfera que han creado es tan amigable y
serena que no pueden más que acompañar a los mayores.

Carmencita, Barragán, Petra, Ana y su esposo, al que simplemente llaman «el canario», también aprecian el humor del
maestro cantero; incluso su madre y sus hermanas celebran
las ocurrencias de Gonzalo, ahora convertido en un adulto de
mucho prestigio, el mismo niño que tiempo atrás segaba los
campos para llevar unos maravedís a casa.

Su madre no sale de su asombro. Por diversas razones,
bien sea porque le aseguran que ganó el duelo contra un noble, bien porque esté erigiendo la primera catedral, su hijo es

una de las personas más reputadas del continente, y eso la llena de orgullo.

Gonzalo se encuentra bien entre toda esa gente a la que quiere y, como es el último día del año, cree que es el momento propicio para hacerles una confesión.

Lleva tiempo queriendo compartir con ellos algo trascendental.

Toma aire, se trata de una revelación de gran calado, que los va a impactar.

Sin duda, ha llegado la ocasión.

Es importante que sepan que su genialidad como maestro cantero no le viene de sus propias ideas, ni tampoco del aprendizaje de la profesión a base de esfuerzo, ni de su capacidad para estudiar e interpretar planos, nada de eso le ha hecho llegar hasta allí.

Con palabras solemnes, comienza a hablar con un tono de voz que los demás desconocían en él, parece que le surgiera desde bien dentro.

—Debo deciros la verdad, la auténtica razón que me ha permitido tener los arrestos y la osadía para erigir palacios como este.

Todos callan, incluso los niños saben que algo significativo está ocurriendo.

Gonzalo carraspea, y luego, cuando vuelve a tomar aire, confiesa:

—Esta ciudad está viva. Me habla y me susurra. A veces se muestra ante mí de una manera y a veces de otra. En algunos momentos, una extraña neblina se ha apropiado de las fachadas de los palacios y los ha transformado en algo distinto.

Se quedan mudos.

¿Qué está diciendo?

—Pero el hecho más sorprendente ha sido que Santo Domingo, en los días que decide manifestarse ante mí, me ha dado consejos, ideas, y el mejor ejemplo es esta misma construcción donde nos encontramos: los torreones.

Confiesa entonces que esa genialidad no es suya, que no fue él quien decidió situar sobre la última planta esa estancia, eso no estaba en el proyecto, sino que fue la propia ciudad quien se lo susurró una mañana cuando se dirigía a la obra.

—Pensaréis que estoy loco, pero juro que eso es exactamente lo que ha ocurrido.

Nadie se atreve a rebatir algo así.

Es más, piensan que su amigo, el mismo hombre al que han encargado la construcción de la catedral, ha perdido la cabeza.

¿Es Gonzalo un chiflado?

El silencio es aterrador, no está en su sano juicio, el constructor que ha sido capaz de erigir un palacio maravilloso es también alguien que ve visiones, un tarado cuya mente le juega malas pasadas.

En definitiva, un lunático.

Con esas palabras ha conseguido atraer la atención de la audiencia, pero también dejarlos pasmados.

Ninguno abre la boca.

Así pasan unos interminables minutos.

Hasta que, por fin, es Ana quien se decide a ofrecer una explicación racional.

La taína ha contraído matrimonio con el joven soldado, viven en las casas de madera del extrarradio, son muy felices, y pronto tendrán una criatura mestiza, una más de los cientos que pueblan las calles.

—Gonzalo, las hierbas nuestras, cuando se prenden y el humo se mete dentro de tu cuerpo, te hacen ver cosas extrañas. ¿Esa puede ser la razón?

El maestro cantero se queda pensativo.

La primera vez que le ocurrió fue cuando regresó del poblado de las canteras, aquella noche que contempló el cuerpo de Ana desnudo y luego inhaló el humo de hierbas ardientes. Por la mañana, la ciudad se reía de él, las casas hablaban, las ventanas eran ojos y las puertas bocas, y desde entonces tiene esa extraña teoría de la ciudad mágica, con vida propia, y cuando lo piensa y reflexiona, acaba por ver la verdad: la ciudad siempre se ha reído de él, siempre le ha susurrado, siempre le ha inculcado extrañas ideas en la cabeza al día siguiente de estar en contacto con esas raíces indias quemadas dentro de un pote de cerámica.

—¡Soy un estúpido y siempre lo seré!

Todos ríen.

—Pero la casa no se va a caer, eso seguro —añade.

Cuando terminan las carcajadas, Jimena se toca la barriga, está embarazada y ya nota cómo el bebé va creciendo. La pequeña Esperanza sonríe siempre que su mamá lo hace. Acerca su carita y la pone sobre ese bulto que está engordando dentro de ella.

Isabel se aproxima y roza con ternura con el dorso de su mano el rostro de Jimena, nada ha hecho más feliz a las amigas que su reencuentro con su hija, y ahora, la complicidad con su embarazo es absoluta.

También Isabel está muy satisfecha de la decisión que tomó, con su arriesgada y personal apuesta. Esos hijos ya son como suyos. Los indios manifiestan una extraña ausencia del concepto de propiedad ante los ojos de los europeos, incluso cuando se habla de los niños propios, igual que con las posesiones materiales. Y eso va a cambiar, es consciente, porque los taínos ya no son los taínos de antaño, han iniciado un camino irreversible para converger con la sociedad que los invadió, sin remedio.

Pero el caso es que esos tres mestizos que ahora corretean por la estancia le han robado el corazón, los está educando con los valores que considera adecuados para esa sociedad multirracial, como haría con sus propios hijos.

La bella taína que encandiló a su esposo se ha casado con un comerciante de ganado que cría y luego vende cerdos, cabras y gallinas al por mayor, y se han marchado al interior de la isla, donde el castellano posee una finca. Esa mujer sabe que sus hijos están en buenas manos; más aún, Isabel juraría que entre ellas ha surgido cierta complicidad tras meses conviviendo en la misma casa.

Por desgracia, la situación de los indios no ha mejorado demasiado, son muchos los que siguen muriendo por el efecto de las extrañas enfermedades que los galenos no aciertan a curar. Y además, las Leyes de Burgos no han tenido el calado que pretendían, algunos encomenderos continúan maltratando a los taínos.

Entonces sucede un momento mágico.

Una bombarda lanza una bola sobre el mar Caribe.

Ha llegado el nuevo año.

Todos expresan un deseo.

Que este año sea tan bueno como el anterior.

Se abrazan, se besan unos a otros, la vida les sonríe.

Ese es otro mundo, esa sociedad es distinta a la que conocían, cada día que pasa está más alejada de la vetusta moral cristiana; allí residen indios, castellanos, aragoneses, genoveses, portugueses, extranjeros de decenas de países ignotos, y nadie piensa si eres judío, mozárabe o cristiano viejo, nadie pregunta por esos asuntos que tanto preocupan en los territorios europeos. Eso quedó atrás.

Y en el caso de ellas, la transformación es incluso mayor.

Las mujeres pueden emprender, la nueva sociedad criolla se lo permite, nada que ver con lo que ocurría en la península.

A petición de Jimena, tras el cañonazo de la bombarda, las cuatro amigas se separan del resto y tienen un pequeño encuentro.

—Quiero proponeros algo. A todas nos ha ido bien, ¿verdad?

Asienten.

—No nos va mal a ninguna, ¿por qué lo dices? —pregunta Petra.

Jimena no le contesta, espera a que todas se pronuncien.

—Nunca he contado tanto dinero como ahora —asegura Isabel—. Ya me aburren los negocios, aunque jamás pensé que diría estas palabras. Incluso se me pasa por la cabeza tener un hijo.

—Eso es que no tienes a un hombre divertido a tu lado —dice Carmencita, y todas sueltan ruidosas carcajadas—. Yo tampoco imaginé que haría tantos tratos a diario, Jimena me enseñó a vender fruta, yo solo he intentado mejorarlo.

—No me miréis —pide Petra—. A mi manera, soy muy feliz. Y sí, ya hay un hombre por ahí que me atrae. Y no, no es un príncipe. No os preocupéis, jamás cometeré los mismos errores.

Se abrazan.

Toca escuchar la idea de Jimena.

—Quiero proponeros que hagamos algo juntas.

—¿Vender más fruta? —dice Carmencita con sorna.

Las carcajadas esta vez son más ruidosas.

—¿Habéis visto cuántos pequeños deambulan por la ciudad? —afirma Jimena—. Hay indios, mestizos y también castellanos.

—Incluso en mi Córdoba hay niños vagando por las calles —dice Isabel—. ¿Adónde quieres llegar?

—¿Qué hacen tus hijos por las mañanas?

—Tirar piedras a los pájaros.

—Pues de eso se trata, no dejemos que eso suceda.

Todas se quedan mirándola.

—Os propongo que fundemos un colegio, el primero de esta ciudad, para las criaturas de la isla, cualquiera que sea su piel o condición. Y me gustaría ser la profesora, si no tenéis inconveniente.

—¿Y cómo se llamará la escuela? —inquiere Isabel.

Carmencita levanta la mano.

—Yo tengo una propuesta. Debería llamarse «El Cónclave».

En ese primer día del año Gonzalo camina por la ciudad. Ha dormido poco, pero de repente le embarga el deseo de visitar las obras de la catedral. Está algo inquieto, las próximas jornadas serán importantes, la construcción por fin va a despegar, se han conjuntado todos los elementos necesarios para que así sea.

Después del tiempo turbulento que ha vivido, de la época de incertidumbre y desasosiego que se ha visto obligado a sortear, ahora que todas las desdichas han terminado, cuenta con energías suficientes para acometer de una vez por todas el definitivo arranque del templo.

En la plaza Mayor, los primeros rayos de sol aún no logran traspasar la hojarasca de los árboles. En esa atmósfera de claroscuros, penetra en el perímetro de la edificación.

Unas semanas atrás ordenó a sus trabajadores que delimitaran un área mediante bloques de piedra a modo de contorno, la zona reservada para los materiales, aparejos y maquinarias, y un poco más allá pintaron en el suelo rayas con polvo blanco, la huella exacta donde se ubicará la seo.

En ese primer estado de desarrollo, al menos ha conseguido modificar la posición de la catedral, ya no coincide con el cementerio taíno, que quedará a buen recaudo en una parcela trasera.

Gonzalo se adentra en un laberinto de sillares acumulados, todos esos bloques van a ser argamasados en la posición correcta. Por el momento, solo suponen una promesa, representan la esperanza de que esas tierras cuenten con un templo de grandes dimensiones.

Desde allí, mira al cielo y luego cierra los ojos.

Vienen a su mente las frases que escuchó en su visita a Burgos cuando aún era un niño. Mientras su padre se dedicaba a sus aficiones favoritas, tuvo la osadía de escaparse y dirigirse a las obras de reforma de la gran catedral, y se escondió entre materiales similares a esos que ahora él acumula.

Pudo oír sin ser visto, poner su atención en una conversación entre veteranos maestros canteros, poseedores de saberes ancestrales.

Hablaban de una cosa concreta.

Las catedrales europeas siempre han ejercido una fascinación extraordinaria en los fieles que las contemplan, hasta el punto de convertirse en las auténticas casas de Dios, espacios donde anida la fe. La arquitectura de una seo es una de las invenciones más impresionantes del genio humano, despiertan el asombro entre quienes entran en ellas.

Y en esas magnas obras, los sabios maestros canteros implantan secretos.

Su propio secreto.

Porque en todos esos templos hay misteriosos signos, señales que hay que saber identificar, y que ojos profanos rara vez aciertan a traducir.

Están repletos de símbolos cristianos, a veces también paganos, tanto en el exterior: gárgolas, rosetones, pináculos, como en el interior: pasadizos ocultos, escaleras laberínticas, elementos como el pantocrátor o el agnusdéi.

Cada catedral tiene su singularidad, algún tipo de huella indescifrable, el toque distintivo que cada maestro cantero le imprime.

Gonzalo sonríe.

Ahora que va a cimentar los pilares de una majestuosa estructura indiana, que sobrevivirá a los estragos del tiempo, hará algo acorde con esa profesión reservada a unos pocos.

La planta tendrá forma basilical, con tres naves sin crucero, de una longitud que podría asustar a cualquier otro, pero no a él. La altura será respetable, codo a codo habrá que luchar para sustentarla, aunque sabe cómo asegurar el conjunto.

El ábside poligonal ochavado orientado al este, y la entrada, al oeste, así como las estancias con bóvedas cuatripartitas, con nervios diagonales, van a formar figuras romboides, originales incluso para los más versados.

Pero nada de eso ocupa en esos instantes su mente.

Es otra cosa muy distinta.

Introducirá en el corazón de ese glorioso recinto un misterio secular que solo los expertos podrán interpretar.

El primer gran templo del continente también contendrá un gran secreto.

En esa sociedad mestiza, Gonzalo pergeña cuál será su impronta, su legado para la posteridad.

Pronto, América se sentirá satisfecha cuando contemple con orgullo esa sorprendente catedral.

Con un enigma tan oculto como si estuviese levantada sobre la vieja Europa.

O tal vez más.

Nota del autor

Mi relación con Santo Domingo supera ya los veinte años. Se ha dilatado en el tiempo casi sin darme cuenta, impartiendo conferencias en sus universidades, colaborando en proyectos de desarrollo y explorando cada uno de los rincones de la isla, ese trozo del mar Caribe donde se incrusta la ciudad primada.

La vida es eso que te va sucediendo mientras tú te empeñas en hacer planes, y mis planes en esas latitudes siempre han sido literarios. Cuando miro hacia atrás descubro con sorpresa que casi todos mis libros transcurren allí, que esa ciudad ejerce en mí una atracción especial y me impulsa a escribir.

Tal vez por eso puedo afirmar que Santo Domingo es un lugar mágico.

De la huella histórica que España dejó en el nuevo continente, ningún lugar conserva un sello tan especial como la isla La Hispaniola. Unas pocas décadas después de la época en que he situado esta obra, la ciudad pasó por muchas vicisitudes. Cuando ya había concluido la construcción de la catedral, fue saqueada por el corsario Francis Drake, que exigió un rescate. Esa invasión debilitó la sociedad indiana, la capital fue prácticamente abandonada y dejada a merced de los piratas durante más de cincuenta años. Más tarde, nuevas expediciones británicas atacaron Santo Domingo, pero fueron derrotadas. En los siglos siguientes, la ciudad cambió de mando varias veces: fue cedida a Francia, luego ocupada por rebeldes haitianos, recuperada de nuevo por los franceses, para acabar siendo suelo español. Idas y venidas de un territorio convulso, pero que jamás ha olvidado sus orígenes.

Hay novelas que relatan mundos ficticios, imaginarios, que solo existen en la mente de su autor. En mi caso, solo puedo escribir de aquello que he visto, visitado y comprobado, y aunque siempre es complejo precisar de dónde surgen las ideas para desarrollar una novela, los viajes son mi fuente de inspiración. Soy un escritor que necesita pasar tiempo en los escenarios que describe, observar a las personas que habitan esos lugares, hablar con ellas e investigar qué sienten y palpar la transformación del espacio, aunque sea quinientos años después.

Santo Domingo y el entorno de la provincia que la rodea cuentan hoy día con una población de más de cinco millones de habitantes, aunque ha sido recompuesta administrativamente en varios municipios. La parte antigua, el núcleo urbano donde todo comenzó, se conserva en muy buen estado y, como a otros lugares históricos de Latinoamérica, la llaman Ciudad Colonial.

En esta obra he utilizado los nombres originales de las primeras calles. Algunas conservan la misma denominación después de tantos siglos. Sin embargo, otras han sido renombradas con el paso del tiempo.

Las calles Las Damas, Isabel la Católica o Mercedes continúan llamándose igual. La Cuatro Esquinas, una de las más populares de la traza antigua, se llama ahora Arzobispo Meriño.

La plaza Mayor se convirtió en la plaza de Armas poco después, y más tarde en la plaza Colón, pero continúa siendo un auténtico punto central, donde está situada la estatua del almirante con la india Anacaona tratando de alcanzarlo.

Justo detrás se encuentra la catedral. El suceso que narro con relación a los maestros canteros que fallaron en su viaje desde Sevilla para dar comienzo a las obras es cierto, jamás llegaron. Y con respecto al arquitecto Alonso Rodríguez, a pesar de ser el redactor del proyecto, hay constancia histórica de que jamás pisó La Hispaniola.

La plaza del Contador ha experimentado modificaciones estructurales, y hoy está integrada en la zona ocupada por el Museo de las Casas Reales y la plaza de España, con el Alcázar de Diego Colón al frente.

Precisamente allí se alza el Pata Palo, convertido en un famoso restaurante frecuentado por turistas, dentro del conjunto de las primeras casas de sólidos materiales que se construyeron camino de las atarazanas.

El convento de San Francisco se halla en ruinas, es una pena que no se realice una actuación en profundidad en esa zona. Frente al espectacular y fascinante pórtico de ese primer monasterio del Nuevo Mundo se celebran todos los domingos conciertos de merengue y bachata, músicas populares que son símbolo cultural de la República Dominicana.

El convento de los dominicos fue otra de las notables

construcciones, y allí se situó unos años más tarde la primera universidad de América, aunque el edificio sufrió grandes desperfectos con el tiempo, pasto de huracanes y terremotos.

La ciudad primada no da respiro a los visitantes. Los palacios y las mansiones centenarias se encuentran por doquier, a veces con edificaciones de otra época intercaladas. La casa del Cordón muestra quinientos años después su sorprendente fachada a quien pasea por la calle Isabel la Católica, y una de las mejores casas de Nicolás de Ovando, que luego sería la morada de Hernán Cortés, es hoy día la embajada de Francia. También en eso he tratado de ser fiel a la Historia.

Las galerías subterráneas existen, un sistema de alcantarillado que ya dejaba ver el carácter de asentamiento definitivo que desde el primer momento se quiso dar a la ciudad por expreso deseo de los reyes, que aspiraban a consolidar una gran metrópoli, una urbe mucho más moderna y avanzada que otras capitales europeas, lo que incluso llegó a suscitar ciertas envidias en la corte hispana.

En el libro *Historia general y natural de las Indias*, el cronista Gonzalo Fernández de Oviedo expone:

> De Santo Domingo, en cuanto a los edificios, ningún pueblo de España, tanto por tanto, aunque sea Barcelona, la cual ya he muy bien visto numerosas veces, le hace ventaja [...] las calles más llanas y mucho más anchas y sin comparación mucho más derechas; porque como se ha fundado en nuestros tiempos, fue trazada con regla y compás y a una misma medida, lo cual tiene mucha ventaja con respecto a todas las poblaciones. [...] Y las casas, algunas de particulares, tan buenas que

cualquier grande de Castilla se podría aposentar en ellas, y señaladamente, la del virrey Diego Colón, que es tal que ninguna en España es así, de gran número de habitaciones y calidad, toda de piedra.

El mestizaje entre españoles e indios es otra de las realidades que he intentado reflejar con rigor histórico. Cuando se habla de la desaparición de la raza taína, muchas veces se obvia que la muerte de los aborígenes por las enfermedades contagiosas fue la primera causa de extinción, sin quitar peso a la explotación. La mezcla de sangre europea y nativa se produjo pronto, y, a modo de ejemplo, el caso de la cacica Catalina y el conquistador Miguel Díaz de Aux es notorio. Ambos, felizmente casados, habitaban Pajarito, en los poblados de la margen oriental del río Ozama, donde se fundó originalmente Santo Domingo.

Tuvieron un hijo: Miguelico. Según algunos historiadores dominicanos fue el primer mestizo registrado en los anales de la isla que creció correteando por las calles de la ciudad. Hay constancia de que ese primer mestizo participó en la conquista de México junto a Hernán Cortés. He intentado encontrar documentación que avale que ambos se conocieron durante la estancia del extremeño en La Hispaniola, pero hay tanta información en los archivos dominicanos, tan poco indexada, que resulta complicado.

Sobre el trasfondo histórico de la figura de Cristóbal Colón, hay suficientes indicios para afirmar que tuvo un pasado corsario antes de su llegada a Castilla.

El corso o corsario se había forjado en el Mediterráneo

décadas atrás por las guerras entre reinos vecinos. El pirata era otra cosa, la degeneración del corsario, que atacaba por puro bandolerismo. La actividad corsaria constituía una forma lícita de guerra mediante la patente de corso, ya que los estados podían otorgar credenciales para abordar naves enemigas.

La frase «Corsario nunca tal usó con mercader» la escribió Colón para referirse al trato que le dieron cuando cayó preso en su tercer viaje y fue encerrado, y en más de una ocasión expresó que había navegado desde pequeña edad, y lo había hecho durante años. Todas las aguas las había surcado, afirmó. No obstante, fue su otro hijo, Hernando Colón, quien en su libro *Historia del Almirante* encendió la polémica sobre el pasado corsario de su padre.

Pero esta es una obra de ficción. En ningún momento he pretendido dar clases de Historia, y mucho menos aburrir con detalladas descripciones de época. Solo he tratado de reflejar una etapa que considero apasionante, la aventura de embarcarse y cruzar un océano casi desconocido hacia esos primeros compases de la ciudad de Santo Domingo, que a la postre dieron el pistoletazo de salida para la transformación de todo un continente.

Los primeros viajes femeninos a las Indias se produjeron tal y como lo he narrado, si bien todos los personajes que aparecen en la novela son fruto de mi invención, salvo los históricamente conocidos, como los conquistadores o los virreyes, y algunas de las familias de noble apellido que se instalaron en la ciudad y construyeron las mansiones que se mencionan, cuya existencia es real.

Si a efectos de encajar la trama he cometido pequeños desajustes con las fechas de los hechos, pido disculpas.

Y si he logrado transmitir la intensidad de esos primeros años, la pasión y el empeño que debieron poner esas primeras mujeres que navegaron hacia lo desconocido, si con esta obra he conseguido recrearlo, será para mí una gran satisfacción tras tantos años de investigación y redacción de esta novela.

Agradecimientos

Quiero comenzar con un especial recuerdo para mi agente literaria, la gran Antonia Kerrigan, con mi deseo de que desde los cielos vea cómo sus autores publican muchas novelas, algo que sé, sabemos, la hará muy feliz, porque nadie en el mundo ha vivido la literatura como ella.

La gran señora de los libros falleció cuando me encontraba terminando esta obra. Hablábamos de vez en cuando, con la frecuencia que ella consideraba necesaria, una de las muchas facultades que atesoraba. Para mí ha sido una gran pérdida, como para la mayoría de los escritores de este país, pues era una de las personas más inteligentes y con mayor sentido del negocio cultural que he conocido.

Hacía fácil algo tan complicado como es publicar una novela para que llegue a las librerías y funcione, especialmente en otros países, en otras lenguas, asunto que manejaba con maestría. Le agradezco que me hiciera tan feliz en esos años que hemos trabajado juntos, cada vez que me anunciaba que mis libros se traducían a otros idiomas. Con relación a esta novela, ella conocía mi pasión por Santo Domingo, una ciudad que siempre afirmaba era mi ciudad mágica. Y desde luego, en el terrero de la literatura, lo es. Descase en paz.

También debo agradecer al equipo de la Agencia Kerrigan el apoyo que me ha dado desde el principio de esta nueva etapa, y les deseo toda la suerte del mundo.

Quiero agradecer a Juan Manuel Ruiz Galdón, cónsul honorario de la República Dominicana en Málaga, persona que comparte mi pasión por el país, compañero de viaje a esas tierras, que siempre haya estado junto a mí, apoyándome. Jamás pone reparos para visitar con su amigo librerías, bibliotecas, archivos o templos. Muchas gracias, Juanma, por los ánimos que siempre me transmites en estas aventuras literarias.

En Santo Domingo, mi querido amigo César Pérez, gran intelectual —aunque siempre lo niegue—, ha alimentado la amistad que nos une durante décadas. Fue él quien me contagió su amor por la isla, un territorio que he explorado mil veces y que me inspira con ideas que acaban en libros como este. Allí he pergeñado y escrito buena parte de este texto. Le debo mucho a ese país, me siento dominicano de adopción, y también de corazón. Gracias por eso, César.

Después de tanto tiempo trabajando con la República Dominicana son muchas las personas a las que debo agradecer que sigamos en esta senda de colaboración, pero la lista sería interminable y me costaría encajarla en estos agradecimientos. Sí que quiero dar especialmente las gracias a los profesores y los cargos de las distintas universidades que visito, así como a Víctor Daza, presidente de la LMD, y a Claudio Lugo, director del ICAM, así como a todo el personal que con tanto afecto y consideración me atiende siempre. En esa misma ciudad reside Iván Jubiz, a quien profeso una gran admiración por su labor al frente de una organización que tiene como objetivo la racionalización urbana, algo realmente oportuno para el país. Él me facilitó algunos libros y recomendaciones sobre lugares que han acabado apareciendo en esta obra. Gracias por ello.

A Carmen Romero y Ana María Caballero, y a todo el equipo de Penguin Random House, les quiero agradecer su apuesta por esta obra y que hayan hecho tan confortable el camino hasta publicarla. Para mí ha sido un enorme placer regresar a la editorial donde todo comenzó. Mi primera novela se publicó con ese grupo editorial con notable éxito, y después de tanto tiempo hemos perdido la cuenta de las continuas reediciones y traducciones a otros idiomas.

La lista de personas que me han animado a seguir publicando y que se han entusiasmado al leer mis novelas es muy larga. A todas ellas, un millón de gracias.

Pero, sobre todo, quiero agradecer a mi familia, a mi mujer, Toñi, y a mis hijos, Beatriz y Álvaro, el apoyo que siempre me muestran, porque comprenden que esta actividad conlleva muchas horas de dedicación.

A mi madre, que también ha fallecido cuando estaba completando este libro y no pudo verlo publicado, se lo he dedicado con toda mi admiración hacia su persona, pues no solo me trajo al mundo, sino que me inculcó los valores que hoy defiendo. Ojalá desde el cielo esté observando y leyendo las peripecias de estas mujeres que cruzaron el océano, un viaje largo y desconocido, aunque no tanto como el que ella ahora ha emprendido. Siempre se alegraba con mis publicaciones, leía los textos y lloraba. Nada me producía tanta felicidad como su pasión por descubrir que había un nuevo libro escrito por su hijo. Descansa en paz, Isabel, madre.

Por último, gracias a todos mis lectores.

Sin vosotros, nada de esto sería posible.